倾诉

2023
海外年度华语小说

夏商 ■ 选编

QING

SU

漓江出版社
·桂林·

图书在版编目（CIP）数据

倾诉：2023海外年度华语小说 / 夏商选编 .-- 桂林：漓江出版社，2024.8
ISBN 978-7-5407-9845-1

Ⅰ.①倾… Ⅱ.①夏… Ⅲ.①中篇小说—小说集—世界—当代②短篇小说—小说集—世界—当代 Ⅳ.① I14

中国国家版本馆 CIP 数据核字（2024）第 105012 号

QINGSU: 2023 HAIWAI NIANDU HUAYU XIAOSHUO

倾诉：2023海外年度华语小说

夏商　选编

出版人：刘迪才
责任编辑：刘红果
助理编辑：叶露棋
书籍设计：石绍康
责任监印：张璐

出版发行：漓江出版社有限公司
社址：广西桂林市南环路 22 号　邮编：541002
发行电话：010-85891290　0773-2582200
邮购热线：0773-2582200
网址：www.lijiangbooks.com
微信公众号：lijiangpress
印制：天津市天玺印务有限公司
　　　［天津市宝坻区新开口镇产业功能区天源路 9-2 号　邮编：301815］
开本：690mm×1000mm　1/16
印张：19.25　字数：272 千字
版次：2024 年 8 月第 1 版
印次：2024 年 8 月第 1 次印刷
书号：ISBN 978-7-5407-9845-1
定价：79.00 元

漓江版图书：版权所有，侵权必究
漓江版图书：如有印装问题，请与当地图书销售部门联系调换

目录
contents

前　言
001 / 地球仪上的萤火虫　　夏　商

001 / 是时候了　　陈　谦
044 / 倾　诉　　春　树
052 / 暮春之雪　　凤　群
072 / 大蝉年　　孔捷生
092 / 诗与人间　　绿骑士
117 / 房　子　　林雪虹
143 / 一个陌生女人的来信　　黎紫书
169 / 自深深处　　琪　官
188 / 爱在周末延长时　　小　杜
233 / 花海的珍珠　　王　梆
248 / 圣乔瓦尼的玛莎　　武陵驿
270 / 借问梅花何处落　　王西愚
285 / 吴　刚　　朱大可

前　言

地球仪上的萤火虫

夏　商*

倏忽间,"海外年度华语小说"已届三年。文学版图也从传统重镇北美,延拓到欧洲的英国、德国、西班牙,以及亚洲的日本、马来西亚,今年中还出现了法国与澳大利亚华语小说家,这绝非华语文学疆域突然扩大的结果,恰折射出本人文学视野的狭隘。每当在新国别"发现"用母语写作的同道,总是滋生欢喜。母语也是一种祖国,坚持用母语的人,是背着祖国行走的人。

前几天读到吴俊教授一篇文章——《从年度长篇小说略谈近年文学宏观生态》,其中一节写道:

> 中国文学和世界华文文学的分合问题:离散和融汇的叠加趋势。正所谓合久必分,分久必合。即将出现的一个普遍性难题会是:我们无法确认某种文学现象或案例究竟是中国文学还是海外(世界)华文文学。分合之间已经出现了暧昧、模糊的跨界、无界状态。原因是中国作家的异国侨居(移民)现象已经越来越普遍了。中国作家走向、散布到了全世界。即便是在外国完成的作品,其实也很难将其视为海外华文文学——只不过是一位中国作家在单纯的时间意义上,而非文化空间意义上在外国写完了一部中国小说(或所谓华文文学作品)而已。举例来说,上海小说家

---

* 夏商,当代小说家。生于上海。著有长篇小说《东岸纪事》《乞儿流浪记》《标本师》《裸露的亡灵》,另有四卷本《夏商自选集》及九卷本《夏商小说系列》。现居纽约。

夏商在疫情期间移居北美，在他的长岛居所继续写作他的新长篇。完成后，究竟是北美华文小说还是中国小说呢？或者两者都是？也可以任你确认一种身份。这在学术上、文学史上，就是困难之所在了。

这当然不是吴俊一人之困扰，可当我们掰开错综复杂的疑团，归结于一个内核时，会发现达成共识或许并没那么难。以V.S.奈保尔和石黑一雄为例，前者是出生于特立尼达和多巴哥的印度裔，后者是出生于日本长崎的日本裔，成年后都定居伦敦，均用英文写作，他们的作品被公认为是英语文学的一部分。同理，移居美国的华裔小说家哈金和李翊云，长期以英语为写作的第一语言，他们的作品也被认为是英语文学的一部分。

由此可见，文学的主体是语言（语种），而不仅仅是作家身处哪个国家。但地理对作家的滋养何其深远，会对其题材及运笔产生潜移默化的影响。停栖于世界各处的华语小说家，足踏不同的生命履痕，触及不同的地域人文，同为天涯客，有人爱写异邦别裔，有人爱写他乡我族，也有人固执地爱写母国往事。

我是文本至上者，对小说甄别的唯一标准是完成度，而非题材。不过在遴选佳作的过程中，还是从诸多篇什中发现了共性，华语小说家最热衷也最擅长讲述的，仍是华人海外故事，无论是上帝视角还是第一人称视角、第三人称视角，还是罕见的如米歇尔·布托《变化》那样的第二人称视角——凑巧的是，今年入选的黎紫书《一个陌生女人的来信》恰是第二人称视角——故事的线索或穿梭于华人与华人之间，或穿梭于华人与外国人之间，完全摒弃华人，主配角皆由外国人担纲的海外华语小说，就我目力所及，占比极小。

此等现象，正应了那句"小说是民族的秘史"，即便身居异域，迷恋的依旧是所在族群的世情，所谓"隔着肉写"和"贴着肉写"，毫无疑问，后者更能恰如其分地表达。

曾有人问，我撰述前言，为何不像其他选家那样，对小说逐一解读，而喜欢旁白一些题外话。对入选篇目，我心里当然有一杆标尺。与文学评论家的选本不同，我确实不太愿意批注具体作品，因为任何批注都是主观的，肯定包含着对作品的误读及冒犯，读者有自己的洞见，为什么要你提供一个"标准"答案——这并非说文本分析值得漠视，学院派的文学课（包括创意写作）是基于美学与技术、梳理与阐释的方法论，跟日常阅读属于两种范畴——我更喜欢用开放的形态，让读者自己去体悟作品。一千个读者眸中，有一千个哈姆雷特。即便莎士比亚本尊，也没必要提供一份解说词。

海外华语作家遍布各大洲，是地球仪上的萤火虫。对我而言，现实中谋面的机会并不多，甚至跟其中的一些文友，一生中都未必有一次邂逅的机会。我们之间的唯一"链接"，就是文学，而这正是最弥足珍贵的。文学是什么？是回望，是倾诉，是共情，是唤醒一束光，是聚拢一缕烟，是抵抗时光流逝，是红尘的一襟晚照。

2023 年 10 月 26 日于纽约长岛

是时候了

陈 谦*

柳琼刚在"金柏长者之家"窄长的停车场里停稳车，一抬眼，就看到妹妹桂琼迎到车边。桂琼穿着裁剪妥帖的lululemon（露露乐蒙）灰黑健身装，配一只黑色布质大口罩，身手敏捷地闪近，在拉车门，脑后那把高高扎起的马尾一甩一甩的。

柳琼的眉头拧得更紧了。她赶忙从车门的小边箱里扯出淡蓝的纸质口罩戴上，车门就给桂琼拉开了。柳琼一脚跨出去，刚站直，迎面看到桂琼那双大圆眼下两个黑蓝的眼圈，被烟熏过一般，还有那些密集在桂琼眼角的细纹，似乎都是新冒出来的。她心疼地抬手去撩妹妹垂在额前的碎乱短发，急切地问："爸还好吗——？"

"没变化。"桂琼轻声答着，低下头来，接过柳琼的手袋，未等柳琼回话，又说："姐，你要有准备。Anytime（随时）了。"话音未落，两姐妹同时伸开双臂，将对方抱住。

柳琼立刻感到自己被妹妹热血突奔的气息紧密包围。身为两个高中生的母亲、加州大学圣塔克鲁斯分校的化学教授，桂琼是经年无休的长跑发烧友。隔着口罩，柳琼都能感到桂琼吹到自己耳面上那一股股热腾腾的呼吸。她原先发凉的手心在回暖。桂琼带着湿热的手掌在她的背后很快地滑下，松开前停了一

---

* 陈谦，广西南宁人。著有长篇小说《无穷镜》《爱在无爱的硅谷》，中短篇小说《繁枝》《虎妹孟加拉》《特蕾莎的流氓犯》等。现居美国硅谷。

下。"好像又瘦了啊！"——柳琼接到了她的心声。

"我一直在努力地吃啊，胖了的。"柳琼说着，口气急切起来。桂琼揽过她的肩："这话要爸说才管用啊。唉，现在这些都不重要了。"说着声音就变了。柳琼赶忙打断她："当然很重要。"——她这样紧赶慢赶，就是为了要给父亲送来这个最重要的告别礼物。就算对父亲已经不重要，对她仍是特别重要。她要完成父女一场的最后功课，画圆那个闭环。是时候了。

桂琼侧过头来，盯着柳琼的眼睛："姐，我以前还真不知道，人要咽下这口气有这么难啊——特别难，看着太难受了。"柳琼看到妹妹的眼睛一下红了。她咬着嘴唇，没说话。桂琼昨晚在电话里已说过了："所有的人都知道，爸就是在等你了。好在我们有欢欢啊，要不真不敢想象。"

新冠疫情自春天大流行开来，作为重灾区的全美老人院和护理中心，已全面停止亲友对老人的探视。若不是到了最要紧的生死别离关头，"金柏"作为疫情防护第一线的老人护理中心，早已谢绝访客。好在"金柏"是柳琼姐妹的发小韦欢博士经营的，这就让在疫情中进入临终关怀护理的柳琼父亲获得了小小的特权。近半年来，桂琼一周里能因欢欢的特许前来探视父亲一次，更重要的是在眼下加州已经规定外州人员至少要在自行隔离满一周后才能出入公共场所的时刻，欢欢又为柳琼办了特许，让从西雅图赶来的她一下飞机就能直接来见父亲。美国人如今在各种媒体上讲到疫情中最深的痛，排在前三的就有"因为疫情而不能与去世的亲人道别"。在今天之前，柳琼每次听到电台里谈论这样的话题，都会立刻掐断。六月中的时候，组里的科学家大卫在实验室里接到远在纽约上州小镇的父亲因新冠去世的消息时，那男人压抑不住的痛哭声，轰轰轰地在她的耳膜里冲撞。她隔着六英尺的距离，安静地陪他流下泪水。公司里的人们都知道，柳琼病重的父亲也住在老人护理院里，大家远远地围出稀松的一圈，以无声的关注安慰着他们。现在，是她的双脚穿进了大卫哭诉着喊疼的那双鞋子里。她努力安慰自己，真是感谢上苍眷顾，因为拥有发小欢欢，她们获得了这样的特权，能让她赶来为父亲送别。

柳琼远在西雅图。疫情暴发不久，高龄 91 岁的父亲就因拒绝查治胃部肿瘤而进入临终关怀阶段，住进了欢欢的"金柏长者之家"，果然应了父亲这些年一直讲的："我最后还有个欢欢的。我没有后顾之忧。"柳琼在疫情中已不能像往年那样利用年节假来加州妹妹这里探望父亲。从夏天开始，她就一直是通过护工的帮助，与父亲视频联络。开始还可以一天一次，慢慢地，父亲就已经说不了多少话，视频探视就基本断了。她每天只能从妹妹桂琼那里听些消息，跟进父亲病况的发展。如果要说心理准备，柳琼觉得自己很早就已经做好了。她已接受那只是时间的问题。心里的那根弦直绷到昨天，当她同时收到妹妹和欢欢非常简短的微信，让她尽快赶来，柳琼还是马上约了她长期的心理顾问南希。这些年来，南希对柳琼而言，心理支持已经远超过心理辅导，在她离开前，南希给她念了："世间万物皆有定时，生有时，死有时，悲恸有时，跳舞有时，花开有时，凋零有时。"——南希真是有复印机般的记忆力，那是她跟南希说过的，父亲住进"金柏"前的半年里，在电话里最喜欢重复就是"花开有时，凋零有时"。昨天欢欢在微信里的最后一句也是这个意思：It is about the time（是时候了）——熟悉的欢欢以一个专家的口气在提醒，而且用英文讲出来，冲击力一下好像减弱了。

"Be strong.（要坚强。）"柳琼向妹妹轻声说，听上去像自语。 姐妹俩的目光一对，看到彼此的眼神都是凝结的。桂琼点点头。她们姐妹俩相差不到四岁，两人又都是一米六十出头的个儿，人们却总将她俩谁是姐姐搞混。运动上瘾的桂琼看着个高腿长，走路生风，一眼望去身上没一点多余的脂肪，浑身健美的肌肉让她整个人看上去特别饱满，要说体重是柳琼的两倍大概也有人信。这当然不是桂琼显胖，却是柳琼实在瘦得令人忧心，以致这成了晚年父亲最大的心病。

微微起风了，前天过的秋分。停车场里有几片卷着的深褐色落叶在滚动。正在落山的夕阳，将停车场边几棵红杉在灰白的水泥地面上打出斜长的树影。柳琼轻叹出一口长气——她不仅赶到了，而且是在日落前赶到的。

柳琼从小就知道，父亲对"黄昏前的赶路"有着莫名的恐慌。晚年到了美国，只要天色一转暗，哪怕是坐在车里在繁忙的高速公路上赶路，父亲也会不停叹息，有时干脆紧紧抓牢车窗上的把手，挺直了腰，屏住呼吸，好像担心随时会被甩出车外，跌入那暗合的暮色。柳琼问起来，父亲告诉她，他年轻时生活在浙江山区，乡里的土匪们大多在夜里出门打劫，山民代代相传的古训，就是告诫人们在日落之前要关门闭户，赶路的人也要赶在日落之前住定，更不要说作为遗腹子的父亲，一直跟着寡母住在祖父大家庭的外围，母子都没安全感。跟父亲在一起，这样的叹息听多了，柳琼也对每天要在黄昏到来之前了结手头的事情有着下意识的紧迫感。柳琼从来不敢问父亲的是，他对黄昏来临的恐惧，是不是跟母亲的死讯是在傍晚时分传来有更直接的相关。在柳琼来自五岁那个傍晚的记忆里，最深刻的气息是父亲所在的师大化学楼前桉树林里那无边湿气的腥涩味，那怪异的气息让幼小的她第一次有了反胃的感觉；她一直无法抹掉的记忆残片，还有父亲随一群灰蓝色的年轻男女从高高的台阶上疾步而下，看到她时猛别过去的头，和他那张灰黄的脸。

柳琼所在的西雅图"博雅"药物公司直接参与了对新冠疫苗的测试实验，公司上下在疫情中都不曾停止过到实验室上班。今天一大早，作为第一实验室主任的柳琼就跟室里的各位开完早会，确认了下周外接新冠疫苗代测试项目的具体事项，忽然就说出来了："我马上要离开一些天。我父亲到了最后的时刻。"她看到了散坐在会议室里的人们一双双露在口罩上的眼睛里的凝重。西雅图老人院大批老人染上新冠死亡的消息，曾一度震惊全美，人们对柳琼传递的这个消息当然非常敏感。一个短暂的沉寂之后，会议室里响起一片被口罩捂住的怪异的叹息和安慰声。柳琼转身离去，以最快的方式从西雅图飞了过来——先到硅谷中心城市圣荷西下机，再租车开了近一小时，赶到这里。终于完成了黄昏前的赶路。她算是父亲的好女儿吧，柳琼想，吐出一口气，却被口罩拦住，憋了下去。

一

"金柏长者之家"坐落在圣塔克鲁斯城里僻静的小街上，主体是个一层长形的低矮建筑。乍眼看去，跟四周民居的风格很像，都是上世纪七十年代末卡特时期能源危机背景下的产物。"金柏"主体的外墙灰白相间，总是打理得干干净净。父亲在六月入住时，加州疫情稍有缓解，柳琼专门飞来探视过。因为知道它是老人护理院的关系，柳琼觉得它看上去总是染着一股日暮的悲情，连带欢欢让人在庭院四周用心种植的应季的艳丽花草，好像都有点用力过度，反衬出一股淡淡的哀伤。这里在疫情之前就非常安静，实在很配"长者之家"的名声，而且入住的老人平均年龄在八十七岁以上，这让"金柏"成了名副其实的人生最后驿站——这里的老人们最爱的永远的甜心欢欢，是从来都不愿提"终点"二字的。

父亲在年过九十之前，一直跟桂琼全家生活在一起。大家都觉得那是父亲最好的养老方案。桂琼和丈夫杰克都在圣塔克鲁斯加大教书，在拼终身教授的那些年里，两个孩子小，父亲一下就成了桂琼家的主心骨。"就像我们小时候家里的奶奶啊。"——桂琼那时每每感叹，还总要加上这么一句。柳琼姐妹的母亲去世后，从老家跟来桂林的奶奶撑起那个没有了女主人的破碎门户。一直没再婚的父亲，跟在柳琼的奶奶身后，成了一个会缝衣做饭洗涮的男人，一路将柳琼姐妹拉扯大。如今两个女儿都到美国念下博士，定居下来，父亲退休后就跟了过来。作为当年上海圣约翰大学的毕业生，父亲懂英文，能帮桂琼处理家中很多杂事，看孩子做饭。六次路考失败后，父亲在年近七十的时候，居然还拿到了加州的驾驶执照。妹夫杰克是意大利移民后裔，从小在纽约长岛的大家庭里长大。杰克说，早年他们家里总是走马灯似的过往着一家家拖儿带女从意大利来落脚的亲戚，让他对男女老少欢聚一堂的生活有一种源自童年的迷恋。杰克甚至说得出"家中有老是个宝"那样的话。"多少亲生的儿子怕也做不到杰克这么好啊。"父亲只要谈到女婿的体贴,总会由衷叹说。每到这种时候,柳琼就会想到儿时总是沉默着在家中忙碌的奶奶,不再接父亲的话。

孩子们到了上学年龄后,父亲除了洗衣做饭,还忙进忙出接送孩子们上下学。他将家里孩子们每周的作业表、课外活动表列得清清楚楚,贴到冰箱的门上。正在忙着做科研跑实验还授课的桂琼夫妇,两个小孩子都丢给了父亲带着。各种课后活动,学琴游泳打球练跆拳道一样不少,父亲夜里还帮盯着他们的功课。按桂琼说的,就算她和杰克能做,都绝对做不了那么好。

也就在那个时期,原来在新泽西的强生制药厂做药理研发的欢欢,随从东部过来加盟硅谷软件开发创业公司的丈夫来到了旧金山湾区。

欢欢和桂琼同年出生,父母也在师大工作,跟桂琼一路从幼儿园到师大附中都是同学。柳琼父亲见到欢欢特别高兴:"我可是看着你长大的啊,以前你一下学就来我们家找桂琼去玩,看着你就跟见到女儿一样啊。真没想到能在美国碰到啊,都这么有出息了!"

欢欢本科到广州念了中山医科大,来美国之前在广州做过几年高干保健医生,后来跟着华南理工毕业的丈夫来美留学,读下生物药学博士,进了强生药厂做研发,却发现自己还是对跟人打交道的工作更有兴趣。这下到了加州,就有了转换职业跑道的念头,正好中山医科大时代的学长当时正在圣塔克鲁斯经营"金柏长者之家"。圣塔克鲁斯离硅谷五十分钟车程,欢欢便决定加盟"金柏"——按她说的是当学徒来了。她凭着自己当年在广州当过老年保健医生和美国读药理学的经历,上手很快。一年之后,学长拿到了国内合资办医院的邀请,要将"金柏"出售,回国发展。这时的欢欢,已经对"金柏"有了感情,工作又做得顺手,就集资盘下了"金柏"。漂亮能干的"金柏"女主人韦欢博士一时成了社区名人,上了市里的电视和各种媒体。让欢欢意外的是,老人护理院女主人的工作量远远超出了想象,而在硅谷创业的先生也忙得脚不沾地,女儿照顾起来非常吃力。桂琼和父亲就让欢欢将跟桂琼儿子小明一般大的女儿梦梦转学过来。在欢欢接手"金柏"后最忙乱的第一年,梦梦就寄托在桂琼家里,和桂琼的孩子们一起生活,直到欢欢将"金柏"里里外外都理顺了,才将梦梦接走。欢欢反复说着道谢的话,柳琼父亲笑眯眯地摆手,说:"你客气什么呢?好吧,将来等我需要的时候,你记得给我留个床位就好了呗。"大家听了"轰"地一笑,谁想到那个"将来"真的会来呢。

桂琼和杰克也在那前后双双成了终身教授,生活稳定下来。为了方便父亲的晚年生活,他们将原来的两层楼房换到半山上的一座占地开阔的西班牙式海景平房里,方便父亲在屋内行走,在后院看书喝茶,打太极拳健身。

早年孩子们还小时,柳琼每次给父亲打电话,总能听到背景里小孩子互相追逐打闹的尖厉喊叫声,她就有些为父亲担心。父亲却总在电话里反复问,你听到了吗?听到吗?声音会越来越高,带着兴奋,好像怕柳琼会错过。柳琼作为儿时在家里从不敢随便打扰父亲的女儿,听得很是诧异。母亲去世后,留在年幼的柳琼脑子里最深的印象就是父亲在他们那间拥挤又灰暗的小屋里伏案的身影。那时妹妹桂琼才刚学走路,就被外婆带回杭州去了,一直到了上学年龄才给送回桂林。跟在桂林照顾柳琼的奶奶总是示意她要安静:"安静,再安静一点啊——你爸爸受不了这些声音啊。可怜见的。乖乖听话。"——这些是她儿时最熟悉的语句。

柳琼忍不住小心地问渐入晚境的父亲:"爸,你是不是嫌太热闹了?那你来我这儿吧。"父亲听了她的话竟笑出声来,在电话那头大声说:"柳琼啊,爸爸真是老了,你不得不信。我现在听到孩子的声音特别欢喜,我还在跟你妹说呢,要能住到中小学校旁边更好,多热闹啊!孩子们上下学也方便。小明最爱吃烧鸭,我能给他做热的送去啊。小菲很喜欢吃煎饺的。这些比汉堡什么的健康多了吧!"——小明是桂琼家的老二。小菲是桂琼的大女儿。听到柳琼咪咪地笑,父亲叹口长气,说:"唉,这些要等你老了才会懂的。所以不是我说你⋯⋯"父亲这些年来,除了总是挂念柳琼的胃口,还添了新的担忧,怕无儿无女的柳琼将来老无所依。柳琼每到这时,就沉默着。她和妹妹都知道,父亲已经将桂琼的家当成了自己人生的归宿。他最后一次回桂林处理了自己的房子后，在电话里跟柳琼说："美国人说，能死在自己的家里是最圆满的人生。你妹妹这里就是我的家了。"

父亲能轻松走动的时候，柳琼每年夏天都会接父亲到西雅图，在她湖边的林间小屋里住上一阵。最早是从夏天住到初秋，那是西雅图最好的季节，待中小学一开学他就回加州去管桂琼的孩子。柳琼用休假带父亲在美国西北部和加拿大到处走走看看。而美东和欧洲，父亲是跟着桂琼一家去的。后来想去的地方都去过了，父亲每年再到西雅图来，就有些待不住了。柳琼知道他是想念桂琼家里的人气，心下就有些感伤。她开始带父亲到处参加自己过去不太去的华人社区的各种活动，又在家里也办起派对，专门邀请家里有来探亲的父母的华人朋友来玩。父亲对柳琼在家里办派对兴致很高，有时为了周末的一个派对，早早就出门，转很多趟公车去城里各处的华商超市采买购物，有时一周里还会跑几趟。到了派对上更是忙前忙后招呼大家，像变了一个人。一来二去的，父亲跟那些中国老人交上了朋友，平日里还走动起来，柳琼连带着也繁忙地陪着父亲到处出席派对。

中国老人来美国多半是随孩子依亲。各家的儿女们在美国走的多是相似路径——留学，然后移民。像柳琼姐妹这样一家两个博士，当教授和科学家的并不特别，大家可聊的不多。一来二去，让老人们更有兴趣的是柳琼为什么不嫁人。这话题一打开，他们就说柳琼不太像个做科学家的样子，那脸相，特别是身板，看着更像个舞蹈演员。父亲回来将这话说了好几次，柳琼就意识到父亲很焦虑。见柳琼不接这个话头，他就一遍遍地说，我想其实人家是不好意思说你不健康。也对，你确实太瘦了，如果不是你的精力还不错，真是要让人很担心的。

柳琼总会在这种时候谈起桂琼家里的小明和小菲，很快就将话题岔出去。到了一个夏末的夜里，送走了派对上的客人们，父亲不像往日那样立刻忙着到厨房里打扫洗涮，却径直拿了杯茶走到凉台坐下，好久都不说话。柳琼放下手里的盘盏，跟出去给父亲加水。没等她开口，父亲将下巴抬了抬，示意她在对面的椅子上坐下。

"爸，你怎么好像有点……"柳琼一边落座，一边有点犹豫地说。"我觉得你确实应该考虑找个对象。"柳琼一愣，随即笑了说："这台换得快了点哦，爸！"

"你不要打岔。我在讲正经事。"父亲打断她。

"这个话题不是早就已经放下了吗？我这些年过得很好啊，我也习惯了一个人生活。"她的脸冷下来。

在大三的暑假，她跟大学里的班长摊牌的那一刻起，她就放下了。

柳琼在大学里是班上的学习委员，大学前三年一直跟来自桂西小镇的班长配合班务，在不允许大学生谈恋爱的八十年代，他们有了私定的感情。在大三那年暑假，她答应了随班长回一趟他的桂西老家，想的就是定终身了。班长家里在那四面环山的小镇上是大家族，柳琼的到来引来了族里几乎所有的长辈。他们都肯定了她的聪慧："这都不用讲的，你只看她的那双眼睛就懂得了，那么亮，那么活，以后你们家的孙孙们那聪明是肯定的。"男女长辈啧声赞同，柳琼听得脸发红，心下却是欢喜的。她也喜欢这样的大家庭，为自己能被大家接受而兴奋。特别是班长的母亲，忙里忙外时那眉眼里的笑，暖得让她想哭。直到那个午后，她听到堂屋里传来了班长母亲的高声："她的饭量跟猫食一样。你们看她的脸还是可以的，老话讲，年少无丑女嘛。但是她的两条腿跟竹竿一样细，就不讲好不好看了，这样的身板很难生养的……"在一片女眷的惊叹声中，躺在隔壁小房间里的柳琼走了出来。她只在过道里站着，望了那乌压压的堂屋一眼。他们一下全静下来。"哦，你们不是去河里游泳了吗？"班长的母亲起身，拍着衣角，装着无事般地问。柳琼摇摇头，说："我肚子痛，没去。""我大姨妈来了。"她提声又补了一句，就转回房里开始收拾行李。游泳回来的班长见劝不住，只好答应连夜将她送到镇上的车站。两人一路没有说很多的话。他听了族里长辈的劝告，不挣扎。柳琼也是没有怨的。她总是接受。

柳琼喜欢奶奶爱说的"要信命"："你是拗不过命的，那你又不要活得可怜的话，你就要顺着它。不要像你妈……"奶奶有一次叹出这么一句。柳琼抱住奶奶："我妈很可怜吗？"奶奶擦了把眼角，说："她没有我们可怜啊。你和桂琼才最可怜……"如今的班长成了位高权重的环保口官员，两任太太给他生下了三个儿女。柳琼为他高兴，觉得他的选择是对的。

柳琼在那个傍晚坐上了回桂林的慢车，一路慢慢地揩着泪水。回到家里，父亲竟没有问她怎么提前回来了。她跟父亲说的是跟一帮同学去的，大家改了计划，她就先回来。那时桂琼刚考完高考，父亲的心思大概都在桂琼的高考志愿上，没有多问。

柳琼的初潮在大二的时候到来。那时她都快二十了。初潮来得那么晚，她都不敢跟班里的女生们讲。奶奶已在她快高中毕业的时候离世。走前那一年，看着大孙女在抽条儿蹿个儿，她就惦记着给没妈的孙女用花布缝了一条卫生带。柳琼看着奶奶关上家门，带着庄重的神情给她示范卫生带怎么用，接着她就看到家里存下了两包卫生纸，是奶奶去商店里买来的。那两卷纸质粗糙的卫生纸一直堆在墙角的杂物边，到奶奶走了，柳琼也没有等来奶奶说的那个"女娃崽最要紧的时刻"——到那时，奶奶已经说起了带江浙口音的桂林话。

柳琼的初潮晚也算了，更特别的是人家是"月经"，她是"季经"，甚至还有过半年一次的状况。她看过中医西医，后来到美国也没放弃再看。她知道自己是为了"正常"。令柳琼意外的是，无论是中国医生还是美国医生，都没有对她混乱的排卵周期有特别的担心。她们更在意的是她的体形，都说如果女性身体太缺脂肪的话，对排卵是会有影响的，这是"本"。柳琼一听就放下了，就是奶奶说的，不要"拗"。她后来跟南希讲过这一节，南希说，有些女人经过这个坎，生育可能就成了执念，一定要去证明，又会引出另一种人生。南希说得很委婉。柳琼摇摇头："那可不是我。"柳琼早就不要证明什么，在大三那样的年纪上，她哭了一路回桂林。那个时候，和班长共度一生是她最想要的，她都没有争一下。

那个西雅图夏末的夜晚，父亲将茶杯"啪"地放到小台子上："那好，我们先不讲找对象结婚。你总要健康吧？"柳琼握住父亲的手臂摇了摇，忍住没笑出声来，说："今天的世界不是胖就是健康啊，爸，你是大教授，肯定懂的。"父亲摇头："你是药学博士，我也看到你对科学饮食这些东西特别讲究，我也跟你学了很多新知识，很有意思的。但你确实瘦得超过了正常的范围，人家都要怀疑你是不是有厌食症。"父亲在这儿停了一下，又说："这可是要命的问题啊。"柳琼心里一个"咯噔"，愣在那里。后来柳琼总是想，那一刻，他们已经非常接近那个核心问题了，但她还是偏开了身子，错过了和父亲一起打开那把锁的机会。

"我以前从来没往这方面想过。现在想起来，好像是你妈走后，你就开始不肯吃东西的。有一阵，你奶奶背着我，跟邻居的老人家到处带你去郊区找草医看中医，直到你脸上被灸草熏得出水化脓，被我发现了，赶紧叫停。"父亲说着，盯着她的脸看，好像在找疤痕。柳琼下意识地摸了摸自己的鼻子，奶奶也说过的，是在右边鼻翼，现在那疤痕早看不到了。

"都是我的错，我那时想的只是自己，以为只有自己难……"父亲的声音变了。"那时大家都瘦，你看上去只是偏瘦一点，那时毕竟年轻，不太显。现在你在美国，这就瘦得太过了。我一直也在看书，想了解怎么解决。桂琼什么都好，就是总哄我高兴。你看，大家这不都看出问题了，他们是好心啊，在提醒我。"父亲又说，眉头皱起来。

"我的同事朋友都挺羡慕我呢。美国政府一直在敦促人民减肥，这年头喝水都会胖的人太多了……"柳琼努力笑了笑。她想告诉父亲，她那总是挽在脑后的蓬松发髻，一身柔软面料的宽松衣裳，配着她瘦削却总是来去匆匆的步态，惹得大家总会开玩笑说，噢，我们那个芭蕾舞星——在这个问题上，中美好像有共识呢。话到嘴边，被父亲那罕见的凝重脸色压下了。

柳琼也没有告诉父亲，为了不让自己的身板因为太瘦而塌下来，她这些年一直在努力地吃。可就是吃不下，"饭量跟猫食一样"，她早已接受了这样的说法。如果有实在躲不开的社交活动，必须吃点什么，她总是显出兴致很高的样子，也跟着大家去吃，可转身就会到卫生间里吐出来。"这跟厌食症患者的典型症状很像了。"她从来不为没胃口吃饭求医，这是医生们对她体重太轻表示关注，听到她的讲述后做出的判断。她总是拼命摆手，她的意思是，她不是像厌食症患者那样，进食后故意又去吐出来。她是没法多食，一吃多了就有身体上的反应，想吐，只能少吃。医生就说："那就是非典型厌食症了。"她不喜欢听到"厌食症"这三个字，就不争了，按时吃各种医生建议的食品营养补充剂，甚至会让自己硬着头皮吞蛋白粉。这让她看上去虽很瘦，却因为刻意锻炼，又按时吃营养补充剂，体态和精神都还不错。加上那眉眼和神态，人们要说她像一个活跃的芭蕾舞演员，听上去也不太勉强。

看着柳琼那样单薄的身板，人们都觉得自己知道了她一直单身的答案。柳琼觉得自己确实也很适应和享受单身生活，一个人就这么过了下来。反正这在美国也不会让人特别在意。每个人的面前都有那么多需要关注的人和事，就算想到时有点好奇，也就点点头，由她去了。

"你我都没见到你妈变老的样子。那天见你下班回来，正在刮风，我远远看你走过来，那么瘦，很吓人的。这儿总是太阳一下山就冷的，你穿得又少，身子缩得很紧，没脂肪的人都这样。我从这里看出去，你猜我看到什么？"柳琼正低着头给父亲的杯子添水，耳里就听到了他干涩的轻声："就是我梦里见到的你妈妈变老后的样子啊。可你还年轻啊！我那个晚上一夜都没睡好。"父亲说着用手撑到额头上，没再说话。

柳琼看不到他的眼睛。她安静地握着父亲搁在台上的另一只手，说："爸，我答应你，我会好好吃饭。我答应你了，啊？"好久，父亲才抬起头来，说："这样就好。"柳琼看着父亲一头银发下瘦削的脸庞，轻声说："爸，其实你一直也很瘦的，我们可能就这基因。"父亲一摆手，说："不扯这些。我们一起好好吃饭。"

在那个夏天剩下的尾巴里，他们再不请客，也不参加派对了。柳琼下班一回到家里，看到的就是寂寞的父亲和满满一桌的饭菜。她总是快快换好衣服，看上去兴高采烈地坐下就吃，还陪父亲喝起红酒。父亲自己吃得很少，陪在旁边喝几口红酒，只看她吃，一边催着。他总是问，哪样喜欢，哪样不喜欢。菜谱就随着她的回答变。桂琼在电话里问起来，笑了说："爸说你在学吃饭呢。姐，你真的是要胖点好啊，到了我们这个年纪，要有点储备的。"柳琼支吾着。她是硬着头皮在为父亲吃下那些饭菜。让她意外的是，这下倒真是不怎么会吃过就老想吐了，心下有点吃惊。她到西雅图后，就为吃不下饭这事找到心理医生南希。她知道这不是身体的问题。跟了南希这么多年，她知道自己为的不过是寻求安慰。现在看来南希是对的，是意念的问题。到了夏天结束，父亲要回桂琼家的时候，公司里的人都看到了她的改变，父亲也淡笑着点头："你的脸上终于有些肉了！"父亲将他认为容易做的菜写下菜谱，放在厨房的台上。那小本子的封面上，父亲一笔一画写下一行："世上无难事！"

去机场的路上，父亲看着窗外，很慢地说："我这些天总是想到你刚出生的样子，那时三年困难时期刚过。按说你妈妈怀你的时候也一直吃不饱的，可你一出来，就很饱满的样子。医院里很久没见过生出来皮肤都不皱的娃娃了，大家都来看啊，羡慕得很。真没想到，到了美国反倒越来越瘦了。"柳琼想起奶奶说起她出生时，可是完全不同的故事，可她只笑笑，没回父亲的话。父亲的表情一下就黯了，摇头："我是在认真说话呢。你妈妈走的时候，你还不到五岁，真是胖乎乎的，正在换牙，如果你妈知道你后来会变成这样，不懂会怎么怪我。你妈总是跟我说，你特别像她小时候，唉……"柳琼轻声说："我从来没怪过妈……真的。"她突然说了这么一句，没头没脑的，父亲的表情严肃起来，身子好像打了个激灵，沉默了。

柳琼想，父亲应该不记得她在十岁时也大声地讲过这句话的。那次是学校里要举办一年一度的六一儿童节表演，一向都在边缘的柳琼好不容易给选上了参加表演群舞《我爱北京天安门》。老师让她们准备红裙子白衬衫。柳琼没有红裙子。奶奶和她一样着急，一直反复念叨着："那怎么办？那怎么办呢？"要专门花钱去买布做裙子,奶奶舍不得,可没有裙子,柳琼就要失去这个难得的机会。柳琼急得哭起来:"我是个没有妈的娃崽,你让我怎么办?"她叫出声来。她没有想到,话一出口,就被父亲厉声吼住。"我不是怪妈妈,我不是……"柳琼第一次敢顶撞父亲。在她十岁的夏夜里,口气里全是怨,猫都听得出来——奶奶后来轻轻地给她讲道理。

"你再讲!"父亲又吼出一声,还将桌子拍得"啪"的一响。柳琼的眼泪给吓停了。她掉过头去,看到父亲眼里那两道从未见过的冷光。她又哭起来,这下哭得更响了,引得邻居们都出来了。隔壁家的阿姨拉开了柳琼和奶奶,问明缘由,说她去想想办法。第二天,邻家阿姨帮她借来了一条成人尺寸的红裙子。奶奶连夜将那裙子用针缝短,收了腰,让柳琼在六一的夜晚高高兴兴地穿上了台,和同学们满台蹦着边跳边唱:"我爱北京天安门,天安门上太阳升。伟大领袖毛主席,指引我们向前进!"出透了一身的汗。父亲和奶奶都没有去看她们在露天电影场的演出。柳琼跟同学们一路唱着歌子回来,到家的时候,她一下就放轻了脚步。从那个六一开始,她知道这个家里,妈妈是要回避的话题。

那天在给父亲机场道别时,柳琼说了:"爸,我一直想要翻过这一篇。我们不讲妈妈了好吗?"父亲扶着拉杆箱站定,盯着她,好像在等她下面的话。"我晓得我这样讲是不合适,很小的时候就晓得的。我也想像柱琼那样,像大家那样,过那种公认正常的生活,我真的一直很努力。这么多年,我特别努力……"柳琼没想到,自己说到这儿忽然就说不下去了。她直视着前方。她觉得她应该会哭的,却怎么也没有眼泪。她不敢去看父亲。直到他轻轻地拍拍她的肩,很轻地说:"好的,我们不讲你妈妈了。"

柳琼后来跟南希讲过她和父亲的这段交谈。南希微微蹙了眉,说:"嗯,但愿你甩掉的,不会变成他的负担。"柳琼一愣,却没有追问。南希是她在这个世界上唯一能倾诉的人了。她从来不敢告诉南希,其实她并不需要南希做什么,除了倾听。

二

七年前，父亲过完 84 岁生日之后，跌断了股骨。手术康复后，父亲的话一下就少了很多。到了这时，姐妹俩就不敢再让他自己出远门，便决定不再送他去西雅图柳琼那儿，而是由柳琼在春夏间飞来加州，陪父亲十天半月，到了圣诞节、新年，再过来跟父亲和妹妹一家过节。

父亲到了这时，最爱说的就是"可惜我再不能去帮你做饭了"，那语气和表情里，都带着很深的忧伤。桂琼的儿女也大了，不再需要外公太多的照看，父亲也再没了烧饭做菜的意趣。每到这种时候，柳琼就打断他，说："爸，你这是有成见呢，我已经胖啦。"父亲左右打量她，表情很不肯定，让柳琼说不出是该高兴还是伤感。她的体重仍在徘徊，努力进食的结果，让她不仅看南希的次数多了，还要出入专科医生诊所。她就决定不再挣扎。好在父亲好像也不太能看得出变化了，只要她说胖了，父亲就会高兴些。在一起的时候，除了重复"你要多吃"，父亲的话越来越少。柳琼每到吃午饭的时候，总是端了碗，坐在他边上，吃得兴致很高的样子。父亲看着，最后总要说一句："是比以前能吃了，怎么还是那么瘦？"柳琼就笑了说："如果一定要找根子，那应该就是基因了。"父亲一愣，停了好一会儿，忽然说："那你妈妈可一直都是丰满的。"

柳琼给噎在那儿，好一阵没接父亲的话。父亲已经很久不提"你妈妈"了。柳琼这是第一次听父亲说母亲"丰满"，母亲的形象在她的记忆里已经模糊的时候。父亲盯着柳琼的眼睛，用力地点点头，表示肯定。柳琼起身，去桂琼的书房里取来家庭相册。这是她过去来看父亲时，父女俩喜欢一起做的事情。

桂琼也跟了出来。父亲一见柳琼端在手里的灰蓝封皮的相册，就抓起台上的老花镜戴上。

母亲果然是圆润的。柳琼好像才意识到。她抬起头去看父亲，父亲的目光锁在相册上，完全没注意她。她怎么从来没有觉得母亲是丰满的？她现在想起来了，照片中母亲身上那件掐腰的薄短袖衫应该是铁锈红的底色。母亲在那个夜里哭诉着她想用毒药拌饭，将孩子们一起带走时，穿的就是这件衣裳。桂林夏天闷热得令人窒息，柳琼在蚊帐里蜷缩着，她听懂了"拿点药水来，一起吃下，要走一起走"。每次感冒发烧的时候，她最怕的就是吃药水了！隔着蚊帐，柳琼能看到桂琼正在母亲的臂弯里熟睡。她没有完全听懂母亲的话，但为了那药水和那"毒药拌饭"带来的母亲的凄凉啜泣，小小的柳琼抖了很久，身子蜷缩起来。

父亲安静地随着柳琼翻看相册，没再说话。待柳琼将相册合上，他取下眼镜，从表情上看不出他的心情。他只是半闭上眼，靠到椅背上养起神来。柳琼看着日渐沉默的父亲，想，也许父亲到了这年纪，也只能跟她说说早逝的亡妻了。再跟父亲聊天时，柳琼有时便主动说起母亲，父亲却不大接她的话。直到有一天，柳琼和父亲坐在桂琼家后院的大木台上，望到远处的太平洋在阳光下呈出的一条长长金线。父亲忽然说："中国在那边。"柳琼点头，握住他瘦削的手，发现很凉。父亲又说："我最后是要回去的，和你妈妈在一起。我跟桂琼也讲了，你们姐妹都要记得。"

柳琼看过桂琼带父亲去签下的遗嘱——重病时不要抢救。不要切气管。不要上呼吸机。父亲将桂林的那套清空的房子留给桂琼柳琼姐妹处理。"你们最好保留着，将来回国旅游度假，有个落脚点。世事难料的。"父亲又对桂琼说，"你们的孩子可能会需要呢，将来美国和世界会发生战事、灾荒、动乱，不是不可能的。"后来桂琼和柳琼一起看那遗嘱时，专门点了点这条，凄凉地笑笑，说："他们这一代人真的很可怜，永远在做最坏的打算。"

遗嘱里很重要的一条，是姐妹俩都很意外的——身后骨灰要撒到漓江里。那是她们母亲的去处。柳琼想起有一年，妹妹看到旧金山湾区半月湾山间墓园发的中文广告，说是不是要帮父亲买一个墓位，或者多买几个，将来一家人都在一起。柳琼就说，爸总是说，他将来要回去跟妈在一起的，现在他就是这个意思了吧。这要随父亲的心头愿。

父亲当年是跟着妈妈从上海去广西支边。按他跟柳琼讲的,如果让他选,他更愿意留在上海。"但是你们的妈妈要响应号召,在上海医学院是第一批报名支边的。你们妈妈凡事都特别有主见,这是我一直最佩服的。这就没话说了。所以你们都成了广西人。"

按父亲讲的,母亲家里早年在杭州开丝绸庄,还有两家缫丝厂。柳琼的舅舅们远去欧美游学,带回了开化的家风。柳琼母亲抗战胜利后就去了上海,因为迷上居里夫人,进了圣约翰大学修化学,在那儿遇到刚由族里选拔资助到圣约翰修读化学的柳琼父亲。母亲那个民族资本家的大小姐很快就认同了那是一个安不下一张书桌的时代,上课之余,所有精力都投入学运,在各种组织中流连,成了十里洋场学运中小有名气的人物,走到哪儿都有人呼应。让柳琼那来自浙江山区的遗腹子出身的父亲很是佩服,一直跟在她身边。

父亲后来才慢慢告诉柳琼,上海解放前几年,通货膨胀严重,物价飞涨,老蒋派出长公子蒋经国进驻上海,主导财政改革。蒋经国一到上海,就建立了直接向他本人负责的"戡乱建国总队",铁腕整肃那些贪污盗窃的渎职官员。蒋公子将抗战时在赣南"一寸山河一寸血,十万青年十万军"、动员青年上前线的做法移植到上海,声称"打老虎"是全社会性质的革命运动,号召大学生参加"大上海青年服务总队",投身打击奸商和贪官的新战场。一向走在时代洪流前列的柳琼母亲,成了过万名获准加入"大上海青年服务总队"的一员,冲在"打老虎"运动第一线,同时火线加入了三青团。直到"打老虎"运动因国民党内阻力太大而黯然收场,母亲就一直希望自己也能将那一页忘记。

柳琼记得父亲说过,妈妈走后,他也想一了百了。"那是最容易的。你们妈会走这样一条捷径,真是我没想到的。"他叹着气摇头,"你和桂琼那时真是嗷嗷待哺啊,那么小,我怎么能走啊?"父亲又说。

父亲没再娶,也是为了她们吗?她问过一次,父亲叹了一口很长的气,沉默着,最后说:"唉,这些今天讲来都没意义了。不讲了。"

柳琼看过了父亲的遗嘱，去跟父亲说，我和妹妹都在这儿，大家可以在一起的。父亲摇头："我已经很老了，包袱要扔的。"见柳琼揩起泪来，父亲又说："日子过得太快。你们姐妹如今都要年过半百啦，如果你们有什么包袱，也要尽早扔掉。"柳琼点点头，想起小时看到学校的围墙上用石灰刷出的"2000年实现四个现代化"时，还心算了一下，父亲到那时就该过70了，自己也要快四十了呢，惊诧得很，觉得那是在永远那一边的事情，可是一眨眼，那"永远"就到了眼前。

父亲做了股关节手术后，记忆力开始明显衰退，话就更少了。柳琼觉得妹妹说的"断篇"这个词特别形象。大家都庆幸父亲的忘事情形发展得慢。桂琼觉得就算真是阿尔茨海默，也还是住在家里好，她不舍得将父亲送到老人院去。柳琼记得父亲总是说桂琼这儿是他最后的家，就没再多话。姐妹俩合计了，经朋友介绍，请来了一个在圣塔克鲁斯加大陪读的留学生家属当看护。那位东北大嫂在白天大家上学上班时过来，帮父亲做顿午饭。最要紧的是要盯着他吃饭。父亲的吃饭忽然成了件大事。如果没人盯着提醒，他就经常会不吃午饭。哪怕桂琼将提醒他吃午饭的字条贴在冰箱门口也没用。开始桂琼以为他是忘了，提醒多了，父亲说是没有胃口。"这和你倒有点像了。"桂琼在电话里叹气。

到了前年秋天，八十九岁的父亲在一个大白天里，趁看护大嫂在厨房帮他做午饭时没注意，自己打开车库的门，离家而去。到看护大嫂发现时，他已经走下了社区里那个长长的坡，站在进入市区的一个繁忙的十字路口中央，引得路人打电话叫来警察。当看护阿姨追到时，五辆警车已将路口牢牢堵住，引发长达几英里的大塞车。

桂琼在电话里呜咽："姐，是终于到时候了吗？我怎么都不可能想象，那会是爸啊！"柳琼安静地听着，没有说话，第二天就飞到加州。

父亲见柳琼到来，脸上的表情很平静，只淡淡地点头，说："你来了。"好像柳琼是来赴约的。没等柳琼坐下，他就向桂琼摆摆手："我有话要跟你姐说。"直接便将柳琼领到他自己的屋里。

柳琼一进门，父亲在身后就将房门轻掩上，轻声说："你不要着急。我是老年了，但没有痴呆。"柳琼去扶了他一把，点点头说："爸，这我知道，你坐下说。"父亲不接她的话，只站在屋子中央，想了想，说："你既然来了，那我就说吧。我这几个月，夜里总是做很多梦，最常梦到的就是你妈。"

柳琼一惊，不知该怎么反应。"可我不想见你妈啊，我已经是个黄昏前的赶路人了，最怕的就是路遇劫匪，这可怎么了得。"父亲又说，口气急得带上了哭腔，双手还甩起来。柳琼还没反应过来，又听到父亲低下声来，说："我只跟你说啊，那天我也不是迷路，就是一下糊涂了。那天午休时，我做了个很奇怪的梦，看到你妈在找你……她……她说要带你走。这是我最怕的事情啊。我一下就蒙了，就出门去追你。"

这是柳琼完全没想到的。她愣在那儿，微微张开了口，想不出该从哪里说起。那么他也记得那个夜晚的？那也是他最深的恐惧，是吗？"你不要太担心，我已经理顺了这事，我是没关系的。只是她说得好清楚，她要带走你——我是给这句话吓着了。"父亲说着，双手捂住脸，退到床边坐下。她听到了自己急速的心跳，这对父亲也是咒语吗？父亲在那个夜晚也将母亲的话听下去了，一直记到黄昏时分？柳琼走过去，抓住父亲的手腕，父亲并没有松开的意思。她转身出去，到厨房里喝了两口水。桂琼和杰克无声地坐在餐桌前，目光紧张地随着她移动，柳琼朝他们摆了摆手，接了杯热水，又走回父亲的房里。

"来，爸你喝口热水。不要急，你好好的，没事就好。"柳琼轻拍着父亲的背，将热水递上，轻声说。

父亲松开手，接过她递过去的水杯，盯着她看。柳琼下意识地摸了摸脸，就听得父亲说，你看你又瘦了。柳琼笑笑，说，哪里，胖了三磅呢！父亲有些惊讶地张了张嘴，上下打量她，说："这就好，你再胖个二十磅都不多的。"柳琼笑着示意他喝水。父亲抿了一口，看着她，很慢地说："我已经很老了，这一生没什么太多的遗憾，妹妹一家，你，都很好。"柳琼搂住父亲的肩膀，说："爸——"

"你让我讲完。"父亲打断她。想到他已经很久没说这么多话了,柳琼安静下来。"柳琼啊,如果爸爸妈妈有什么对不住你的地方,到了今天,看在你老父亲的分上,你就都放下吧,嗯?"父亲盯着她的眼睛说。

柳琼的泪水涌上来了。他们果然有个共同的秘密吗?有吗?她单腿跪到父亲面前,看到父亲嗫嚅着,喉结上下滑动着,好像在努力把到了口边的话吞回去。她把手放在父亲膝盖上,抬头看着父亲的眼睛,点头说:"爸,你快别想那么多。我从来没有什么要怪妈妈的,更没怪过你啊。你才开始享女儿们的福,你要好好的啊,我和桂琼才能安心的,我们一家人,好不容易有今天。"父亲的眼睛忽然就黯了,很轻地点了点头,没再说话。

柳琼从父亲的房里出来,只有桂琼等在饭厅。"爸——?"桂琼一边问着,一边起身迎过来。柳琼摇摇头,轻声说:"他就是想说自己没事,唉,还是带他去检查一下才能放心的。"桂琼站近了,揽过柳琼的肩膀:"爸到底说了什么呀。你都哭了,怎么还说没事?""我就是有点难过,爸真的老了。"柳琼说着声音就变了。姐妹俩拥抱在一起。

接下来的一个多星期里,柳琼带父亲跑了大一圈医生诊所。检查下来,医生也同意父亲自己的坚持:确实不能说是阿尔茨海默病。按父亲的情况,就是大脑有些钙化点,若发展得慢,成为阿尔茨海默病至少还得很多年。这个结论让大家松了口气,柳琼却有些喜忧参半。如果父亲果然不是阿尔茨海默,这里面的水就很深了。她打住自己的这个念头,努力不再想它。

桂琼给父亲换了个看护阿姨。父亲的情况看着也控制住了。到了这时,桂琼家里的两个上了高中的孩子都能自己开车了。孩子们课后的社会活动多起来,桂琼家里经常空空荡荡。就算孩子们在家,也都各自在自己的房间里忙,一边做作业一边上网,难得见到人影。父亲在电话里说:"我真的觉得自己成了一个溜边的老猫了。"

接下去春天到来的时候,父亲的胃口突然更差了,一天都吃不了什么东西。他在电话里跟柳琼说,你以前老说没胃口,唉,现在我也明白吃不下饭是什么感觉了。

　　到查出了胃里有个瘤的时候，父亲已经很虚弱。他直接拒绝了活检。柳琼从西雅图赶来劝说，现在医学这么发达，就算是最不好的结果，都会有办法治的。父亲靠在床头，摆着手说："你们不要再说了。我都活到这把年纪了，够本了。你们也大了，事业有成，连第三代也这么好，我还有什么不放心的呢？这些话你们要我说多少遍才够呢？"

　　柳琼知道，她们和父亲之间的桥已经开始断裂。

　　"你……"父亲忽然抬起眼睛，看向柳琼，"你只要按你答应我的，好好地过下去。你妈妈答应我了，她不会带你走的，她说话确实算话的。你要过不好，就是自己的问题了。"父亲突然冒出这么一句，让柳琼停在那儿。她没听明白他话里的时态。父亲的眼神变得有些哀怨，盯着她，说："真的，我和你妈妈那天说定了。"

　　那天？哪一天？柳琼甩了甩脑袋，说："我答应你的，我会认真做好的。爸，你看我这大半生，一直都在做你的好女儿啊。但爸你的身体有问题，还是要看的呀。"父亲提了声："就算有问题，我自己做主了。桂琼和杰克决不会赶我走的。"

　　话说到这个份上，柳琼和妹妹一家只能安静下来。由着父亲的意思，不再去寻求医治方案。这样一来，父亲的情况起初倒稳定了一阵。在电话里，父亲说，我在很努力地吃东西啊，你不会不如爸爸吧？柳琼听了，连声应着，第一次开始认真地做起自己日常的饮食方案。连她常去购物的超市里的店员们，都注意到她购物袋里的东西的品种和数量都多了。他们说，看到她这样，才敢跟她开玩笑，都说："你丰满起来会更好看。"

　　"这是心志。"柳琼再去南希那儿时，自己就先总结了。柳琼跟南希说的是，她自己真是已经吃得不少了，体重仍很难上去。南希看了她的饮食清单，建议她得去找营养师做规划。柳琼当然知道，这是中国人说的积重难返。在那么漫长的时光隧道里爬行，自己身体已经不能在短时间内适应这样的改变。"这不要

| 是时候了 | 021 |

紧。你得知道自己有意愿才是非常重要，"南希说，"你有这样的意愿，就是最大的转机。"

父亲首先打破了父女间维持不久的饮食竞赛的动态平衡。他很快地消瘦下去，后来干脆不能吃饭了。再一查，肿瘤已堵到贲门。在很短的时间里，父亲连行走都已经非常困难，按规定已具备进入临终关怀的条件。初始时，临终关怀机构的护士定时到家中为父亲打营养针，做物理治疗。到疼痛开始时，需要随时护理的时间长了，柳琼姐妹俩再不情愿，也只能按看护机构的专业建议，为父亲寻找入住专业护理中心的可能。

这正是疫情在全美全面大暴发的时刻，各地老人护理中心都在关闭中。父亲吃力地说出了："那你们帮我去问问欢欢，看她能不能让我到她那儿去？"

三

"是时候了。"柳琼在"金柏"的大厅门前站下时，对着玻璃上的自己点点头。

桂琼一拉开门，只见穿着蓝白相间防护服的一男一女迎了上来，走在前面的女子揭开面罩，向她点点头，柳琼认出是欢欢。两人交换了眼神，轻轻地碰了碰胳膊肘。柳琼很清楚，在这傍晚时分，欢欢肯定是专门在等她的。

疫情暴发以来，全美的老人院沦为重灾区，病亡率高得惊人。欢欢为了"金柏"的防疫，按桂琼说的，已经熬得路都走不直了，换来的是"金柏"的近四十位高龄老人没有一个被传染上，成绩傲人。北加州多个媒体对"金柏"做了系列报道。欢欢作为"金柏"的女掌门人，再次成为社区名人，还被选到了市政府抗疫委员会当顾问。

待欢欢一退开，等在边上的那个全副武装的男子马上过来用体温枪对着她的额头一摁，随即示意她去感应机下取洗手液洗手，一边就递上了一个崭新的防护面罩。

柳琼犹豫地望向欢欢。欢欢向她点头，很轻地用中文说："我明白。你先戴着吧。现在都特别小心。谢谢上帝保佑，'金柏'还安全，但真的不敢有一丝大意啊。老人家是最脆弱的。城里海边那家设施最好的'棕榈滩'养老院，就是因为放进了几个探视的客人，防护措施没做到位，一下就弄到有老人染上了，居然十天内就走了八个老人家，现在还有五六个住在ICU。"隔着口罩，柳琼听到欢欢的声音带着很重的鼻音。

柳琼侧过头去，朝欢欢轻声说："当然，当然明白的。我只是怕戴上这个，我爸会认不出我。"她说着举起那透明的大面罩看着。欢欢点点头，说："没关系的，你先戴上吧。"柳琼就将面罩戴上了。欢欢退出一步看着她，点点头，犹豫了一下，声音更低了，说："柳琼姐，你要坚强点啊。""谢谢你，晓得的。"柳琼努力笑笑。"It's about the time.——是时候了。"亲耳听到这话由欢欢说出来，柳琼的眼睛就红了。在欢欢面前，她是可以做自己的。

欢欢轻声说："往好的方面想，伯父已是高寿。"停了一下，又说："我们都知道，他是在等你。"

柳琼低头去戴橡胶手套，没作声。这个意思，桂琼昨晚说得再直白不过了——"爸只要一清醒，看着抬眼皮的力气恐怕都没，还是很吃力地要四下张望，他是在找你啊。"柳琼没回桂琼的话。她想，如果是这样，是不是她晚一点来看他，父亲远离的那一刻就会晚点到来？她是舍不得父亲走的。这样的想法她只能留给自己，直到桂琼昨晚上说，爸实在熬得让人看不下去了。

桂琼在前台的电脑边帮着填好表。过去总是布置得花花绿绿的前台，现在看上去如急救室一般冰冷肃静。前台护士过来交代了几句，就示意她们跟着绕出侧门。柳琼迟疑着。她在父亲搬来后的最初期，获欢欢的特批来看过一次父亲。那时她总是从这里往走廊深处走去。父亲的房间，就在最安静的走廊尽头的拐角处。有时父亲睡过去了，她就从那儿拐出后门在院里散一下步。

柳琼望向已经暗下的走廊。所有的房间好像都关上了门，整个建筑仿佛腾空了一般，听不到人声。过去在活动区，总是有老人们在聊天，唱歌，玩游戏。她那时每次走去看父亲，都会好奇地探视走廊两侧那一间间敞着门的老人房间。她知道这就是人生最真实的底板了。

"金柏"属于人生最后一程路边的最后一个驿站。那些最后在这里停留的老人，无论过去有过什么样的人生，拥有过什么样的庄园豪宅，都只能退到这驿站里一个小小的房间里，甚至是一张单人床上。老人们房里的东西都少得令人难以置信。他们最看重的，显然就是满墙的子孙和家人的照片了。

父亲那时的邻居是个年逾90、无儿无女的白人老太太。柳琼每次经过，都会看到她背对门口静卧着的瘦小身影。她床边那幅正对着大门的白墙，几乎被一张巨大的黑白照片盖满。照片里，一个穿着飞行服的空军飞行员站在战机舷梯上。欢欢告诉她，那是二战时期在欧洲战场为美国空军参战的老太太的丈夫。那个英俊高大的战机飞行员正在人生黄金年华，生机勃勃的，挺拔身板，穿着一件短款皮夹克，脖子上扎着一条雪白的围巾，笑容灿烂，比那些好莱坞明星更生动好看。柳琼每次看到那些照片，总会有些凄凉地想，到自己老了，要贴些什么呢？再去看到父亲那间空空一片的房间，桂琼给他在床头矮柜上也放了孩子们的照片，还有柳琼和父亲跟妹妹一家人的合影。边上还有一张，是父亲刚来美国那年，柳琼挽着他在旧金山金门大桥上的照片，父女俩的笑容跟加州的阳光一样明亮。"这是爸专门要我拿来的。"桂琼告诉她。想到父亲是坐着轮椅被推进来的，他还记得要带上这些照片，柳琼安静地点头。可为什么没有母亲的照片，柳琼又想，心里有些难过，却没有对桂琼提起。

桂琼这时走近来，轻声告诉她，父亲隔壁那个终日依傍着英俊的丈夫照片的白人老太太两个月前已经去世了。父亲和其他几位进入临终关怀程序的老人一样，被移到走廊尽头新搭出的有侧门出入的房间去了，以方便医护人员出入，避免交叉感染。

柳琼点点头，跟着欢欢和桂琼绕到加建的临时露天通道上，向父亲的房间走去。通道对着的另一侧停车场空空荡荡。阳光更斜了。柳琼停了一步，侧头去看停车场靠着的马路那边。她记得那里有一个"金柏"仿建的汽车站,像模像样地立着一块回收来的旧公车站的站牌,上面标着好几条公车的路线。远远望去,那个仿建的车站在夕阳下显得空寂而凄凉。

"现在没人来了。"桂琼跟着停下来,轻声说。

"金柏"里的老人里患阿尔茨海默病的比例很高。过去可以让他们自由行动时,老人出走的事经常发生。自从建了这个模拟公车站,它就成了"金柏"最有效的收容点。只要发现有老人出走,工作人员总是在第一时间就奔来这儿,肯定就能找到在那里等着那永远不会出现的公交车的老人,一找一个准。父亲刚进来时,有一次在护工莎莉帮忙下用 iPad 跟柳琼视频聊天时,忽然说:"到我出院的时候,可以自己从这儿坐车回桂琼那里。我知道在哪里上车。"柳琼湿着眼睛说:"爸你好生养着,我们到时来接你。"父亲就沉默下来,好一阵才叹了一口气,说:"怎么想得到,会在黄昏的时候遇上疫情!小菲和小明也好久不见了。"柳琼说:"他们不是常跟你视频吗?"父亲吐出一口气,吃力地说:"那是不一样的。我好想抱抱他们啊。"柳琼马上说:"桂琼会尽快带他们去看你的。"父亲一掉头,就迷糊了过去。

桂琼告诉她,父亲以前就听欢欢说过那个收容老人的车站。柳琼停下一步,又望了一眼那个夕阳下空无一人的车站,想父亲再也不用挂念她们了,一时竟有些轻松下来。

欢欢跟在一旁,安静地站着,也一齐望向车站,并不催她们。柳琼转过身,轻声说,我们走吧。抬眼再看,走在前面的桂琼已经到了父亲房间的侧门前,刚要去拉那玻璃门时,戴着口罩和面罩的妹夫杰克从里面拉开了门。一见柳琼,全副武装的杰克抬手一摇,算打过了招呼。

柳琼一脚跨进屋里。室内很暗,刚转头向跟在身后的桂琼示意,杰克就去开了顶灯。她一眼看到面朝走廊方向,躺在微升起的病床上的父亲。在视频里,她觉得自己已经很熟悉父亲的房间了,可这样一脚踏入,整个屋里带着的那股压抑的肃穆,还是让她吃了一惊。一片灰白的冷色,只有监视仪上红红绿绿的信号，让人感到一点生机。隔着面罩和口罩，她还是能闻到很浓的药味。这都是消毒剂吧，柳琼想。原来的床头柜给移到了角落里，小柜上那些父亲带来的家庭照片寂寞地站在相框里，现在看上去，照片里每一个人都笑得那么没心没肺。那个父亲心爱的iPad，被装进了一个黑绒面的袋子里，也放在小柜的台面上。

"爸——！我，柳琼啊。"柳琼轻声叫着，向父亲的床边走去。柳琼没想到自己此时脱口而出的就是桂林话。他们父女总是在普通话和桂林话之间切换。父亲大半辈子生活在桂林，能说一口不标准但很流利的桂林话。

父亲闭着双眼，没有反应。他的表情很平静，像在熟睡。这是柳琼没想到的。她定睛再看，父亲的额前和鬓角都修得很齐整，胡子也剃过了。欢欢真是贴心，柳琼心下一热。

"我是柳琼啊——！"她又轻叫一句，握起父亲摊在床边的手。她感受不到父亲的体温，心一沉。再去看父亲的脸，明显感到他比iPad里看着更瘦了，脸色青里带灰。她去脱橡胶手套。边上的桂琼拉了拉她，她没有停下的意思。桂琼有些紧张地看向欢欢。欢欢递了个眼色，马上转头示意边上的护士荷西和护工莎莉回避。

荷西和莎莉离开了。柳琼将手套褪下，一把握住父亲的手。真的好凉。她想起每次跟父亲说他的手太凉了，父亲就会说，人跟机器是一样的，慢慢地，慢慢地转啊转的，慢慢停下，最后熄火的时候，会更凉。

父亲已经好些天不进食了，只从静脉滴着维持生命体征的营养液，等着她的到来。这时，柳琼看到父亲的嘴微微张开了，眼皮虽耷下，看着明显比刚才开多了些。柳琼凑近了，看到父亲眼里大部分是眼白，一惊，镇定地向前再挪了一步，俯下身去，对着父亲的耳朵说："爸，柳琼来看你了。"

无声无息。

"我刚刚从西雅图来，赶在了黄昏之前到的。"静场。柳琼能听到自己腕表指针的转动声。她刚垂下眼皮，突然就听到父亲的鼻管发出的咕咕的响，抬眼一看，父亲的眼珠出现了。柳琼一把扯下口罩，叫："爸——！"她觉得看到了父亲的眼泪，赶忙向站在她侧边的桂琼伸出手，倒是杰克明白了她的意思，赶紧去扯来两张面巾纸塞到她手中。

柳琼凑上前去，小心地揩着父亲眼角。再看，好像什么也没有。父亲被她握牢的手，冰凉瘦削，像在冬天里抓到的一把枯枝。父亲的手好像很轻地动了一下，像是想握住她的手，却是无力的，很快又松开了。她转头去看桂琼，冲着床边的落地灯抬了抬下巴，欢欢赶忙去开了落地灯，整间屋子明亮起来。

父亲的喘气变得急促起来。"爸是能听到我们讲话的。"桂琼轻声说。柳琼将父亲的手握紧了，另一只手也搭上去，在父亲的手背上轻摩着。莎莉进来了，赶忙去拧氧气控制阀。很快，父亲的呼吸平稳下来，大家安静地站着。父亲好像进入了深睡眠。欢欢靠过来，轻轻拍了拍柳琼的背，柳琼和她交换了一个眼色，欢欢就转身出去了，轻轻地带上了房门。

桂琼没打招呼，转身就去拉开侧门，往院外走去。柳琼轻轻把父亲的手搁下，放进被单里，向杰克点了点头，也跟了出去。姐妹俩一前一后走在空旷的停车场里。看着桂琼的背影，柳琼的眼泪就下来了。她不愿意桂琼看到她的眼泪，疾步转朝那个仿造的公车站走去。桂琼跟上来，在她身后压着声叫："姐，你不要太伤心了。"

柳琼绕到那公车站前面，发现居然新漆过了。这疫情期间，还会有老人能出来吗？她揩了泪水，在椅子上坐下。桂琼跟过来坐到她旁边："姐，我是很慌的。"话音一落，桂琼就开始哭。柳琼很少见桂琼哭，轻轻揽过她的肩。"道理我都懂的，就是好舍不得。如果爸还在喘气，我就还是个有爸的人啊。"柳琼握过她的手，没接她的话。"姐，我和你不一样的。我从来没见过妈。我是说，我对妈是完全没印象的。我小小就被带到外婆家，长到快六岁才回来。我也懂得，爸其实是更爱你的。"

"你不要这样讲。爸很爱我们的，他怕我们受委屈，都没再婚。我听说给他介绍对象的人很多的。"桂琼揩着泪："我不是忌妒，姐你不要误会。你一直跟爸相依为命，爸对你有更特别的感情，很正常。我最得安慰的是，在他晚年，我能跟他在一起。他帮我们一家多少,这些就不用再多讲了,按老话说的,那是我们的福报。其实爸一直是很寂寞的……"桂琼的声音又变了。

"是啊,要谢谢你和杰克,还有小明小菲带给爸晚年的一切。爸经常跟我讲的,他是很有福气的老人。"桂琼打断她:"一家人说这些干吗?""当然要讲的。"桂琼沉吟着,忽然扭过头来:"姐,妈走的时候,你有印象吗?"

桂琼上一次问这个问题,是在她上高中的时候。那时柳琼已经到南宁上大学。桂琼是在信里问的。那封信很长,讲了很多在师大附中尖子班备战高考的事情,忽然在最后来了这么一句:"姐,你记得妈妈走时的情景吗?"这句话在信中没有前后的关联,很突兀,让柳琼很吃惊,心下意识到妹妹长大了。

柳琼给她回信时,没有回答这个问题。她本想假期见面再说,可到了暑假回到桂林,桂琼却没再提起来,好像那个问题从来没出现过。有次柳琼主动要说起,桂琼说,不用讲了,我晓得了。柳琼一愣,不知道她晓得的是什么,想再解释,桂琼已经跑开了。

时隔这么多年,妹妹怎么会在此时又想起这个。桂琼见她沉吟着,也不说话,只看着她,在等她的回答。

"那也是一个傍晚。桂林的夏天,又热又潮。"柳琼轻叹一口气,"妈妈那时已被叫去集中学习,我已经好几天没见到她了。我一直在找她,奶奶带着你,管不了我,我就总是跟爸到他们化学系里去,他们应该也是在开会学习,但他是可以回家的。那天,就是妈走的那天,我就在化学楼外面玩。那时小孩子都是放养的。那里,爸系里老师的大孩子,带我们一起玩。我记得有个长竹竿搭出的秋千,我看大孩子们在那里荡来荡去,觉得特别有趣。"

桂琼安静地听着。"那天傍晚,我等在那里好久,爸都没出来。大孩子们都走了,我就坐在秋千下的沙坑里,等啊等啊。我记得的就是这样。那时太小了。就算记得,老实讲,我也想忘记。"

柳琼沉吟着,抬头去看站牌。她记得一身藏青夏装的父亲是从化学楼那高高的台阶上跑下来的,步子特别碎。有几个青壮男人冲到了父亲的前头,好像在领跑。正是夕阳落山的时辰，台阶上一片金红。大人的长腿，从高高的台阶上疾步而下，哗哗哗的，沿着楼梯排出长长的一队跳动的剪刀。父亲近了，她看到他白纸般的脸色，看向她，又迅速将头扭开。这是她从来没见过的父亲。"爸——！"她叫了一声，她努力发出从未发过的尖声，从沙坑里站起来，向台阶上奔去。父亲没有回头，冲到楼前的苦楝树下取自行车，那些人跟他一样，也跨上了自行车，转眼就不见了。她开始大声哭喊。从楼里疾步走出一个阿姨，过来抱起她，背着台阶而行。她被阿姨送到家里留给了奶奶。

从那个夜晚起，母亲再也没有回来。

"就这样了。"柳琼自语般地叹一声。"现在，是要送父亲的时候了。"她又说。

桂琼点头："我以前最怕听这样的事情。这些年天天跟爸在一起，如果真想知道，有很多的机会。爸也想聊过，我都会打断他。我跟杰克在一起，最好的就是我不用老想这些事，也不用解释。"

"我晓得。"柳琼点头，轻声说。她还想说，她自己一直独身，不更彻底？但是忍住了。

"姐，我今天想起问这个事情，是我一直有个直觉，妈妈的死好像在家里有个很深的结。那个时候经历过这种事的人家太多了，但我总觉得，我们家在这表层下，好像还有更深的东西。可惜我不知道它是什么，这当然只是我的直觉。唉，就算我们从来不谈，可它就在那里。到今天，爸这样了，说什么也晚了。姐，你就当我什么也没说。"

柳琼轻声说："谢谢你告诉我这些，是时候了。"

四

起风了，海洋气候总这样，太阳一落山就立刻凉下来。"我们回去吧。"柳琼说着站起来。

柳琼和桂琼姐妹俩再没说话，并肩向父亲房间的拉门走去。莎莉迎出来给她们拉门，一边递上面罩。桂琼一边戴面罩，一边低头看了看手机，轻声说："杰克要回去给孩子们做饭了，我让杰克等会儿送饭过来。"柳琼刚想回桂琼的话，就听到门里一片响动，赶忙一脚跨进屋里。她们离开后关闭的顶灯又亮起来。护士荷西也进来了。

父亲在咳嗽，一阵急似一阵。"这是没有过的。"莎莉自语着，要将床头升起。"请不要动。"柳琼急切地制止莎莉。

"这样能让他呼吸容易些，也方便吸痰。"柳琼就不再说话。她知道临终关怀最重要的作用，就是让垂危的病人走得有尊严，尽可能地舒服些。父亲早签过不要插管，也不要用呼吸机的。近日这样的反复已经很多次了。"他是能感到你的存在的。"荷西靠近了，耳语般地向柳琼说。柳琼点点头，换上一副手套。

父亲的床头已被微微升起，他看似半躺着，喘气声果然平缓些了。莎莉在用温湿的纸巾给他擦脸，揩着嘴角，轻声地请大家让开一下。柳琼走过去，从莎莉手里接过一条湿面巾，慢慢地拧了，转头四周看了一圈："各位能不能给我一点时间，我想和父亲独处一下？"

荷西和莎莉交换了眼神，都在点头。莎莉拿来一个遥控器："有事摁这里，随时叫我们。"她走到门口，又折回来，示意柳琼过去。柳琼随她出到门外，莎莉从放在门边的药物推车里拿出一个小药瓶，轻声说："如果你需要的话，我可以给你爹地注射一针，能强心的。"见柳琼的表情带着困惑，莎莉轻声说："如果你想跟他说点什么的话，也许有帮助，当然，效果不能肯定，只是一种选择。"她看着好像仍没反应过来的柳琼，点点头，淡淡一笑。柳琼明白了这有可能帮助父亲意识回复，赶紧说好。莎莉很快取来一套装在包装袋里针管和针剂，又拿来两只薄薄的橡胶手套，随柳琼进入房内。

桂琼看到莎莉又跟进来了，有些意外。柳琼示意莎莉等一会儿。她走到桂琼身边，桂琼直直地看向她，又看看莎莉。柳琼轻声说，我想单独跟爸待一下。

桂琼一愣，不情愿地转身出去，轻轻地带上了门。

柳琼示意莎莉过来。她安静地坐到床边，轻声说："爸，我是柳琼。"父亲的身子陷在被单里，呼吸的声音低下来，很安静。"我让莎莉给你打一针，会舒服的。"她轻轻地从被单下拉出父亲的右手，让莎莉开始注射。柳琼的声音再轻下去："我一接到桂琼的电话，就来了。我晓得爸爸你在等我，我赶啊赶啊，在黄昏前赶到了。"——她改成了桂林话。

一片静寂中，柳琼看着莎莉默默地将针推完，小心地将针头拔出，带走。

屋里只剩下柳琼和父亲了。她能听到父亲鼻管偶尔传来的"咕咕"声，她去调了边上的小阀门，心里有些痛。按父亲的意愿，她们没让切管，柳琼以前也没想过这鼻管的事，只是前些天去做新冠测试，坐在车里，被小护士捅了一下鼻子，她完全没有思想准备，痛得眼泪都要出来了。她马上就想到了整日吊在鼻管上的父亲。

"爸，我晓得，讲再见的时候到了。好舍不得你。"柳琼的泪水上来了，她去抓父亲冰凉瘦削的手。忽然，她看到父亲的头很缓慢地向她的这侧偏了一下。柳琼惊得一把拉下面罩，扯掉了口罩，站起身来，俯近去看父亲。

父亲的眼珠转下来了，慢慢地，应该能看到她了。柳琼赶紧说："爸，我已经胖了好多了。"父亲的气有点急，柳琼捏紧他的手，很轻地说："你放心，不要急，慢慢走，朝那个亮的去处走。你会看到前面越来越亮。我和桂琼会好好的，小菲小明和杰克也都好好的。你要跟妈妈讲，我再不会怪她的。这些年，我们都没说透它，我晓得你知道的。我答应你，我再不会怪妈妈，这是我最真心的话。你见到她，要告诉她啊。爸，我们还会再见的——！"说到这儿，父亲的眼皮忽然耷拉下来，眼珠又翻上去了。柳琼一惊，再看，父亲左边眼角有一滴泪出来了。震惊中，她抓来床头的纸巾，自己的眼泪就下来了。她轻咬着嘴唇，为父亲揩完泪，又为自己揩起来，直到父亲的呼吸弱下去。柳琼摁了遥控器，莎莉和桂琼马上就出现了。

"把床放平了吧。"柳琼说着，去摇控制的把手。父亲的呼吸变得很平稳，大家看上去都很意外。莎莉接手去摇平了床头。待父亲躺平了，莎莉又往他的嘴唇上喷了点水，轻轻抹开。

外面的天全暗了。莎莉走过去合拢了窗帘和门帘，又退了出去。父亲看上去进入了深睡眠，姐妹俩坐在床边，没有说话。屋里静极了，柳琼心下却有着隐隐的不安。

这时，桂琼的手机在振动，她出门去接听。柳琼很快就感到自己的手机也在振动，低头看到桂琼的信息，说系里跑的实验出了点状况，马上要去一趟。"爸爸的情况看来又稳定下来，他肯定感知了你的到来，已经很久没有这么平稳了。欢欢说她可以送你回去吃个晚饭，休息一下。如果你不放心，我们下半夜再过来。我也问了荷西，他说按现在的情况，应该不用特别担心。"

担心什么？柳琼凄凉一笑，给桂琼回说："你过来跟爸道个别再走吧。"桂琼很快就进来了。她轻轻地拉了拉柳琼："我们夜里还会过来的。"见柳琼不动，她走向前去，掀开了面罩，俯身对着父亲的耳朵说："爸，我和姐先去吃个晚饭，姐现在能吃着呢，她跑了一天，很饿了。我们吃好饭就过来，你先好好休息一下啊。我们很快就回来。"

桂琼说话时，柳琼一直轻轻地拍着她的背。这时，桂琼转过身来："我得先走一步了。"转身走出两步，忽然又折到父亲床边，拉下口罩，俯身亲了亲父亲的面颊，从侧门出去了。柳琼刚要起身，门就开了。全副武装的欢欢走了进来。她向柳琼轻摇着手，示意她安静，然后径直走到床边，安静地看了仪表上的数据，向柳琼点点头，站到床边，说："我是欢欢。伯父你高兴吧？柳琼姐今天赶来了，你好好休息一下，我们再来看你。"说完，欢欢也悄声离开了。

很快，柳琼的手机里跳出欢欢的信息："我到停车场等你。慢慢来，不急。"柳琼走到床边，将父亲的被子提了提，把他的脖子盖住了，又将鼻管也调正了。这时莎莉进来了。柳琼转过身，想了想，又折回来，用湿纸给父亲擦了嘴角和脸。她取下口罩，亲了亲父亲的额头，很轻地用桂林话说："等下见了，爸！"

柳琼从父亲屋子的侧门出去时，欢欢那辆深黑的大奔SUV已停在空荡荡的停车场里。柳琼坐进车里,看到欢欢已换下了防护服,只戴着口罩,在头顶松松地盘了个髻,穿着牛仔裤和一件黑色的短款皮夹克,整个人看上去小了一圈。"你这么忙,这么辛苦,还要你送我,真是不好意思。""唉,我们之间还说这?反正顺路,送了你我就直接回家了。"柳琼点点头:"真的太感谢你了,这一切。"

"柳琼姐,你就太见外了。疫情里生离死别是最难的一关。我都尽力配合。我们赶着改建房子,主要就是方便必要时家属至少能来说个再见啊,不是只对你们这样的。"

"有你这个女当家,'金柏'真是幸运。"

欢欢望出车外,有点走神。柳琼顺着她的目光看去,望到那个仿造车站在路灯下的清冷轮廓。柳琼轻轻"哦"了一声,就听得欢欢说:"我年初已经在给'金柏'找买家,没想到疫情就来了。不过,疫情总会过去的,再熬一下吧。"柳琼一愣:"这是个很重大的决定哦。你对'金柏'那么有感情,不对,应该说有激情,投入了这么多的时间和精力,把个老人院做得这么好,连我爸都沾了你的光,能在这儿……"欢欢苦笑着耸耸肩:"真的太累了。我不是说身体上的累,身体累可以扛,可是心累,还有情感上的累,差不多就到极限啦。在这人生的最后一站,我看得太多了。看着看着,连我也老了。"

"瞎说,你跟桂琼同年的,正当年呢。""真的,柳琼姐。我想休息一下,透透气,去看看世界。"柳琼点着头:"嗯,你确实需要休整一下的。"

"我最安慰的,是伯父最后到了'金柏'。伯父刚进来的时候就很弱了,说话很吃力,但还是可以慢慢说些话的,你记得吧,那时你们家里大人小孩一天还能弄几次视频的,对吧。有件事,我一直没跟你们说,桂琼跟我从小一起长大,但她对你们家里的事从来不谈,我也感觉找不到机会跟她说。现在到了这个关口,我想该跟你说说。这对伯父大概无所谓了,当然我希望他最后是放下的。"

"嗯,你就直说吧。"

"那是夏天的一个午后吧,我那天进去查房。见伯父半躺着,双手抱着iPad,在流泪。荷西他们都知道的,iPad是他的宝贝,通过它就能跟你们见面啊,所以那iPad总是要放在能最方便拿到的地方。我坐下来,慢慢问他是怎么回事。他跟我说,他刚跟你通完话,看到你气色好像又差了。肯定还是不吃饭啊。"说到这,欢欢停了一下,看向柳琼,"这次见你,发现你脸上有些肉了,你爸如果看到会多高兴啊。"柳琼下意识地摸了摸脸:"我爸那天——?"

"我在美国从见到你爸的第一天起,就知道你的瘦是他的心病,所以他那天又说起,我本来并没特别在意。他说,大家都知道你瘦,这么多年了,你也挺好的,他一直就跟自己讲,不要多想了。可那天的讲法不同了,他说他很内疚,你肯定是没有从少小母亲就离去的阴影里走出来,他也不知道怎么帮你,也一直没有帮上你,现在特别难过。"

"他这么说的吗?"柳琼一惊,问。

"伯父那时已经很弱了,话说得断断续续,但这个意思表达得很清楚了。"欢欢开始启动车子。

"我随便讲我的想法,讲得不对你不要怪我啊,柳琼姐。这么说吧,我这些年听下来,一直有个很强的感觉,你们家里,确实好像有个锁一样的东西没有打开。这把锁锁着什么,我没有了解过,可能是一口大家都不敢看的深井?就像我刚才讲的,也没机会跟桂琼聊过,桂琼看上去总是兴致勃勃高高兴兴的,我总觉得跟她去提这些很突兀。伯父那天这么一说,我又想到了那把锁。"

柳琼安静地听着。"伯父是老人家,我也不知道该怎么谈下去。不管是什么,都是陈年旧事了。我跟桂琼一样大,我对你妈可以讲完全没有印象。从小见到你们家里的大人就是你爸爸和你奶奶。我家里的大人也都不会跟我们小孩子去讲那些事情。所以我真的很难想象那中间是什么,大家经历过什么,各自的感受又是什么,都不太清楚。现在伯父,唉,说什么可能都晚了。柳琼姐,你却还有很长的路,所以我想了很久,还是来跟你说,希望无论它是什么,就都在'金柏'放下吧。"

没等柳琼回话,欢欢又说:"我在'金柏'这些年,看过太多的人生悲喜剧了。我觉得最难过的,就是看到那些带着遗憾走的老人。我们这里有过一个叙利亚来的老人家法赫德。他过去在叙利亚是个做五金店的小老板,有个大家庭,移民到这一带的儿女亲戚很多,会经常有人来看他的,他的房间总是最热闹,让别的老人特别羡慕。他的腿脚不便,总是坐在轮椅上,英文还不错。"

车子这时转上了主街。街灯亮了起来。欢欢盯着前方,语速更慢了:"很快我就发现,没人的时候,这老人家经常就坐在窗边,老在看外面的动静,好像在等什么人,表情特别忧伤。后来我就听人说,他等的是他的小女儿。其实那个小女儿就在硅谷,那时还在边打工边上学。你想硅谷离这里这么近,对一个关系非常密切的大家庭而言,却有个从来不来看望父亲的小女儿,这个家里面肯定就有一把没打开的锁了,对吧?"欢欢说到这里,停了一下。

"肯定是了。"柳琼自语般地应着。

"可能是对自己的英文不太有自信,老人家跟我们的话很少。留给我们的,就是他独坐在窗边轮椅上看向窗外停车场的悲伤样子。老人家是在一个清晨突发心梗走的,走得特别利索。他的家族来了很多人,看上去乌压压一片,大部分都不认识。我留心看,看到见过的他的几个女儿站在一起,并没有那个传说中的小女儿的身影,我心里真的为老人难过,但想人生多少无奈啊,这事怕也就这么过去了。"

前方是一个红灯,欢欢停了下来。"就在老人走了一周那样,有天下午,'金柏'来了个年轻女孩,天然卷的浓黑头发,眉毛很粗,眼睛很圆,T恤短裤,打扮举止跟美国同龄的姑娘没有两样。她的名字也是英文的,叫阿莉希娅。阿莉希娅说,她是刚在'金柏'去世的叙利亚老人法赫德的小女儿。"欢欢话音刚落,交通灯就绿了,大奔"轰"地冲过了十字路口。

"阿莉希娅的英文几乎没什么口音。她说,她想看看父亲最后住的地方。我带着她在'金柏'走了一圈,最后来到法赫德住过的房间。当时那房间刚打扫干净,新住户还没进来。我一推开房门,阿莉希娅就慢慢地,几乎是踮着脚,直向窗边走去。她在法赫德的轮椅总是停靠的地方停住，点踩得很准，弯下身来，撩开百叶窗，往外看去。这一看就知道，她肯定是听过很多关于父亲在等她的传说。"

"天啊——！"柳琼倒抽一口长气，轻叫。

欢欢点点头："你可以想象，阿莉希娅接下来的反应。我轻轻地带上了门，把痛哭的阿莉希娅留在了她父亲最后住过的房间里。"柳琼的泪上来了，她伸过手去，轻轻地握了一下欢欢的手臂。

"阿莉希娅那天离开前，到我的办公室道别。她的情绪已经平静下来。她当然是说了很多客气话。她还告诉我，她们全家从九十年代末她几岁时开始，就一直在动荡中到处逃，不是在难民营，就是在奔向难民营的路上——这是她的原话。2011年她十四岁时，她父亲在黎巴嫩的难民营里，做主将她嫁给了一个有美国身份的土耳其商人。"

"是童婚呢，啊。"

"父女心间的那把锁，锁的就这个。那个商人将她带到了美国，当然用的是假身份材料。小姑娘一到美国，完全是另一个世界了，她就开始闹了。这些年间，她的家人作为难民，一个个也通过各种渠道辗转来了美国。阿莉希娅在二十岁那年终于与土耳其商人离婚，开始独立生活。在整个过程中，她都拒绝与父亲联系。她觉得最不能原谅的，就是父亲。直到父亲去世，她才开始去了解她过去拒绝了解的父亲的生活和选择。当她重新审视父辈所经历和承受过的一切，她开始接受了父亲为她和家庭做出的那些选择是出于善意的看法。她说，如果你看的是一幅背景广阔的图，你对这图画的理解肯定会更深。可惜我以前不懂，也拒绝去弄懂。那么悲惨的时势下，每天身边都是战火、饥饿、暴力和死亡，她的小伙伴、邻人，一家家的，都四散了，很多都在战火中死去。作为小人物的父亲做了他能够做的最好的选择吧，阿莉希娅说。她说太遗憾了，她没能在父亲活着的时候跟他和解，抱一抱他。她又说，父亲一直都让家里的亲友给她带话，他们安慰老人说，话都带到了，阿莉希娅答应随时会来。所以父亲才会总在等她。说到这里，她又哭了起来，要知道，她说自己早年的苦难时，可没有掉泪啊。"

柳琼揩着泪，停了好一会儿，才说："谢谢你告诉我这些。真是不幸的家庭各有各的不幸。这段时间，我也一直在想，我面对的是什么？你提到深井，我经常会联想到的，是一座大山，深井可以锁上，挡在路上的高山多难啊，一年年的，它还在升高。那愚公移山的效率肯定不够的。"

欢欢转过头来，很轻地说："要是有山的话，就炸平它啊。"

"到底还是女强人有气势。让我试试看能不能炸掉它。"柳琼笑笑，有些放松下来。

"我妈是自杀的，这你肯定知道，对吧？"

"我小时候只知道你妈很早就去世了。到上初中的时候，师大给你妈补开追思会，很多大人去了，回来听到大人讲。桂琼当然也告诉我了。我是到了那时才知道你妈是自杀。那时我是很震惊的，我想，那对桂琼也一样。我记得她说，希望家里一切都会好起来，姐姐也好起来，大家都可以高兴一些。我说，你也要好起来啊。她就说，她对自己的妈妈没有印象，因为妈妈一走，就被先送到杭州跟外婆和舅舅们，后来大些了才回来跟奶奶和你们。大家对她都好有爱，可是没有过妈妈，感觉还是很不一样的。我记得她还说，奶奶说，最可怜的是你姐，你看你妈一走，你姐伤心得不肯吃饭了。我对这些话都很有印象，印象特别深的是，桂琼那次还说，你说，我姐不吃饭，有没有可能是一种纪念？"

"桂琼？桂琼说过这样的话？"柳琼压着心惊，问。

"是啊，那时我们都是小孩，她就那么一说，我怎会往心里去。但到了美国，遇到已是晚年的伯父，每次讲到你瘦，吃饭很差，我就想起了桂琼那时说的，有次我跟伯父还提起了。"

"你跟我爸爸提过桂琼的话？"

欢欢点点头，表情凝重："是啊，我记得很清楚，是在桂琼家的派对上，他当时正要去西雅图，桂琼的派对有点欢送的意思，每年伯父来去，都会有这类的聚会，桂琼真是个好女儿，没得说的。我们在后院烧烤，伯父说起小时候在桂林，看着我和桂琼总在一起耍，哪里想得到大家如今到了美国，竟能在一起，这是什么样的缘分啊。后来怎么就讲到你，他对又要去西雅图看你了，看上去很盼望的样子。我就问起你。他说，你什么都好，就是太瘦，吃饭很差。我想也没想，就说，柳琼这些年身体一直都没大问题，学业和事业也都很顺，所以伯父你不用太担心的。也许，桂琼是对的，那可能是一种很内在的事情。我当时说得是有点随便，我的意思是，每个人对自己的生活都有自己的处理方式，我们中国老话讲的，解铃还须系铃人。如果是心理的问题，就要看心理专家的。但我知道这种话中国老人家不好懂，所以我就没说下去。我没想到伯父的反应这么强烈。"

"是吗？"柳琼从来没听过父亲跟她提过这里面的心理问题，很意外。

"当然不是行为反应强烈的那种强烈，是很深的悲伤那种情绪强烈。我突然意识到自己很唐突，马上打住了。伯父没让我溜走，他的脸色很难看，严肃得吓人，盯着我问：桂琼还跟你说了什么？我不想让他再去找桂琼，可他直直地盯牢我。我就说了……伯父一下转过身去，我一直叫他，他没应，起身进屋去了。这就是为什么我感到你们好像都知道有个被锁住的深井，却没有人想办法去把那把锁打开。"

柳琼的声音变了："欢欢，谢谢你告诉我这些。它对我特别重要。可能是有点晚了，但愿还没有太晚。我刚才跟我爸说了，我已经放下了。我请他也放心，也放下。希望他听到了，我觉得他能听到。"

"你说了要放下什么吗？"欢欢有些迟疑地问。

"如果我父爸他能听到，他会很明白我讲的什么，这点我很肯定。"没等欢欢回话，她又说："我帮他擦了眼泪，很大的一滴，只一滴。"车里一片沉寂。车窗外来往的车子那忽明忽暗的灯光，让柳琼有些恍惚起来。

"那个夜晚，应该是我妈去隔离中心的前夜。我很早就被她抱上了小床。她应该是刚洗好了澡。我记得她身上淡淡的痱子粉的香气，还有她身上那件铁锈红的短袖衣。我们的住处很小，奶奶带桂琼住在外边兼作饭厅的小屋里，我的小床就靠着书桌，跟爸妈的大床呈丁字对放，后来很多年都是这样，所以我记得。隔着蚊帐，我听到父母在书桌前唉声叹气。后来想，应该是我爸在安慰我妈，因为我听到我爸在小声说话，我妈在哭。我那时是小孩，平时总是我哭，大人安慰我。但那段时间，好像她的脾气特别差，但我应该在那之前没听她哭过。这让我很害怕。我在蚊帐里发抖，突然就听她说——她的声音压得特别低，她是哭着说的，不想活了。就是想到柳琼她们这么小，怎么办，如果留下来，更苦。我听到自己的名字，而且她哭得更凶了，我就竖起了耳朵，听到她说，她想过很多次，干脆在饭里放点药，要走就一起走……"

柳琼从来没有跟人说过这个场景，连南希也没说过。南希是个美国人，她怎么理解得了这种情境？用她那种理论一套，不知要跑出多远都拉不回来。柳琼也没跟妹妹说过。可怜的桂琼对母亲连印象都没有，那就让那个空白留存在那里吧，她为什么要涂黑它，生生给桂琼套上一个枷锁？再说杰克是个美国人，小明小菲是 ABC（美国出生的华裔），他们更没有能力去理解这一切。现在，柳琼遇上了推动她去寻找打开那把锁的钥匙，炸平那座山的炸药：欢欢。

柳琼的眼泪出来了。欢欢抓住了她的手，将车子拐进路边一个超市的停车场里停下。

"我不记得后来父母还讲什么。我记得的就是我妈压着声的哭，父母很细碎的话语声。我只听懂了，我妈想要在饭里放药，带我们一起走。我那时当然不知道她要带我们去哪里，但她压抑凄凉的哭声让我明白，那肯定不是个好玩的地方。"

"柳琼姐——！"欢欢轻叫了一声。柳琼摇摇头，她要说出来。

"后来，我妈就真的没再回来。桂琼很快就给带去了杭州。家里的气氛变得很压抑，我都不能大声说话。我听到周围大人们在说'服毒自杀'这个词，也不肯定是讲谁。我们前楼有个老伯是上吊自杀的，我跟着大孩子去看了，那哭天抢地的家人，老伯伸出的长长舌头，把我吓坏了。晓得'自杀'是件很可怕的事，心里开始很害怕。我是到了上学的时候，从班主任那里确认我妈服毒自杀的。我后来知道，我妈是个很骄傲的人，一直都特别出众，凡事总是冲在前面，在她知道上海来的外调组到来的时候，一下就崩溃了。

"那时我开始能够将各种片断连起来了，弄明白了我妈讲的'把她们一起带走'是什么意思。我躲着哭了一个下午，回到家里，就不愿吃饭，总是觉得那饭里有药水的味道，又不敢说。我爸那时也去农场了，奶奶给我熬粥，逼我喝。如果饿了，我就喝两口，之后就会反胃，一直吐。人的胃口是会伸缩的，时间久了，就这样了，这些年就这样过来的。"

"柳琼姐——这就是深井，也是高山啊。"欢欢犹豫了一下，又说，"你从来都没试过跟伯父谈开？"

"没啊，好遗憾。其实是有过机会的，只是这里面，你晓得的，我们中国人，儿女跟长辈怎么去谈这样的问题？我一直很失败的。你都不能相信，我有个看了很长时间的心理医生，都成了朋友，我都没有向她讲到这一层。跟桂琼也没说过，千头万绪，无从说起。我们就是跟法赫德和阿莉希娅父女那样在沙漠里爬行的旅人啊。好在我比阿莉希娅幸运，赶在夕阳落山前走出了沙漠，还能跟我爸说了他最想听到的话。"戴着口罩的欢欢侧过身来，向柳琼张开双臂。她们轻拥着对方。"柳琼姐，我为你高兴。我相信伯父听到了你对他说的话了。"欢欢松开手，一边起动着车子，又轻声说："这对你其实更重要。"

"希望是这样。"好一会儿，柳琼才自语般地说。

五

"金柏长者之家"的电话，是在柳琼和桂琼一家吃完晚饭的时候打来的，简直像是有人专门掐算过时间。

一听桂琼的哭声,柳琼就从椅子上缓缓地站起来。杰克几乎是跳起来的,他大步走过去抱住桂琼。柳琼绕过餐桌,与桂琼和杰克拥抱在一起。她正对着餐厅的窗口,一抬眼就看到了窗外的明月。父亲上路了,他肯定能记得,要往那亮的地方去。柳琼的眼泪下来了。

刚吃好晚饭上了楼的小菲和小明姐弟"咚咚咚"地跑了下来。身材壮实的他们已经高出柳琼一大截,脸上却仍带着稚气。"外公走了。"杰克走过去,努力镇定地告诉他们。小菲的眼睛一下就红了,叫了一声:"啊,不!外公!"便开始抹泪。一米八几的小明转过身去,和姐姐拥抱在一起。小菲哭着跟杰克说,他们要跟着一起去"金柏"。

"这是疫情期间,老人院里人去得越少越好。下面家里会有个简单的道别仪式的,你们到时一起去,外公在天上会知道你们的心意的,你们为外公祷告吧,好孩子!"柳琼也过去帮着杰克劝孩子。"疫情,又是疫情!"小菲呜咽着。柳琼自己的泪水再没能忍住,和小菲拥在一起,哭了起来。

杰克开车子载着柳琼和桂琼姐妹往山下开去的时候,月亮爬了上来,在云层中呈出一挂橘红。柳琼这才想起来,加州海岸正在大烧山火。太平洋在前方远处显呈一条银线。桂琼在副驾驶位上安静地揩泪。柳琼倾身向前,轻轻抚着桂琼的肩。柳琼想,现在她不是孤单的,是和妹妹一家在送别父亲。她轻声说:"桂琼,这种时候我们要安静。不要哭,让爸好好走,没有牵挂。"

桂琼停止了抽泣,说:"我是有心理准备的。但是,真的来了,还是很难过,很舍不得……"桂琼的声音又变了。杰克伸出右手去搂她。桂琼又说:"姐,我难过的是,爸走时,我们都不在身边。"

柳琼沉吟了一下,很轻地说:"我们都跟他道别过了。他知道的。我在想,他也许是不想让我们在他身边呢。"

"只能这么想了。啊,我今天道别的时候亲了他的。"

柳琼倾身向前,把手臂环到了桂琼的脖子上。

桂琼转过头来:"姐,今天你让我们出去,单独跟爸说了些什么?"

柳琼一愣,松开了环着桂琼的双臂:"就是一些私房话吧。安慰他。还有他以前总是交代的事情,我跟他过了一下,让他放心。"柳琼望着前方,喃喃地说。

"他总是很遗憾你不成家,没孩子,让我要叫孩子们将来照顾你。"

柳琼的鼻子一酸。

"你也知道的,他还总是说你太瘦了。"

柳琼侧过头去,看到车窗外的月亮,晃成了红红的一团。"这我已答应他了。我还告诉她,我不仅答应他,而且在努力,我都胖了五磅了!"

"爸跟我讲你的故事的夜晚,都哭了。我从来没见爸哭过啊。"

"什么故事?"柳琼惊问。

"妈一走,你就开始不肯吃饭的故事。如果不是爸说,我完全想不到是那样的。"

是哪样的?柳琼靠到座椅背上,好一会才透出一口长气。她已经不想知道了。

"爸大概实在没处说了。"

"桂琼啊,我再也不想谈过去的事情了。现在爸这一辈的老人一个接一个离开,我们也都到了这个年纪,也不年轻了。有些很重的东西提了大半辈子,我不想像爸他们这样一直提到最后。经过这次疫情,我们看到人类有多脆弱啊。真的,是时候放下了,在还不算太晚的时候。"

"我们再怎么努力,也不是很完全理解爸他们那一辈人的。我同意你说的,我们就放下吧。还有,爸一直说,他就想安安静静地走,现在是疫情,想人多也不行。我们就家人道别一下,欢欢她们几个愿意的就来。等疫情过去了,我们找个时间,一起送爸回桂林,去漓江。杰克和小菲小明会一起去的。"

"好的呀。"

"爸妈他们都过去了,是放下的时候了。"桂琼在前面轻声说。

柳琼点点头，她想好了，在跟父亲告别时，她要念的是：

> 世间万物皆有定时，生有时，死有时，悲恸有时，
> 跳舞有时，花开有时，凋零有时。
> ……
> 世间万物皆有其时。

柳琼在心里默念着，远远地好像看到了父亲瘦削的脸，在月光下像雕像一般。

选自《花城》2023年第1期

倾 诉

春 树[*]

  我挺怕在路上再碰见那个老头的，就是那个一头白色杂乱长发红色长脸的老头儿。我明明不认识他，有回在地铁站旁边遇见他，可能是我表情比较生动吧——相对于德国人来说，他们总是一脸严肃，目不斜视，仿佛正在执行什么了不得的任务，要么就是害怕周围的一切与之产生任何一点关联——这个人居然就在我们要擦肩而过的时候，停下了脚步，还转过了身，看样子是要询问我点什么，于是我也只好主动地说了句"hallo"，就相当于"您好"的意思。他没有客套，很突兀地问了我一句，你从哪里来？说实话，来德国这几年，我听过无数次这问题，提问者包括但不限于咖啡馆服务员、冰淇淋店服务员、路边儿拼桌的食客、柜台的柜姐、Uber（优步）司机、苹果商店的员工、儿童游乐场里看孩子的孩子他爹，他们有些是快速地问出这个问题，有些是交流了不久以后问的，能看出来是忍了一会实在忍不住才开的口，总之他们肯定是对这个问题充满执念的。我是被这个问题搞得有点烦，怎么了，我来自哪儿跟你有什么关系？话虽如此，这是我的心理活动，我还是没让内心感受流露出来，我耐着性子，友好地说：中国。我怕他要再说点什么，赶紧补充说我的德语不好。这是一句潜在的拒绝，意思是咱们别聊了，聊也聊不动，毕竟一个人语言不好，就杜绝了交流的可能。然而，我的友好似乎给了他鼓励，他说了一串话，这回

---

[*] 春树，1983年生于山东。著有长篇小说《北京娃娃》《2条命》《乳牙》及诗集《春树的诗》。现居德国柏林。

是转成英语说的：哎，上回有个亚洲女孩，我问她是哪里人，她冲我说你管得着吗。她为什么要生气呢？为什么要生气呢？老头的脸上带着迷茫。我一听，心里一喜，这姐们儿估计和我一样，早就被这种问题弄烦了，烦到终于发作了。可能是她不喜欢这样的问题？我本来想说这句，我也有一连串的话堵在心里，比如你为什么要问呢？你问这个干啥？人家跟你不认识，为什么要回答你这个私人问题？但我还没来得及说什么，他摇摇头，转身走了。原来他不是向我要一个答案，他是想跟一个同是亚洲人的人倾诉。我在原地愣了几秒钟，我也摇了摇头。怪老头。看他也不像对亚洲文化有多大了解，没事在街上问人从哪儿来，好奇心过于充沛，可不是得让人骂一顿么。

可惜我们应该是邻居，都住这一片儿，怕什么来什么，我还经常在路上碰见他。每回越走越近，我都在想要不要主动打招呼。可是，为什么呢？他是男人，要打招呼也得他先打。老了也是男人，一个男人就要有一个男人的风度。他不会在等着我打招呼吧？就像身份更高的人等着身份低微的人先开口一样，不，我可不要满足他的无理期待。就这样，我数度与之狭路相逢，但都没有主动开过口，他也没有，我还就较上劲了，他不先打我就不说话，连表情都保持不变，坚决不莫名其妙绽放出一个笑容。那种笑容是可疑的，带着示好的劲儿，符合传统文化对亚洲女孩的规训。可能我想多了，反正就是一个打招呼的事儿，也不能说多大，不大，但也不小，这象征着一个头等大事，可能跟尊严挂上了钩。

与之相比，有一个人，我还蛮乐意跟他打招呼的。反正我不跟他打他也跟我打。胖老头儿看起来有八十多了，一脸大胡子，高大健壮，总喜欢穿一身白衣，风格与在装扮上毫无特色的德国人格格不入，大老远就能认出他来。我夸他时髦，他一撇嘴，德国人不喜欢！他们觉得像我穿得这么怪，叫我猴子！我真受不了他们！无聊！我喜欢时尚，德国人不喜欢，他们就不喜欢快乐。这一下子拉近了我们之间的距离，从此算是认识了。他的店就在我经常去的咖啡店的旁边，几米之外。那是他的司令部，他总是坐在店前的台阶上，旁边围绕着几位年轻一点的男人，一人一杯咖啡，在闲聊。我去过他的小店，里面满满当当的，全是各种上了年头的布料，还有纽扣、胸针和老牌的香水，整个一个时光倒流七十年。他有没有问过我你从哪里来？我记不得了，就算问，也不是这么问的，总之我们聊到了中国。他说他对中国历史感兴趣，还说知道"文化大革命"，他一指他的布料，嘿，这些都是中国产的！

　　胖老头太爱聊天了，人缘太好了，我就没见过他一个人的时候，除非他在骑自行车。他倒是经常骑一辆自行车，人高马大的。有次我正在路边吃意大利面，我们几乎是同时看到了对方，他骑着自行车穿过马路就向我奔过来了。照例是问好，然后又跟我闲聊了几句才心满意足地骑车离去。除此之外，我总是会在他店门口看到他。我当然是去买咖啡的，那家咖啡馆做的咖啡便宜又地道，疫情期间把店封了，留了个窗口，可以外卖或者现场喝，人进不了门，就得常常排队，加上一米五的社交距离，队伍一般都能排到他的布料店门口。我每回总是把视线第一个凝聚到他身上，然后才看到他身边的人。没办法，他太显眼了，永远一副精神奕奕的样子，简直像个圣诞老爷爷。他老忘记我不会说德语，可能是把我当自己人了，要么就是故意逗我玩。他每回都会亲切地问我，你好吗？我则说还好。这两句我们是拿德语说的。接下来，他的德语就跟山泉水一样冒了出来，听是听不懂，就知道是在跟我开玩笑或者闲聊，从他的表情能看出来，大胡子上面的脸一脸笑意，孩子般地狡黠。我就得嘿嘿一笑，赶紧说我德语不好，咱拿英语说。他就换成英语跟我唠唠嗑。比如你好吗？孩子好吗？最近有什么有意思的事儿啊？等等等等。有一阵子我心情不好，也不想多跟他唠，总是打完招呼就突然跑了，反正他旁边还有别人陪着聊，我也不算太不礼貌。

　　每周日上午十点，我都会准时打开手机里的QQ，跟国内的一位心理咨询师进行网络心理咨询。那时是北京时间下午四点。这是我从一个心理咨询APP上找的。价格不便宜，四十五分钟500元人民币。说起来，人生的事都离不了一个"巧"字。这些年，国内看心理医生的人也多了起来，看心理医生的人多了起来，心理医生也就多了起来，这都是与之相配套的。我既然德语说不好，就没法跟说德语的心理医生咨询，即便他们在心理方面据说很有成效，很先进，那也搞不定一个语言问题。当然这不能赖他们，全赖我，过于依赖母语，同时不知道为什么，一直拒绝好好学德语。当我终于打算学德语了，来不及了，我焦虑了。焦虑了，就得解决焦虑，这时候只能拿自己的母语来解决。不能多想，一想我又焦虑了。自从我焦虑了以后，我就很难集中精神思考一个问题，总是会分神，就跟小径分岔的花园似的，我的大脑分了很多岔路，每一条看着都挺可怕的，每一条看着都挺正确的，每一条都不知道延伸至何处，这让我怎么选？总之我迷失在我的大脑里了。目前急需解决的问题就是，我为什么想这么多。也就是说为什么我大脑里存在着好几种矛盾的声音，我到底要选择哪种当人生标杆？不解决这个问题，我就睡不好，吃不好，不解决这个问题，我就活不下去。当然，活还是能活的，目前还没什么让我活不下去的显著问题，可我也活不好，我每天的精力全用在内耗上了，就连出门去买杯咖啡都要做上四十分钟的心理建设，更别提别的了。我就开始上网查了，人得自渡嘛，我的那些男人们都陪我渡到一半就自己渡自己的了，现在我得渡自己了。我记得我曾经看过几篇写得不错的心理分析，是个国内有点名气的心理咨询师写的。我隐约记得他的名字，是三个字。还记得他通过分析好莱坞大片来分析角色的心理成长变化。功夫不负有心人啊，在某个文艺青年经常上的网站上，我找到了他的文章，这就找到了他的名字。他的名字后面赫然写着：著名心理咨询师。那就好了，查查他的门诊费用。可惜，这是我承担不起的，一小时2000，还得亲自去北京，现在哪儿去得了？接着搜。都说上帝给你关上一扇门，还会再开两扇窗，这一搜索不要紧，我发现他已经做大做强了，开了自己的心理咨询工作室，旗下有数十名各种资质的心理咨询师坐镇，并且与时俱进了，可以通过网络进行心理咨询。这就对了嘛，这是一个全球化社会了，不对，全球化已经谈不上了，自从有了疫情。总之现在是一个网络世界了，这是没错的。

我在众多咨询师里选择了她，是因为从照片看上去，她不显山露水，就是个普普通通的中年女性的形象。信息里写道她擅长做的是青春期成长、女性婚恋，这不就是我需要的吗？收费也在我能承受的范围内。我们就叫她梅吧。

刚开始跟她视频的时候，我还有点拘谨。事实上，我一直都有点绷着。就跟小学生面对老师一样，我发现跟人坦诚自己出了什么问题也是件难事。哪怕对方就是专门干这个的，也难。两个陌生人要坦诚相见是件多难的事啊，哦不，是要信任彼此，我要坦诚相见。没多久，她就开始让我谈一下自己的成长历程，尤其是童年。我想这可能是个套路，总得谈到童年。于是我就谈。一谈就谈了好几个礼拜。刚开始我说话还有点磕巴，可能是长久没跟人谈这么严肃的事了，说出来前我还得在心里遣词造句。梅特别有时间观念，有时候我刚说到高潮，她就提醒我，我们现在还有十分钟就要结束此次咨询了。这让我一下子就又回到了现实世界，在现实里，我不知道她，她不知道我，只有在咨询时，我才得把盔甲脱掉，赤身裸体。这也让我尴尬，换句话说，说得越深，我就越想了解网络那头的她是个什么情况。她能不能理解我，能不能帮助我？我开始观察她。她就是个普通中年女人的样子，略微化了妆，有几次看到她脸上略微出了点油，也不知道是出油还是出汗，现在是夏天，她应该住在一个夏天很热的城市。她穿着普通中年女性穿的衣服，身后是个木质书架，零散摆着一些书，架子上有盆吊兰。她应该住在高层，有一回视频的时候，还能听到装修的声音，估计是她住的这楼隔音不咋好。其实国内的楼房不都这样吗？隔音不好是正常的，这跟德国不一样，德国的隔音真是绝了，一流。那默克尔不是说在国外访问的时候最怀念的是德国的双层玻璃窗嘛。

你为什么总是问那个男孩怎么想的呢？其实我更关心的是，你是怎么想的。有次她说。

我从没从这个角度想问题，我跟梅说最近有个男孩在网上跟我聊天，他是个留学生，住在不远的另一个城市，可能我会跟他见面。我的问题不就是，我搞不清楚我是怎么想的吗？我也没什么能够交流的朋友。我的朋友也各有各的问题。就连那个留学生都在网上写他可能抑郁了。

他还跟我说，你可以跟我聊天，我还免费。问题在于，跟他聊天，有可能会加重我的焦虑。我继续着与梅的心理咨询，有次我说着说着一阵委屈，当我不好意思地把眼泪擦干时，我敏感地感觉到对面梅的呼吸略有起伏。不好，再聊下去，她都要变成我的亲人了，我跟我妈都没这么密切地交流过，还有固定对话时间，这就叫"固聊"吧。可能我们还有些共同的朋友或熟人，圈子总是不大的，哪怕是心理咨询圈。到底都是一样的，每个圈子都是由人组成的。是否我们也曾经擦肩而过而不知？我们用语言共同建构了一种同盟，我不想破坏它，我有点刻意想吸引她的注意力，就跟小孩儿吸引家长的注意力一样。我知道这事不对，我做不到客观冷静地看待我们的关系和我的处境，可我控制不了。我开始觉得我心理的确不正常了，甚至有点变态。当我意识到这一点时，我感到恐怖，如堕深渊。

我不知道梅一礼拜接待几个"病人"，也不知道她平时的生活是什么样儿的。我不能问她。他们是有职业规则的。我也不能跟她成为朋友，他们是有职业道德的。跟梅聊得越多，我越遗憾于，跟一个人进行过如此深刻的交流，最后一定要相忘于江湖，水过无痕。是啊，医生就是治病救人，当病人恢复健康后，医生也没用了。我不知道这过程要持续多长时间，反正我越说，越觉得说不完，照这样下去，什么时候是个头儿啊？我对梅越来越好奇。比如，她结婚了吗，有孩子吗，离婚了吗，平时都干什么呢，对我们这些咨询者抱有什么态度，我们的心声能不能影响到她，哪怕一点点，还是说她有本事有能力完全隔绝在心门之外，只把它当作工作？我们的相识注定我们不可能成为朋友，这又是多无奈的一件事，这让我怅然。可我又为什么要追求走了心的人一定要成为朋友？这让我迷茫。我认为建立一段关系又要失去是件残忍的事，这可不是一般的男女关系，这可是没有血缘的亲人啊。

我犹豫了好几天，在下一次咨询时，向她提出结束咨询。我解释说我最近囊中羞涩。她愣了一下，说我建议我们再接着做下去，哪怕再做三次，不然很遗憾，一般心理咨询都有一个周期。你不要每次都首先离开啊，就跟你说你已经把那个男孩拉黑了一样，现在你又要结束跟我的咨询，这会不会是一种心理惯性？我哑口无言，那好吧，我们再做三次。我不愿让她失望，事情怎么就变成了这样呢？明明是我做心理咨询，到头来怎么变成了我不愿让别人失望了呢？梅老师说，如果你以后想接着做咨询，还可以再找我，我就在这 APP 上。那就这样，咱们下周日见。

有了故事的终结，有了 deadline，有了倒计时这个玩意儿，一切就都踏实了。最后一次视频，我扫了一眼手机左上角的时间，确定还有十分钟就结束的时候，我假装无意地问，您在哪里？是在什么武汉之类的城市吗，我看您那边挺热。这是个很随意的问题，她却好像没料到我会问这个问题。我在北京，她说，你不知道吗，我 APP 上的信息里写了。我也是北京的。我说。一下子有点沉默下来。沉默里带有一丝熟悉的味道。北京的气息一下子就充斥在我面前，热气立刻从屏幕那端传了过来，从四面八方包围了我，我感到浑身发热，眼眶及身体的液体开始涌动，我拼命忍住了它们想要流出来的冲动。

当从夏天来到秋天，再从秋天来到冬天，我依然常在路上碰到那个长头发的红脸男人。遇到的次数太多了，多得有点说不过去了，有回我终于忍不住先向他打了个招呼，他也回了一声，还冲我点了点头，似乎是一种"终于等到这一天了"的欣慰表情。好一阵子没见到圣诞老爷爷了，好几次我排队买咖啡，都没碰上他，咳，反正总会在某个街角遇到他。直到要下雪了的一天，我路过他的店，店门口摆上了鲜花和蜡烛，几个人站在门前正窃窃私语，我不知出了什么事，在惊异中，我停下了脚步。玻璃窗上贴着一张照片，照片上是他穿着一身白衣服，在大笑的样子，像他一直以来的形象。照片下面是黑色马克笔写的"1957—2021"。2021 减去 1957，原来他才六十多，我还以为他七十了。我迟疑了片刻，终于还是用英语问其中一位站在门前的男人："你认识他吗？他怎么了？""哦，我们是老朋友，他去世了。"我又问："是因为新冠吗？""哦，不是不是。"另一个女人插话，像吓了一跳。"不是。""谢谢。"我想要不要买杯咖啡，最后还是拍了两张照片离开了，一张是他的店，一张是他的照片。

我边走边想到一个严重的问题，我从来没问过他从哪里来，他自己肯定说过，到底是哪里呢？东欧？肯定不是亚洲，不是南美，到底是哪里呢？东欧，东欧比较像……

他的店关了一阵儿。门口总有鲜花。我也从超市买了盆小花放了过来，这红白相间的花，艳丽又孩子气，像他的气质。

再过了一阵儿，店开了。门口挂着几排衣架，上面密密麻麻挂满了各式冬装，全是复古款，上面还挂着张纸条写着一件10欧元。可见是以前他店里的收藏，是要大甩卖了。门半开着，我推门进去，里面有位瘦高的半老徐娘正背对着我收拾衣服，屋里以前的东西全没了，换成了几排衣架，上面依然是各式女款冬装，几乎全是呢子大衣，看样子应该是五十年代至七十年代的收藏。这女人是谁？他爱人？他合伙人？他邻居？一股土腥味扑鼻而来，我这才想起要戴口罩，赶紧翻出兜里的口罩戴上。女人听到有动静，转过身，用周到的眼神示意我看看这些货，我也笑了一下，翻拣起来。没什么适合我的，那些套装和大衣样式都太老了，颜色又太艳，比如这件圆领带小花边的鲜草绿色呢子上衣和及膝盖裙，虽然我勉强能穿进去，可这不是我的颜色，肯定衬得我面如土色。我扫了一圈，没发现有镜子的存在。我脱下大衣、围巾，又脱下毛衣，试了两件大衣，料子都太粗糙，不显好，哪有我自己这件细腻柔软。我犹豫起来，实在想买点什么，不想空手而归，认识他这么长时间，我还从来没在他店里买过东西。我看到柜台那里，摆着几板纽扣，它们原来是摆在橱窗前的。我问了价钱，女人告诉我，五欧元一板。只剩下四板了，黑金相间的、红黑相间的、巨大的纽扣，也不知道谁还用这样的纽扣，时尚变了，这种纽扣早落伍了，可能它们只在那些颤巍巍的老太太的衣服上还有些用武之地了。我全要了。我说。

选自《上海文学》2023年第3期

暮春之雪

凤 群[*]

一

厄尔瓦多将一筐刚烤制好的面包从后面的面包房端了出来，然后一只一只摆放在玻璃柜台里的几个不锈钢盘子里。新烤制好的黑麦大面包赏心悦目，每个足有一磅半重，色泽金黄略带浅咖啡色，散发出诱人的熟麦和奶油的香味。这时，他不经意地抬起头，就发现小儿子胡塞尔跟在他母亲玛利亚身后，从街道上走了进来。三个孩子就这小儿子胡塞尔让玛利亚宠坏了，大学不读工作不找整天无所事事。虽然近来胡塞尔常来店里帮忙，无非排遣一下内心的无聊，但有时候甚至帮倒忙，这让他心里更加恼火。玛利亚冷着脸走近柜台，看了厄尔瓦多一眼说，昨天那个风骚娘们瓦伦蒂娜又来找你约会了？厄尔瓦多知道一定是胡塞尔对玛利亚说了什么。于是便高声地应答，是的，她是来过，是来告状的。玛利亚说：告状？莫非她又在你面前说我的坏话？厄尔瓦多对胡塞尔努努嘴，你问问你那混账儿子，人家有天来买面包，胡塞尔直接用手拿面包给她，而他那只手刚刚收了前面顾客的钞票。你问他有没有那回事？胡塞尔嗫嚅道：我不是故意的，我收了前面顾客的钱，忘了戴手套了。瓦伦蒂娜当时就批评我了，昨天还特地跑来找爸爸告状，这个女人真会缠人。玛利亚鼻子哼哼，人家

---

[*] 凤群，安徽泾县人。五邑大学教授。著有中短篇小说集《谜船》《红硼楼》《海上花》，电影剧本集《蓝蝴蝶》。现居加拿大蒙特利尔。

已经缠了你爸爸一辈子了，还能将你小屁孩放在眼里？如果我在店里，她一定不敢这么嚣张！厄尔瓦多，风骚娘们早就搬走了。你说蒙特利尔这么多家面包店，她为什么舍近求远总是跑到我家来买面包，还为这么丁点破事专门来告状？她那点心事谁人不知，还不是又想与你私下约会，见胡塞尔碍眼心里有火这才胡搅蛮缠。厄尔瓦多脸涨红了。玛利亚，当着孩子的面你尽胡说些什么？玛利亚嘴角挂着讥讽的冷笑。你以为你和瓦伦蒂娜的风流韵事孩子们不知道？他们早就知道只是当你面不说而已。我听说她最近和老谭已经分居，搬到意大利区朋友家去住。她还可能重回卡提亚街来，你们的好日子就要开始了。

厄尔瓦多知道玛利亚心中积郁多年的怨气，当着小儿子的面，他也不想与她争论，便拿起面包筐回到后面面包房去了。玛利亚却跟了进来，一脸的不依不饶。厄尔瓦多，我今天与安娜还有胡塞尔一起商量了。我不想跟你一起过了，我要离婚，孩子们都支持我的决定。厄尔瓦多看着她忧郁地一笑，是吗，你想跟谁一起过？玛利亚撇撇嘴，那你可管不着。安娜是他们唯一的女儿，最近刚和小她好几岁的男友分手了，情绪一直不好。她曾经当着厄尔瓦多的面对玛利亚说过对方，没有想到我也找到了一个和我老爸一样的人，对女人没有半点忠诚。玛利亚说，我一直忍受到今天，你爸爸和那个风骚娘们瓦伦蒂娜一直藕断丝连。女儿说，我可没有你的忍耐心，一看那个男人花心立即分手，哭着求着也没用。安娜上过大学中途又退学，自诩是个女权主义者要坚持发扬魁北克省女性优良传统，经常在家里散布奇谈怪论。厄尔瓦多曾经严厉批评过她无事生非，对她的恋爱婚姻观也给予否定，所以父女俩感情一直有些不和，疙疙瘩瘩的。玛利亚是个没有什么主见的人，大概听了女儿的话就来和他闹离婚。我成全你们，我也熬到头了。玛利亚眼圈红了。厄尔瓦多并没有把她的话当回事，便问我们分手了，你怎么过生活？玛利亚说：你以为离开你我就活不了啦？你可以搬走，想去哪去哪，没有人拦着你。可面包店你得给我留下，我可以手把手将胡塞尔再培养成卡提亚街新的面包师，也省得你每天看他不顺眼。玛利亚说着悄悄抹了一下眼角。

厄尔瓦多点点头。我终于明白了。无怪胡塞尔近来老是来店里帮忙，还向我毕恭毕敬请教做黑麦大面包发酵的诀窍，我还说他改邪归正了，原来你们母子俩是在算计我。我可以离开，但我必须说明，这二十多年来，我和瓦伦蒂娜没有任何见不得人的关系，你也别老是揪住那件事不放。那也是许多年前的事了，年轻时谁都会犯错误。

玛利亚气呼呼地说：安娜说了，做任何事都要付出代价，这就是你必须付的代价。我也一直觉得我太软弱，这次与你离婚我是下定决心了。

那你征求了冈察雷斯的意见了吗？厄尔瓦多追问，他也支持你离开我？

冈察雷斯是厄尔瓦多的大儿子，也是他的骄傲，目前是蒙特利尔一家律师事务所的知名律师。

我会告诉他的。玛利亚强忍住泪水，尽量不让它们流下来。安娜说了，不合适就分开。安娜说过，我们是不合适的一对，早就应该分开了。

又是安娜！那你早干什么去了？现在老了才想起和我离婚。厄尔瓦多心里嘀咕了一下，他没有说出来，他怕伤了玛利亚的心，别看玛利亚恶声恶气，其实她还是个心地善良的女人。

好吧，厄尔瓦多淡漠地说，上帝也无法挽回一个不爱丈夫的女人心。你想怎么办，一切悉听尊便。

二

厄尔瓦多正在柜台后打盹，昨晚玛利亚和胡塞尔走后，他心情沮丧。他没有跟玛利亚去他们的家，而是蜷缩在店里那个黑洞洞的地下室的小床上。没有玛利亚的唠叨，地下室格外清冷。几十年的往事纷至沓来，他噩梦连连一夜都没有休息好。

蒙特利尔虽然冬去春来现在已经到了四月份，但仍然气候寒冷。天老是阴沉着脸，似乎又要下雪，街上行人很少。今天烤的面包虽不多，却没有卖出几个。他想着玛利亚对他的数落与怨恨，还有安娜和胡塞尔都与母亲一条心，心里不是滋味。说真的，厄尔瓦多打移民加拿大后，除了掌握了烤面包绝活，他在家人面前真没有什么可炫耀的资本。语言方面那点优势，在几个孩子面前已经不值一提。而说到烤面包，还是玛利亚家传的手艺并由她亲自传授的，否则在这异国他乡，他没有一点安身立命的本领。如今老了虽然身体还不错，但一想到自己曾经意气风发，现在即将被亲人离弃，男人活到这个份上，心里便多了几分悲凉。但这似乎也怨不得别人，一切咎由自取命中注定。

面包店的玻璃门被轻轻推开，一个身材高挑保养甚好的褐发中年妇人走了进来。她来到柜台前，对着正在打盹的厄尔瓦多叫了一声：嘿，你倒清闲自在哈！厄尔瓦多睁开眼，见是瓦伦蒂娜，便说你怎么今天又来了？昨天的面包吃完了？瘦削的中年妇人瞪了他一眼。你这面包店还限制顾客来吗？我高兴啥时来就啥时来。瓦伦蒂娜一边说，一边打量了一下店里，玛利亚又不在吗？厄尔瓦多苦笑着，我们昨天吵了一架，她去女儿家了。瓦伦蒂娜撇撇嘴，你们不是青梅竹马的恩爱夫妻吗，还吵什么架？厄尔瓦多说：还不是因为你。瓦伦蒂娜说：你别冤枉好人，你家里的事情跟我没有半点关系。厄尔瓦多低声说：怎么没关系？你昨天来告胡塞尔的状，说他不戴手套直接用抓钞票的手给你拿面包。你走后我骂了那兔崽子几句。玛利亚知道了护犊子，跟我大吵了一架就走了，到现在还没有回来。瓦伦蒂娜冷笑说：胡塞尔那天用手直接拿面包的事，其实玛利亚当时就在店里，我怀疑是她怂恿自己的儿子做这种缺德事，她还有什么护短的？不是我多嘴多舌，你那胡塞尔给玛利亚宠坏了，你的卡提亚街南美面包店的好名声迟早要给你儿子败坏掉。

厄尔瓦多这才想起什么，轻声问道：那么你呢？你不去餐馆给老谭帮忙，天天跑到我这儿来做什么？

我实话实说吧。瓦伦蒂娜皱了皱眉头，我也和老谭实在过不下去，已经分居了。我心里很烦，不知不觉又到卡提亚街来了，就是想找你聊聊天，正好见到你在柜台里打瞌睡，就进来了。

玛利亚看来说的是实情。厄尔瓦多不动声色咕哝了一声：那你昨天来买面包也是准备找我诉苦的了？

是的，当着胡塞尔的面我不好说。瓦伦蒂娜嗫嚅道。

所以你借故指责胡塞尔说他的不是？

是的，胡塞尔分明是故意的，我说他他肯定会对玛利亚说，玛利亚必然因为我出现会和你吵架。

厄尔瓦多苦笑着。看来一切都在你的预料之中，所以你今天特地来打听这事的结果。你是存心想看我们家的笑话。

当然，昨天见玛利亚不在，否则我不会进来，我才不想见她那张苦瓜脸。你说得对，因为我知道你爱惜面包店的好名声，一定会批评你的儿子。而胡塞尔是玛利亚心头肉她一定会袒护儿子，不会给你好果子吃的。瓦伦蒂娜狡黠地笑了。厄尔瓦多，没有谁比我更了解你了。

厄尔瓦多困惑地抬起脸，隔着柜台，他看见瓦伦蒂娜的灰蓝色的眼睛，还是那样多情地瞅着他。他不由叹息一声：瓦伦蒂娜，你这样煞费心机又是何苦呢？

三

许多年前，厄尔瓦多和玛利亚带着两个孩子，从南美的哥伦比亚的最大城市波哥大移民到加拿大的蒙特利尔。

移民前，厄尔瓦多是波哥大一所中学的体育老师，他身体健壮，年轻英俊。他与玛利亚青梅竹马，厄尔瓦多自小家境贫寒，有时上学连面包都买不起。玛利亚是一个面包作坊主的女儿，一直暗恋厄尔瓦多。玛利亚长得不算难看，只是身材微胖脸上布满雀斑，但她心地善良。少女时代的玛利亚，经常从父亲的面包作坊里偷面包送给穷小子厄尔瓦多。开始厄尔瓦多觉得不好，后来渐渐习以为常，天长日久两人便有了感情。厄尔瓦多体校毕业后，在一所中学当体育教师，后来在玛利亚的催促下两人便结婚了，他们很快有了冈察雷斯和安娜两个孩子。婚后的玛利亚继承了老父亲的面包作坊，厄尔瓦多却想移民。厄尔瓦多有语言天赋，不仅西班牙语讲得好，英语也十分流利。厄尔瓦多对玛利亚说，现在有个极好机会我想移民去北美。当然，移民除了解决家庭贫困问题，厄尔瓦多显然不满意哥伦比亚国内当时的环境，他没有对玛利亚说，说了玛利亚也不感兴趣。但玛利亚深爱厄尔瓦多，二话不说，便将父亲祖传的面包作坊卖了，给一家人凑足了移民的费用，终于让厄尔瓦多如愿以偿。

　　他们选择来到北美加拿大。虽然厄尔瓦多英语有优势，但他还是选择了讲法语的魁北克省。因为他听说魁省的福利很好，生活用不着犯愁，为了鼓励有孩子的父母出去工作，加拿大政府发放牛奶金，而且魁省的孩子还可以同时拿到联邦政府和魁省双份牛奶金，一直到十八岁。玛利亚又有孕在身，光几个孩子的牛奶金就可以养活一大家子了。这对于厄尔瓦多无疑具有极大的诱惑力。他们刚来时住在蒙特利尔东区，被视为蒙特利尔贫民区，那里聚集着许多来自世界各地的移民。由于没有生活的后顾之忧，厄尔瓦多一来就报名参加了社区办的法语班，法语班不用交学费，政府还按照课时给每个学员发课时补助费。

　　他和瓦伦蒂娜就是在法语班学习时认识的，同时认识的还有瓦伦蒂娜后来的老公，一个来自香港的粤菜大厨老谭。

　　厄尔瓦多出色的语言天赋，让他在法语学习中毫不费力一点即通。不久他便成为全班人仰慕的对象，他不止一次得到授课老师高度赞扬，许多学员都想和他交朋友。其中，来自意大利的瓦伦蒂娜和来自香港的老谭表现特别热切，后来他们成了一生的好友。瓦伦蒂娜自我介绍是来自意大利西西里岛的一个女作家，她尤其崇拜哥伦比亚大作家加西亚·马尔克斯。当然，厄尔瓦多看过美国电影《教父》，知道那个小岛出黑手党大佬，并不了解有她这个女作家，其实后来也没有见她写过什么，如是也就是个三流四流的作家。瓦伦蒂娜一见面就赞扬他长得像她崇拜的偶像，也就是哥伦比亚大作家加西亚·马尔克斯，并且用英语模仿马尔克斯《百年孤独》开头混淆时空的著名长句，当着全班人恭维厄尔瓦多，现在想起未免有点矫揉造作，可瓦伦蒂娜当时却是声情并茂：许多年以后，当白发苍苍的女作家瓦伦蒂娜坐在窗前读一本她自己写的法语小说的时候，她准会记得她当年移民加拿大蒙特利尔参加法语班并认识语言天才厄尔瓦多那个遥远的下午。那时的他是多么才华出众英俊迷人！厄尔瓦多在国内时，也爱读小说，是马尔克斯的崇拜者，自然明白这复杂长句话语的内涵。年轻的他很是受用。他哈哈一笑，显然懂得了这个女人的别有用心。

另一个来自中国香港的老谭，其实当时并不老，三十多岁，个子瘦高人很精干，长得也很朴实健壮，还留着一副性感的大胡子。他经常愁眉苦脸对厄尔瓦多说，大哥，跟你比我简直无地自容。我生在香港，英文还勉强，学这个法语简直要了我的命，血压天天升高。还有什么阴性阳性词语，让人头晕眼花。厄尔瓦多便课后教了他几招学习方法，老谭也知恩图报。闲暇时，经常把厄尔瓦多请到他的单身公寓，亲自做几个粤菜犒劳他。后来两人自然成了好朋友。

不知不觉，转眼二十多年倏然过去，当年风华正茂的俊男美女全都老了。

四

卡提亚街是蒙特利尔地铁橙线波边站附近的一条小街，在波边大道后面并与其平行，这里虽然没有孟华亚拉、谢波克以及沙蒂贝那些繁华街道有名，但古老的哥特式教堂特多，附近是意大利街区，小街颇具欧洲风情。

卡提亚街的面包店很多，厄尔瓦多的南美面包店并不起眼。狭小的一间，前店后坊。下面有间小小地下室还可住宿。可是，厄尔瓦多的南美黑麦大面包，却征服了远近的街坊邻居。以至于许多搬到别处的人，多年后还不忘回到这里买几个面包带上，馈赠他人或自己享用。

瓦伦蒂娜便是其中的一个。

在没有嫁给老谭时，瓦伦蒂娜就住在卡提亚小街一座公寓的三楼。那座公寓楼极具法兰西韵味，所有楼梯都在室外，是那种旋转式的黑色铁梯。瓦伦蒂娜之所以选择住在卡提亚小街，是因为这里房租低廉，而且临近意大利街区，她的许多朋友住在那里。更重要的是，她好歹是个女作家，自然不能自降身价住到蒙特利尔最东边的那种贫民区去。

在卡提亚小街开面包店也是瓦伦蒂娜的主意。第二期法语班结束后，厄尔瓦多想去报考政府公务员，却遭到玛利亚的反对。她觉得厄尔瓦多自视甚高，认为他一定考不上，公务员需要年轻人，而厄尔瓦多当时临近不惑之年，显然年龄偏大，而且学历不高。虽然法语顺利过关，但在业务上一定有许多障碍。更何况玛利亚刚生下胡塞尔。她认为厄尔瓦多如果成为上班族，她一个人带三个孩子无人帮助太辛苦，还不如自谋职业。当然，玛利亚还有潜意识没有说出口，厄尔瓦多太招女人喜欢了。一旦他变心，她没有任何本领与那些女人抗争。最后厄尔瓦多妥协了，夫妻俩决定开个面包店。玛利亚有祖传的绝活，厄尔瓦多更是个聪明的面包师傅。瓦伦蒂娜第一次去他们家做客时，尝到厄尔瓦多做的黑麦大面包，便赞不绝口，建议他们应该在卡提亚街开家面包店，那里也属于蒙特利尔东区却靠近市中心，绝对是个风水宝地而且房租不贵，面包店一定会兴旺起来。玛利亚欣然听从了她的建议，便租了这个小小的门面。果然，没隔多久，厄尔瓦多的南美手工面包店在卡提亚街便声名鹊起，受到街坊邻居的一致赞美。而且面包花色品种颇多且价格合理，尤其那种黑麦大面包，很快成了卡提亚街美食特产的代名词。

瓦伦蒂娜自然也成为厄尔瓦多面包店的常客。连附近意大利街区的朋友们，都在瓦伦蒂娜的热情介绍下，后来成为面包店多年的老主顾。

面包店生意风生水起，玛利亚对瓦伦蒂娜感激不尽，视她如亲生姐妹。厄尔瓦多在面包店营业后就先住了进来，玛利亚和孩子们当时还暂时住在这个城市最东头。可是过了不久，凭借女人的直觉，她认为瓦伦蒂娜这个极有心机的美丽女人，钟情的不仅仅是她的面包，还有她身边这个一直对她不离不弃的男人。

五

现在，瓦伦蒂娜就在卡提亚街这间面包店里，对着厄尔瓦多不住地发泄着内心的不满。

这些年我的生活糟透了，瓦伦蒂娜那双灰蓝色的眸子里涂满哀怨。想当初移民时我是多么地才华横溢，还想写一本我们之间的浪漫小说。

厄尔瓦多及时制止了她，瓦伦蒂娜，我们之间没有浪漫故事。

谁说没有？瓦伦蒂娜高声地说：我永远忘不了我们之间发生的那些事，已经在我心里生根发芽，二十多年长成了一棵大树了。玛利亚又不在这里，你怕什么？

厄尔瓦多有些紧张，他声音低沉：瓦伦蒂娜，求求你，别提我们年轻时做的那些荒唐事，我为此已经付出很大的代价了。你知道吗，玛利亚不会回来了，她和儿子女儿已经商定好要和我离婚。你想，我只是批评了她的宝贝儿子胡塞尔几句，值得她这样大动干戈吗？

因为你老了，没有魅力了。瓦伦蒂娜幸灾乐祸地笑了，我就知道玛利亚会这样做的，她在找茬儿。这个有眼无珠过河拆桥的愚蠢女人，你们不是一路人，早就不应该在一起了。

厄尔瓦多苦笑着：瓦伦蒂娜，你无权这样说玛利亚。

你是死要面子活受罪。我也知道你内心的痛苦与煎熬，所以特地来安慰你。瓦伦蒂娜凝视着她，突然泪花闪烁。厄尔瓦多，这些年你过得确实不好，你看你还不到六十岁吧，头发胡子全白了，已经失去当年的风采。

厄尔瓦多有意岔开她的话题。瓦伦蒂娜，那么你呢，你的痛苦又从何而来？

我的一切都让我的婚姻给毁了。瓦伦蒂娜说：都是怪你，当初再三劝我嫁给老谭。

难道是老谭对你不好吗？他很会关心人，又会做菜。厄尔瓦多说，我亲眼见到，他这些年来，简直把你娇惯成了公主。你除了写作，什么也不做。

老谭确实对我不错，可是他这人非常刻板缺少激情，他只关心他的菜馆。瓦伦蒂娜泪花闪烁，老谭只对我的物质生活关心，却很少理解我的内心。他是一个不懂浪漫的男人。

胡说八道，老谭还是理解你的。厄尔瓦多说：他是喜欢孩子的人，你结婚后说不想要孩子，他就同意不要，这不是一般男人能做到的。你们二十多年都过来了，现在他年纪大了，你就嫌弃他了？这非常不好。

可他现在变了，每天回家也懒得和我说一句话，整天心事重重，尽说一些灰心丧气的话。瓦伦蒂娜说，他非常自私只爱他自己，一回来就用一个陶罐咕嘟咕嘟煮着那些难闻的中药，据说可以养生。而对我非常冷淡，他已经很久不上我的床，甚至连我的身子也不愿意碰一下。

厄尔瓦多缄默了，他知道这个女人想的什么。

老谭已经不爱我了。瓦伦蒂娜说，我其实也不爱他，因为我心底一直藏着一个男人。

厄尔瓦多知道她说的是谁，便制止她。别说了，这对老谭很不公平。

瓦伦蒂娜突然伏在那个玻璃柜台上，哀哀地哭了。

厄尔瓦多有些不知所措，他情不自禁地从柜台后面走了出来，用手亲抚她的不住颤抖的肩膀，喃喃地说：别这样，亲爱的，千万别这样。

瓦伦蒂娜抬起泪水涟涟的脸，一下扑到厄尔瓦多的怀中，紧紧抱住了他。别装了，厄尔瓦多，我爱你！你就是头发胡子白了，我也爱你。玛利亚离婚最好，我们将永远生活在一起。

厄尔瓦多也紧紧抱住了她，嗅着她褐色发丝散发出的淡淡清香，那股犹如蜜桃成熟的香味当年曾经那样让他痴迷。

亲爱的，我最近已经与老谭分居了住到一个朋友家，过些日子还准备搬回卡提亚街来，我们再也不要分离。

厄尔瓦多很快清醒过来，他轻轻推开她。

我离不开玛利亚。厄尔瓦多声音顿时显得冷漠生硬，似一块块坚硬的石头砸向对方。如同老谭离不开你，因为我们都老了，不要再想那些山高水远的事了。

瓦伦蒂娜愣了片刻，突然明白了什么，她双手捂着脸跑出了面包店。等厄尔瓦多追出来，阴沉而空荡的卡提亚街道上已经不见了她的身影。

六

就在瓦伦蒂娜离开厄尔瓦多面包店的时候，老谭也在圣劳伦斯河边的木屋里想着自己的心思。

昨天，他和餐馆另外两个合伙人请了假，说自己身体不好，需要休息几天。其实他是个躺不住的人。尽管天气阴沉寒冷，他还是去了屋后那一片小树林，樟子松依然苍翠一片。黄昏时分，天气突然由阴转晴，天空中还出现了鲜红的霞光，这让他心情好了许多。

他坐在林子中一个树墩上，又陷入了沉思，想得最多的仍然是厄尔瓦多和瓦伦蒂娜。

时光如彩云飘过，当初在法语班学习的时候，单身的老谭身体是多么地强健，他对离过婚的来自意大利西西里岛的瓦伦蒂娜一见钟情。他后来对厄尔瓦多说，他之所以在千禧年后随大流从中国香港移民到加拿大，就是为了找女人成个家。尽管他身怀绝技，是香港某高档餐馆的大厨，但在香港那个地方，找个女人成家并非易事。首先住房无法解决，女人不可能与他蜗居一起。他就是这样打工一辈子，在香港也买不起一间房。

他的愿望就是自己当老板，来加拿大开个广东餐馆。蒙特利尔华人移民大都来自广东，他是粤菜大厨，一定会有用武之地。他之所以去参加法语学习班，就是因为想在班上认识更多的新朋友，尤其是外国年轻女性。老谭是个离不开朋友的人，他的口头禅是"在家靠父母出门靠朋友"。但他也有自己的小心思，想找个外国女人为妻。因为外国女人不重物质，无须有房有车才肯嫁人，另外都是移民谁也不嫌谁。还有，他的英文一般，法语更是不懂。在蒙特利尔这个地方，新来乍到各种事情需要处理，找个懂法语的外国女人相当重要，可以帮助他打理业务进一步发展。

而瓦伦蒂娜则是他欣赏的女人。她年轻美丽，温柔多情，法语学得好，是自己理想的目标。当然他不敢妄自表白，因为他觉得瓦伦蒂娜就是一只白天鹅，是高攀不起的。其实，许多年后他才明白，瓦伦蒂娜之所以后来肯下嫁给他，厄尔瓦多在其中起了很大的作用，而且功不可没。

两期紧锣密鼓的法语学习班刚结束，老谭果然与另外两个一同移民过来的广东人，在唐人街上合伙开了家粤味鲜餐馆，他仍然是主厨。这时，他对瓦伦蒂娜的渴慕只跟好友厄尔瓦多透露过，丝毫没有半点进展。瓦伦蒂娜虽然与他也成了朋友，似乎对他也没有任何感觉，他也觉得无望甚至有些死心。但后来终于奇迹发生了，连他自己做梦也没有想到。套用瓦伦蒂娜经常用英文对厄尔瓦多说的那几句极为夸张的话，据说是南美一个大作家写小说用过的特定句式，瓦伦蒂娜极为欣赏经常模仿：许多年以后，当老谭和瓦伦蒂娜在卡提亚街教堂举行婚礼的时候，他准会想起当初他正在餐馆厨房忙碌时，好友厄尔瓦多与捧着一束鲜花的瓦伦蒂娜含笑走进店堂的那一个遥远而美好的下午……

那个下午确实美好，令老谭终生难忘。厄尔瓦多和瓦伦蒂娜是前来给他祝贺餐馆开张的，法语班结束后，他们就没有见过面。厄尔瓦多问候亲切，瓦伦蒂娜笑容灿烂。老谭接过那束美丽的鲜花，插在柜台上一个大玻璃瓶里，幽暗的店堂里顿时变得鲜明生动起来。

那个下午，老谭使出浑身解数，奉献了正宗粤菜大厨的绝活，招待两个异国他乡的新朋友。这或许是瓦伦蒂娜长这么大吃过的最有韵味的美食，而且菜肴色泽与摆放富有诗情画意。老谭还拿来一瓶厄尔瓦多喜欢的红葡萄酒，陪着他们喝了几杯。瓦伦蒂娜对着佳肴美味喜出望外赞不绝口，突然情不自禁脱口而出：老谭，我太喜欢你做的这些菜了，要是以后我想吃了怎么办？老谭随即机灵地一笑，那我天天给你做。瓦伦蒂娜一愣，你天天给我做，你不工作了？老谭借着几分酒意，大胆地说了一句石破天惊的话。你嫁给我，我就天天回来给你做好吃的，做一辈子！一旁的厄尔瓦多轻轻鼓起掌来，瓦伦蒂娜也落落大方地说，厄尔瓦多经常说你的好话，我观察你很久人确实不错。不过，这还要给时间让我考虑考虑。

后面的事情顺理成章，当最终和瓦伦蒂娜走进卡提亚街那座古老有着哥特式双塔尖顶的大教堂时，老谭还如同进入梦幻一般，心中充满对上帝的感激。

那个时候，他还不知道瓦伦蒂娜是听了厄尔瓦多的劝说，才最后下定决心嫁给他的。

自然，厄尔瓦多也从来没有就此事对老谭提过半句，尽管后来他们亲如兄弟。

现在，他终于明白了事情的来龙去脉，老谭仿佛从一场大梦中醒来。往事历历，说不上痛苦，也说不上后悔。中国有句老话，人与人交往一切是缘。不过有恶缘也有善缘，自己遇到的是善缘吗？

他正在胡思乱想之时，手机响了，他听到厄尔瓦多焦灼的声音。

七

厄尔瓦多决定去安慰下老谭，这个华人尽管外表威猛，男人味十足，其实内心很细腻也很脆弱，而且特别爱面子。他什么事都闷在心里，尽量不让外人知道。

当他知道老谭在家中时，又看到天空由阴转晴，出现了漫天霞光，当即关了店子，欣然出门。他们其实住得不远，从波边站坐橙线再转绿线地铁二十分钟内就到。

赶到老谭的木屋时，老谭已经在门口迎候他了。虽然在同一个城市他们已经好久没见，厄尔瓦多发现他的头发已经花白，原来瘦高的身子竟然有点佝偻了。

两个久违的老朋友热情地拥抱，厄尔瓦多将手中的一个硕大的黑麦面包递给了他。老谭欣喜地举到鼻尖上嗅了嗅，嗯，真香。好久没有吃到老哥你做的南美面包了。

进了屋子，一股浓重的中药味道扑面而来。厄尔瓦多皱了皱眉头，他显然和瓦伦蒂娜一样，不习惯这种特殊的药草气味。但他知道华人习惯，尤其中国广东来的华人，最善于用这种药草四季养生了。老谭等他在客厅沙发坐好，端来一个木制茶盘，上面摆放着四个小小的紫砂茶杯和一个同样颜色的紫砂小茶壶。微笑着说，老哥爱喝的广东工夫茶我已经准备好了。

厄尔瓦多摆摆手，我还没有吃晚餐，空腹喝茶肚子会难受的。

你倒是个饮茶行家。老谭说，正好我也没吃晚餐。那我先来做饭，我们老哥俩共进晚餐。

还是我来吧。厄尔瓦多说，我吃你做的饭太多了，今天让我来露一手，给你做个西餐吧。我来看看，你冰箱里都有什么存货。

厄尔瓦多在冰箱里寻找到几个洋葱和西红柿，还有两块牛排，另有一块黄油。他高兴地说，够了，我来做个牛扒，就我的黑麦面包吧，你看如何？

甚好。老谭颔首微笑，我给你当下手吧。

西红柿飞快地被切成小片，一块块鲜红悦目像窗外闪烁的晚霞。洋葱的辛辣气味弥漫在木屋里，冲淡了盘旋在室内弥散不去的中药味。黄油开始在铁锅里融化，煎牛扒的声音吱吱响着，如同美妙的音乐。牛扒两面有些焦黄时，厄尔瓦多放进洋葱和西红柿的碎块。他娴熟的厨艺让老谭啧啧称赞。难道你也是大厨吗？厄尔瓦多显然很受用这种恭维，便有些得意。他将煎好的牛扒分别装在两个白色的平盘里，撒上黑胡椒粉和几根从冰箱里找出的绿色芫荽，再取了几片刚带来的黑麦面包，端上餐桌。他又顺手从厨房酒柜里摸出一瓶红酒和两个高脚杯，对一旁的老谭微笑，来吧兄弟，我们开始共进晚餐。

厄尔瓦多熟练地打开那瓶红酒，准备给两只酒杯斟酒，另一只酒杯却被老谭夺走了。我病了不能饮酒，我最近找了一个唐人街的老中医治疗。实不相瞒，老先生再三嘱咐我这种病，半年之内一不能饮酒，二不能碰女人，否则吃的中药前功尽弃。

厄尔瓦多微笑，你们华人中医给人治病总是这样神秘莫测。

窗外的天光逐渐暗淡下来，厄尔瓦多打开灯，他见老谭的目光有些黯然，便想起他们过去经常在一起狂饮的时光。那时他们血气方刚，恨不得饮遍蒙特利尔所有的美酒。无论是唐人街的餐馆还是任何街角的酒吧，他们都无拘无束地饮酒，无拘无束地交谈。

你到底得了什么病？厄尔瓦多担忧地问，我进门时已经嗅到了浓烈的中药气味。

老谭无言地摇摇头，淡然一笑，瓦伦蒂娜没有告诉你吗？我们已经分居了。

告诉了。厄尔瓦多坦然回答，那天她去我店里买面包，我才知道你们分居了。但她没有告诉我你得病了，她还以为你吃中药养生。

是吗？老谭目光灼灼看着他，声音异常平静。瓦伦蒂娜临走时可把什么都告诉我了，她说她离开我与老哥你有一定的关系。

厄尔瓦多如同遭到雷击，他怔住了，放下手中的刀叉，默默坐在餐桌前呆若木鸡。

老谭拿起刀叉，用力地切着那块牛扒，依然非常平静。其实我并不觉得突然，当年老哥你是那么地优秀，又是那么帅气，瓦伦蒂娜爱上你是必然的。当然我也得感谢你，没有你的帮助，我也不可能拥有瓦伦蒂娜，我也是美梦成真。

老哥，你亲自煎的牛扒味道真不错。

厄尔瓦多神情尴尬，机械地拿起刀叉，艰难地切着那块牛扒。他用叉子叉了一块送到嘴里，突然觉得味同嚼蜡。

八

厄尔瓦多不知道是怎样离开老谭的木屋的。他们相对无言吃完了一顿艰难的晚餐，连那壶工夫茶也没饮，厄尔瓦多便起身告辞。老谭也没有再挽留他，只是默默为他送行。到了地铁站，厄尔瓦多终于转过身来，他又一次用力地拥抱了老谭，并附在他的耳畔低声说了一句，兄弟我对你说真话。自从瓦伦蒂娜与你交往后，我们再也没有任何关系了。不过你放心，她一定会回来的。老谭也低声说，我明白。不管发生了什么事，你都是我的好大哥。

现在，厄尔瓦多坐在地铁车厢里，夜晚的车厢里人很少，一闪而过的站台恍然若梦，列车仿佛穿行在一条时光隧道里，他似乎又一次回到了从前……

第一期法语班结束后，瓦伦蒂娜又与厄尔瓦多一道报名参加了第二期，老谭也同时报名，尽管他有点力不从心。厄尔瓦多以为老谭因为他去报名，但没有想到老谭却是因为瓦伦蒂娜。他后来听到老谭醉酒时与他倾诉了他对瓦伦蒂娜的爱恋时，他恰好已经与瓦伦蒂娜分手。

一切是那么自然，有点让他猝不及防。瓦伦蒂娜那天放学告诉厄尔瓦多，老师今天布置的作业有点难，他能不能先去她家做作业，她也顺便可以向他请教。那时厄尔瓦多的面包店已经正式在卡提亚街落户，他们近在咫尺。玛利亚和孩子们还住在东区，厄尔瓦多独自一人经营着面包店，于是便答应了她的请求。

在瓦伦蒂娜雅致的公寓里，厄尔瓦多耐心地指导她做完了作业，瓦伦蒂娜情不自禁亲吻了他一下，眼波中含有无限的情意。厄尔瓦多瞬间被瓦伦蒂娜的眼神融化，他们随即相拥在一起。瓦伦蒂娜褐色发丝间淡淡成熟蜜桃的香味，让厄尔瓦多嗅到了情欲的气息。热情如火的瓦伦蒂娜紧紧搂住他将他引向自己的卧室。饥渴的意大利女人后来说，厄尔瓦多的这一次让她终生难忘。接着他们有了第二次第三次。瓦伦蒂娜经常夜间悄悄溜进来，他们就在面包店幽暗的地下室里偷情，直到被玛利亚有所察觉……

被玛利亚察觉，正是厄尔瓦多准备抽身退出这段感情的时候。从玛利亚狐疑的目光里透出似乎她发现了某些蛛丝马迹，从此玛利亚对视同姐妹的瓦伦蒂娜不再亲热而且怀有深深敌意。玛利亚常常在夜里不断地啜泣，让厄尔瓦多产生一种负罪感。面对刚到异国他乡的三个年幼的孩子和身体虚弱的玛利亚，作为一家之主的他负有不可推卸的责任。他不能为了满足自己一时的情欲现在就狠心抛弃他们。他开始意识到与瓦伦蒂娜的感情注定没有结果，因为他是一个有担当的丈夫和一个爱孩子的父亲。厄尔瓦多后来因为怕玛利亚会得抑郁症，主动向她承认了自己出轨的行为，并表示他们不再来往。玛利亚也同时释放了内心的积郁，表示原谅了他，夫妻俩重归于好。厄尔瓦多开始对瓦伦蒂娜冷淡而疏远，这几乎让瓦伦蒂娜精神崩溃。最后他们做了一次深谈，他们虽然不是情侣了，但将是兄妹关系，厄尔瓦多会一辈子关心她。瓦伦蒂娜含泪答应了。她是个理智善良的女人，也觉得不能拆散这个家庭，那将会造成人伦的悲剧。厄尔瓦多在毅然结束这段情缘后，一次偶然与老谭邂逅，就在那间街头酒吧，老谭第一次向他倾诉了他对瓦伦蒂娜暗恋的情愫，厄尔瓦多觉得，这对一时情感无着的瓦伦蒂娜一定是个佳音。那个遥远而美好的下午，厄尔瓦多与捧着鲜花的瓦伦蒂娜前来祝贺老谭新店开张之举，正是厄尔瓦多成人之美的精心安排。

婚后的老谭和瓦伦蒂娜的幸福生活，让厄尔瓦多一颗紧张的心随即放松下来。后来老谭搬了新家住到圣劳伦斯河附近，他们来往少了，然而一切相安无事。没有想到玛利亚和瓦伦蒂娜这两个女人，二十多年后又联手上演了这么一出闹剧。

等他走出波边地铁站的时候,他突然意识到,他回去要做的第一件事,就是给瓦伦蒂娜打个电话。

九

翌晨。厄尔瓦多刚刚准备去面包房烤制面包的时候,有人敲响了店门。这个时候,应该是没有顾客的。他惊讶地去开门,进来一个高大的年轻人,原来是大儿子冈察雷斯。

妈妈昨天晚上打电话给我了,她说要坚决和你离婚。我答应她今天来和你谈谈。冈察雷斯说,但我刚接手一个案子下午即要开庭,所以这么早赶了过来。你和妈妈之间到底发生了什么事?

她就是对我和瓦伦蒂娜那件事耿耿于怀,玛利亚说过既往不咎,其实却在心里记恨了二十多年。

你和瓦伦蒂娜到底有没有那种事?冈察雷斯说,我小时候也听妈妈提过。

有过,我年轻时确实犯了错误,现在想起也不能宽恕自己。厄尔瓦多坦诚地说,他看着大儿子那张英俊的脸,几乎就是自己年轻时的翻版。当时胡塞尔刚出生不久,我主动制止了自己的荒唐行为,因为那个时候全家都需要我,我爱你们不能抛弃你们,我狠不下那个心。后来这件事也是我主动对玛利亚坦白的,可是她到现在心里还有阴影,对我还是不依不饶,她真是个心胸狭隘的女人。

那妈妈为什么现在突然提出要离婚呢?

我也搞不清楚,大概听了你妹妹安娜的那些关于女权主义的胡言乱语吧。

好像胡塞尔也支持妈妈与你分手?

厄尔瓦多无奈将双手一摊。是的,现在我是众叛亲离了。冈察雷斯,你不会也是来要我和你妈妈离婚的吧?

当然不是。冈察雷斯说，爸爸我非常理解你此时的心情。昨晚上我也批评了安娜和胡塞尔，让他们不要介入父母亲之间的情感恩怨。因为在我的心目中，你虽然从小对我们子女管教严厉，但还是一个负责任的父亲。

厄尔瓦多看着大儿子的脸，非常感动，谢谢，冈察雷斯，有你这句话，爸爸太高兴了。玛利亚没有什么主见，你帮我劝劝她吧。

这么说，你还爱着妈妈？

当然，我和你妈妈从小在一起长大，我们是有感情基础的，所以我当年最终没有选择离开她去和瓦伦蒂娜在一起。你帮我劝她回来，我们都老了需要相依为命。剩下的好时光不多了，千万别在情感上胡乱折腾。

冈察雷斯微笑，放心吧，我一定将你的话告诉妈妈。不过，妈妈似乎决心已定，我会找时间和她再深谈一次。

冈察雷斯出门时，拥抱了厄尔瓦多。爸爸，我知道你离不开妈妈，我会尽力劝她回心转意。即使到了那一步，如果她还是死心塌地与你分开了，你也不会孤独的。我会带着你的儿媳和孙子常回来看你，你永远是我的好父亲。

谢谢，我的好儿子，我亲爱的宝贝冈察雷斯！厄尔瓦多再次被大儿子这番话感动得老泪纵横，有点语无伦次了。泪水濡湿了冈察雷斯的灰色羽绒服，他抱着大儿子的肩膀，久久不愿分开。

厄尔瓦多将冈察雷斯送出了门外，一场鹅毛大雪突然不期而至从天而降，无声无息的雪花在卡提亚街头旋舞，眼前瞬间白茫茫的一片。不过，他的心情似乎好多了。

他又回到面包房，准备烤制他的黑麦大面包。这时手机响了，是老谭打来的，声音透出几分喜悦。老哥，瓦伦蒂娜一早就回来了。她向我再三道歉说她不知道我有病，是你告诉她的吧？

厄尔瓦多咧开大嘴，无声地笑了。

那头的老谭还在叫着，老哥，你怎么不说话？

下雪了。厄尔瓦多喃喃地说，好大的雪！

是啊，又是一场春天的大雪！老谭欣喜地说，我怕瓦伦蒂娜听到，是在外面飞雪中给你打电话的。蒙特利尔气候太不可思议，按照我们华人的季节现在已经是暮春四月了，还下这么大的雪！

你说的暮春，正是蒙特利尔春天的开始。刚才我看到街头的树都有嫩芽芽了。

是啊，我这院子里的紫花地丁也开了几朵，刚才被雪盖住了，我来将它扒出来。

老谭结束了通话，随即手机发来几张刚拍的图片，紫花地丁的小花骨朵儿，在雪地里灿然开放，像一朵朵摇曳的紫蓝色小火苗。

厄尔瓦多看着图片心中一颤，想起瓦伦蒂娜曾经说过老谭不懂浪漫的话，不由苦笑着摇摇头。他立即给老谭发去一段留言：兄弟，蒙特利尔的春天即将到来，圣劳伦斯河水就要上涨，我又想和你去钓鱼了。你还记得我们俩过去经常去河边钓鱼的往事吗？春天的野生鲈鱼又肥又大，玛利亚和瓦伦蒂娜都特别爱吃这种鱼。

窗外的大雪还在这暮春的季节，纷纷扬扬地下个不停……

选自《鸭绿江》2023 年第 5 期

大蝉年

孔捷生*

    第一缕熏风摇响门廊风铃，蝉卵拱开春泥，夏天在渡河。

    黎国铧挪动轮椅，让罗杰斯的白发晾晒阳光。蝉鸣中听得童声欢快尖叫，惊飞山茱萸花荫的红雀。邻家男孩艾瑞克金毛茸茸的手臂探出灌木丛，指尖拈着亮晶晶的蝉蜕。

    罗杰斯浑浊瞳仁闪出一道光，哆嗦嘴唇召唤邻家男孩，苍老嗓音分贝太低，黎国铧便走近栅栏招呼。他看到灌木枝叶上爬满新蝉，如绿袍上缝缀的亮片。

    小金毛艾瑞克乐颠颠跑上门廊，摊开掌心蝉蜕。黎国铧拈起来，透过初夏阳光，蝉蜕显现神秘图谶般的纹路。"多着呢！"艾瑞克丢下一句就跑了。

    罗杰斯颤巍巍接过蝉蜕，眼瞳火苗又燃。黎国铧小心将轮椅推过庭院，街上一群孩子奔跑叫喊，手中都举着动物标本般的蝉蜕。

    罗杰斯嘟哝：我记得……我记得……黎国铧俯身问：您记得什么？老人满布褶子的嘴唇张歙：小时候在阿巴拉契亚山地，见过漫山遍野都挂着蝉壳。老人思觉又遁入童年梦境。

    罗杰斯浑浊老眼并不昏花，除却视力，全身功能都在衰退，尤其是被阿尔茨海默病侵蚀的记忆力。黎国铧常与老人倾谈，这是医嘱，语言交流可减缓老年痴呆。但下午他要出庭作证，已约好街尾住家看护林美珠过来照顾老人。这

---

* 孔捷生，1952年生于广州。曾获1978、1979年度两届全国优秀短篇小说奖，摘取全国第二届优秀中篇小说奖。出版多部小说集、散文集。现居美国华盛顿。

就看到她穿过蝉鸣走进前院，脚下不断有新蝉从花木丛羽化飞升，就像雨点溅起。

林美珠是闽籍移民，照顾街尾蓝房子主人奥莉薇老太太，是她第一份正式工作。林美珠早前在南加州华人经营的月子中心打黑工，后来月子中心被ICE（移民及海关执法局）突击抄查而关闭。林美珠嫁到东部，有了居留身份，受训后领到家庭护理执照。

不少新移民都有类似人生轨迹。林美珠看护的奥莉薇老太太骤染新冠，送入医院重症室。林美珠仍住大宅照顾猫狗，还有老太太别致的宠物，一条二十磅的南美大花蟒。

林美珠朴实，浑身散发劳动妇女的气息。这些日子她都清闲，唯是那条蟒蛇让她心里发毛，能逃离片刻也是好的。她不止一次过来帮忙了。

林美珠英文不好，但家庭护理词汇没问题。她先贴耳逗几句老罗杰斯，就和黎国铧拉话："都说流年不利，庚子年挨过去，煞气还是重。你看这蝉，多得吓人，这辈子都没见过！莫是坏预兆吧？"

黎国铧说："这是北美东部才有的蝉，在地下十七年才拱出来。我来美国没那么久，只见过一次。"林美珠说："天啊，蝉那么长命，想不到！"

早前传媒已预告，即将有成百亿只蝉密集出土，学名叫X虫群，又称十七年蝉。但此际黎国铧无暇科普，他交代几句，特别是准备晚饭，等老罗杰斯的孙女骆琳娜下班回来交接，如可能就多留一会，骆琳娜医生和很多医护人员一样满负荷工作，累得回家半个钟头都不想说话。

交代毕，黎国铧在蝉声中离开，他今天要出庭作证。

河岸风波

乔治王子郡法院比郡政府堂皇。廊柱托举着巴洛克圆顶，气势夺人，却门庭冷落大半年了。去岁寒冬黎国铧曾来拍雪景，停车场没人铲雪，法院圆顶像一顶巨大冰盔，折射着冬日清凄斜阳。如今疫情稍退，延宕许久的案件陆续开审。其中一宗就是他要出庭作证的河岸小区伤人案。

黎国铧报到，出示法院传票，被测体温，摘下口罩验明正身。肤色深棕的南亚裔法警便领他到二号庭一个房间等候传讯。黎国铧当过陪审员，对法庭不陌生，却见等候室的消遣杂志都下架了，椅子也撤得疏落。

黎国铧冲一杯免费提供的咖啡，闭目冥想。去年这宗伤人案，好比防风草溢出的毒液，令他刺痛至今。案发地距罗杰斯家仅飞盘一掷之遥，后院与远处树林之间的草坪属公共绿地。黎国铧刚上门照看罗杰斯，正值春天，草坪边际灌木吐出新绿，不几日迎春花满眼闪耀，使他想起家乡川西平原油菜花延展天边的金黄。

草坪是青少年领地，平日孩子放学后打橄榄球、棒球和踢足球。疫情让学校关闭改上网课，草坪更热闹，飞扬着变声期不同音部的吆喝，青春荷尔蒙因肢体碰撞有了重力和速度，追逐着草坪上快速腾挪的影子。

这也是老人罗杰斯的 Happy Hour（快乐时光）。他家后院露台朝西，每天下午坐轮椅晒太阳，这就是观景台。老迈罗杰斯唯剩飞行员的视力未被衰老压倒。他爱看孩子嬉戏和角逐，仿佛在捕捉飘远的岁月残屑。

多种族混居的乔治王子郡俨然美国调色板，微缩到这块公共草坪。黑白孩子打橄榄球和棒球，踢足球的几乎都是拉丁裔孩子，爱踢球的白人女孩有时也加入。青少年荷尔蒙过剩，时起冲突，间有斗殴，都因场地争端，与种族无涉。

黎国铧是另一所公立高中数学老师，他和老美家长一样，对青少年因血气旺盛而生摩擦并不太在意。那无非是成长期瘀青。

暑假期间黎国铧每天都过来，循例推轮椅到露台，让罗杰斯晒日光浴，间或给这位老兵做抗战口述访谈，但那要视乎罗杰斯的状态。

疫情使多数家庭放弃暑期旅行，公共草坪便成憋屈少年啸聚之地。去年黑人弗洛伊德被警察跪杀之后触发抗议风潮，如地表龟裂，难免延伸到不同角落。

露台目力所及，草坪冲突频率明显升高，口角想必添加了另类佐料。黎国铧隔得远听不清，却从孩子肢体反应看得出，不是好话。个别冲突是寻常事，但引起群体骚动，比如白孩子和拉丁裔互怼，本来同队的黑孩子却不挺白队友，抄手旁观，那定是爆发语言超限战。以黎国铧处理学校纠纷的经验，少数族裔学生受到语言霸凌，"滚回你的国家！"使用率最高。

这天晴好，渡河熏风掠过林梢，挟起波托马克河波光，让一草一木都有了流动感。草坪上青少年各自组队，缺了非裔孩子，橄榄球玩不成了。白孩子抱团打棒球，头盔和合金球棒上跳跃着灿然日光。踢球的拉丁裔少年比较吵闹，混杂英语、西班牙语的呼喝此起彼伏，就像金花鼠追逐滚圆橡实。

黎国铧正在露台和罗杰斯聊天和录音。老人家难得精神不错，叙忆闪回到1944年豫湘桂战役，日军攻陷贵州独山，飞虎队出动战机封锁公路，掩护中国军民撤退……老人脸上沟壑纵横，随着往事抽动。每道褶子都是世纪年轮，疏朗白胡须宛如老树滋生的白木耳。

就在此际，草坪上传来争吵声，望去是踢球帮拉丁裔和棒球帮白孩子冲突。眨眼间变成激烈短促的打斗，黎国铧高声吆喝制止，拉丁裔那拨急速逃离。情绪激动的棒球帮似乎吃了亏，扰攘一阵才散去。

罗杰斯听力不济，眼力依然不弱，草坪风波打断了他述忆的兴致，老兵豪情一泄，整个人疲惫衰颓。黎国铧推他回屋，扶他卧床休息，再回露台收拾笔记本电脑和录音麦克风。那一幕发生了——

草坪归于宁寂，群鹊飞落觅食草籽，被夏阳镶上亮边的一抹云絮挂在林梢。这时树影间闪出一个拉丁裔少年，他四下张望，便快步跑过草坪，捡回遗落灌木丛的足球。

黎国铧离开露台那刻，骤见树林另一侧扑出几个白孩子，持棒球棍围殴拉丁少年。霎时间，抡起的金属棒刺眼一闪，迸出厉叫，少年颓然倒地。白孩子们也惊呆了，旋即仓皇逃离现场。

黎国铧跑进草坪，只见少年仰卧草丛，即打911报警。教师都受过救护训练，他试探呼吸与脉搏，便给伤者做心肺复苏。鸟影掠过拉丁少年扭曲变形的脸，瞳仁里看到了惨白天空。几分钟后警车与急救车呼啸而至……记忆闪回戛然而止，其后之事只从媒体获知。被棒击的孩子叫费尔南多，十六岁，厄瓜多尔移民。棒击导致颅骨碎裂，大脑受创，失聪失忆，有瘫痪之虞。伤人者布莱特，十七岁。黎国铧认得他那张爱冒青春痘的脸，布莱特家住隔两条街的绿房子，是河岸小区孩子王。

他的青春瞬间也碎裂了。

法庭之辩

喧嚣骚动的一年过去，此案才开审。不曾稍歇的价值对峙和文化战争雷鸣电闪，将人心撕成满地碎屑。这宗伤人案只是霜降草叶的一滴冷露。

这是黎国铧第一次出庭作证。

像雨点敲窗，不断有破蛹新蝉扑上玻璃。法院悬挂的州旗漫卷熏风，旗缨在蝉声中振动。咖啡太烫，还未喝上一口，法警便来召唤。

黎国铧被引领到二号庭，眼前已非他记忆里的场景。陪审员席十二张戴口罩的面孔隔着玻璃板，像镶在大镜框的集体照。旁听席来人不少，间隔错落坐着，却分成白人和拉丁裔两个营垒。显然都是涉事孩子的家长和亲友。一瞥之间，他看到以前的非裔学生布朗坐在旁听席，他就读乔治城大学法学院，大三了吧。

证人席也竖着隔离玻璃，这空间让他呼吸不畅，觉得自己就像学校实验室玻璃器皿里的生物标本。

黎国铧宣誓后落座，法官要求他报上名字拼写，好让书记官记录。黎国铧居美多年，仍用中文本名。他逐一念出"Guohua Li"的拼音字母。传召出庭的关键证人竟是亚裔，陪审团和旁听席五颜六色的口罩都遮掩不住诧异。

公诉人地区检察官保罗是蓄络腮胡的白人，他趋前问话："你是麦迪逊高中的教师？"

"是。"

"案发时你在哪里？"

"在乔治王子郡河岸小区。"

"你住在蒙哥马利郡，为何会在案发地点？"

"学校暑假。我去那里照顾一位二战老兵。"

"这家人雇用你？"

"不。我是义工。"

"你原先认识这家人？"

"不。我在退伍军人协会网上登记，申请义务照顾二战中国战场的美国老兵。该协会推荐这家人。根据五角大楼档案，户主罗杰斯是最后一位在世的飞虎队飞行员。"

地区检察官保罗事先已和黎国铧交代，让陪审团了解证人背景，会使证词可信度更高。但对方女律师不耐烦，向法官要求尽快进入本案主题。

秃头老法官却来了兴致，说自己就是飞行员，参加过越战；他父亲也是海军航空兵，在企业号航母服役，打过硫磺岛、冲绳战役。"他去世快三十年了。你看护的这位老兵还活着，快一百岁了吧？"法官问。

"九十七。我做义工，也为整理他的口述史。"

法官点头嘉许。下面进入正题。检察官接着问："去年七月三十一日下午四点半，你在哪里？"

"在河岸小区罗杰斯家后院露台。"

"当时在社区公共绿地发生青少年斗殴，你是目击者？"

"是的。"

"你听到斗殴前的争执了吗？"

"我当时在做访谈，录下一些声音。但我无法听清。"

检察官征得法官许可，当庭播放经过高技术分辨的录音。纷乱嘈杂之中可以听到只言片语"骑驴阿咪高（西班牙语Amigo意即朋友，但有文化冒犯含义）"和另一句"滚回墨西哥"。

录音在旁听席撩起一阵骚动。法官敲响木槌，要求肃静。

检察官保罗继续问："受害人遭到什么物体打击，你看到了吗？"

"是的。是金属球棒。"

"袭击者在法庭上吗？"

"是的。"

"你能指出来吗？"

黎国铧指向被告，庭上各种目光霎时照亮布莱特长着青春痘的脸，与他年龄不相称的复杂微表情霎时泛滥，如水彩濡化。

黎国铧也很纠结。他不认得拉丁裔孩子费尔南多，却认得布莱特。他推轮椅陪罗杰斯散步，曾和布莱特父母聊过几句。青少年寻常肢体冲突，竟酿成大悲剧。对所有人都是难咽苦果。

轮到辩方盘问证人。如同律政剧常见的角色设定，不同族裔之间兴讼，当事人总倾向雇用非我族裔的律师，以减低陪审团的肤色联想。这位肤色浅棕的波多黎各裔女律师乔蒂在本州名头很响，黎国铧在电视上见过她。

地区检察官兜圈子的话术，乔蒂律师更娴熟。她好整以暇，先翻看文件夹，再开口问："以你所见，当日参加群殴的总共有多少人？"

"大约五六个。"

"五个还是六个？"

"不确定。"

"只有我的当事人手持球棒吗？"

"不是。"

"你确定伤人者就是我的当事人？"

"是的。"

孩子王布莱特比其他孩子高壮，容易认。但黎国铧晓得，法庭不同于警察问讯，只需回答是或否，而非描述细节的场合。

乔蒂语调一转，浅棕的脸上换成歉疚表情："首先要对你表示万分抱歉，我下面的话丝毫没有冒犯之意。为了我的当事人，必须要说，我对亚裔面相的辨识能力比较差，这是我自己的问题。有时我会想，是否别的族裔也有类似问题……"

未等她说完，检察官就激烈抗议，斥责对方在法庭上散布种族冒犯言论。乔蒂未等法官表态，就表示收回自己的话。接下来，乔蒂请求在庭上展示图片和视频。得到法官首肯，投影幕上呈现罗杰斯家后院露台，轮椅上老人面向草坪，孙女骆琳娜在露台拾掇盆栽花草。乔蒂解释，这是在案发地点所拍，和真实距离完全一致。

乔蒂转向陪审团，问：谁能记住和准确描述这两个人的相貌？

陪审团未及反应，地区检察官再度扬声抗议，指出视频是阴天所拍，而案发时天气晴朗，能见度不同。法官接纳检察官之言，提示陪审团讨论本案时忽略这个视频。乔蒂显然觉得已收到心理暗示效果，表示再无问题要问。

法官感谢证人出庭作证。黎国铧退庭，避免和布莱特家人有目光接触，更不忍和费尔南多的家人对视。

走出郡法院，密集蝉唱闯入耳膜，压倒远处波托马克河的涛声，仿佛空气也随之振动。黎国铧摘下口罩，吁出长气。脸色凝重的他来不及收拾复杂心绪，手机显示有两个未接来电，都是林美珠。他即回电，听到惊惶哭腔……

家庭壕堑

黎国铧驱车赶回河岸小区。进门就见林美珠双眼红肿，在清洁地板上的菜汁饭羹，厨房垃圾桶塞着摔碎的盘子。

黎国铧三言两语就问清原委，福建人林美珠做菜偏甜，罗杰斯觉得不合口味就摔盘打碗，暴怒失控，林美珠吓坏了。

黎国铧很负疚，这是他的疏忽，没交代罗杰斯虽喜中餐，却不吃甜。他安慰林美珠，是阿尔茨海默病令老人易怒，转瞬便忘掉了。黎国铧让她先回去，自己善后。林美珠如获大赦，急急离开，和那条大花蟒蛇做伴去了。

黎国铧收拾好，下厨重做几个菜。当呛鼻辣子满屋飘香，车房门轧轧作响，骆琳娜回来了。

罗杰斯孙女骆琳娜四十多岁，四分之一中国血统，黑发，面容酷似东方人，身材典型欧美范，修长矫健。骆琳娜是乔治·华盛顿医院内科医生，去岁以来疫情反复，她忙得昏天黑地，回家就像在门廊脱下的歪倒雪靴。今天到家早，她总算排到轮休，接下来放假两周。

骆琳娜进屋就用中文说："好香！"她和爷爷一样，喜欢麻辣川菜。

黎国铧解释此前的小风波，心情大好的骆琳娜毫不在意。爷爷罗杰斯闹过一场，精神委顿，已睡下。失智老者症状之一就是嗜睡。骆琳娜便邀黎国铧共进晚餐。黎国铧情绪不高，念及回家面壁郁闷，也难受，便答应。他丧妻独身好几年了，和骆琳娜相处就像好朋友。

窗外河岸飘起夕烟，林冠剪裁的天际线泛红，蝉声渐落，河声又起，那是从波托马克河起伏胸膛吐出的舒缓呼吸。

骆琳娜点亮餐厅蜡烛，开一瓶加州白葡萄酒。脸上烛影摇曳，令浅平的五官轮廓变得更柔和。她英文名字叫Carolina，祖母用娘家姓氏给她取了中文名字。但小琳娜还在摇篮时祖母便去世。绣着骆琳娜三个汉字的蜀锦手帕，是祖母留给孙女唯一的血脉徽记。

祖母蓉贞是成都盐商之女，然而爷爷罗杰斯是出类拔萃的飞行员，基因强大，混血儿子比尔东方特征很少。加之蓉贞早逝，除却那块蜀锦手帕和罗杰斯带回来的几件西南民间工艺品，家族记忆里无甚中国元素。比尔和波兰裔娜塔莉亚结婚，诞下四分之一中国血统的女儿，遗传密码却明显"返祖"，除了眼瞳色泽甚浅，秀丽面相更靠近祖母，长大也比父亲更喜爱中国文化。

骆琳娜喜欢黎国铧称呼她的中文名，这个名字整个家族只有爷爷记得住。餐桌话题从大蝉年说起，骆琳娜记得上次十七年轮回的蝉群景象，再推上一轮，也有点记忆。那时科普不够，孩子觉新鲜，大人却不安，疑似凶兆。黎国铧说，蝉在中国象征高洁和永生。古代贵族和士人口含玉蝉下葬，寓意羽化飞升，复活长生。

"好美丽的想象！难怪中国出大诗人，那个和你一个姓的 Li 什么来着？"

"你是说李白？他的姓读音相同，却是另一个汉字。"

骆琳娜生性开朗，说话时表情丰富且手势繁复。别看骆琳娜喜爱中国文化，能冒几句汉语短句，发音标准，其实中文懂得甚少。骆琳娜面相并无欧美人的立体感，眼睛却比浅蓝更浅，近乎淡绿。黎国铧初见她，对视时竟有异样感，她一双瞳仁宛如澄澈深潭，能映出万物倒影。

有饥饿记忆遗传的民族进食都偏快，黎国铧努力与骆琳娜同步。她在细嚼慢咽，很享受的样子。川菜配白葡萄酒其实不大合适，罗杰斯收藏的海量红酒已逾二十年，需喂食的老人早就忘却饮酒嗜好。而骆琳娜从不沾红酒，说牙齿会变色。那不是理由，黎国铧后来始知，实系缘于代际家庭战争。

一杯下肚，骆琳娜问起出庭之事，说整个社区都为伤人案不安。陪审团不能透露庭审情况。黎国铧是证人，本无禁忌，但这话题让他压抑，简略说两句就找不到词了。骆琳娜也觉得这不是餐桌话题，摆手道："Forget it，算了吧，我也不喜欢说医院的事。"但她关切提醒，那孩子布莱特的父亲安东尼在伊拉克和阿富汗打过仗，有退役军人创伤应激障碍，常见症状是焦虑。他对孩子很粗暴，所以孩子王布莱特也有暴力倾向。骆琳娜呷口酒，又吐出一句："其实爷爷也有这心理疾病。"黎国铧无语。

窗外天色渐暗，蝉群停止歌唱，另一种虫鸣开始沉吟。黎国铧总记不住这种夏虫的英文名称，但中文"纺织娘"却能唤起儿时记忆，好像古老纺车在虫鸣中摇响。

骆琳娜喝到第二杯，谈兴更浓。她问起抗战口述史的进度，黎国铧说他寻访飞虎队老兵，只缘自己的爷爷奶奶当年是流亡学生，在湘桂大撤退时领着难童小学生在黔南逃避兵燹，飞虎队战机封锁公路阻击日寇。他从小就听祖辈讲故事，奶奶说身后追兵仅几里路，她和爷爷就在生死悬于呼吸之间相遇，那时两人才十八岁。在黎国铧想象中，黑黝黝的群山挤压羊肠鸟道，天空被林际切割成一条白幡，交织着硝烟和盟军战机的呼啸……奶奶还保留着飞虎队指引撤退路线的空投传单。追念旧事，老人家眼噙老泪，宛如历史的宿露。

祖辈永志不忘的事迹，后来人有责任记录下来。不过，他并非为整理抗战史而来，当初登录退役军人协会网站申请做义工，只为报答飞虎队老兵的牺牲奉献，和罗杰斯相处才生出整理口述史之念。

骆琳娜说，对那个年代那些事件全无认知，但能理解。看过安东尼·霍普金斯主演的《困在时间里的父亲》那部电影吗？爷爷罗杰斯就活在往事里，唯有时光隧道深处才能找回他的溃散的记忆。

烛光令壁上鹿角晃动，熊和野猪的獠牙也忽明忽暗。黎国铧指点悬挂墙上的动物标本，问：是你爷爷的猎物？骆琳娜说是的，他有恋枪癖，是打猎狂。又说家里这些动物尸体（她用 Corpse 这个词）是她的童年阴影。

骆琳娜与爷爷之间感情复杂，中国奶奶早逝，她父母车祸去世，是爷爷养育她。罗杰斯性格强势，给她很多爱，同时又很粗暴。从记事开始，她就和爷爷维系着爱恨交织的扭曲亲情。她记得爷爷带她上山搭帐篷露营，她很开心。但爷爷强迫她开枪射击野兔与松鼠，她宁愿哭喊惊走小动物。长大后骆琳娜和安纳波利斯海军学院（USNA）的女校医玛姬同居了十年。但罗杰斯不允许玛姬进门，骆琳娜便在外面住着，其实她早该搬出去了。

老人与现实隔膜，不知两代同堂已属异数。黎国铧曾以为"久病无贤孙"，后来才感知美国家庭的代际疏离。骆琳娜不时回爷爷家，已少见。这份祖孙情很奇特，骆琳娜看似对爷爷感情淡漠，却不曾把罗杰斯撇在一边，让他孤独地沉溺于阿尔茨海默病的遗忘之海，就像那部电影《困在时间里的父亲》。

国防部给二战老兵高福利津贴，骆琳娜也给爷爷买了最好的医疗保险，她早就安排罗杰斯入住全天护理的老人院，被执拗的爷爷峻拒。保险公司雇用家庭护理上门照顾，但新冠疫情令护工短缺。黎国铧适时出现，骆琳娜很感激。不过她与爷爷之间的心理壕堑，依然横亘。

除了喜欢麻辣川菜，骆琳娜憎恨爷爷那个年代几乎所有事物，墙上兽头，地上兽皮，窗帘图案，镜框雕花，古董落地自鸣钟……都唤来反感。唯一令骆琳娜快意的是，留下巨大童年阴影的那个枪柜，终于冬眠。十多年前罗杰斯就忘掉开锁密码，再后来连那十几支长短枪的记忆图像都化为迷离幻觉，即使和黎国铧讲抗战口述史，也没提过他的至爱珍藏——美国空军佩枪 M1911 手枪。

夜气已漫上窗台，里根国际机场一架客机在爬升，闪烁航灯把满天星星点亮。波托马克河波光熹微，涛声在树林后细细沉吟。庭院落下大鸟，扑簌簌拍动翅膀，像是河岸飞来的鹭鸶。

骆琳娜今晚住爷爷家，明天就和玛姬驾车出游，直奔迈阿密度假。她将好心情斟满酒杯，及至一瓶白葡萄酒喝光，瞳仁已升起佛罗里达海滩的阳光。

邻里之间

初夏南风湿润着空气，蝉声愈加浩大，交织成无伴奏合唱，只有轻雷与阵雨才能短暂浇熄。那棵憋屈长在背阴屋角的山茱萸，秃枝忽而点燃一把火，喷出迟开繁花。

山茱萸英文叫"狗木"。老罗杰斯自开春就念叨山茱萸开花了没有，在他的迷离思维中，这株背阴角落的狗木是关乎荣枯的意象。他说，1956年山茱萸没开花，骆琳娜的祖母蓉贞离世；1966年没开花，宠物长毛狗巴博离世；1975年没开花，骆琳娜的父母比尔和娜塔莉亚车祸去世。这几个年份像猎刀刻在橡树的记号，不会随着罗杰斯智力衰退而湮沦。

美国人也信超验事物。神秘山茱萸依傍的那面墙长满爬山虎，纵横纹路宛如族徽，更似屋主的掌纹。西方也有手相学，掌纹不单隐喻命运，也暗示某条故事线索脉络会绕入另一丛脉络。骆琳娜到迈阿密没待几天，就回来了。佛罗里达州是反疫苗反口罩大本营。在充满政治歧见的年代，美国呈撕裂状和碎片化，纷争噪音如大蝉年的锐利蝉鸣。好友玛姬头晚去听演唱会就感染新冠。好在两人都是医生，骆琳娜做足防护一路兼程驱车，把玛姬带回家隔离。

短短几天里，河岸区也发生了一些事。街尾蓝房子主人奥莉薇在医院重症室去世；同日，林美珠照料的南美大花蟒神奇逃逸无踪；联邦鱼类和野生动物局执法人员上门调查和搜寻，引起社区恐慌……

黎国铧也有状况，这天到小区外便利店给罗杰斯买酸奶，为低碳环保不开车。行走间忽有一辆道奇皮卡在身边刹车，一看是孩子王的爸爸安东尼。黎国铧迎着对方凶煞目光点头致意，却似一星水沫溅上礁石。他继续前行，安东尼慢速开车跟随。走了百余步，黎国铧想起骆琳娜的提醒，心里有点发毛，便站定直面对方。安东尼一踩油门加速离去，留下一溜呛鼻尾气。

没能享受阳光假期的骆琳娜回爷爷家，刚泡上茉莉花茶包，黎国铧就抱歉地告诉她，不能再照料罗杰斯了。骆琳娜还未卸下疲惫，旅途风尘黯淡了黑色短发的光泽。这一刻，她眉梢高高剔起，淡眸子注满惊讶。"Why？为什么？"

黎国铧委婉说道，是法庭作证后精神压力太大。骆琳娜敏感而警觉，追问："是不是小区发生了什么事？"黎国铧否认："没人做或说了什么，如果有，我也知道怎么应对。"他听出自己声音飘忽游移，就像他在课堂鉴别学生回答的成色。

"好吧，谢谢你通知我，尊重你的决定。不过——"骆琳娜眉梢落下，神情变得很凝重，"请告诉我到底为了什么？"

黎国铧沉默，蝉声益发锐利，紊乱而迅疾的思绪仿佛撞上了音障。他闪避不开骆琳娜瞳仁绿莹莹的光束，便挣脱游移："好吧。如果有人不喜欢另一个外来者，有些事不需要做和说出来。"

骆琳娜重重放下杯子，茶水溅出，桌布登时溃化出两片碧绿新叶。她决断地说："我不挽留，非常感谢你的付出，这段日子对我和爷爷都很重要。恳请最后帮个忙，我答应他一件事，三十多年都未兑现。今天就回到童年，我和爷爷到江边钓鱼，请你一起去散心和帮忙照应。"

"现在吗？"

"对。"

黎国铧没理由推拒，他是钓鱼爱好者，却不知老罗杰斯也有同好。骆琳娜到车库翻寻，找出黎国铧未见过的老古董钓竿渔具。骆琳娜风风火火给爷爷更衣，又打扮自己，洗风尘施淡妆。黎国铧见惯她下班疲惫之色，此刻她的妆容就像山茱萸盛开，流光溢彩之间别具一股英气。骆琳娜颇具仪式感地推着爷爷，黎国铧手持渔具，三人一起出门。

罗杰斯只有下午精神稍好，其他时段都萎靡和失语，但多吐纳清新空气是医嘱。初夏阳光新鲜活泼，熏风将蝉鸣谱成不同声部的宏大合唱。适逢周末，很多人家都在户外栽花弄草，拾掇庭院。骆琳娜时而低头和爷爷咬耳朵，时而和黎国铧说笑，爽朗之声像引领蝉唱的节拍，引起整条街注目。

邻居难得见到骆琳娜和爷爷散步，纷纷打招呼。正在割草的帅老头卢卡戴上口罩，过来和罗杰斯附耳问候，又以意大利式的热情拥抱骆琳娜；下一家希腊裔葛妮丝是小金毛艾瑞克的妈，她隔着矮篱说笑："好羡慕罗杰斯，Li（黎）先生做饭真香，半条街都飘满幸福感！"黑白混血少妇蕾娜则高声调侃："喜欢这夏天音乐吗？"她说的是漫天蝉鸣。

再往前这幢红房子，住的是安德鲁斯空军基地工程师梅森，他很尊敬前辈罗杰斯；他的菲律宾裔妻子安妮医生和骆琳娜是校友，常送烘焙糕点过来。这两口子和黎国铧也熟。梅森在高处挥手致意，他正爬梯清理屋檐雨槽。安妮趋前通报消息：社区网页刚更新，奥莉薇老太太的宠物大花蟒找到了，就安息在院子隐秘角落的美洲獾洞穴里。安妮觉得这是殉主。梅森两口子信奉神秘宗教。

转过街角，各家邻居也纷纷打招呼，这条街有的人家虽认得黎国铧，却不知其名。骆琳娜驻足寒暄,并像介绍自己家人一样介绍黎国铧。蓄着茨威格式八字胡的安德森是公校教师,他还和新认识的黎国铧交流几句网上授课的事。

再往前,气氛渐不同。连着几家人都在庭院栽种修剪,却只微笑点头致意,没开口。黎国铧岂会不知骆琳娜所为何来,她的性格像满头不屈的短发,让黎国铧联想起马里兰州鸟黄鹂,翎毛金黄,冠羽却呈黑色,总高昂着头歌唱。

江风扑面,蝉唱转了调。一路木讷的罗杰斯来了精神。自从郡政府给通向河岸的林荫小径铺设了轮椅通道,黎国铧常陪罗杰斯到河边,知道再往前就是肇事孩子王布莱特的绿房子。

此时骆琳娜手机响起切莉·莱特的旋律,这乡村歌手的音乐被设定为手机铃声。骆琳娜接听后浅瞳波光如滚沸之海,旋即报喜。她和玛姬共同申请领养牙买加孤儿,顷接通知,跨国领养机构要和两人视频谈话,钓不成鱼了,先送罗杰斯回家吧。

黎国铧连声道贺,却无意折返。目送骆琳娜像羽毛般乐颠颠飘走,他吸一口湿润江风,推着老人继续前行,他知道自己在故事里的角色。插在轮椅上的鱼竿如旗枪抖动,爬着青蔓的栅栏缓缓后退,绿房子和盛开郁金香的草坪像布景展开。高壮的安东尼正领着保释中的布莱特和其他孩子在种蓝莓。黎国铧才看清这家人丁旺,有四个男孩,一家子齐刷刷望过来,面相剽悍的安东尼绷满了军人式警觉。

再不是街遇那幕实境秀,黎国铧以直视迎战对方,像战鸽在鹰隼狞视下振翅。四个孩子都闪避开目光,望向父亲。只听得风铃叮咚加入了蝉唱,让安东尼阴鸷的眉眼变得突兀。此刻,轮椅上的罗杰斯做了个动作,黎国铧从安东尼的反应才注意到,老人颤巍巍抬手行军礼。军有军规,老罗杰斯的资历、年纪、军阶,令不知所措的安东尼下意识还礼。他们走过绿房子,安东尼手臂才犹豫落下,几个孩子都默不作声。

罗杰斯嘟哝出一句:"看着他长大的。"黎国铧不清楚小区邻里史,直觉上老人说的并非布莱特，而是孩子王的爸爸安东尼。

扶疏林木之间波光粼粼，江风将蝉声吹散，将河水吹皱。一只白头鹰从亮片般的云朵里钻出，扑向波托马克河起伏的胸膛……

老人与河

黎国铧一眼选中河汊苇塘，那里有棵歪脖子树，一丫粗枝探入水中，像活着的倒影，正是下钓好地方。和碳素鱼竿不同，罗杰斯的老鱼竿是木质，黄铜榫接还镶嵌银饰，透着上世纪中叶的年代感，只有塑料浮漂是21世纪的。黎国铧给鱼竿装上铅坠，鱼钩挂好假饵，避开水边红蓼下竿。

罗杰斯端坐轮椅，阳光抚挲脸上纵横沟壑，他吐纳江风水汽，闭目冥想，嘴角笑意似有若无，就像荡漾的浮漂。

苇丛深处水鸟争喧，绿萍底下不时翻上气泡，散发微腐气息。黎国铧感觉没错，色泽鲜艳的浮漂很快被扯动，他三番五次收竿，吞钩鱼儿都偏小，放生了。后又钓起一尾两磅多的鲇鱼，这种无鳞鱼英文叫Catfish（猫鱼）。打手势问罗杰斯，老人摇头，他便摘钩，滑溜溜的鲇鱼扑通扎入水草，惊走红蓼花穗上的蜻蜓。

罗杰斯示意有话说，黎国铧趋前俯身。老人喁喁指点，下游石滩才是他以前钓鱼的福地。轮椅通道已到尽头，但钓鱼本是骆琳娜为爷爷还愿，便都听他的。老人兴致高，执意弃轮椅拄拐杖让黎国铧搀扶着挪动，一寸寸踏勘记忆的方位。老人目力炯炯，认穴般指戳，呼哧带喘道："就是这里。"

这段河岸峭削，怪石狼藉。黎国铧拂去树墩青苔，扶罗杰斯坐下。眼底江涛拍击巉岩，浪沫飞腾，怎么看也不像钓客吉位。老人又示意别用假饵，河边泥湿蚯蚓多的是。这倒合黎国铧心意，他也不喜欢塑料假饵，便戟张手指抠泥，两三下便有蚯蚓。在乱石间隙下钓，湍流簇拥橙色浮漂，如沸汤翻腾，鱼能咬钩？老人像穿越时光，固执追寻回不去的昔日。然而生命就像破蛹羽化的蝉，再也钻不回草间蜕壳。

黎国铧已无渔获之念，便拉话。老人难得精神旺健，嗓音也清朗起来。他问飞虎队旧事上次谈到哪里？答：是日寇在华最后一次大型战役——豫湘桂会战。黎国铧的爷爷奶奶相遇于崇山峻岭的羊肠小道，他们当时在飞虎队空中掩护下领着学童逃难。

罗杰斯嚷嚷道，他记得最清楚，当时驾机低飞扫射封锁道路，日军对空还击，子弹穿过机身钻进小腿。他一时还没感觉，机枪手却没了声息，一看战友已歪倒在机枪上……黎国铧没带笔记本电脑，便用手机录音。老兵嘶哑声线化为波长在手机屏幕上起伏，就像黔南莽苍群峰切割出波浪形天际线。罗杰斯龇牙咧嘴驾机飞回成都，降落时冲出跑道，昏死过去。那是他在飞虎队最后一次作战任务。

语罢老兵满脸皱褶现出光晕，好不容易聚拢的散乱记忆，又拐入另一段光阴隧道。养伤的日子他拄拐到锦江边，在青羊宫外小摊吃麻辣凉粉，那是他和蓉贞初遇时刻。老人清晰记得，蓉贞鬓边插着芙蓉花，两条羊角辫晃来晃去，让他心跳。

罗杰斯眼瞳好像散焦了，从虚空看到生命中最长的那个时辰。思路从青羊宫翘起的飞檐飘然堕地，老人表情诡异道："黎，告诉你一个秘密。"黎国铧侧耳聆听，孰料是骆琳娜都不晓得的家族逸事，原来她奶奶蓉贞并非盐商之女。罗杰斯为访佳人多次到青羊宫，羊角辫少女的情影就像锦江边一绺杨柳在眼前摇曳。他记不清吃过多少碗凉粉，并爱上麻辣。蓉贞就是卖凉粉的女孩，盐商门第是她初次去俄亥俄拜见公婆时即兴编的。罗杰斯随她怎么说。其实父母都是穷人，一辈子没走出阿巴拉契亚山地，儿子离家后也极少回去。

罗杰斯精神矍铄，逻辑清晰，令黎国铧诧异。故乡遥远面影在老人语境中舒缓展开，青羊宫香烟缭绕的炉鼎，高大的银杏树，湿漉漉的青石板路，凉粉挑子的小灯笼……

老人语罢吐纳调息，呼吸显短促，他累了。黎国铧关闭手机录音，鱼竿依然翘挺，没有动静。天风放牧碎云擦拭晴空，对岸层叠林木摇出绿光，掩映其间的红蓝屋顶，像波浪间的帆翼。罗杰斯腿脚不行，腰板仍挺得直，未衰退的还有眼眸，投向宽阔的波托马克河。一江来水泛满夏天墨绿，涌向切萨皮克湾，在河口天际线变蓝。

黎国铧想察看鱼饵，罗杰斯忽又开口："黎，你要离开了，我的故事也说完了。"黎国铧暗惊，这念头只是刚和骆琳娜提起，老人听力断难听到，却能感知。黎国铧欲言无语，被江风吹散的蝉声霎时回来了。

罗杰斯老眼忽然精光斗射，指向水中石堆。一直在浪窝颠簸翻腾的橙色浮漂已下沉不见，鱼竿怒弯成弓，钓绳绷紧如弦斜插入水。黎国铧急急抄起插在石间的鱼竿，一股愤怒之力将他猛然拽向湍流，钓竿几欲脱手。他双腿夹竿绞动线轮曲柄，才拉几转就纹丝不动。僵持之下，罗杰斯颤巍巍打手语，黎国铧神会，便放绳和挪动位置角度，竿头吃不住活物泼剌剌挣扎，直弯入水。传导过来的能量这般猛烈，莫不是水獭误咬鱼钩？

收放之间，活物经不住绞线器物理力量，一点点升出水面，竟是一尾肥大的海鲈鱼。它绝望扭动，壮实黑脊和肚腹银鳞闪闪发亮，陌生世界激发出它愤怒最高值，一头又扎入浪沫。黎国铧耐心反复拉锯，终于把大鱼拽起。这种游弋咸淡水域的海鲈鱼，他此前钓过，却未见过这么大的，足足五磅多！

黎国铧自认资深钓客，却不知水底石堆别有洞天。海鲈鱼噗噗摔打自己，鱼鳍沾满草屑，鱼鳃大开大合，鲜红鳃片像龙牙花怒放。它奋力一蹦，扑到罗杰斯脚边，打湿他的裤腿。罗杰斯额上都堆满笑纹，仿佛推开了记忆迷宫的某扇窗户。老人只记得久远，却似对黎国铧要离开并不介怀。又是阿尔茨海默病？罗杰斯的故事不知有几多佚失于积尘，心智和他的时代一同剥蚀颓化。只有江流如故，载走滔滔光阴……

蝉唱余韵

蝉声渐消隐，夏天结束。蝉群潜入下一个十七年的漫长蛰伏，遗落遍地蝉蜕，星星点点像草叶微霜。

疫情减退，学校全面复课，黎国铧忙碌起来。林美珠接替看护罗杰斯，由保险公司全额支付。她发短信感谢黎国铧推荐这份工作，还教会她做川菜，老人家不再摔盘打碗。但出了新状况，老人罹患失语症，再没说过话。

布莱特案子流审，未能达成一致意见的陪审团被法官解散，重新遴选陪审员。黎国铧要再度出庭作证，重审日期未定。

骆琳娜也超忙，她和玛姬乔迁新居，迎接她们领养的第一个孩子。黎国铧准备九月劳工节长周末去探视罗杰斯，并一同到河边钓鱼。

他没等来这日子。骆琳娜打来电话，课间休息他才听到语音留言。骆琳娜平静告知，一周前爷爷罗杰斯有尊严地结束生命，用飞虎队佩枪自尽，枪柜没动过，她都不知爷爷把至爱的手枪藏在哪里。后事已料理完毕，她不让林美珠说出去，以免惊扰他人。爷爷遗体火化，将下葬阿灵顿国家公墓。骆琳娜邀他出席葬礼。

蝉声远去，迷途秋天却在不设防的美加边境徘徊，从五大湖区吁来的一丝凉意，顷刻被蒸腾热浪吞噬。去岁曾瑟缩于最冷严冬的大华府，又被最酷热的苦夏纠缠不放。

葬礼在九月长周末，黎国铧一袭黑衣现身阿灵顿国家公墓。他初次见到骆琳娜的密友，玛姬戴着白色头巾，优雅飘逸，她和罗杰斯老人家从未见过面。听骆琳娜说过，玛姬是波斯裔穆斯林。又见到哭肿双眼的林美珠，她看护的罗杰斯、奥莉薇老太太和宠物蟒蛇都相继离世。她怀疑五行相克，决意转行。又看到河岸小区出席葬礼的邻居，安东尼亦在其中。黎国铧没有回避对视，安东尼眼中不见戾气，只凝结着迷茫与忧伤，像秋蝉眼睛。

罗杰斯下葬在陈纳德将军陵墓附近，此处还长眠着不少飞虎队（空军14联队）老兵。洁白石碑密麻麻铺展开去，宛如亡灵集结接受检阅。国防部派出阿灵顿国家公墓仪仗队送别罗杰斯，列队鸣枪致敬，成群野鸽呼啦啦惊起，钻入炫目日光。

从公墓高地放眼望去，华府轮廓在屃气中波动。只见华盛顿纪念碑矗立如矛，背后是银盔般的罗马式圆顶，那里是国会山，凛冬曾飘起狼烟，立起绞架，国会大厦被攻陷……那些惊悚图景至今无法定义。焦虑燧石磕碰出火爆怨愤，好比大蝉年的浩繁聒噪，末了化为无数不可拼接的叙事碎片，这是比事件本身更深的撕裂。留在罗杰斯身后的陌生世界已无法辨读，遗忘与撒手于他都是幸福。

仪仗队军士将覆在棺盖上的星条旗折叠起来，交给骆琳娜保存。随后棺椁徐徐放入墓穴，里面放着逝者骨灰、戎装、银星勋章、卸去撞针的老式手枪。骆琳娜撒下鲜花瓣，黎国铧听到第一铲泥土落到棺盖的声音，沉闷，凝重，像遥远的回声。

飞虎队最后一个老兵就这样埋进历史，连同他的时代和故事。

2022初夏写于大华府
选自《收获》2023年第1期

诗与人间

绿骑士[*]

红玫瑰

巴黎西南近郊这个小镇上，很多人家都有花园，但人们仍常常到花店买花。今天情人节，花店更是特别忙。丽竹除了用大红鸡心点缀，更悬出一句句情诗，顾客们都啧啧赞叹。这是好友杜娜的主意，亦亏得她安排一切。

整日的客人清一色都是男士。忽然响起了一娇美的声音："亲爱的！"正是杜娜，长长的红卷发飘散像不羁的瀑布，戴着面罩也看到她棕灰的大眼睛洋溢着笑意。因为疫情人们都不行见面吻，她给丽竹送上几个飞吻。她买了束红玫瑰，每逢年节她都给自己送花的。

杜娜在大学教现代诗，常说诗本是来自民间，可惜在现时一般人的心目中，却变成了高深莫测的玄妙东西。她极力赞成要把诗带出象牙塔，回归普罗。除了在中小学努力，更要前赴工厂、农村等基层。

在法国，花儿紧贴所有人的情意，无论家居、赴宴、喜庆、致哀、节日……都必以花陪伴，各式人等都来花店，所以杜娜认为花店是一个诗与人交流的理想场合。丽竹对诗没有什么认识，常对杜娜说："我是个诗盲。"杜娜总

---

[*] 绿骑士，生于中国香港，毕业于香港大学。后赴巴黎国立美术学院修读美术史。著有小说集／散文集《绿骑士之歌》《棉衣》《壶底咖啡店》《深山薄雪草》《哑筝之醒》。现居法国巴黎。

是笑嘻嘻却认真地答道："你不能这样讲的，诗是藏在每个人心中的一株花，遇到适合的气候便会散发芳香。"

丽竹不明白她说什么，亦不很在意，不过也乐意把诗句作为店子的装饰，除了招徕顾客，有时看到一两句，也觉得心底一动。

这个富裕的小镇，文化活动十分受欢迎。杜娜是文化中心的主将之一。她来法国快三年了，大学合约满了后，今年秋天开课前便会回美国。近半年来她策划了一个《诗与人间》系列节目，请当地人参与、互动，与众同乐。她正在筹备第一炮《世界情诗晚会》，响应三月中全国性的"诗人之春"节。反应很热烈，面包店、肉店、洗衣店、时装店、银行、保险公司以及殡仪馆都响应，贴出夺目的传单。

杜娜很健谈，但看到店中实在太忙，捧着一大束红玫瑰，一阵飞吻，扬着红发道别。

黄昏快要关门前，有许多刚下班的男士赶来买花，其中有一个陌生的中年东方人，身材高壮，戴眼镜。镇上极少黄面孔的，丽竹不禁留意到，但她正忙着接待其他顾客，由店员玛丽安招呼他。听到他很斯文地说流利法语。多数人是立刻把花带走的，他却是付了款，请花店在今晚之前代为送去。糟糕，送货的小伙计刚骑着电动马达车离开了，是今天最后一次去送电话订的花。

丽竹匆忙地瞥了瞥地址，是在自己回家途上，那篮花亦不是很大，一会儿顺道送去好了。有些奇怪，今天男士们买的差不多全是红玫瑰，亦有伴以各种色彩鲜艳的花儿，这篮却是一朵红玫瑰，伴以素淡的白花。玛丽安说："那位先生说明要出殡用的白花，刚巧昨天为那个丧礼订的花儿剩下了一些，才有白菊。"

丽竹不禁有些奇怪，这儿为了白事送花，一般俗例是送去殡仪馆、教堂或坟场的，罕见送去人们住所。她再看看花篮附着的那张心意卡，小小信封上是清秀的中文字："刘晓湖女士收。"啊，原来是给租住在那儿的晓湖。更不明白了，一朵代表热恋的红玫瑰，插在送丧的白花间，通常是送给去世的至爱。自己跟这位好友才几天没见，发生了什么事？不禁有些担心。

美惠三朵花

丽竹、晓湖和杜娜这三个单身女子，这一两年间成了好朋友。

丽竹是在这小城住得最久的，五年前丈夫沃川去世后，在此开了间花店。杜娜在两年多前从美国新墨西哥来，在一所大学的比较文学系任讲师。她很爱花，常来店中，开朗活泼，转眼便跟丽竹相熟了。

丽竹常说："我是倒吊也没有一滴墨水的，料不到会与大学教授成为好朋友。"她在香港元朗乡间长大，中学未毕业便出来在一个越南富商开的成衣店当售货员，后来调去香水店、珠宝店。老板娘见她老实勤奋，便教她处理一些业务，与法国商家多有接触，无意学了满口法文，来到法国后大派用场，多年来更是越说越流利，却不大会写或读。

晓湖在附近一间很大的医院当护士多年了，本住在隔邻一个小城，一年多前才搬来。她到业余诗会听课，正是杜娜主讲。原来这位女护士对中国诗词甚有修养，她与杜娜很快成了好友。还是杜娜介绍这两位中国女士认识的呢。

本来杜娜与晓湖的话题较合得来，但这个镇上很少有中国人，最难得是晓湖与丽竹都是从香港来，一个原籍番禺，一个原籍珠海，都说广东话，自然特别亲切，转眼成为闺密。

三人不时会到街口的金马车咖啡店聚面。有位退休医生每天都来喝杯红酒的，见了她们便揭揭帽子绅士式地行礼，笑称她们为"美惠三女神"。"美惠三女神"在希腊神话中有不同的象征，多是指优美、欢欣、善良。咖啡店的金发女主人像个免费播音筒，这个有趣的主题自然不会错过，三人的美名很快便在镇上不胫而走了。她们说不上是女神，但确是悦目的三朵花。

杜娜和晓湖身形极相似，都是纤纤瘦瘦，但一个像火，一个像冰。杜娜打扮很新潮，品位高，服饰都是出自设计师之手；夏天时长裙曳地，戴着独特的手工艺颈链和大耳环，配上火红长发，一副艺术家形象，非常夺目。晓湖一头长长黑发，平日常束起来，夏天都穿纤细通钩花边的淡麻色衣裙，低调得像个准尼姑，像是恨不得把自己变成透明。一眼看去晓湖不吸引人，但当她散开长长黑发，淡色长裙上的浅蓝薄纱丝巾微飘，她真似晨光中湖上一个凌波仙子。而若细看，她的脸儿真像一张活动的工笔美人图。

丽竹则只是跟随时下服装潮流，有人说她是个"靓师奶"，意思是嘲她俗气，她亦不介意。丽竹笑自己是卖花姑娘插竹叶，没改错名。把两人名字的意思解说给杜娜听。她说你们中国人连名字都可以是诗。

三人聚餐时不怎么谈文学的。丽竹实在没兴趣，常说："我是粗人一个，不像你们满口诗词歌赋。"不过生活上的各种事儿也够大家谈个眉飞色舞。

晓湖从香港来法国已十多年了，两年前离了婚，她不多说详情。丽竹自从五年前丈夫去世后，一颗心像是埋在了池塘底的泥中。杜娜嘛，热情开朗，棕灰的大眼睛像带点儿神秘的水晶球，吸引过无数异性，但她却总觉得对方有些让她无法接受的缺点。她说："我不会为了得到一个伴侣便妥协。"晓湖告诉她一句中文诗："拣尽寒枝不肯栖，寂寞沙洲冷。"她点点头，笑得水晶球中闪满星尘。

三人常守望相助。新冠初期口罩荒，晓湖弄来很多送给她们。两个月前丽竹的表侄来留学，大小事都得到杜娜大力帮忙。前两个月杜娜患了严重肠胃炎，两位中国朋友都悉心照顾。

白　菊

店子熄灯了，有一个影子从街口匆匆走近，粗矮个子，像一会走路的树干。是尚杰，他刚关上了自己的木工店赶来。丽竹已拒绝了他今晚共进晚餐的邀请，在这个特别的日子,如果接纳了像是默许。他虽失望,蓝眼睛仍是笑眯眯的,来陪她走路回家。这几年不断有男士向丽竹示意,都被她成功地迅速截断,但尚杰实在有些叫她招架不来。他的妻子四年前去世,今年儿子去了外省升学,他独自生活。他见她提着花篮,连忙接过来。天黑得很早,寒风刺骨,街道很幽静,都是小小的花园平房。走了才十多分钟便抵达晓湖的住处。大家都认识的,他便也进去打个招呼。

屋主是一对退休的法国夫妇安先生及太太,他们立刻去唤住在后屋的晓湖。她刚下班回来,讶异地接过那篮花。她读了心意卡上的字条,再听丽竹形容那个送花者的容貌,"哇!"的一声尖叫,花篮掉在了地上,脸色倏地变得青白,像会昏过去,各人连忙把她扶坐在沙发上。只听她呻吟道:"怎的会提早释放?怎的会找到这儿来?"

大家都摸不着头脑,安太太连忙给她一杯热茶,好一会儿她才定过神来,但仍是哆嗦着。

原来送花者是她的前夫余俊峰。晓湖给大家看心意卡,上面清秀的字迹写着:"料得年年肠断处,明月夜,短松冈。"屋主夫妇与尚杰当然看不懂。丽竹也不明白,问:"是什么意思?"晓湖结结巴巴地解释:"是诗人悼念亡妻的名句,即是说等我死了,他会深深怀念我。"大家听得更糊涂了。晓湖再解释:"是恐吓信,意思是会置我于死地。他多次说过,如果我不回去他身旁,会把我杀了,然后自杀。"恐吓信也有这么风雅的!丽竹说:"你别太夸张,自己吓自己。"晓湖说:"我一点儿都不夸张。上次就是因为他差点儿把我打死了,被判入狱三年。我以为可以安宁一段日子,再做长远打算,看看他是否改变。看来他仍执迷不悟。只是他坐牢仍未满两年,怎么就出来了?"

安先生说:"或许是因他在狱中表现良好而减刑,又或许改用戴电子脚镣,即让犯人出外服刑,遥控他的行动。法国的监狱太挤了,越来越多使用这措施,连对待一些恐怖分子也出此下策。数年前轰动全国的教堂凶杀案,那个极端分子便是戴着电子脚镣砍杀神父的……"晓湖已面无人色。安太太也说:"电视上常有新闻报道,死缠烂打的前任情人的确会很惊人。"安先生说:"我们虽然上了年纪,也有人在场,不怕他吧。但是明天我们去参加莱茵河游船团,你只好独自在此了。"晓湖说:"我有必要立刻避去别处。如果没有事情发生,警察不肯来的,等到有事发生却太迟了。"但一时间不知可去何方,她很慌张。

丽竹知道事态严重,立刻打了几个电话,然后对晓湖说:"我的表侄康平是留学生,跟同学在邻镇合租了一个小单位,那两个法国同学都趁春假回了外省家中,可以收容你几天。现在就去!"尚杰便立刻回家,就在不远处,把车开过来,在后门接了她俩,很快便到了邻镇。

康平这年轻人热情地招呼这位陌生的姨姨。

晓湖半步也不敢出门,第二天一早便打电话回工作单位向上司艾力说明情况。他知道她的事,医院急诊室中处理家暴受害者的事件与日俱增,就叫她暂不上班,他迅速想办法做安排。

尚杰立刻找他的表兄菲历士,他在社会服务署工作,专门处理这类问题的。菲历士会替晓湖联络一个特别为这种情况而设立的临时收容所,在一处偏远隐秘的地方。但要办理一些文件手续,也要几天,晓湖便只有在康平这儿等待。

爱的雏菊

晓湖睡得不好,数次深夜醒来,都隐约听到隔壁康平的说话声。原来这个念物理的大孩子,有空最爱设计电脑游戏。他对着平板电脑,跟在惠州的女友朵朵越洋合作,以惠州小西湖作背景,设计一款斗智游戏,因为时差常在深夜联络。

康平连声音里都是阳光,像晓湖初到巴黎的时候。

晓湖的爷爷是磨刀匠。她很记得年幼时,许多漫长的下午,上过几年私塾的他一面磨刀,一面念《长恨歌》《琵琶行》……晓湖都跟着念熟了。外婆不识字,但像猪肉铺伙计、豆腐店老板娘和许多身旁的人,爱看大戏,有时开口便是:"此情可待成追忆,只是当时已惘然……""人生长恨水长东……"她都半明不白,却觉得很动听,而且像是有些丝线牵动着心底。高中时她选文科,后来报考护士,但仍常在文学中获得愉悦和慰藉。

她初到巴黎不久便遇到余俊峰。两人的外表都很吸引异性,但从来都没有人能够走到他或她的心里。那年六月,在巴黎城中心圣修佩斯广场的"诗市"上,梧桐叶掩映下,涌涌人潮间,两人在同一个书摊上翻阅,像前生的异极磁石相逢、散掉魂魄、碰啪地摄吸成一体,再无法分开。

他高壮潇洒,是泰国富家华侨,温文尔雅。不但中英法文出众,西班牙文、德文、俄文都有涉猎,更是满腹诗书,还未到三十岁,已在大学当助教。虽然从细节上看到他有时脾气忽然很急躁,但她在热恋中没放在心上。

最记得那个春天,在开满小白花的草地上,他教她玩一个法国小孩常爱玩的游戏,摘下一朵雏菊,随着每撕下一瓣便念一句,起初是"我爱你……一点点儿",跟着轮流是:"很多……热切地……疯狂地……完全不爱……"回旋着撕到最后一瓣,看看是轮到哪一句。但无论轮到哪一句,他都撕下直道是"疯狂地"。她笑道:"你不守游戏规则!"他便一把将她紧紧拥进怀中,说:"但那是事实。"他也确实是疯狂地爱着她,常说:"我遇过好多女子,只有你最完美,是从湖上为我漂浮过来的仙子,是我生存的全部。"她也是疯狂地爱着他。

晓湖的文学水平远不及他,从他那儿学到了很多,简直是崇拜他。而明显地,他乐意被崇拜。多少个晚上,他把美丽的句子传给她。"东风夜放花千树……蓦然回首,那人却在,灯火阑珊处。"一次又一次使她惊艳。她从医院回来,在死亡疾病痛苦呻吟的天地外接触到很美丽的东西。常共酌美酒,他便说:"真是诗酒趁年华。"行山时稍歇息,他说:"坐看云起时。"看到社会上很多苦况,他说:"安得广厦千万间,大庇天下寒士俱欢颜……"他常是随意开口便把诗句渗在生活中,被炼得灵通的一串串文字,无可触摸,又使一切都添了光泽。

日子像被一把轻柔的羽扇，扇起了埋藏在最平凡的事物中的芬芳。两人一起去了欧洲多地短途旅行，也一起去了泰国、河内和香港，去了广州和珠海等地。他十分温柔体贴，两人每刻都沐浴在蜜糖河中。然而有时他会无端为很小的事大发脾气，像晴天忽爆雷暴，但转眼又雨过天晴，她也不多追究。

她做梦也不会猜到，婚后不久，他多疑羡妒的本性，像怪兽层层蜕壳般，尖棱棱的骨头都露出来了。每有男性声音的来电他便无理取闹，更逼她把手机密码给他，以常能查看她的通信。性格独立的晓湖难以接受，但她深深地爱着他，而且为了求一阵子清静，也逐渐让步。

他常常为了很小的事大发脾气。有次他把大家心爱的木吉他挥起来打在书桌上，摔得弦歪木破。晓湖十分生气，他很后悔，连忙求她宽恕。有时她只能当他是个坏脾气的儿子般容忍和开导，有时要当作对待病人般考验耐性。集母亲、学生、护士、情人于一身，渐渐她不再崇拜他了，而是越来越吃不消。

然后有一次，也是为了小小的意见不合而争执升级，他竟一个耳光，刮得晓湖半边脸都红肿了，她哗地大哭起来。他慌张地把她拥在怀中，声泪俱下地求她宽恕。那时她不知道，这只是以后漫长的恐怖回旋曲的前奏。

这竟成了他们的生活模式，而且他的出手越来越重，但求宽恕的哭诉也越来越深切。晓湖一次又一次心软了。雷暴过后他往往特别温柔体贴，一段鲜花蜜糖诗歌交织的神仙日子，使她庆幸给他一个机会。但跟着又复发，被他抓着长长的黑发拖掷，痛入肺腑。

她怀孕两个月时，争执中被他拳打脚踢流了产，她再不能宽恕他。他跪在她床边三天三夜，指天誓日会痛改前非，若她不信便以死明志。终于他答应了去看心理医生，她便给他最后一次机会。

以后那段日子比度蜜月更甜蜜，他对她千依百顺，细心爱护。在茫茫人海中有此伴侣真是不枉此生。不过有些活动，如医院中一些同事的私人联欢，或一些旧朋友的聚会，每逢他有事不能参加的，便千方百计地阻挠她去。连一些女友的聚会都如此。有时又差点儿口角起来，但她想，难得两夫妻如此恩爱，其他都是次要的，往往也忍着了。

好几次同事的聚会她都兴高采烈地答应参加，但过两天又说不去了，都说不出理由。与她密切合作的上司艾力渐留意到，谈了好几次。他像个大哥哥般很关心大家。有次交通大罢工，一连四天他都绕路送几个同事回家，大家陆续下车了，最后只剩她一人。在家门前艾力跟她在脸颊上吻别，被俊峰碰到，他不会不知道，这是法国极普通的礼貌。但他马上满脸乌云密布，怎样解释都不听。渐渐又吵起来了，他忍不住又掴了她耳光，她嚷道："你又来，我们分手好了。"

岂知一听到"分手"这两个字，他完全疯了，哭嚷道："我永远不要离开你。不能同年同月同日生，也要同年同月同日死。"怕他更疯，她又按下气来。这样又恢复了争吵打骂。终于她忍无可忍，正式提出离婚，并先搬了出去。他却总是找到她，一会儿送来一大束红玫瑰，一会儿在街角等待，满脸阴沉杀气，要拉她回去，破镜重圆。他常说："生死相许。"她气得咬牙切齿："说明是要'相许'的，但我并不要与你一起死。"生活中不能只有爱情，也要有别的东西。

有几次他动粗，召来警察，但原来是很普遍的情形，警察司空见惯了。就算立了案，警告他一顿，总是不了了之，警察也不能一天到晚随护身旁啊。弄到屋主也忍受不了，请她搬走。她为了避他，已搬过几次，仍被他找到。终于正式离婚了，她舒了口气，以为从此安宁了，岂料他变本加厉，追踪、哀求、恐吓。什么衣带渐宽终不悔，为伊消得人憔悴，她就被烦得够憔悴了。

他不敢找到她的工作单位来，况且在众人面前也不容他发难。但他常会到医院大门前等她下班，幸好医院有很多个出口，每天她都像做贼一样，张望一番才敢踏出脚去，更不断回头，最怕："蓦然回首，那人正在……"曾经深爱的美丽诗句竟变得如此可怕。

最后那次被他找到了，她坚决说不会再回他身旁，他把她狂打，邻居召来警察时她已奄奄一息，就是那次他被判入狱三年。事情传开来，同事朋友都极为震惊，这个"温柔敦厚，《诗》教也"的人怎会为情疯狂至此？是天使与魔鬼同体！

她觉得是从鬼门关逃出来，是情感的鬼门关。轻柔的羽扇怎么会变成残忍的利斧，把恩爱天使砍斩成碎骨？命运的恶作剧也够狠。

她躲在康平这儿，一步也不敢出外，闷在室中，精神恍惚。她不想把自己的苦恼硬加在年轻人身上，便勉强提起精神，叫康平去买菜，煮些地道家乡菜给这个大孩子吃，自己集中精神烹饪也稍减难过。

康平每提到朵朵时语气都甜丝丝，简直是阳光蜜糖。晓湖不禁惆怅地想到旧版《国王与我》中一首老歌，英国女教师是寡妇，歌词大约是："年轻的恋人啊，无论身在何方，我向你们致以祝福之歌，因我也曾浴爱河……"

摧花收容所

晓湖接到上司艾力的来电。他正安排她转移部门，但要通过各种手续，要一些时日。更告诉她，确有一个很斯文戴着眼镜的东方男子到她工作的肺科部门找她，幸好已通知接待员说她已离职，去了南部。

假期快完结时，社工菲历士介绍的那间特别收容所接纳了她。那宿舍里面住了五十多个女子，都是双人房。主理当局见她是东方人，便让她与一个亚洲女士同房。是个很漂亮的女子，叫小眉，她正在收拾东西，说过两天便会离开。大家同病相怜，很快便交换了经验。

原来小眉有个十分爱她的男友，但性情不安定，小眉已开始对他不满，她的闺密更常劝她离开这个男子，被他知道。有一天他来找小眉，她不在，碰上闺密，口角起来他竟把她杀了。他逃跑，在通缉中，却不断设法找小眉，她吓得求助，被护送到这儿。而刚刚证实，他已逃回了中国，所以她也可以安心出去了。

小眉走后第二天便来了个三十多岁的泰国华侨。她面貌姣好，却缺了两颗门牙，原来是刚被丈夫打掉的。她本是来念酒店学，遇到了一个法国男子，是酒吧管理员，一头栽进热恋中。婚后才发觉两人文化水平和性格都极其不合。他的父母都是乡愚，非常看不起她，多方欺负。生了个孩子后，她因常被打要求分居，竟被判她无能力抚养孩子。她整日以泪洗面，被打成这样仍希望破镜重圆，以能接近孩子，梦想有一个美好家庭。

其他住客，都有一个个被摧残的可怕故事。爱情像座辉煌的水晶宫，崩塌时碎片打得人头破血流，又铺满一地，步步都痛入心脾。晓湖在这儿住得很苦闷，度日如年。

终于，艾力安排成功，她改名换姓，转到深切治疗部上夜班，那儿不允许人随便进入的，她更成功申请到附近建设的宿舍，可以完全生活在医院里。虽然并不理想，但起码可以工作，也是权宜之计。

她便立刻搬了进去。那儿与外界差不多完全隔绝，虽然苦闷，却减了提心吊胆。竟似疫情隔离，而这个是情疫，带来的灾难比新冠更广更深。晓湖与丽竹常常通电话，这是她与外面世界的主要联系。

常春藤

情人节后两天，当晓湖仍是躲在康平家中的时候，这个下午，丽竹正埋头安排着风铃草和洋甘菊的摆放。一抬头，眼前有一个人。他悄悄地踏了进来，她没听到脚步声，就是那个戴眼镜的中国人，晓湖的前夫余俊峰。他穿着便装，及肩的长发束在脑后，时髦又潇洒。她的心差点儿跳出来，幸好戴着面罩，不会被看见蓦然发青的面孔。

她当作不认得他，用法文打招呼，他却单刀直入用中文说："听说你是中国人，太好了，他乡遇同胞。"他说："我最近搬来的，想买些室内植物布置新居。"又说："这镇上东方人不多，你都认识的吧？最好大家也有个联络。"丽竹支吾应着，方寸大乱，垂头在盆盆花朵中装作忙碌，避开他的目光。他的声音在背后，斯斯文文却像利箭："听说有个当护士的女子刘晓湖，刚搬走了，你知道她搬去哪儿吗？"丽竹答道："我认识，但不熟。她搬了吗？我不知呢。""你不知？"他的声音渐冷，说，"我是她的前夫，有要事要找她。"她颤抖的手碰在仙人掌的刺上。

这时忽响起一道热情的声音："亲爱的！"是杜娜，她梳了个爆炸头，像朵红云闪进来。丽竹大大地舒口气，高兴得忘了防疫措施，一把将她搂个满怀。余俊峰礼貌地跟杜娜点头打了个招呼。

杜娜说："我到处都找不到晓湖。"男子眼睛寒光一闪，丽竹便乘机说："听说她有急事离开了。"

杜娜说："竟这么忽然不辞而别！你跟她最要好，总会跟她联络的吧？"丽竹乘机加重语气说："没有啊，她完全没有留下线索。相信有突发的事，希望稍后会得到她的消息。"这话当然是说给那男子听的。他看看她，眼光像刺刀插过来，无声地说："你说谎。刚才你不是说跟晓湖不熟的吗？"不过立刻又变得十分温文尔雅。

杜娜说："《国际情诗》这个节目很想有中国诗，我就是靠她的，现在不知要到何处找了。"

余俊峰听到，就搭上话题来，问起情由。杜娜如数家珍地解说筹备《诗与人间》之事。余俊峰很热心地说："我新来这镇上，原来有这项活动，真有意思。我是专攻翻译的，尤有兴趣将中文诗译作法文……"杜娜双眼发亮，两人越谈越兴起，要去附近金马车咖啡店坐下继续讨论。

正要踏出店门，余俊峰说："是呢，我来是为了买室内植物。"杜娜自己满屋中都是植物的，便热心地代替店主解说："最好是垂叶榕，会添室内清新气息，又象征丰盈与和平。而在窗前悬盆空气凤梨好幽雅，更是代表自由与创作……"余俊峰却是选了盆常春藤，看看丽竹，意味深长地说："代表忠诚与永恒。"

两人一边步出店子，一边交换名字。一听见"俊峰"的意思，杜娜似乎已经被迷倒了，又说："你们中国人连名字都可以是诗。"

| 诗与人间 | 103

翌日余俊峰又来了，买了束银莲配雏菊叫丽竹送去给晓湖。她仍坚持说："不能送货，我不知她去了何处。"他满眼都是不相信，只说："那么我拿去教堂。"

之后他每天都来买一束花，没处送，就送去小镇上古老的天主教堂，插在祭坛前。问他："你是教徒？""不，完全不是，但若上天有灵，会明白我的苦心。"丽竹不禁有些心动了。有好几次他忽然泪流满面，哽咽道："我只是极爱她，她是我全部的生命，我存在的唯一原因。我会痛改前非，好好爱护她的。你发发好心帮我忙，也是帮她。"明显他知道丽竹知悉内幕。

在电话中丽竹忍不住问晓湖："余俊峰确是非常斯文深情的。你是不是夸张了一些？他似乎真是悔改了。"

晓湖叹息道："就是这样，他一次又一次使我回心转意，拖了多年。相信他后悔早些时给我发了恐吓信。这正是他的行动模式，喂人一匙蜜糖，一匙毒药。"晓湖告诉丽竹，有一个很著名的诗人如何杀了妻子然后自杀。

之后余俊峰差不多每天都来，但温柔的眼神，忽然又阴恻恻的，丽竹一会儿不寒而栗，一会儿又被他感动。

不久金马车咖啡店的老板娘金发便传出消息：镇上来了一个中国绅士诗人，更是个虔诚教徒。较传统的居民都对他很有好感。

百花情

温馨的情人节后才十天，战争轰隆打破了宁静。敌对双方各执一词，丽竹怎明白这许多？最使心中绞痛的是那许多无辜的老百姓，血淋淋，家破人亡。

三月，早春。花树兴致欣欣地招展，樱桃花洁白粉红如婴儿脸，一串金的名字真贴切，亮丽似一束束阳光……它们并不知道人间苦难，或是看透了历史的轮回？镇上有不少人热心地举办声援及实际资助难民的活动，同在欧洲土地上，其实不是很远。但是很多市民，除了因一些物价动荡引起忧虑，仍如常浮沉在自己小小天地的哀乐中。

四月初，柬埔寨华侨谢先生来买一盆淡金黄的蝴蝶兰，才叫丽竹想起是清明了。不用他嘱咐，丽竹便说："不会告诉你太太的，放心。"谢太太也是花店的常客，大家都是中国人，她总爱跟丽竹聊上几句。谢先生也只无奈地叹口气。事情是，在柬埔寨一场浩劫中他的发妻兰舟不知丧生在何时何地。后来虽续弦了，但每年在她的生忌和清明这两天，他总买一盆她心爱的金蝴蝶兰遥祭。岂料现任妻子知道了，大发雷霆。原来她对这死去了几十年的人深深妒忌，看见兰花便生气，看见小舟也歪起嘴脸。他只有偷偷摸摸把花带去天主教堂，插在祭坛前拜祭，他也是不信教的。耶稣圣母在处理人间万千烦恼，恐怕这是最纠缠不清、不可理喻的一件。

也是他们谢家的故事。南方一所老人院有位老先生每年都在春夏交接时分，通过国际送花协会的服务，订一束花送给谢老太太。每次都叫青春年华的谢家小妹笑坏了，说："我的男友也没有这么细心！""嬷嬷的旧情人"成了他们一群年轻朋友津津乐道的笑话。丽竹总是特别用心挑选装饰，更亲自送货，因为很喜欢看到谢老太太接过花束时的眼神，天罗地网似的皱纹间闪起柔光。当年不知经历了怎样的刻骨铭心，各自漂泊几十年，逃命到万里外的异乡，一个天南一个地北。真是新版罗密欧与朱丽叶，脸孔是被岁月风干的地图，布满爱的小径，弯弯曲曲，无论怎样辗转都到达伊人心上。

有位中年的罗伦女士常来打听她的丈夫送花去什么地方。有一次店员玛丽安不经意地告诉了她，差点儿引发伦常惨案。原来这是罗太太侦查丈夫婚外行动的途径之一，借花店店员为粉红福尔摩斯。两天后见到额角和眼边青肿的罗先生垂头丧气地来订一大束红玫瑰，送去给家中的太太。咖啡店中金发播音筒低声地对每个客人说："查出了婚外情，罗太太掷手机杯碗痛打了他一番，更把他撵出了街。这几天他都住小旅馆……是秘密啊，不要说出去。"

后来他天天来买花送给原配夫人，梅兰菊竹，花店中所有品种都送遍了。

丽竹平添了好生意。有一次他不禁埋怨："你们不应把我送花资料告诉我太太，不符合职业操守。"丽竹为难地说："但不能逆罗太太的意思。顺得哥情失嫂意。"一个月后罗先生终于回家了。以后他没有订花送去那个地址。每次见到他跟东宫娘娘一起时都是毕恭毕敬。但丽竹知道他转了去帮衬另一家花店。

其实他们可以开个怕老婆俱乐部。另一对客人沙纳夫妇，刚退休，总是出双入对的。沙纳太太是个很有文化修养的河东狮，说话语调优雅。一起喝咖啡，如果沙先生把杯子放在左边，她便命令他放到右边。他把车泊在一个很好的位置，她指使他停去对面。总之，若他说地球是圆的，她便一口咬定是方的，更一定要他同意。她曾是小学教师，恐怕是职业病，把枕边人也当作小学生了。他也总是垂下头不反抗。很少会听到他说话的声音，因为只要他一开口，她便立刻打断他，更对众人说："他老是胡言乱语。"遇到难得的机会，在她背转身时跟他说几句话，他谈吐温文尔雅，不胡言乱语，颇有见地，有幽默感。

有次跟尚杰那位做社工的表哥菲历士谈起。他说："女子杀夫案也有不少的，因体力关系，多用毒药。而最普遍的是精神虐待。"

丽竹不禁想起两年前香港一连两宗大学教授杀妻案，都是精神被虐得疯了，一个是处心积虑安排，一个长期积压到忍无可忍爆发下杀手。婚姻原来是一场场权力斗争，是不断的角力和考验潜力的拉锯战。

这时候，难民越来越多了。有些人接待他们，杜娜接待了两姐妹，尚杰接待了一位老太太和她的孙儿。丽竹住在只有一室的单位，实在无法多容一人，便常送些食物和用品去。

毒　花

丽竹得知晓湖扭伤了足踝，停工几天，便忍不住去探望她。她非常小心，简直一步一回头,确实没有人跟踪,而且先进了耳鼻喉科部,再转了几处,才转到去深切治疗部。晓湖已经好了很多。这么久没见,大家谈得依依不舍。

可是,俊峰来时,一反以往的温文尔雅,脸色阴沉说:"你去了医院?"丽竹不禁愕然,真是难防耳目,结结巴巴地说:"是啊,我去看病,我耳朵不舒服。"其实越辩护越是此地无银三百两。他明显知道她在撒谎,冷冷地说:"我知道晓湖仍在医院工作,你不告诉我,我也有办法查到的。"

俊峰更斩钉截铁地说:"你别再玩弄我了,你不必散播消息说她去了南部。当我是傻瓜?我什么都查清楚了。你俩是闺密,当然知道她去了哪儿。你这样做是有意阻挠我们夫妻破镜重圆,我不会放过你的。"他的眼镜遮不住冰冷的杀机。

丽竹吓得魂飞魄散,腔中嘶喊:"你这疯子!"但却喊不出来,像哑了。他的声音一刀刀插过来:"为了她我不怕坐牢,连死我也不怕,反正没有了她我就如死了,所有人都可以同归于尽……"

丽竹心慌意乱,更想到晓湖告诉她收容所中那个女子的闺密被杀之事,浑身冒冷汗。幸好这时有个客人进来,余俊峰才悻悻然地转身走了。之后有好几次她独自在街上时竟见到余俊峰在尾随她,她便连忙躲进有人的商店。

这镇上向来治安都很好,丽竹从来都没有担心过,现在却是一步一惊心,一只猫儿跳过都尖叫起来。恐怕会神经衰弱了。

她告诉了尚杰,说想去报警。他说:"他一表斯文,况且没有什么行动,你却神经兮兮的样子,谁会信你?"

丽竹看着满店鲜艳的花朵,曼陀罗、乌头、钩吻、一品红、水仙、马缨丹、马蹄莲、郁金香……多美,但都是毒花。

丽竹提心吊胆,出外时尽量找尚杰做伴,他很乐意。她不安地说:"我在利用你。"他说:"不要紧。"

干花中的诗

晓湖像是生活在修道院中，日子似一束干花，怀着褪色的缤纷。

她的心被荆棘圈紧箍。但每天面对苦难中的病人，就看到命运不单只对自己不公。她尽心尽力地加以照护。病人在辛苦中总见到一张和蔼的笑脸，都不会知道盖着许多伤痕。

她多年来在医院工作，亡逝已是看惯的平常事。但深切治疗部特别险峻，每次都是在高危边缘挣扎。许多人陷进无底深潭，也有许多人竟然重生。

有无数深厚的人间情。最近，有一位六十多岁的雕刻家，把自己一个肾送给伴侣。手术后两人都在深切治疗部。两天后她已可转去普通病房，他的情况却很反复。已见惯生死的晓湖竟为他特别担心。十天后他才脱离了危险边缘。晓湖高兴得流下泪来，可惜她不懂写诗，不然定会记下来，这才是最深刻的情诗。

什么是爱？真正的爱应该像魔笛，把潜伏在彼此内心最优美的质素导引出来，为对方做一个对生命更负责的人，而不是只占有，更不能将伴侣训练成一个唯命是从的奴隶啊。

从病房到宿舍，平淡苦闷的隐居式日子中她常在手机上找些唐诗读读，这使她隐约感到安宁，不过除了情诗——对她像是双料毒药。爷爷磨刀时的闪光，有时会越过久远的时空在脑海中出现。童年的世界多简单，怎会料到成长后感情烦恼可以如此斩不断理还乱，最锋利的理智之刀都没用。恐怕化成灰烬的爱情经深切治疗也不会重生。

紫丁香诗会

金发播音筒传出消息：余俊峰获得了一间大学出版社的合约，将中国诗译成法文，引起了不少人佩服赞美的眼光。丽竹在电话中把这些都告诉了晓湖。晓湖叹道："他因入狱而失去了大学助教的职位，但是翻译很吃香，他不愁找不到工作。只是这种工作很自我关闭，心理上钻牛角尖的人恐怕会越钻越深。"

四月初的一个星期天下午，《诗与人间》第一场开锣了。文化中心是由一座两层古典大屋改建的，幽雅又现代。今年丁香树特别早开花，似一把把巨大的紫云伞，掩映着偌大园子中水泄不通的人群。

尚杰说："我从未参加过诗会，也来开开眼界。"其实只想陪丽竹。她也是从未参加过诗会的，只是来捧杜娜的场。

杜娜强调要把诗回归民间，所以诗会安排得远离高调，有游戏小吃摊等，像个游园会。

大堂里坐得满满的。情诗并不单指男女之恋。儿童节目中孩子们念的诗是给父母、手足、老师甚至小动物的，很是可爱。老人家念得更动人，安先生安太太笑眯眯地合念了一首风趣又深情的古典情诗，引起全场热烈掌声。

压轴戏是《世界情诗》。有些人更穿起民族服装，都是先念法语翻译，再念原文，让群众就算听不明，也可感受音节。轮到中国作品，背景的大银幕上出现一阵阵云锁远山，灵逸气氛先声夺人。跟着，在优美的洞箫古筝《出水莲》伴奏下，余俊峰的出场使人眼前一亮。他并没有作戏剧化的中式打扮，以夸张的异国情调来吸引西方人，只是一套淡灰蓝的春季便装，把高壮的个子衬托得文质彬彬又很英挺，及肩的长发随便束在脑后，十分潇洒。他的法语字正腔圆，全心全意地念着情诗。就算未能完全把握到原文的微妙意境，仍能传达意思。接着用中文朗诵"在天愿作比翼鸟，在地愿为连理枝。天长地久有时尽，此恨绵绵无绝期"。

没有什么文学修养的丽竹，在广东大戏中听过。此刻由余俊峰那带磁性的声音朗读出来，直捣魂魄，使她想到元朗家中的鸡场，旁边便是沃川家的花田，年复一年四季花开，伴着两人一起长大，心头隐隐作痛。在她身旁的尚杰，也是眼眶湿亮。余俊峰那深情的魅力，把全场迷住了。杜娜更是闭上了眼睛，眼角流下泪。

十五分钟的中场休息，人们握着饮品杯子在花间或抽烟，或高谈阔论。许多人围着余俊峰问长问短。跟着是圆桌诗谈，参加讨论的多是对文学较有兴趣的人。这小镇是个中上级住宅区，住了不少文化水平高的人，俨然像个小沙龙。

大家围坐成半月形。坐在主席座的杜娜说："现在是四月，四月是最残忍的月份。"俊峰便接口："在荒原中育出丁香。"丽竹一头雾水，坐在她旁边的河东狮沙纳太太低声告诉她："是英国诗人艾略特在《荒原》一诗中的名句，无人不晓的。"可是丽竹从未听过，更不明白他葫芦里卖的什么药，只有唯唯诺诺，硬着头皮听下去。

出席讨论的十多个人中，余俊峰口才伶俐、学识渊博，特别出众，频有掌声。大家都出神地听他解说中国诗怎样源自民间，杜娜接口说最早的英文叙事长诗《贝奥武甫》也是源于民间……丽竹根本不懂这套，况且没很大兴趣，主要是捧捧杜娜的场，又有很多熟客在场，乘机交际一下。现在听得昏昏欲睡，跟尚杰对望一眼，会心一笑，一同溜去外面的花园。拖儿带女来凑热闹的小家庭都在园中玩乐。

有几个邻城来的人，跟尚杰熟络地打招呼，都是该城青少年合作社的员工。原来每周末尚杰都去附近那个较贫穷的小城，那儿很多问题家庭，孩子们多数学业无成。他去这合作社义务教木工。

跟他们谈笑了一会儿后，他俩在紫丁花下幽静的一角坐下来。他说："你看，那边一张桌子一把椅子，各自孤零零，一起便不同。"丽竹叹息道："我曾伤得太深了，很害怕任何失落，再难以承受，宁愿不再尝试。而且心仍在另一个人身上，对你很不公平。"他说："妻子去世时我不也是万念皆灰，甚至决定了去出家。但日子仍这样过下去。两人一同走路总比独自走好。"她心底又软又暖，但仍无法忘怀魂魄中的花田。

晚上还有音乐会、舞会等节目，但无论大家怎样热烈挽留，俊峰在七时前便一定要离去。尚杰悄悄对丽竹说："我留意到，从不见他在晚上出现，相信仍是戴着遥控的电子脚镣服刑，要遵守时间限制。"

铃兰的祝福

诗会之后，余俊峰简直征服了小镇。人们都已知道他是晓湖的前夫，离婚之后他仍尾随不舍。晓湖一向很低调，人们虽知"美惠三女神"之一是个护士，却只熟悉杜娜和丽竹，而不太认识她，有些人还觉得她有些傲慢。俊峰温雅热情，现在更深受敬佩，不少人都说可能妻子有对不起他的地方才发生问题，又说他仍紧紧追随前妻正是深情的表现。丽竹很气愤，想把真相告知金发播音筒，但恐怕没人信，更害怕他复仇，她恨自己懦弱，但也只有噤声了。

接下来，他竟不来花店了，常有人碰到他与杜娜在一起。丽竹心渐渐放松。

又是樱桃成熟的季节。五月一日劳动节，传统风俗人们都互送铃兰祝福，一串串洁白的小花，像散发幸福曲调的小铃。

尚杰的后园满地铃兰，当然不用买。丽竹笑说："你跟我抢生意了。"花店提早关门后她匆匆赶来。他园子里两株樱桃树果子累累，他邀请了邻镇跟他学木工的八个少年来采樱桃。这些大孩子都是住在狭窄的廉租屋楼宇里，来到花园十分高兴。他们与尚杰接待的那位乌克兰婆婆和孙儿，虽然语言不通，都交流着友善的手势和眼神。

老太太背负沉郁哀痛。那些大孩子，多来自问题重重的家庭，有母亲酗酒的，有父亲仍在狱中的……有些人含着银匙诞生，而他们从呱呱坠地起便背负苦难。尚杰看到前妻手植的草木葱茏心底一空，丽竹见到那株红梅，虽然花期已过，却总黯然想到元朗沃川家的花田。此刻，樱桃红宝石似的光华间，像飞出一个个快乐小天使，安抚着各人的愁困。大家享用丽竹预备的丰富茶点，都欢乐一会儿。

尚杰除了请大家都带一大袋樱桃回去，更叫大家随便采摘满园的马鞭草、柠檬香蜂草、百里香、月桂叶、迷迭香……这些植物的花儿都是细细的毫不引人注意，却散发出不同的香息，用来冲饮品或作餸菜调味都无限馥郁及有益健康。

丽竹看着尚杰忙碌地回答大孩子们的问题，他与沃田的面貌虽然相差十万八千里，厚厚憨憨的神气却很相似，心中越来越软了。

把这些告诉晓湖。晓湖想，这些比任何文字更接近诗。

接着是母亲节，康乃馨卖得断了市。初夏，两年多的疫情像都过去了，一切又复苏了。各种庆祝活动，尤其是婚礼，都选这时节。只有丧礼并不选择季候。

红黑奇花

六月中，天气渐热了。这天早上丽竹走向花店，沿路夹竹桃嫣红粉白无忧无虑，遍地勿忘我，小小的紫蓝花儿，谦卑低调，又像有说不尽的叮咛。

忽然她见到前面一个熟悉的背影急步走向火车站。一头长长黑发，纤瘦的身体上是一条米白的碎通花半长夏裙，披着深浅蓝交织的薄纱长丝巾，正是晓湖！怎么她有胆出来了？丽竹连忙追上去拍拍她的肩膀。那人一回头，她呆着了，不敢相信自己的眼睛，竟是杜娜，微卷的红发都染黑且拉直了。杜娜尴尬地笑笑："我赶车，约了俊峰一起去巴黎的诗市。"她走向车站前与那个潇洒的背影会合。

后来丽竹告诉晓湖,她很惊讶:"为什么杜娜要扮成我?"但立刻便明白了。跟着告诉丽竹:"这是每年一度的重要诗坛盛会。因疫情停止了两年。是在巴黎市文化中心区的圣修佩斯广场上,三百四十多间大大小小诗歌出版社参展。唤作'市',是有意营造属于民间的气氛。"她的声音渐低下去,在浓绿的梧桐掩映下,一档连一档都摆满诗集。爱与恨的心底之河常回流到这初相逢的地方,现在竟有自己的替身前去。

仙人掌与雪人

杜娜变成黑发美人之后,主动追求俊峰已很明显。她总是极力避开丽竹。丽竹很替她担心,终于有一次特意拉她出来谈话。杜娜说会在花店关门前来找她,因她要买一盆水仙。

两人在金马车咖啡店露天座上幽静的一角坐下。丽竹单刀直入:"晓湖的前夫有严重暴力倾向……"岂料原来杜娜早都知道了,说:"他把一切都告诉了我,更给我看他在狱中写的情诗,多动人啊。这是真正的痴情人呢。如果有人会这样爱我,哪怕只是短暂的时刻,也此生无憾了。何况更要永远不离开他,要同年同月同日死,是多么幸福。他的心仍在晓湖身上,我会用尽办法争取过来,染发和改换穿衣风格也是为此……"又说:"因减刑,俊峰在八月便不用再戴脚镣,完全恢复自由了。"丽竹瞪大了眼,杜娜说:"我和晓湖是好友,这样夺爱,我很矛盾,但是无法控制激情。"丽竹说:"你不怕他打你?"她灰棕的大眼睛闪着温柔的微光,似能测未来的水晶球,说:"不会的,不会的。他有时确实会忽然很暴躁,但我迁就他一些也没事了。我最大的愿望,是有一天他终于爱上我的红卷发。"她遇过好多人,从没有一个叫她倾心得如此山摇地陷。丽竹忍不住说:"你的性格如此独立坚强,怎能处处迁就一个人?"她说:"没有比爱情更强大的力量。"丽竹哑口无言，只能祈望她的水晶球灵验。

她又很关心地对丽竹说："我们都要追求自己的幸福。你啊，就算最刻骨铭心的恋爱，也不能都用下半生的回忆来还债。"

杜娜在大学三年的合约已满，暑假后便会回美国中南部的新墨西哥，这个州比其他地方原始，沙漠中很多仙人掌。她写了首小诗，念给丽竹听："你是仙人掌，我是厚海绵，紧拥你的刺，倍感深情意。共享沙漠无尽奇景，共赏深海神秘晶莹。"文字很浅，丽竹都听得明白。"那盆水仙，是送给俊峰生日的礼物，"她说，"他最爱这种花。"

丽竹当然转告了晓湖。晓湖一阵默然，只说："俊峰确实最爱水仙，他最爱自己的影子。"她想到那首深入民间的诗《雪人》，叙述雪人深夜在野地中奔走，为了取暖，走进屋中一个火炉边，终于融化成一摊水。孩子们都朗朗上口，而且笑嘻嘻。但晓湖往往毛骨悚然，为了寻找温度，人不惜自我毁灭。

学期快结束了，小学生的家长纷纷来买花送给老师。

暑假前，第二回合的《诗与人间》主题是反战诗。大会上许多激昂的诗句，使人痛入心肺。然后余俊峰念"车辚辚、马萧萧……""可怜无定河边骨，犹是深闺梦里人……"全场都感动得屏息静气，像流过一度电波，把人的魂魄都摄着了。晓湖在电脑上看在线直播。看着黑发穿着通花米白裙子的杜娜，像是看到自己借尸还魂。无疑她的文学修养远胜自己，与俊峰天造地设。

过了不久，金发播音筒传出消息：俊峰会跟杜娜一起赴美国。她是终于怎样打动了他的心？是长长的黑发？是诗的深切交流？或是"我们的大学正需要你这样的人才"这句话最有力量？

镇上文化界都很不舍得他俩离去。不过杜娜创办的《诗与人间》会有接班人继续每季办下去。下次是十一月初万圣节，是法国重阳，主题已定为"伤逝"。他俩说会越洋线上参加。

柔色玫瑰

晓湖像获释的死囚。杜娜这个替死鬼，真是救苦救难的观世音菩萨，阿弥陀佛，哈里路亚。不过心底深处又阵阵酸涩。

很少跟菲历士谈起，她说："世界上竟有如此大无畏的人？"他答道："有啊。'黑欲望'乐队主唱歌手的诗和音乐都很出色。多年前他杀了女伴之后自杀未遂，轰动一时。他被判误杀，刑期只八年，行为良好四年后便放了出来。前妻竟有胆与他复合，但后来她自杀了，据说是受不了他的粗暴……"

他更说监狱里因"激情罪"服刑的人多得很，不少更是释放后又重犯，像被下了降头，无法自拔。又说："你是万中独一的幸运者，像中了彩票。"她真心真意祝福他俩白头偕老，一来不想替死鬼太苦，其实最怕是若不如意，人穷思旧债，他忽然又发神经回来找自己，"永远不会忘记你"成为世上最恐怖的话。

晓湖曾读过雨果的女儿的故事，她像摄青鬼一般到处追着她单恋的情人。加西亚·马尔克斯说，爱情与瘟疫的迹象很相似，即是发烧、心跳过速、神志不清。

她会努力生活，如折翼鸟飞翔。

晓湖回到了安先生夫妇家中租住。他俩很喜欢这位护士租客。

老夫妻安排金婚庆典，子孙都从各地回来了。游船夜宴，缓缓滑过黑缎子似的塞纳河，两岸灯火闪烁间，从铁塔航行到圣母院。它站在那儿八百多年，经历无数劫难，火里重生。

晓湖和丽竹在船沿栏边，金液似的香槟杯子中，串串泡沫不断升起又消失。她俩看着这对携手老去的夫妇，不免无比羡慕。晓湖问："你仍是曾经沧海难为水吗？"丽竹没直接回答，只说："杜娜说得对，要追求自己的幸福。你啊，不是所有男人都有暴力倾向的。"晓湖幽幽地回答："我很喜欢'朋'这个字，两个月亮伴着走，亲近而不纠缠，互相反映出对方的光辉。"她心中想："伴"这个字人只有一半，必得找回另一半。人就因此，耗尽一生精力，在原始丛林间狩猎一只出没无常的"心兽"。这是跟患了老年痴呆症的命运赌轮盘。有找错了的，有找对了但又失去的，都是无边苦恼。

这时愉快的音乐响起来了。以五十年写成一首诗，从热烈的红玫瑰岁月，转成渐淡而柔和的颜色。大厅中都以黄、白、粉玫瑰做布置，人们翩翩起舞。

选自《作品》2023年第10期

房　子

林雪虹[*]

如今长途巴士已经不停在老车站了。镇上有两座车站，一座临海，建的年代要久远些，所以人们称之为"老车站"。另一座车站要晚许多年才建成，涂了浅绿色的油漆，停放巴士的空间上方有一层楼，那儿开了几间商铺，卖衣服、玩具、零食及书报。即使不去乘车，附近的居民也会去那里购物或闲逛。自从有了新车站，所有的长途巴士公司都决定把巴士开到新车站载客，不再停留在老车站，老车站从此越来越荒凉，四处都是觅食的野狗和又黑又瘦的乌鸦。

巴士经过老车站，过了镇上唯一的桥，再穿过几条比较热闹的街道，最后一拐弯，便驶进了新车站。过桥的时候，丽娟叫醒沉睡中的胤文，指不远处的观鸟台给他看。

"哟，现在都有观鸟的地方了，上回我来时还没有呢。水真绿。"胤文睡眼惺忪地说。

墨绿色的海水映衬着乳白色的观鸟台，显得观鸟台格外地白。几个像是游客的男女正兴致勃勃地用从鱼贩那儿买来的小鱼喂鸟。海鸟和鹈鹕扑腾着翅膀，绕着观鸟台试探性地飞了几圈，才飞到栏杆上啄食小鱼。蓝空中有倨傲的老鹰在盘旋。游客纷纷拿出照相机或手机，倚在栏杆旁和鸟合影。

这个地方越来越像旅游景点了。从车窗望出去，不远处的马拉瓦蒂山上种

---

[*] 林雪虹，1982年生于马来西亚，曾获第十五届花踪文学马华小说奖评审奖。

满了色彩艳丽的花，不同颜色的花朵摆出了巨大的"Selamat Datang（欢迎）"的字样。灯塔依然屹立在山顶上，尽管年久失修，在日光的照耀下，它看起来还是那么地雪白、耀眼。从前人们总是传说灯塔上有人，是镇政府雇佣来守护灯塔的男人，负责操控在夜间为海上的船照明引航的灯。灯塔人长年住在灯塔里，背部佝偻，沉默寡言。他不欢迎任何人来到他的领地。遇到擅自闯入的孩子，他会将他们一把举起，扔到汪洋大海里。那自然是大人们为了安全起见而编造的谎言。只是这谎言日日夜夜都在小镇上流传，当时家家户户都在传，营造出的氛围便越来越阴森、恐怖，丽娟小时候就很害怕。

巴士驶进车站，在响起最后噗嗤噗嗤的几声巨响后，引擎终于停止颤动和咆哮。丽娟和胤文一下车便看到志祥向他们招手，示意他们过去。

"这么厚的衣服。"志祥看了一眼丽娟挽在胳膊上的外套。

"上海还很冷。"丽娟说。也许是因为夜里在飞机上没睡好的缘故，她的反应有点迟缓。

也许是因为阳光过于猛烈。她感到昏沉、烦躁。她太久没有曝晒在这样的太阳底下了。

有多久没有回来了？

很长一段时间，丽娟不在乌拉港生活。她已经离开许多年了。但她没有忘记这终年炙热得令人发昏的阳光。这样炎热的天气是难以忘却的。阳光照射在皮肤上，感觉就像是整个人赤条条地暴露在光天化日之下。一切仿佛都凝结、静止了。即便偶尔有一缕微风吹来，那也是极其微弱的，就好似风也被太阳烘晒，瞬间便凝固或蒸发，消散得无影无踪。

"在那里所有人好像都喜欢用天气来比作对人的热情，想想还真是有点荒谬。这么可怕的天气。"丽娟每次向人介绍自己的小镇时总爱在最后加上这么一句，然后以浅浅的苦笑终止和它有关的任何话题。

汽车行驶在一条正在修补中的柏油马路上。正值中午，修路工人都去吃午饭了。马路中央立着印有"AWAS"字样的艳黄色告示牌，牌子下杂乱放着几顶草帽和一些工具。马路的一侧是一片广袤的油棕园，油亮、饱满的棕榈果掉了一地，空气中弥漫着棕榈果混杂着泥土的浓烈气味；另一侧是一家崭新的乐购商场、加油站和一排双层商店。

"这里开麦当劳咯。刚开张那几天，爸爸妈妈经常来排队拿免费汉堡。"经过乐购时，志祥说。

丽娟早就听说这件事了。那时候麦当劳宣布要开在镇上，路旁挂了一条广告横幅，成了一段时日的热议话题。那是乌拉港的第一家快餐店，是正儿八经的西餐厅，不像当地人经营的西餐厅，同时售卖西餐和马来餐，有的甚至还卖中餐。丽娟生平第一份牛扒就是在那样的餐厅吃的。

"这里开麦当劳了，我们早上刚去拿汉堡包，配kopi O（黑咖啡）很好吃。"电话中的母亲语调欢快，兴致很高。

丽娟对父亲热衷于吃快餐这件事感到有点惊讶。她还以为他早在多年前就对快餐心生厌恶了。他们有过一次不愉快的经历。那年肯德基刚转型成自助点餐式餐厅，人们不再坐在餐桌上等侍应生来，而是自行排队点餐，餐厅一下子显得拥挤、混乱起来。父亲对这种改变嗤之以鼻，认为那是不尊重顾客，一气之下带着全家人到隔壁的中餐馆吃饭。餐桌上，丽娟一直悄悄用手背抹眼泪，既生气又觉得受了委屈。

后来父亲带丽娟进城参加诗歌朗诵比赛，丽娟获得了优秀奖，父亲心情不错，带她去麦当劳吃汉堡。她坐在餐桌上看着父亲端着一托盘的食物走过来。两人开始吃时才发现只有炸鸡翅和麦乐鸡块，没有鸡肉汉堡。原来是父亲不知道点餐时应该说明要的是汉堡，只对马来侍应生说了好几遍"ayam（鸡肉）"。

"要不要我帮你去讲点错了？"父亲不停地在托盘上翻找着。

"不用啦。炸鸡块也是可以的。"父亲不再翻找，但还是不由自主地盯着托盘。很快，他皱了皱眉，默默地吃起来。

然而，令人难以接受的是，随着年龄的渐长，他吃麦当劳的次数却越来越多了。每周一早晨的免费咖啡和薯饼，他几乎从来没有错过。起初他带着母亲一起去吃，后来母亲吃腻了，他便一个人去，还带一份报纸，在那儿坐一个上午。

"便宜都占尽了。"丽娟很鄙夷父亲的做法。

终于到家了。

门前的那几盆富贵花和斑斓叶被挪到了一旁，好腾出空间摆放桌椅。工人已经搭好遮阳棚。大铁门一直敞开着，方便前来吊唁的人出入。客厅中央的灵堂上，父亲的照片悬挂在正中央。是那张他年轻时的照片。照片中的他看起来不过二十四五岁，因为是黑白照，所以看不出穿的衣服是什么颜色，只知道是长袖昝迪衬衫和喇叭裤。父亲站在公园的凉亭里，一只手扶着柱子，一只手插在腰间。没有意气风发的神采，那只是一张年轻、漠然和瘦削的脸。丽娟记得那张照片一直放在卧室里的唱片机旁边。

父亲的卧室里，丽萍和丽慧正在替父亲擦洗身体和换寿衣。姑姑们和几个丽娟不太认得的邻居都来了。三姑进进出出，不是给水盆换水或取东西，便是站在一旁指导丽萍和丽慧。

"爸爸啊，你放心地去吧……"父亲的四肢有点僵硬。丽萍小心翼翼地微微抬起他的胳膊，轻声细气地哄劝他。

后来，在很长一段时间里，丽娟经常梦见这个情景。同样是在乌拉港的房子里，父亲周围伫立着的也是一样的人。只是父亲的脸变得很年轻，和遗照中的那张脸一样年轻。那张脸看起来格外素净，像是一张未经世事的少年郎的脸，如此干净，没有一丝岁月和苦难的痕迹。

为什么会出现这样的梦，而且还反反复复地？

醒来后，丽娟对胤文说起这场梦。

"虽然这样说有点残酷，不过如果你爸走得早一点的话，你们的日子说不定会好过些。"胤文说。

丽娟没有说什么，陷入了沉思之中。

如果，如果。如果生活果真那样，后来又会怎么样呢？

说到底他们姐弟四人的幼年还是相当快乐的。那时候他们还没搬到乌拉港，一家六口仍住在十几公里外的丫曳镇。那是一座比乌拉港小得多的小镇，甚至算不上是小镇，而只是一座乡村，闭塞、渺小，父亲年轻时的岁月大多是在那里度过的。可是，在那座小镇的生活，丽娟能记得的其实少得可怜。仿佛她的人生在搬到乌拉港以后才真正开始，少年以前所经历的一切就像一阵极其微弱的晚风悄无声息地抚过湖面，而湖水深不见底，四周幽暗，薄弱的月光下，万物影影绰绰，忽隐忽现。那是盘古开天辟地以前的混沌世界。

那么，新生活是以什么作为起点的呢？丽娟记得是一所房子。先是小得像是用积木搭建起来的模型屋，然后才是令人激动的真实的房子。

"以后再也不用为租金烦恼了。"母亲终于卸下了多年的重担。

"我要有自己的房间。"丽娟兴奋得整晚睡不着。

"不啦，你还是跟丽萍、丽慧睡，阿祥一个人睡，还有一间房是给大伯的。"

大伯也会来。

那是自然的。祖父留下来的那笔遗产有一部分是属于大伯的。后来，当全家人再去销售中心看模型屋时，大伯也一起去了。

"大伯，这间房是你的。我们就睡在你隔壁。"丽娟指着模型屋里紧靠厨房的那间卧室说道。

"睡哪里都一样啦。"大伯抿着嘴，掩盖不住脸上的欣慰和满足感。

大伯比父亲没大多少，看起来却比父亲苍老许多。也许是因为长年在工厂上班的缘故，所以憔悴得很快。他的工作需要他经常加班，有时甚至要熬夜，从晚上十点钟开始，一直做到清晨六点钟。他在工厂待了至少有二十年了。他一直是那种沉默寡言、埋头苦干的人，所以深受上级的认可和信任。

丽娟从来没有见过大伯母，丽慧也没有。丽萍见过她，但也没有什么印象了。那时候丽萍才四岁。母亲在一次闲聊时告诉她们大伯母在很久以前就带着未满两岁的儿子跟别的男人私奔了。大伯母是一个丰满、皮肤黝黑的女人,最早在茶餐厅当女侍者,后来向茶餐厅租了一个摊位,卖云吞面和叻沙。大伯母离开后,大伯便和丽娟一家越来越亲近,隔三差五便到他们家吃饭。

那时候他们住在丫曳镇租来的房子里。三层楼的房子,一楼是天花板上挂着各种书包的百货商店;二楼被隔成两个空间,前面是出租录像带的录像厅,后面是丽娟他们的家。丽娟的母亲在家里接针线活,帮人补衣服或为镇上的妇女缝制简单的衣服。她还从印刷厂接制作信封的零活,让孩子们在看电视时做。

三楼是房东章先生的家,那是一个神秘又充满魔幻色彩的地方。章先生和章太太不住在那里,只是偶尔会回去,为了收租或探访朋友。他们住在吉隆坡,丫曳镇是章先生的故乡,他在许多年前就离开那里了。

每一次章先生和章太太回来,母亲都会显得紧张兮兮。当章先生和章太太穿过客厅时,母亲会叫孩子们压低声音说话,不要在屋里跑来跑去,还有关门时不要太用力。章先生和章太太光彩照人地在屋里走来走去,像是从电影里走出来的明星,倨傲又光鲜亮丽。章先生个头很矮,左腿比右腿长一点,走起路来不太利索。他总是穿着干净的白衬衫和铮亮的黑皮鞋,章太太则偏好色彩鲜艳的印花旗袍。她还喜欢把头发挽成一个高髻,这使她看起来比章先生高一点。当然这主要还是因为她那双高跟鞋。鞋跟少说也有四公分高。穿上高跟鞋后,站在章先生旁边的她更显得又高又壮了。

大伯和章先生一样,来做客时也是穿着铮亮的黑皮鞋穿行过客厅。星期天,他一定会来丽娟的家吃饭,那天母亲做的一定是海南鸡饭,因为那是他最爱吃的。他吃饭时还喜欢喝黑狗啤,经常叫丽娟到对面的小铺买,有时候丽娟不想去,他便给她一块钱,哄她下楼。

祖父的死结束了大伯来家里做客的日子,因为大伯和丽娟一家住在一起了。他们的房子比从前的大许多,也不会有房东和房东太太穿着鞋穿过他们的客厅。那是他们的房子,是完完全全属于他们的。

此时此刻，这所房子笼罩在一片昏沉、阴郁的氛围之中。父亲的灵柩占据了客厅中央很大的一片空间，四周立着用白色和黄色的菊花编制成的花圈和纸扎人。神龛已经被一块红布遮盖了。灵柩后面的墙上挂着父亲的遗像，照片前摆放着水果、糕点，以及燃烧着的白蜡烛和线香。不远处有一个搪瓷火盆，旁边堆着一摞冥纸，丽萍和三姑正坐在那里折纸元宝。

丽娟走近前，端详起父亲的脸。父亲的身体仿佛一下子萎缩了许多。入殓师替他化了妆，粉底打到下巴就没了，形成反差很大的两个色块。他的眉毛明显经过修饰，不再是那么地苍白、稀疏，比平时更整齐，也更黑更浓密，但看起来很不真实。

丽娟留意到父亲的鼻孔有一些血迹，有的已凝结成血块，黏在斑白、针刺般的胡子茬上。即便化了妆，那张脸也还是显得无比衰颓，眉头深锁，显出一副忧心忡忡的神情。看着那张脸，丽娟突然感到一阵晕眩，胸口开始发闷。

"去厨房喝点水吧，"丽萍说，"天气太热了。"

丽娟向厨房走去。一进厨房，她便看见母亲和丽慧坐在餐桌旁，面前堆放着几叠泛黄的小纸片。

"你们在做什么？"

"这些都是爸爸以前买的万字，"母亲拨弄着一叠纸，"这么多。"

丽娟看着那些纸片。她对它们是再也熟悉不过的了。过去它们曾被安放在父亲的抽屉里，每隔几天便被取出来，然后又被放回到原处。那是些粉红色或白色的小纸片，比掌心略小一些，放在手上随时会被风吹走。纸片上工工整整地写着几排三位数或四位数的号码。

对父亲而言，这些数字的意义无比重大。那是可以换回他挥霍掉的青春和金钱的符号。他把大部分的薪水和时间都投注在这上面了。

那是很早以前的事了，父亲还在城里开货车，天一亮就出门，傍晚才回来。吃过晚饭后，他会坐在客厅的躺椅上，屈起双膝，把一小摞纸片放在膝头上，用报纸垫着,开始看那些密密麻麻的数字。他有时会念那些数字,一个一个地念出声来,念了一会儿后,便用笔在报纸上写下几组新的号码,并反复组合它们,编成一组组新的号码。

"阿娟,来,给我写四个号码,"他偶尔会兴致很高,"看会不会中奖。"

丽娟在报纸的空白处写下工工整整的四个数字。"中奖了要给我买 koko(巧克力)哦。"她笑吟吟地说。

她喜欢被父亲叫到身边,享受进入到大人的世界中。那个世界对于她一直是带有一种禁忌般的神秘色彩的。只有懂事、乖巧、讨人喜爱的孩子才能获得这个特殊的权利,而她正是这样的孩子,一个长辈引以为荣的优秀的女孩。

这份荣誉感是唯独属于她的,其他人都不能拥有。仿佛那是一个她和父亲一起玩的游戏,是他们共同坚守的一块领地,一个共同保守的秘密。连母亲都无权参与。那样的时刻,她会非常快乐,深信自己在他心中的地位是无法被取代的。因此,她开始对数字敏感起来,每当翻开数学课本、走在路上或坐在车里看着窗外掠过的风景,她时时刻刻都在留心眼前的各种数字,执迷于捕捉那些她相信会为他们带来好运的幸运符。

当这一切终于在有一天失去它的意义时,丽娟无疑感到怅然若失。她没法相信那些数字的意义了,而他也不再需要她参与到他的世界——他的世界在马拉港以外了。

那是个陌生、疏离的世界,只有大人才明白它,懂得其中的规则和道理。世界不再是由几张小纸片上的数字,而是由更多的符号、色彩和声音构成的了。世界高高在上,弱小如她永远够不着,也无从理解。

"妈,爸爸又上云顶了?"

"我不知道啦。"母亲坐在缝纫机前缝衬衫的扣子,脸上露出不耐烦的神情。

后来的年月里,有时候是整个白天,有时候是一天一宿,丽娟会见不到父亲的踪影。他在以自己的方式去拼搏他的人生。若干年后,丽娟年满二十一岁,终于可以像父亲那样,作为一个成年人踏入赌场,朋友拉着她一起进去,说是为她庆生，庆祝她终于"长大成人"，她才有机会亲眼目睹这些年来父亲那个隐秘的世界。

处处人满为患。从老虎机传来的音乐、钱币相互碰击的声音、筹码撞击桌子的声音，还有人们的交谈声、喝彩声、怨声、怒斥声，所有这些声音构成一个绚烂而又无不充满悲凉意味的陌生国度。声音此起彼伏，像一张张拉得满满的弓，"咻"的一声，迅速消匿在人群之中。

这个时候，丽娟开始想象父亲坐在赌桌前的样子。他双眼布满红丝，双手青筋凸起地坐在那里。在人群中，他看起来比平时娇小许多，而且还很脆弱，一不留神就会完全被淹没。被淹没的还有曾经的那个父亲的形象。她原以为世上所有的父亲都是那样的，沉默寡言，强大，坚定，并且充满坚不可摧的力量。

然而事实并非如此。如今她发现了。她发现那张脸原来可以如此丑陋和卑微。那样的一张脸在茫茫人海之中是那么地突兀，被无限放大，以致她突然萌生一种耻辱感，为眼前的这一切感到沉重的害臊、难堪。

此刻这张脸正横卧在狭长的棺木里，很快就会消失在人们的视野之外。丽娟伫立在棺木前，俯视着这张脸。她惊讶于自己竟然可以这样低下头来俯视它，而丝毫没有悲痛欲绝的感觉。

"自从生病后，他整个人一下子老了很多，老得特别快。"丽萍放下手中的冥纸，抬起头说道。

"他后来也没有好好吃饭。"丽娟说。

"很挑食啊，经常讲那边的伙食很难吃，吃不惯，"丽萍继续低头折纸元宝，"一点辣都不能吃。"

那里，丽娟知道那是一个什么样的地方。"在这里安享你无忧无虑的晚年"，大门的招牌上是这么写的。房子很大，两栋位于街角的半独立式洋房合并在一起，中间的墙没有凿去，但有一扇铁门让两间屋子的人自由穿行。有两个院子，前院有一棵木瓜树、一棵芒果树和几丛斑斓叶，还有一块小小的，供老人们散步或晒太阳的草坪。后院有几个笼子，关着几只兔子和鸡鸭。一只母鸡身后跟着一群小鸡，在笼子周围散步、觅食。树荫下有个乘凉的老人，他坐在轮椅上，神情漠然地看着过往的车辆和行人。一切都在以缓慢的节奏进行，仿佛这之间有一种微妙的默契或约定，谁也不敢擅自打破，都在小心翼翼地坚守着它。

志祥又要送爸爸去养老院了。真头痛。礼拜天我会回家，你抽空打电话回来。

结果丽娟没有打电话。打电话显然是毫无意义的，她想。那样的对话已经进行过无数次了，谁都感到厌烦、疲惫不堪。

我们都要上班，没有时间照顾他。

我一个人住，太不方便了。

我自己都忙得焦头烂额了。

他在那里蛮好的呀，而且离我家又近。

很长一段时间，丽娟确实为这件事感到难过。但她很快便安慰自己，告诉自己一切都会好起来，不必杞人忧天。我在这么远的地方，又怎能照顾他呢？再说了，住养老院也不是什么可耻的事，老三舅母以前不也住养老院吗？

丽娟努力将"这是咎由自取"这个想法压制下去。但紧接着，思绪越发混乱，越来越多连她自己都觉得难以启齿的词汇从齿缝间窜跳出来。活该。报应。自作自受。无论如何，这都与她无关，不应该占据她生活的任何角落。

丽萍他们去看过父亲。那是去年的父亲节，丽萍带他出来，全家人一起去镇上的海鲜楼吃晚饭。丽慧给他买了一件新衬衫，让他穿着出门。海鲜楼在海边，新衬衫是长袖的，正好可以保护他不受凉。

他一见到丽萍就问："你吃饱没？"

他问所有人同样的问题，无一例外。他似乎不会对这个问题感到厌倦，好像那已经成了他和人们开始交谈时必须出现的问题，能填补任何可能存在于他和对方之间的空白。

事实是他再也无法对自己的这种行为负任何责任，他脑海中的那片空白的区域正在不断扩大。

每一次志祥带儿子去看他，他们之间总要重复先前的对话，一遍又一遍。

"阿公，你知道我是谁吗？"

"我不记得了。"

"阿公，你知道这个人是谁吗？"伟汉指着爸爸问。

"这是我的仔阿祥。"

随后伟汉拿出一张几年前照的全家福，指着丽娟问道："那你知道这个人是谁吗？"

"这个人我好像见过。"父亲憨笑着说。

是啊，如此久远的一个人，怎么还会记得？

他丝毫不会记得他对别人所造成的伤痛，无论是对他的妻子或儿女。长久以来，他一直以仅存的冷漠而残酷的尊严去抵抗一切，企图抵抗命运强加在他身上的困境和枷锁。那困境和枷锁有时甚至会让他有举步维艰、喘不过气的感觉。

但他总是能迅速地消解这一切，就好像他一点都不在乎似的。一点都不。讽刺的是从前的狂言怒语如今转化成了无休止的喃喃自语、自娱自乐。活该。报应。自作自受。

不是阿尔茨海默。那是一个老人在经历身体机能的衰退，医生说。他只是在慢慢老化。一开始是食欲不振，紧接着肠胃也出现问题，有时是便秘，有时则是莫名其妙地腹泻。其实几年前就出现食欲不振的现象了，那时他的牙齿脱落得很厉害，新配了一副假牙，吃什么都味如嚼蜡，提不起劲头。他经常没有将食物嚼烂就快速咽下，结果导致严重的消化不良，深夜半睡半醒之间因腹痛惊醒，爬起来上厕所，坐在马桶上默默忍受着肚子和肛门的绞痛。他一直相信并宣称那是肠子和胃在蠕动,在极为艰难地将那几天吞下的食物消化、分解,然后把剩下的残渣输送到直肠。但食物终究还是太硬了,用尽全力后也还是无法完全分解,最后只好沉积在直肠里,时间长了,连肛门也受到折磨。

这个时候,他会强忍着痛,慢慢站起来,弯着腰走到厨房,给自己倒一大杯偏热的温水,一口气把水喝完,然后再蹒跚着回到房间,躺下来,往腹部倒几滴如意油,静静等着如意油渗透入体内。在寂寂无声,所有人都还在沉睡的清晨中,他感受着肠胃的蠕动,就好像他真的能听见肠子里有一条年老色衰的蛔虫在匍匐着踽踽独行。很快他便昏昏睡去,失去知觉,醒来时不再腹痛,对夜里的惨痛经历也丝毫不在意。

后来护工索性给他换伙食,改为吃流质食物,还每天用祛风油替他按摩腹部。但有一天他就像忽然想起一件令人厌恶的往事似的,不让人触碰他的肚子。护工劝说几回后,束手无策,只好作罢。毕竟要伺候的老人还多着呢。

为了不让人碰他的肚子,他开始用皮带紧紧勒住腰,裤头被勒得起褶。他越来越瘦,裤子越来越松,于是将裤头折起来,但显然折得浮皮潦草,左一块右一块的。穿在里面的宽松的平角裤已经泛黄,裤头有一大块是露在外面的,浅蓝色的条纹和黑色的西式长裤形成鲜明的对照。

去往海鲜楼的路上,伟汉在车里嚷起来:

"哇,阿公一定是大便了,好臭咧!"

"出门前不是叫 kakak(姐姐)换尿片了吗?"志祥皱着眉头问。

"哎,伟汉乱讲的,我都没嗅到。"志祥的妻子淑玲说。

"你坐在前面当然嗅不到啦,我就坐在阿公旁边耶。"伟汉不忿地辩解。

"那现在怎么办?"淑玲有点惶惑,不知所措。

"去厕所检查一下。"志祥把车驶向路旁的加油站,嘱咐淑玲和伟汉坐在车里等。

志祥搀扶着父亲,等上厕所的人都离开了,才把父亲牵到洗手池边检查他的裤子。这时他也能闻见父亲身上的那股异味了。他匆匆看了一眼父亲的尿片。尿片是新换的,没错。那么臭味是从哪儿来的呢?

他突然在裤头突起的皱褶处摸到几个块状物。他迟疑了一下,摸了摸那些块状物,然后开始找那个皱褶的源头。几颗坚硬,如龙眼般大的黑色石块掉出来。

志祥看着地上的那些粪便。他从厕所的卷纸架上拉出很长的一条卫生纸,弯下腰来,迅速地捡起它们,把它们扔进旁边的垃圾箱里。

现在问他为什么会这样是没有结果的。他只会对着你憨笑,说他不记得任何事了。偶尔他会像个孩子那样,露出恶作剧后狡黠、调皮的笑容,但那也并不表示他真的清楚究竟发生了什么事。

是会这样的,毕竟他现在连记忆力都衰退了。如今他根本就是一个缺乏自理能力的男孩。

餐馆前面搭起了一座戏台。是镇上的乐龄俱乐部在办歌唱比赛。因为庆祝父亲节,很多家庭都出来聚餐。

"阿公,我们帮你报名,你去唱歌吧。这个跟家里的卡拉OK是一样的。"伟汉兴致勃勃地对祖父说道。

"是呃,去唱一首啦。"志祥附和道。

所有人都在鼓励父亲。

父亲大踏步地走上台,人们纷纷鼓掌。他站在戏台中央,等着伴奏的音乐响起。音乐响起时,他提了提裤子,并重新调整握麦克风的姿势。

> 为什么要对你掉眼泪
>
> 你难道不明白是为了爱
>
> 只有那有情人眼泪最珍贵
>
> 一颗颗眼泪都是爱

台上的父亲顷刻间显得更瘦弱了。他的头顶上方有一颗水晶魔球在无止无休地旋转，散发着耀眼、充满玄幻意味的白光。灯光之下，他的声音听起来突然像往日那般饱含力量和固执，却也带着一丝微弱的悲凉意味，仿佛这两样东西构成了他生命晚年的底色，让人看见他强大的那一面的同时，却也无法对他的虚弱视若无睹。

　　其实他早早地就被自己的虚伪和自大出卖了。年轻的时候，结婚才刚满一年，他就不屑于掩藏性格中难以启齿的阴暗面。他自以为那是一个男人在世界面前所拥有的生存权利，即使对自己所爱的人也不例外。

　　"你把我结婚时戴的手镯拿到哪里去了？"母亲泪流满面。

　　"我拿去周转一下，很快就还你。"

　　"你别乱来，那是我们结婚的聘礼，是阿母给我的。"母亲哭得更伤心了。

　　"我只是拿去周转一下。"父亲开始不耐烦，音量越来越高。

　　紧接着发生的事情早已成了可预知结局的故事，就像是一组方程式，恒定不变，答案永远是可以被预见的。

　　对这样的事，他后来并没有深表愧疚。一次都没有。往后的许多年里，丽娟多少次听见母亲提起这件事，每一次都是以同样无奈的语气和叹息去描述那次经历，还有后来发生的无数次惊人地相似的事件。然后她用几乎相同的姿势指着那些早已愈合的伤口，无视它们的不复存在，周而复始，永远不感到厌倦。

　　晚饭后，所有人回到家里。父亲精神很好，坐在躺椅上看电视。

　　志祥拿着一份文件来到父亲面前。

　　"阿爸，趁你现在精神好，可以签这个。"

　　"这是什么？"

　　"哦，我们原先就说好的。把房子转给我，将来再由我分给丽萍她们。"

　　"我不记得了。"父亲摸着头憨笑，露出些许迟疑的神色。

　　"我们之前就商量好的。阿妈也同意了。"

父亲伸手接过文件，端详起上面的文字。

"这写的是什么？"

"是律师写的，就是我们说过的那些，我已经读过了。"

志祥翻到最后一页，指着一处空白的地方。

"签这里。"他把笔递给父亲。

这一幕对父亲来说并不陌生。历史正在重演。此刻也许他正在想起他的哥哥。祖父的死将他们兄弟两人紧密地牵连在一起，却也很快地使一切分崩离析。

兄弟两人都同时宣称自己对房子拥有更大的所有权。共享一所房子已经无法满足他们的需求了。大伯有了新的女人，女人年轻又勤快，皮肤黝黑，富有弹性、光泽。很快他们便会生孩子，三个或者四个，最大的孩子可能才刚上学，最小的那个就已经能跑会跳了。

这是我应得的，他们都这样说。起初这只是发生在餐桌上的一次谈话。后来对话的次数越来越多，时间也越来越长，最后终于一发不可收拾。

一天早晨，父亲趁大伯上班，用铁链锁住了他的房门。他花了一个上午清理房间里的东西，有条不紊地将东西装进箱子和编织袋里，然后把它们放在房门外。

晚上，兄弟两人大打出手，像小时候因为争夺玩具而厮打那样。第二天，大伯带来警察，说父亲调戏，并企图强暴他的女人。但很快这件事就不了了之。所有人都知道兄弟俩正在争夺遗产，这不过是一场闹剧。

闹剧最终还是以金钱解决了。大伯拿走了大部分剩下的遗产，从此断绝了和丽娟一家的来往。丽娟第一次体会到"老死不相往来"的滋味。大伯再也没有踏入这所房子，再也没有和他们说一句话，直到他病逝。

死亡并没有消解悲伤和仇恨。人们只是对过去绝口不提，仿佛它们从来不存在。

上脸书。我给你看爸爸。

房子 | 131

丽娟打开聊天框，一下子跳出几段视频。父亲躺在医院的病床上，丽萍和丽慧戴着口罩站在床的两侧。丽萍手里握着一台迷你收音机，将它举到床头上方。从收音机传来一首闽南语赞美诗，女歌手忧伤地唱着，丽萍一边跟着唱，一边轻轻抚摸父亲的头。父亲戴着呼吸器，呼吸声异常地响，就好像是他正被人掐住喉咙，对方一放手，他便不停地喘着粗气，胸腔反复扩张、收缩。

丽慧在哭。她用面巾替父亲和自己擦眼泪。父亲缓缓而用力地喘着气，他已经虚弱到完全无法说话，眼角不住地流泪。志祥背对着镜头，微微弯着腰，在用手绢揩拭父亲嘴角的唾液。

父亲这时候在想什么呢？看着画面中越来越模糊的父亲的面孔，丽娟很想知道。

他是否会突然恢复记忆，想起从前的那些事？如果会，那又会是些什么事呢？

为什么这张脸会是这样地痛苦、狰狞？

现在这两个男人的房间都荒凉了。只是父亲的房间要冷清许多。所有东西还在原来的地方，依然散发出相同的气味，一种陈腐、柔软、潮湿的气息。

丽娟走进房间，看着房间里的一切，试图寻找对消逝的过往的记忆。眼前浮现出一个小女孩的身影，约莫七八岁的样子，穿着一条白色的连衣裙，裙子是用蕾丝和仿丝棉布做的，腰间有两条绸带，小女孩的父亲替她系了一个大蝴蝶结。女孩站在镜子前，微微侧着身，端详着背后的那个蝴蝶结。蝴蝶结对称的两端使她有一种莫名的幸福感，接下来的几天，她在洗澡前都小心翼翼地脱下裙子，避免触碰到蝴蝶结，生怕那只洁白无瑕的蝴蝶受到惊吓而飞走。

房间成了多年以后这所房子留给女孩的仅存的纯洁、美好的记忆。女孩在那里度过了许多个欢快的午后，有时候是独自一人，有时候是和父亲或弟弟，那些时光都在述说女孩对幸福生活的想象与渴望。一个人的时候，她打开衣橱，拿出母亲当年的婚纱，将婚纱套进自己瘦小的身躯，让裙角像鱼尾般散开。她像穿着白色连衣裙那样站在镜子前，也是微微侧着身，端详着自己的身影。然后，她轻轻拉起裙子，爬上床，端庄地躺在母亲的长抱枕旁，想象自己是一个初嫁的女子，欣喜，腼腆，满怀期待。

母亲进来了。

"你在这里做什么？"

"没什么，只是进来看看。"

"这里太乱了，很久没有收拾了。"母亲随手拨弄了几下床上的被子。

"等出殡了，我和胤文再帮你收拾。"

"你看，这么多东西。我要整理一下。墙都黑了。"

"不要紧，可以重新油漆。"

"不用，让阿祥去弄。我已经跟他讲了。"

母亲掏出钥匙，打开梳妆桌的抽屉，开始翻弄着抽屉里的文件。

"你在找什么？"

"我看一下。"母亲低着头，继续翻找着。

母亲很快就掏出一个装着泛黄纸张的透明文件袋，将里面的文件拿出来，递给丽娟。

"你帮我看一下这是不是房契。"

丽娟接过那张纸。

"是房契。你要它来做什么？"

"没什么啦。"母亲皱了皱眉头，将那张纸放回到文件袋里，随即拎着文件袋走出房间，留下丽娟一个人在那弥漫着潮气的房间里。

很快，从厨房传来三两个人说话的声音，声量忽高忽低。丽娟走进厨房。

"不要以为我不知道你一直盘算这件事，"丽慧从椅子上站起来，"爸爸一生病，你就开始计划要卖屋子。"

"我也是为大家着想。爸爸病到这样，头脑都不好了。还有，难道你们不怕他败光家产?"志祥在以一种平静的语调说话。

"还有,卖了屋子,妈妈就可以用那些钱养老,不然她将来怎么办?"志祥将目光投向母亲。

丽娟看着志祥。眼前的这个男人正值壮年,不再像从前那般年轻,活力充沛。他似乎完美地继承了这个家族的一种气质,这气质世世代代沿袭下来,却独独属于男人。出于某种无可理喻的信念和默契,男人们总是沉默寡言,有时候甚至只剩下一个眼神,一次颔首,一声咕哝,或仿佛是在掩饰真相、搪塞的两三个句子。

还有自信。他们谈话时总是信心满满,做决定时也是一副斩钉截铁(其实更像是自以为是)的模样。所有人都如此。

"你们查某懂什么?""女人家不要管这么多。""给我安静。"这些话无疑是在击打我们这些女人,企图击碎我们的自信和力量。

这个男人从什么时候开始变成这样的?丽娟思忖着。几年不见,他的容貌和记忆中的不一样了。他还是又瘦又高,肤色仍然黝黑,不过眼窝更深了,露出一种挑剔、冷峻的神色,颧骨微微凸起,鼻梁直直的,肩膀变得又宽又硬,耸立着,像是伺机以待的一头兽,随时会扑将过来。

阿娟和阿祥。阿祥和阿娟。从前这两个名字是并列在一起的。阿娟只比阿祥大一岁,两个孩子手拉着手,奔跑在丫曳镇的大街小巷,在诊所后面的空地寻宝,在小溪边捞蝌蚪,到废弃的木屋探险。

那是多么欢乐的童年啊。阿娟享受充当领路人的威风,喜欢被阿祥和伙伴们追随、模仿。一切由她说了算。她能够决定资源的分配,掌控所有人的行踪。她是独断、傲慢的女王。

回到家后却不是这样的了。在家里,她必须臣服于某种在她看来只是荒谬、匪夷所思的规则。她必须服从安排,不管内心多么不情愿。

"给阿祥啦。"

"你是姐姐,要让弟弟。"母亲这样说。

这个男孩已经懂得弱肉强食的道理。他熟悉游戏规则，知道何时该主动出击，何时该养精蓄锐，甚或将自己置于弱者的处境之中，反败为胜。

学校里的竞争无疑公平多了。那里不会有母亲。况且丽娟总是比男孩出色，没什么可担忧的。学校才是她的地盘，她终将在这里施展身手，称霸天下。她总是轻易就能讨师长们的欢心，凭借的是与生俱来的聪慧和端正，以及步步为营的个性。

这么多年过去，丽娟以为这个世界在变得越来越好。至少是越来越公平。终究是太天真了啊，她后来不禁惋惜道。

阿祥要到澳洲上大学了。这也是意料中的事，他毕竟也是个优秀的孩子。没有人不喜欢阿祥。只是这一次不再是阿娟和阿祥，而是只有阿祥一个人。

"我们又不是有钱人，哪里能一下子供两个人出国？"在丽娟频频对着母亲埋怨，公然露出愤慨的脸色后，母亲再也受不了，停下手中的缝纫活儿，抬起头，冲着丽娟厉声反问。

"那为什么是阿祥去？"丽娟明知故问。

"是阿祥先开口讲要出国的。"

"那我怎么办？"

"你可以先在本地读，然后才出国。一样的啦。"

"那阿祥也可以先在本地读啊。"

"你为什么一直妒忌弟弟？信基督教的是这样的吗？"母亲突然微微仰起脸，轻蔑、怀疑地说道。

望着那张脸，丽娟心头一紧。她全身绷得紧紧的，肩头挺起，手指变得僵硬。很快地，她深吸一口气，然后以同样的姿势奋进还击。

"那四姨上大学，你为什么不甘愿？你不是也妒忌吗？"丽娟冷冷地说。

母亲瞬间便被激怒了。丽娟没有试图掩饰自己的扬扬得意。这正是她渴望看到的局面。

猝不及防地，母亲扔下手中的衣服，站起来，以近乎颤抖的声音吼道："对，我就是妒忌四姨。我妒忌她可以上大学。我明明书也读得好，可是却没有这个机会。我连中学都没有上。为什么她可以上，我却不能？为什么？"

她先是一副恼羞成怒的样子，然后眼泪开始不住地流，伤心，近乎绝望地流。丽娟愣了一下，开始有点不知所措。但她天生就是个倔强得要命的孩子，容不得自己有一丁点柔软和慈悲，于是她保持沉默，不再吐出一个字，连表示友好、歉意的话也不说。她径直走进房间，关上门，将母亲一个人留在客厅里。

那天晚上，所有人早早地睡下了。半夜，丽娟爬起来，悄悄将自己泡在水盆里的胸罩和内裤扔到浸泡着所有人的衣服的水桶里。她蹲下来，使劲把内衣裤按到桶底，直到它们碰到父亲和阿祥的衣服，和这个家族圣洁、尊贵的男人的衣服交缠在一起。

然后，丽娟屏住呼吸，缓缓走回房间，躺下来，没有惊动任何人。

此时母亲正坐在桌旁听这场对话。她目光迟滞，嘴唇一直是抿紧的。她仿佛方才回过神来，不确定该如何面对眼前的这一切。她宁可保持沉默。

"房子卖了，我们可以用那些钱来付各种费用，妈妈的身体也越来越差了，将来肯定会需要那笔钱养老啊。"志祥说。

"那妈妈以后住哪里？"丽慧问。

"我想过了，我们不如用卖房的钱做头期，在我家附近买一间屋子，这样妈妈就可以离我近一点，方便照顾。"志祥说。

"说得倒轻松。谁来供房子？"丽娟突然开口说道。

"我可以供呀。"志祥兴致勃勃地说道，"反正我早就打算多买一间当作投资了。妈妈正好可以过来养老。"

"那房子放你的名字吗？还真会打算。"

"我们有钱出钱，有力出力啊。妈妈最后还不是由我来照顾。你在外国，什么都不理。"

"你都没有问妈妈要不要卖这间屋子就自作主张。"

"妈妈当然是要住新屋子的啊……"

"你怎么知道？妈妈在这里住了这么久了。"

"谁不想住新屋子？"

"这时候不要谈这个了，家里已经够乱了。"坐在一旁的丽萍打断志祥的话。

"现在不谈，那还要等什么时候，难得所有人都在。"志祥看了一眼丽娟。

"随便吧，又不是我的房子。反正我是没有能力帮忙供的了。"丽娟撇了撇嘴，露出不置可否的样子。

"我只是想说葬礼会是很大的一笔开销，还有，将来妈也会用到钱。那天我们还商量要给她割眼角膜。"志祥说。

"我可以先出葬礼的钱。"丽萍说。

厨房里一片沉默。母亲起来给自己倒了杯水。她环顾四周，摸了摸铺着彩色油毡布的餐桌。

"这桌布该换了。屋子也真的很旧了，燕子都在天花板上做窝了。"母亲说。

"我还有很多东西放在这里。那都是童年的回忆。"丽娟突然伤感起来。

"你还提你那些东西。你早就该把东西搬走了。"志祥说。

"那些东西都不知道放了多少年了。"丽萍笑道。

"对呀。她都不住这里了，还留那么多旧东西让人收拾，沾了一堆灰尘。"

"我又不是把东西放到你房间了。我只是一直没有机会收拾。我这次回来就是准备处理那些东西。"丽娟不忿地说。

"你要把你的东西搬到上海？"母亲有点吃惊。

"我要把它们都丢掉。"丽娟不耐烦地说。

"你们也该买屋子了。一直租也不是办法，屋子可以慢慢供呀。"母亲说。

"对啊，卖了这间屋子，你还能分到一笔钱，可以在上海买新屋。"志祥说。

"别开玩笑了，上海的房价有多高，你又不是不知道。我也没有指望要从你们这里拿一分钱。"丽娟没好气地说。

"上海的屋子那么贵。我看你分给她的钱都不够买厕所。"丽慧附和道。

房 子　137

"女儿嫁出去了,当然不会分到那么多钱,"母亲的声量突然大了起来,"财产当然是要分给儿子多一点的啊。"

"又来了。说得好像女儿就不是你的孩子似的。"丽娟冷冷地说。

"当然是这样的嘛,女儿生的孩子又不姓冯。"母亲说。

"不要计较这些啦,反正屋子最后大家都可以住。"

"你这根本就是在用妈妈的钱给自己买房。每次都说什么有钱出钱,有力出力,以后你一定会说你出钱供房了,其余的事就要我们去管。"

"我看他供两个月就不会供咯,他哪里有这么多钱?最后一定会叫妈妈出钱。"丽慧说。

"我都不明白为什么我们总是像一盘散沙,没办法一起做一件事。我的那些朋友都是兄弟姐妹分工合作照顾父母的……"志祥说。

"该去拜你们阿爸了,和尚叫人了。"三姑突然走进厨房,打断他们的谈话。

"先出去,等一下再讲。"丽萍急匆匆地出去了。丽娟尾随丽萍出去。经过志祥身边时,她恨恨地瞪了他一眼。

所有人都离开了,留下三姑和母亲在厨房里。

和尚戴着一副银框眼镜,身材略显丰满,双颊有点泛红。还未等人到齐,他便开始诵起经来。他念的是《往生咒》,除了梵语,还夹杂了一些华语,每隔一段时间还念到父亲的名字。当和尚对击铙钹时,丽娟不由自主地抬头看他。和尚背对着大家,不苟言笑地站在灵堂前。他熟练地时而敲木鱼,时而对击铙钹,还用杨柳枝蘸水洒向四周。灵堂周围站着几个老人,他们都是热心的街坊,每次镇上有红白事时都会出现。

这是丧礼的第二天,人们的脸上都有了倦意。遮阳棚下,男人们光着膀子在打麻将。女人围坐在桌子旁一边看仪式,一边闲聊。电风扇咿呀作响,吹送着闷湿的热风。几个孩子在互相追逐,先是绕着棚子跑,然后又跑到戏台上嬉闹。不一会儿,他们便跑到后台看戏子化妆。

"拜。"和尚声音嘹亮地说道。

丽萍、丽慧等人纷纷双手合十，按照和尚的指示鞠躬。丽娟心不在焉，依然注视着和尚。和尚侧过身体，站在灵堂旁，看了他们一眼。

"再拜。"这次和尚的声音听起来更洪亮了。

一个老先生递给每人一炷香。和尚继续诵着经。老人示意所有人跪下。

"按顺序跪。儿子在第一排，女儿和媳妇在第二排，接下来是内孙和外孙。"和尚转过身说道。

丽萍、丽慧和丽娟往后挪动了一下，让志祥到前面去。淑玲让伟汉拿好香，跪下来，然后自己走到丽娟身边。

和尚回过头继续诵经。所有人都安静地跪着。四周一片喧闹，诵经声、麻将碰击的声音、从空调机发出的嗡嗡声，还有背后人们小声议论或高谈阔论的声音，这些声音全都混杂在一起，使人听着心烦意乱。

"冯伟汉！"门口传来一个男孩的声音。男孩的母亲顿时露出惊讶的神情，重重地拍了拍男孩的肩膀。

"喂，不要叫，人家在拜拜！"男孩的母亲压低声音训斥道。

伟汉好奇地回头看。那是他的同学杨家雄。就在伟汉回头的瞬间，他双手不由自主地向前倾，手中的香烫到了丽娟的后背。

丽娟大叫起来。和尚停下来，皱着眉头，疑惑地看着她。所有人都看着丽娟。丽娟恶狠狠地瞪着伟汉，不假思索地举起手挥向他的脑袋。伟汉嚎啕大哭起来。丽娟仿佛没有听见那嘶哑、惊人的哭声，继续用力地拍打他。

"你为什么打人？"志祥一把将伟汉拉过来，气愤地问道。

"他的香烫到我了！"

"他又不是故意的！"

淑玲一边察看伟汉的头，一边安抚他。她匆匆瞥了一眼丽娟，嘴里一直咕哝着。她自言自语的声音越来越大：

"叫你不要乱动，你就是不听！你看，烫到人家了，烧坏了人家的名牌衣服

房 子 | 139

你就自己赔吧。"淑玲用力扯了扯伟汉的衬衫。

"不要哭了。带他去外面吧。吵死了。"志祥不耐烦地说。

"小孩子就是这样的啊，你烦什么？"淑玲也开始不耐烦了。

"哎，不要说了，带他去外面吧。"志祥说。

"喂，你不要只是管我们，你去讲你的三姐啦。不要一回来就管教人家的孩子，几时看她这样热心过？几年不见人影，现在是回来抢财产吗？"

"你不要弄错，"丽娟直直地看着志祥，"要财产的不是我。有人早就想把这房子卖了。我什么都不会拿，你们不用怕。"

还没等志祥和淑玲开口，丽娟便大哭起来。

"拿去，统统拿去，最好明天就把房子卖了。"丽娟整张脸涨得通红，对着父亲的遗像，扯着嗓子一遍又一遍地喊着"爸爸"。

离家那天，乌拉港从清晨就下起雨来。但雨很快就停了。太阳出来了，像是第一次出现在大地上似的，散发着新鲜、柔和的光芒。空气清新、湿润，整座镇子静悄悄的。

丽娟走出家门，胤文拖着行李箱紧跟在她后头。母亲还在睡，丽娟没有惊扰她。葬礼已经结束了，所有人都回到各自的城市继续原来的生活。一切都结束了。

丽娟和胤文穿过马路。他们要坐出租车去新车站。新车站会有巴士载他们去吉隆坡。到了吉隆坡，他们便能像游客那样在城里四处游荡了。这才是他们这趟旅程最想做的事。像游客那样无忧无虑，对这个国度没有任何渴求和负担。他们将在三天后才回上海。他们有足够的时间逛博物馆和夜市。

"真是一段难忘的旅行啊。"胤文长吁了一口气。

丽娟始终低着头。

"昨晚我把葬礼的钱给你弟弟了。"

丽娟有气无力地回了一声"噢"。她懒洋洋地，感到倦怠不已。但她故意摆出一副满不在乎的样子。她清楚这样做只不过是为了保护自己。她已经失态一次了,绝不能让那样的事再次发生。她回想起两天前发生的一切,既悔恨又恼怒不已。她对自己生气,气自己没能做好防御工作。怎么就如此轻易地暴露自己呢?而且是在那些人面前。毫无疑问,那些人就是巴望着她失败的。简直可以说是翘首以待。这么多年来,她明明做得很好,好到足以像一个离群索居的隐士那样,在深山野林过着不受干扰的生活。

未免太不堪一击了。

她能想象当胤文把葬礼的部分费用交给志祥时,志祥会做出什么反应。他会礼貌地推辞一番,然后以一种看似不在意,又不失得体的姿态收下那笔钱,随即便漫不经心地把钱搁在茶几上。他会让自己的这一举止显得随意、洒脱,就好像他真的是个视金钱如粪土的人似的。

最后,为了结束这场对话,他会把话题转向对方接下来的计划,甚至还包括未来的规划。

"接下来要去哪里走走呀?"

"现在上海的房价怎么样?"

"中国越来越强了,留在那里发展比较好啦,不像我们这边,比不了的。"

他当然不是真的在关心这些事。也许他只是想确保他们不会回来(确切地说,是丽娟不会回来),不会再次带给他任何意想不到的困扰或麻烦。就像那天下午那样。

其实丽娟又何尝不是这样想呢?远走高飞。这就是她想要的。她从来都擅长这种事。一想到那些令人厌恶的对话,没完没了,动不动就牵扯到金钱的对话,从前她对这座小镇的失望和抵抗情绪便会再次排山倒海地涌来。多么熟悉的失落感。原来一切都没变。

没有出租车经过。天越来越热,不远处有几只银叶猴在房顶上栖息。胤文饶有兴致地看着它们。丽娟提议索性直接步行到新车站。

阳光灼热。这时候,如果丽娟回过头来,会看到他们的房子越来越小,它

| 房 子 | 141

的影子在太阳底下被拉得长长的。天气热得使人晕眩。丽娟没有回头看。她一边走，一边想着回到上海后，该去超市买什么菜。不过，也许他们不会先去超市，而是会去鸿瑞兴吃葱油拌面和小笼包。她很想念那里的葱油拌面。她突然还想起上海的家里，那根总是漏水的下水道。那是浴室里洗手池下面的水管，已经坏了很长时间了。她决定回去后找个水管工修一修。

选自《山花》2023 年第 8 期

一个陌生女人的来信

黎紫书[*]

收到信。

是信。不是电子邮件。既有实体，便如同肉身降世，得走过一封信必须经历的所有程序，才终于在这个冷不见雪的冬日，与其他信件一起被邮局的投递员塞进了你家门外的黑色邮箱里。你把那一堆乱七八糟的信件从邮箱里掏出来，几乎马上便发现了它。胀鼓鼓的，虽然只是个普通不过的白色长条信封，但它毕竟与其他信件不同。那些由医院、电信公司、保险公司或银行寄来的账单和月结单，信封上总开着小窗口，而且已预付邮资，无须贴上邮票；至于其他的，比如各种环保组织、人权或慈善机构寄来的劝捐信和宣传单，格式也相差不远，信封左上角总印着组织名号；收件人的姓名地址都是工工整整地打印上去的，还印了一列条码，无非在说明，你呀只是万千收件者之其一。

这封信却不一样。信封右上角可是实实在在又方方正正地贴了邮票的，盖上去的红色邮戳看着一丝不苟，仿佛邮局对待这信特别郑重其事。若真如此，当然是因为信封上那一笔手写字吧。虽说字迹有点蹒跚，却仍不失苍劲，可以看出来写字的人曾正襟危坐，竭力要把字写好。这时代，光看这么个信封一五一十地将所有仪式做好做满，你就不免内心一阵激动了。

谁呢？是谁在白信封上用黑色走珠笔写下这几串拉丁字母？

---

[*] 黎紫书，1971年生于马来西亚怡保。曾获马来西亚花踪文学奖、台湾联合报文学奖、时报文学奖。著有长篇小说《告别的年代》《流俗地》。

收件人是你。姓名拼写无误，你自然认得。尽管在美国这里住下来不久以后，因为听不得人们四声不全，一再把你名字里的"兰"念成"烂"或"练"什么的，你索性给自己取了个宜东宜西的英文名。那名字说来普遍，不过是夏日时看见人家花圃里君影草开得铃铃铛铛，便来了灵感，信手从花名中摘下"Lily"一词，等于给"兰"字英译。此后这名字常用，多年下来已广为人知，再难得有人这么用拼音来直呼你的中文原名。因而乍见信封上的名字，你一时感到陌生，竟不能马上意识到，那是你。

是你没错。认出你自己，这感觉就像被谁开声指认，才想起来自己一直戴着面具，让你没来由地感到忐忑。你在厨房中岛那里找了把水果刀，裁开信封，抽出里面的信笺。好几张纸呢，折叠起来厚厚的一沓。那纸可不是常见的公司打印纸，摸上去似乎比较轻薄，而且都已发黄，快成卡其色了，像是什么猴年马月的古物。你摊开纸张，说意外其实也不出意料，上面密密麻麻，都是打字机打出来的文字。天呀，这该是货真价实的打字机字体吧？你忍不住伸出手指触碰那些文字，它们高矮参差，墨迹不匀，当中许多弧形都怀抱一团油墨，或浅或深，看着像公立学校操场上勉力列队的那些邋邋遢遢的孩子。

一封用打字机写的信。一，二，三，四……满满的五张纸。这可比信封上的手写字更让你吃惊。然而手指头的触感是真的。那些油印字，每一个都力透纸背，快要凹入纸张里了。你想了想，要是在电影或电视里看过的不算，你还真没见过这么古色古香的书简。你几乎以为这信本身是一件旧物，便飞快地瞥一眼信头。不对啊，上面标明的日期距今不过区区数日。你心里嘀咕，怀疑这会不会是恶作剧，有人想要作弄你，可圣诞节刚过，愚人节尚远，况且你在美国这儿结交的朋友，即便不算有头有脸，也都是受过高等教育的殷实人。谁？谁会有这种玩兴？

信确实是写给你的。对方以最常见的"亲爱的××女士"开头，依然正确无误地拼写出你的名字。你像考场上刚拿到考卷的考生，迫不及待地翻到信末查看落款，那里写着：

您诚挚的，

内奥米·弗里德曼

* * *

内奥米，内奥米。即便写信的人不说，你也知道这是犹太女性常用的名字。就连"弗里德曼"这姓氏，也让你不期然想起《资本主义与自由》的作者，那不正是个犹太裔经济学家吗？信里的内奥米对此没想隐瞒，信的开头她直接报上名来，说再过两个月呀，她就要庆祝一百零三岁生日了。"若还能再坚持一年，我也就像你的小说里那位房东太太，活成个一百零四岁的犹太人瑞。"

"你的小说"——她这么说，你立即意会到她指的是哪一个作品。毕竟你写作这几年来，虽然作品不少，却唯独这个短篇写过这么个人物——年逾百岁的犹太裔房东太太。说来你还为写了这人物而沾沾自喜过的，觉得她形象立体生动，别具历史感和沧桑味，与小说里年轻的华裔女主人公相映成趣，两人间的互动也饶富兴味。有了她，你觉得这作品完成得特别好，因而在完稿以后，你将作品略微修改，把两个版本分别交给了国内两家不同的刊物，并且都被刊用了。然而这是个中文小说呀。虽说现如今这时代，有互联网勾连，地理之隔已不算回事，但语文是人类通天不成换来的诅咒。从古至今，各语文之间始终隔着千山万水，内奥米怎么会知道它呢？难道说，这位自称犹太人的内奥米·弗里德曼懂得中文？

当然，我与你笔下那位房东太太毕竟是不一样的。我比她幸运多了，我的父母在一战之前，随着移民潮经水陆路从俄罗斯迁移到美国。他们来了以后才相识和结婚，我和我的姐姐及一个弟弟也都在纽约出生，因此没有经历过欧洲那可怕的黑暗时期，不像你笔下的房东太太，举家被押到纳粹集中营，死伤惨重，唯有她和她的姐姐存活下来。

实话说，你这篇小说写到结尾了才端出这位老太太悲惨的身世，身为读者，我觉得真是一大败笔。这世上有太多作家（尤其是非犹太裔作家）但凡写到那个时代的犹太人，总不得不牵连上纳粹的恶行，硬要给小说注入一点从历史借来的悲情。这种陈腔滥调，只会使得小说不可避免地流于平庸。我这话不是无凭无据说的，我可是个十分资深的小说读者。我从小喜欢看书，父母虽然都是工人阶级，没受过多少教育，却特别纵容我这嗜好，而且就和你们中国人一样，即便是劳工出身，他们也都胼手胝足要让孩子上大学，希望下一代过上好生活。后来我嫁的丈夫是个会计师，虽然与数字为伍，却也是个书迷。壮年时我尝试写小说，也给舞台剧写过剧本，我的先生则到死都梦想着要当个诗人，因此我们家里总是不缺书的。即便到了今天，我的先生去世十多年了，我依然每晚上都得先读点书才愿意熄灯就寝。我的耳朵不太行了，眼睛倒还管用，看电视时听力跟不上视觉，难免有所缺失，这才觉悟到文字的天地有多圆满——它总能做到自给自足、有声有色。

至于你的小说，那当然不是我的睡前读物。我可真希望自己能懂得中文呢。真可惜，作为移民第二代，我连俄语都不懂，只依稀记得一些意第绪语单词，那是我的父亲和母亲之间交谈用的语言；那是说悄悄话的语言，是争执的语言，也是倾诉的语言，可对着孩子，他们都只说英语，而且一辈子都说得磕磕绊绊。

说起来，我们家的成员似乎都没有特别强的语言能力。固然有些人能掌握双语，比如我们在以色列的一些亲戚，英语说得就和希伯来语一样流利，但那是因为学校的双语教育使然。至于美国这边，唯有我的小儿子因为年轻时在德国短暂留学，后来持续自修，迄今还能读写德语；其他人嘛，也就仅仅能用粗浅的西班牙语跟我的墨西哥帮佣聊上几句了。好在啊，我的一个孙儿两年前娶了个中国太太，弥补了我们家一直缺乏的东方元素。我的这位孙媳妇中英语双全，据说以前在大学里经常当口译员，一口英语说得比我们近两届的总统好太多了。正是她，因为我说只读过赛珍珠写的中国，她便说"那你该读读这年代中国人写的美国"，于是就在网上找来一些中文作品，直接口译，一句一句，给我念成了有声书。你的小说，我就是通过这方式"读"到的。

"一个中英语双全的孙媳妇"——这多么醒目！看在你眼里几乎像道路施工点上常见的那些警示板上的LED字幕，一字一字闪着红光。你没来由地感到一阵心悸，只觉得呼吸和心跳加促，拿不准该不该往下读，便移开目光四下察看，甚至瞥一眼橱柜上方的摄像头，像是要查看周围有没有目击者。没有。当然没有。这么个冬日午后，丈夫上班去了，说是下午有个重要会议；儿子已在两个月前远去法国开始他的新生活，就连往年最让全家人雀跃的家庭活动——到基灵顿滑雪，也不能把他诱回来；女儿青春少艾，一大早便随几个同学打闹着出门。偌大的房子一尘不染，落地玻璃门外的庭院一片清幽，只有门上挂着的圣诞花环还绽放着节日残余的喧腾。你移开目光再往远些看，天空干净得像是被庭院边缘一排高耸的香柏树给打扫过似的，说是一片蔚蓝吧，可那蓝却是不通透的，犹似倒转过来的尼斯湖，越看越觉得深不见底，越要怀疑那里头藏着水怪。

你不由得又往橱柜上的摄像头看了一眼。

这种节后的日子最无聊了，本该有些活动的，偏是疫情连续两年下来，许多人已意兴阑珊，都提不起劲办聚会了。城里的一群写作同道，过去三不五时总有各种名堂和节目，要不公众图书馆里办新书分享会，要不趁国内哪个知名作家出游美国，便张罗个交流会以尽地主之谊，或者干脆弄个圣诞或新年聚餐，好歹也叫人文荟萃，来年会有衣香鬓影的照片印在会刊里。你那时三天两头便往皇后区那一带跑，毕竟法拉盛多的是中餐馆，文友们到了那里就像解开一件穿了太久又束缚太过的紧身衣，纷纷敞开胸怀用比英语高八度的普通话交谈，南腔北调，乡音不改。

在这群人当中，你知道自己的自觉性比较高。无论到了哪里，或是在什么情况之下，你都不至于捏着嗓子说话。别说身处美国社会，即便以前在国内，从小到大，你那么优秀，受到那么多师长夸赞，甚至后来在中美两地上了最顶尖的学校，你也未曾有一刻得意忘形，反而时时警惕着，不让自己沦落到蛙鸣蝉噪中。文友们无不觉得你文静低调、言行得体、不爱抢风头，甚至还不怎么打扮，却又不失体面。你的一身衣着和手里拎的包包，包括赴会时穿的鞋子，看似朴素，可圈里的女士们只要有点见识，便能认出来那些都是十分低调的名牌。她们因而对你有好感，但凡有活动必然把你叫上，只因满堂花枝招展，最少不得你这样堂皇的绿叶。

你当然不以为自己是绿叶，反而觉得与这些人为伍会衬托得你出淤泥而不染。谁说不是呢。这些同道们写的作品你多少看过一些（私底下发给你"鉴评"的有，微信群里公开分享链接的也有），多半不过尔尔，许多连国内高中生优等作文都比不上。就一张移民文学的旗帜张扬几十年了，搬来弄去不外乎电影《爱在别乡的季节》里藏着的老三样：离婚、疯癫、杀人。你还知道这些同侪其实都不怎么看书，就算有吧，阅读的视野也都止于80年代先锋派小说，从此不思进取，更别说外国作品了。这些人落地多年，把美国这边各种社会福利、税法和股票都摸了个透，现当代作家的名字却是叫不出一个半个来的。你跟他们不一样，尽管起步晚，等到孩子都长大了才开始写作，但毕竟科班出身，也一直保持阅读习惯，加上英语底子好，中英文书都涉猎不少。这几年矢志写作，誓要把以前蹉跎了的光阴追回来，读书更是加倍用功，差点没回到了年少时备战高考的状态。有了这些积累，无论学问或眼界，抑或是创作水平，无一不凌驾这些坐井观天者。

这时候，你不免想到，倘若这"内奥米"真有其人，并且她真如信上所说，一辈子醉心阅读，你要能早几年遇上她，大有可能与她结交，那么这些年你发奋写作，也许就能事半功倍。当然，若真是那样，你应该不会写出这个关于房东太太的作品了。退一万步说，就算写的还是这个小说，里头的老房东太太必然会是个不同的人。再退一万步吧，即便房东太太非得是个犹太人不可，想必也不会是个纳粹集中营里的生还者。内奥米说得对，这么写流于俗套，显得平庸了。

* * *

对于这篇小说的结尾,我固然不太满意,当时忍不住摇头,脸上必定也现出了不以为然的神情,以至我的孙媳妇住口不念了,问我怎么啦?是作者写错了什么吗?

"我原以为这部分你一定会产生共鸣呢。"她说。

我得承认,小说这样写,尽管落入窠臼,却不能说"写错"什么。那年代一个居住在德国的犹太妇女,自然是躲不过那一场历史浩劫的。"可是老房东太太不是生于1908年吗?1939年她三十一岁了,她的姐姐又更年长一些。姐妹俩都没结婚吗?怎么会和弟弟以及父母一起被送到集中营?"我这么回答。我的孙媳妇瞪大着眼睛,也许脑子里在数算我提到的那些数字,也可能心里在嘀咕,以为我故意挑刺。

"没错这有点怪,"她反应过来,"但它连瑕疵都算不上啊。"她语气有点急,似乎自觉有义务为你的小说辩解——就好像我在她面前也总觉得自己有义务为民主党辩解——一再强调你写的这位老房东太太,形象特别生动特别饱满。"简直栩栩如生!"

我只好向她解释:小说后面这么写,像打补丁似的看着碍眼,一点没有使得人物更丰满一些,反而令小说变得油腻可笑。

"正应了你们中国人那句谚语:画了蛇还给它画上脚。"我见孙媳妇神色不悦,便用这话转移话题。她果然惊讶,问我怎么知道这谚语。那是以前我从一位病人那里学来的——过去我是个心理咨询师,在曼哈顿下城执业超过半个世纪,九十岁才退休呢,虽然健力士世界纪录没有记载,我却一直相信自己是人类历史上出现过的,年资最高的心理咨询师——这位病人与她的丈夫都来自台湾,夫妇俩在美国落脚多年,有过一番苦尽甘来的经历,如今两人生活富裕,在纽约和佛罗里达都买了房子。她成了我的好朋友,每年总会特地过来探望,还招呼过我在佛罗里达小住。我在曼哈顿有一座小公寓，自从先生逝世后便一个人守在这里。我倒是不像你写的房东太太，需要腾出房间来出租给外人。即便我想这么做也不行——这房子里东西太多了，它们多是我过去旅游时采集回来的宝贝。而且我这儿访客不断，儿孙和亲戚朋友们常来，加上墨西哥帮佣每周两次登门，除打扫卫生以外，也陪我到楼下小超市里采买，或是扶我到隔一条街的发廊以及美甲中心。甚至呢，在不让我的儿孙们知道的前提下，我还会推着助步车，与她结伙，慢悠悠地踱步到再远一些的法式咖啡馆去喝下午茶。

　　人活到了我这把年纪，多少是个奇迹吧，也就自然而然成了后辈眼中的智者；好像年龄可以使人自动升级，变成白袍巫师或红衣主教什么的。譬如说这公寓有个年轻英朗的波多黎各保安员，上个月领着他的新婚太太来敲门，夫妇俩说要碰碰我的手，好得到我的祝福。也曾经有一位高头大马的俄罗斯女人刚搬进这栋大楼，因为听说楼上住了个百岁长者，便特地来叩门，想要与我聊聊天。哎，有时候我恨不得他们能多给我多一点个人空间，好让我安安静静地看一会儿书呢。所以啊，我并不像你笔下的那位老房东，成日坐在客厅，像钉牢在椅子上，除了与房客偶有互动，便只能等着头发花白的女儿一个月开车过来两趟。

　　我明白我不该拿自己与你笔下的人物相比，更不该对小说里一个虚构的人物较真。而且我也无法否认：不是每个住在美国的犹太女人，只要上了一百岁，就会有和我一样的晚年。她们容或也有孙儿正好娶了个中国太太，却不至于也刚好有个在电视台工作的孙女婿，会拜托雷切尔·玛多①在电视节目上给庆祝一百零一岁生日的老人祝寿。但老实说，我总怀疑你小说里这位房东太太并不是凭空杜撰的，很可能真有其人——毕竟在另一篇小说里，有另一个人也当过她的房客，与她相处了六个星期。

　　读到这儿，你的心仿佛含羞草受惊，霍地收缩。你不由得抽了一口凉气，

---

① Rachel Anne Maddow，美国电视主持人，时事评论员和作家。MSNBC 频道晚间节目主持人，也是美国的黄金时段新闻主播。——作者注

这吸进去的一口气又让你的心房再收拢了些,几乎绞出些痛感来。你觉得这信不能读下去了,再读恐怕心脏会承受不住,然而信里字字句句如有引力,硬把你的目光拽到下一个段落。

"就像不同画家画的两幅肖像,虽然笔法不同,但太多细节如出一辙,让我一眼认出来,画里画的是同一个人。只是啊,尽管来自同一个原型,然而两个小说里,我喜欢的是另一位老房东。"

信哪能这么写呢?这读起来不就像小说了吗?你忍不住回头细读,又禁不住喃喃自语,怎么有人会在信里置入人物对话,平添一种剧场效果和虚构性,使得信不像是信了。你愈发怀疑这是个拙劣的恶作剧,有人要整你;也就愈发觉得这位"内奥米"故作文雅的言辞怀藏着某种粗暴的恶意。是谁呢?谁是内奥米?你脑子里将那些于城中笔会或各种聚餐上寒暄过的、交谈过的、握过手的、碰过杯的、相视而笑过的、交换过微信号的、互赠过著作的写作同侪粗略地过了一遍。每一张超载了笑容的脸都乖张地往你凑过来,堵住回忆的出口。你越想越感到透不过气,越觉得房子里莫名地闷热。面前的落地门犹如玻璃幕墙,上面播映着明晃晃的阳光与风过树梢的景象。你再看看头上那摄像头,隐隐觉得这像是《楚门的世界》,你被放到了一个做实验用的玻璃箱里。

你把信放下,走过去一把推开落地门。凉飕飕的空气钻进来,像是你打开了一台巨型冰箱,里头放着一个冷藏许久、已经有点干枯了、不怎么新鲜的世界。你把头探到门外大口大口吸气。随着几次深呼吸,心跳逐渐平复,脑子里翻滚的思潮缓缓停歇,你逐渐看清楚了一个事实:你的那些城中文友,没有一个会是"内奥米"。

并非他们不可能整你——你出道迟,但几年里在国内连着出版了两本口碑不错的集子,又上过些采访,还有杂志请你写专栏,文友们难说不会眼红。只是你很清楚这些人的资质,他们当中不乏口蜜腹剑者,但缺少创意,绝对想不出来这么复杂的点子,也不会有耐性跟你玩这种拐弯抹角的把戏。再说,他们若能用英语写出这信来,自当全心全意当英语作家,瞄准普利策奖冲刺得了,又何须被"贬谪"到"华语写作圈",流落成外室一般、永远入不得宗祠的海外华文作家?

所以,内奥米难道就真的是内奥米?一个与你素不相识、几乎像是跟你活在两个平行世界里的犹太裔老妇人?她就那么闲,因为在你的小说里遇见了另一个年逾百岁的犹太女人,就洋洋洒洒地给你写信,要跟你讨论这位老房东?这当然不对劲,可你在美国这么多年了,还真知道这国家有不少怪人,他们的价值观和行为方式异于常人,而且都特别执拗,会做出许多不可理喻之事。要说疯狂的读者,比内奥米更出格的应该大有人在,否则斯蒂芬·金哪来的灵感写出《头号书迷》,让凯西·贝兹直接把作家敲碎脚骨,绑回家里?

好吧,权当内奥米就只是个爱管闲事的老太婆,你也不敢说这是否值得庆幸。毕竟她在你的小说里发现蹊跷,把老房东太太指认出来了。你怀疑她是来敲诈你的,可仔细想想,一时觉得她字里行间有种返老还童般的率直,几乎诙谐可喜;一时又想起来文字的欺瞒性,便觉得那是一个饶富写作经验者在故作天真,正卖力演出她用第一人称给自己画定的人设。是的,内奥米的表演欲如此旺盛(她还给剧场写过剧本!),怎么可能只满足于只对你一个人卖弄?会不会呢?她会不会同时也给"另一个小说"的作者写信,将她在你这小说里的重大发现告诉对方,好向对方邀功?

"亲爱的裘帕·拉希莉女士,我是内奥米,来自纽约曼哈顿。我年纪很大了,比世上绝大多数人都多享了些岁数,但我不会说自己老得超乎你的想象,毕竟你写过比我更老的老人。那是一个非常动人的作品,我不得不说你把那老位老房东太太人写得十分鲜活。而我,再过几个月,就要和她一样,也活到一百零三岁了。"

内奥米的笔调在你的脑海里盘旋,没错,就是这么一副倚老卖老的口吻!你几乎可以肯定,她若给另一个作者也写了信,信的开场白必然是这么写的。这样想的时候,你觉得自己看见了一个满头银发的白人老妪坐在一台打字机前,一脸自喜。她的背不免伛偻,脸上不免满布皱纹,苍白的皮肤也不免泛着犹如咖啡渍的老人斑，但她一身衣着光鲜亮丽，深陷在眼窝里的一对眼珠透着尼斯湖那样的蓝；头发是发廊里刚修剪吹洗过的头发；放在打字机键盘上的手指是才做过护理，十片指甲都鲜红油亮的手指。她的形象竟这般清晰，仿佛你今早才见过她本尊。就连她的所在——一所敞亮的小公寓，布置得像古玩店或者一座小型私人美术馆；墙上挂着大大小小的画；书桌上几册大开本精装书放得犹似书店里的陈列品；面目模糊姿态乖张的人形雕塑随处可见，每一尊都像爱德华·孟克画的掩耳战栗者①；周围的柜子里和架子上密密麻麻地放满了充满异国风情的精致小摆件——一切历历在目，活像高清电视里的画面，直让你吓了一跳，然后才想起来这完全是文字搞的鬼！是内奥米的信！她没有一字提起过自己的姿态容貌，却暗地里使了手段引导你，让你这么想象她，"看见"她。

这么看来，内奥米是个写作能人呢。你忽然意识到自己被人用文字给戏弄了，这于你等同羞辱，便觉出对方的傲慢，不由得生气起来。可转念想想，美国民间总不至于遍地写作高手吧？你看过网上的调查，许多美国人街头受访，还会把《白鲸记》和《老人与海》搞混呢。那么内奥米会不会是个行家，一个用英语写小说的人？某个创意写作班的导师？又或者……会不会呢？她会不会就是"另一个作者"？这想法太令人战栗。你打了个哆嗦，身子往后一缩，拉上落地门，转身退回到身后的中岛，一把抄起岛台上的信。

* * *

你知道我说的是住在波士顿的那一位老房东太太。裘帕真是个极富天赋的作家，写《第三和最后一块大陆》时，她未满三十岁呢，但那小说笔法老练，每一笔都不虚，小说里提到的每一样物事都有它的作用，进而使小说产生意义。就说波士顿吧，那里不是比皇后区有意思吗？我明白你把老房东太太的房子放在皇后区，是为了迁就小说里的华裔女主人公，好把她安排到法拉盛的华人贸

---

① 指挪威画家爱德华·孟克名作《呐喊》（又译《尖叫》）中的人物。——作者注

易公司去上班，再名正言顺地引进一些中国色彩。而裘帕呢，她倒是选择让一位孟加拉青年走出他的舒适区，先离开老家加尔各答，再挥别他在伦敦求学时住在一起的一屋子老乡，只身来到美国波士顿，让他遇上"只把房间租给哈佛或工院的年轻人"的老太太。你看到吗？这个房东可不是为了迁就谁或任何一个地方来的移民而存在的；她就像自由女神，她代表美国。人们从四面八方涌向她，只有最上进最有学识的人才配住进她的房子。虽然啊，她那栋房子其实很简陋，不是吗？

裘帕这部短篇小说集是我每隔三五年就想要重读的书，其中这个老房东太太的故事更是令我着迷。它有着一种魔力，似乎随着岁数越渐趋近这个小说人物，我对她的言行便多明白一分，心里又要为裘帕的高超笔力多赞叹一下。老实说，我曾经想过给裘帕写信，就是像书迷那样把信寄到出版社，对她说说我对这小说的想法，可想到对方的文笔这般娴熟简练，便觉出自己的文字啰里啰唆，一股甩不掉的老人口吻，竟是连她笔下那位房东太太也比不上的——她从头到尾没说过几句话，而且句子特别短，句句铿锵有力——顿时兴致索然，一个字也写不出来了。

给你写信却完全是另一回事。这是与裘帕的另一个读者交流。别跟我说你不喜欢裘帕；最起码，我知道你肯定很喜欢《第三和最后一块大陆》。这个短篇，过去二十年里我读过不下十遍了（由于你的关系，我昨天又再读了一回）。无论是作为一个读者、一个已活过了一个世纪的老太婆，抑或是一个生于斯长于斯的美国人，我认为自己都够得上资格与你分享我对这作品的看法。而且我确实觉得这是必要的，因为啊，显而易见，你并没有把这作品读透。这话我可是认真说的：你要是读透了它，一定不会另外再写一篇小说，把人家的老房东从波士顿给挪到皇后区。

把老太太放到波士顿真是一记妙笔。波士顿是个好地方，那儿是哈佛和麻省理工学院的所在！她就该雷打不动地守在那里，每天像个大将军似的坐在专属她的那一把椅子上！当然，你也一样写老房东太太整日坐镇在家，可你的写法只让人觉得这老妇人动弹不得、可怜兮兮。在裘帕的作品里，老房东太太的"动也不动"却有着多层意涵。我请求你把它找出来再读一遍，或者两遍、三遍，直到你能感受到那情景所透着的庄严以及老妇人那坚定不移的意志为止。你去看看，看那个"说起话来中气十足，甚至还有点专横跋扈"的老人；看她怎样地对上门来的孟加拉青年大吼："锁上门！进屋第一件事就是要锁门！听明白吗？"又是怎样地为美国太空人登月成功而骄傲不已，甚至命令那青年，硬要他承认"美国了不起！"——一点不理会人家的感受。你看到了吗，老太太那顽固又近乎无知的傲慢？你看到在一个印度来的青年眼中，美国这个国家是多么的骄横、强势，同时又是多么地脆弱自危吗？

哎，搬去了皇后区以后，老房东太太虽然还穿着相同的衣物，也过着跟以前一模一样的生活，却只剩下一个躯壳，没了灵魂。

我读过许多优秀的小说，假如裘帕写的只是我上面说的这些，那我还不至于为它叫好。我的意思是：她若只是借着老房东太太反映第三世界过来的移民眼中的美国，那么这小说终究缺了深度。裘帕写的却是两者之间的交汇，写它们的冲突与和解。小说的叙述者（那一位孟加拉青年）塑造得可真立体。用第一人称写的小说人物难得有这么含蓄又这般生动的。就连他从老家娶来的那位腼腆拘谨、放到美国这环境里显得落伍，或者说过度庄重的新娘，都意味着"另一种文化"。文化代表着传统，比起波士顿所代表的科学精神和对知识的追求，它的人文古老。它不能把一个民族送上月球，可是它的价值融入到生活里，体现在人的言行态度之中。

你记得那位叙述者第一次交房租的情况吧？那可是小说里一个重大的转折点，有着丰富而深刻的含义。你若想把小说写好，一定得仔细观察！虽然在你的小说里，这情节被大致写了一下，但也因此使我更确信：你没有把《第三和最后一块大陆》读明白。

没错，你在裘帕的作品里拣了一些有意思的细节，将它们打包了跟随老太太一起搬到皇后区——她的"专座"、她的拐杖，以及那几根伤残的手指。然而把房子移走本身已经是个巨大的失误，至于你搬弄过去的那些细节，恐怕都只是这小说的皮毛。老房东太太再三强调的"锁门"被你写得毫无力道，变成了软绵绵的叮咛；那一屋子破旧的爪脚家具，到你那里就只剩下一根套着橡皮套的爪脚拐杖了。你这般压缩处理，晓得这让小说损失了什么吗？我只能说，就像是好好的一把宝剑，你只取去了剑鞘。

还是请你看看那位加尔各答来的青年吧。尽管老房东凶巴巴地交代过他，每周五交房租，必须把钱放到钢琴的谱架上，可第一次交房租时，这位青年"不习惯把钱一扔了之"。他把八张一元钞票放入信封，外面妥妥写上房东太太的名字。正当他把信封拿到指定之处时，瞥见了老太太坐在楼梯间她的专座上。出于不忍，他走过去把房租递给她。

信里说的这一幕，你当然记得清清楚楚。你甚至仍记得自己写的这场景，节奏虽然明快了不少，最后的处理也做了些改动，但描述的情形大致还是相同的。内奥米怎么竟说得好像你错失了某个重大机关，没有它小说就撑不起来似的。她说得如此郑重，使得你不禁对自己的记忆产生怀疑。可记性好一直是你的强项啊！阅读能力也是超群的，总是能一目十行马上抓住要点，不然以前在学校里你哪能这般得心应手，顺顺当当考上第一志愿，又毫无悬念地搭乘上出国大潮？现在呢，这可恶的内奥米在质疑你。她一定不知道这两年你已经在给刊物写书评了，居然敢用这种评论家的调调来跟你谈小说！你咬了咬牙，忍不住抬起头来对那摄像头瞪眼。"好吧，"你说，"我这就去把书找出来！"

书在楼上你的房间里。你抓住内奥米的信，直接往伍尔夫一个世纪以前说的那个"只属于自己的房间"大步走去。楼道很长，经过一大一小两面镜子以及其他光可鉴人之物，都照见了你咬牙切齿的模样。你那房间自然也安装了摄像头。没办法，这一区住的都是体面人家，所有的房子多少带点庄园风格，表面上都得维持一派悠闲模样，把十二万分戒备之心藏在内里。你虽不至于在床头柜里放着一把格洛克17，或是在衣帽间竖着一管差点没超出你身高的雷明登870，可除了浴室和储物室，这房子里里外外没有一个空间逃得过监控。

房间里书多，凑得上大半壁书墙。你从上百成千排列得整整齐齐的书脊里精准地掏出《疾病解说者》。这毫无难度，好像所有的书都训练有素，成了待命的战士。你把书拿在手里，扬起下颏看一眼房里的摄像头。它高高在上，仿佛墙本身长出来的一只带柄的复眼，对你冷然凝视，眨也不眨一下。你打开书，翻到书中最后一篇小说，找出那一页。

我走近她时，老太太抬头瞅着我。

"你有什么事？"

"房租，夫人。"

"放到谱架上去！琴键上头！"

"我给您拿过来了。"我伸手把信封递给她，可她十指交叉放在腿上，丝毫没有松开的意思。我稍微弯下腰，信封靠在她双手上方。过了好一会儿，她终于接受了，对我点点头。

晚上我回到家，她没有拍拍琴凳示意我坐下，可是出于习惯，我仍然像往常一样坐到她身边。她照例问我检查过门锁没有，却没有再提起月亮上的那面旗帜，而是说："你心地真好！"

"我不太明白，夫人。"

"心地真好！"

她手上还拿着那信封。

你用目光迅速扫描了一遍，只揪出"好心"一个关键词，觉得不够，便又再扫视一回。这回你略为放缓速度，书上的文字便似乎都被放大了些，直至看见老太太"终于接受了，对我点点头"。你的心跳卡顿了一下，目光却依然顺势滑走。你稍微怔忡，把溜过去了的视线收回来，重新再读一遍。

这一次你看清楚了老太太一反常态的沉默，而"我"受习惯驱使，无言地在她身边坐下。不，你看见的不是哪个关键词，甚至也不是什么句子，而是这些句子之间的空白，以及这些空白之处某种隐性但坚韧的连接。是的，你隐隐看到了藏于鞘中的、内奥米说的那把剑。

你觉得目光变得有重量了,像两颗坠子。可它们也如西绪弗斯头顶的巨石,又被推回到老太太跟前。她抬头瞅着"我"。你再读一遍,又一遍;先是心里默读,然后忍不住小声念出每一个词,又循着标点符号调整语调,或稍作停顿,直至书里那幽暗的客厅自眼前浮现。老房东太太的头脸从满室陈旧的家具以及一袭式样朦胧的白衣黑裙中浮起。她个子很小,是被岁月和生活反复压榨了一百年的身躯;可她交叉着放在膝盖上的手仿佛金石,手指那么长,指关节肿大骇人,发黄的指甲看起来那么坚硬,像经历过许多战役的老盔甲。

"你有什么事?"她问。声极凛冽,像是在制止你,叫你别靠近。

"房租,夫人。"你把信封递过去。

你放下书,叹了一口气。这段文字你分明早已读过,甚至在写你的那篇小说时,就曾把书翻开,让这小说像个一览无遗的裸女横陈在电脑旁的看书支架上。那上面的叙述和描写,你没有一处不记得,说明你的记忆力仍然好得很。正如你还清楚记得,你小说里那位女房客的租金是按月算的。她把支票(而不是寒寒碜碜的八张一美元现钞)放进信封,规规矩矩地按照老太太的指示拿到厨房的餐桌上。有一次因事耽误,匆忙下楼,不及细想便把信封塞到了老房东手里。傍晚回家时,老太太仍然坐佛一样呆在原地,手里还捏着早上她给的信封。

"毕竟那是个中国女人呀!"你在心里争辩。"她跟印度青年自然是不一样的!不就因为文化不同、性别不同吗?"你不期然又往那摄像头望去,恶狠狠瞪它,让它把你这副趾高气扬的模样看在眼里。

没错,这绝对是文化差异无疑,所以孟加拉青年晚上归来,无须房东示意即安静地在她身旁坐下。(那里有张小圆桌,上面有一盏台灯,此时必定已经亮起来了。)老太太再怎么将自己塑造成一座雕像,一颗心毕竟不是铁铸的。她过去可是个钢琴教师啊!内心被音乐浸润过,总有柔软处,能感受到青年那简单的肢体语言所表达的意愿,以及那意愿背后纯粹的善良。在彼时的静谧中,她听到了青年无声的话语:"我来陪陪你。"这比阿姆斯特朗说的那一句"我的一小步,人类的一大步"更能触动她。她不再要听他颂扬美国了,而是打从心底叹喟：这人心肠怎么这么好？怎么这么好！

你写的中国女人却不一样。不一样。老太太把她喊过去，温言软语地请她把信封放到餐桌上。女人十分顺从，不明就里但依言照办，并且从此再不敢把房租直接交到老太太手里了。

* * *

"这段文字里头，最有力道的一句，是'我不太明白，夫人'。"内奥米在信里说。你不禁撇了撇嘴，把放下的书本又拿起来翻了翻。

这一句"不太明白"，我觉得太有意思了。它表示这年轻人并未意识到自己付诸行动的美德，他不了解这当中有什么值得赞美。他以为事情本该如此，自己就该这样体恤对待一个老人。这不是顶级高校或科学精神所能给予的涵养；它来自古老的文化，渗入到人的骨髓里。我相信老太太第二次发出的赞叹，就是冲这一句"我不太明白"而来。

这位老房东过去把不少房客吆喝走了（全是哈佛和工院的学生），但她私底下对她的女儿说，这个孟加拉青年不一样，他是一位绅士。

如此充满张力又意蕴深刻的一个情节，挪到皇后区上演，就变成了可有可无的一幕。不瞒你说，我的孙媳妇读过这一段后，我打住她，请她再翻译一遍。"你是不是删掉了什么？拜托，我一句都不想漏掉，请你把它完完整整地译出来吧。"她十分不解，却也再念了一遍。虽然换了些用词，也将句式稍作调整，但我总算明白了她确实没有对你的作品私自删节。

面对文学，我不是个死脑筋的老太婆。我尝试过换别的方向去解读。譬如说，我想象这是一个向裘帕致敬的作品；作者照搬同一个场景和情节，目的是要拿它当镜子，以对照出不同民族之间的文化差异。我告诉自己，这么做需要多大的勇气啊！几乎能算得上行为艺术了。然而不管我往哪个方向解读，始终想不明白，你把一个一百岁了还在生活自理的独居老妇，写成一个软绵绵黏糊糊，还每次吃上甜食都表现得特别腻歪的老太太；最后笔锋一转，赐给她一个大苦大难的身世，让人物的形象和人格一再产生矛盾并相互抵销，这又是何用意？

要想整整两天我才能坦白对自己说：老天，这分明纯属花巧，根本没什么特别用意！你呀你，不仅只拿走了剑鞘，还在剑鞘上大肆动工，给它雕龙画凤穿金戴银，想必以为那样就能让它成为另一把剑了。我的意思是：那些最关键也最有深意的细节被轻率掠过了，添上去的枝节却都华而不实，还和小说本身特别不搭调，就好像是把不同属性的枝叶嫁接过来，硬生生把主干拖垮。

我说得这么直白，猜想你一定很不服气。我们不妨回到老太太的住处，让房子来说话。在波士顿的房子里有一台三脚钢琴和满屋破旧家具；老太太终日坐在楼梯间，那里有一张小桌子，上面有一盏灯，还有收音机、电话和钱包；她的手杖斜放在一旁，上面积满灰尘。你看明白那些物件了吗？对于一个行动不良的老人，它们每一样都不可或缺，加起来的总和是一整个世界。

再看看距离远一些的钢琴吧。老太太过去凭着教钢琴把孩子养大，那是她的谋生工具。你可以想象她的学生是怎样交学费的吗？我猜他们会把学费放到琴键上头的谱架上。

至于在皇后区的那一栋房子，你让在华人商行里工作的女主人公，三不五时给老太太捎回去各种中国食品。这位在纳粹集中营受尽煎熬而幸存下来的老妇人，一百零三岁了，想必做不了什么家务，仍然每天用干净手绢缠住伤残的右手。吃饼时，她左手翘着"兰花指"（多亏我的孙媳妇讲解和示范），还因为要配搭中国糕点，搬出了一套韦奇伍德骨瓷茶具——那很可能只是老太太收藏的许多珍宝之一。

为这一套韦奇伍德茶具，你不吝笔墨，不嗇把上面的花花草草详细列出，还把老太太喝一泡茶的所有步骤写得巨细靡遗。你那么费心写这下午茶，老太太不得不配合着拧出点英国贵妇人的做派来，你也就越写越起劲，说到厨房里烧水的茶壶总是擦得锃亮……你越是写得详细，这茶喝得越是讲究，鸟语花香都要从字里行间溢出来了，这小说读来便越荒诞，叫人觉得像在读《爱丽丝梦游仙境》，又不禁怀疑这是从别的什么文章（可能来自《读者文摘》一类的杂志）剪贴过来。

"小说里写这些吃吃喝喝的，有意思吗？"我问我的孙媳妇。她是懂得察言观色的人，知道我不以为然，便费了些唇舌给我讲解中国人的一句老话，大意是食物是人民的生命，是生活中天大的事。

"这样写格局小了，不是吗？东西方文化差异被写成了茶杯和盘子里的那点事。"

我知道这么说有点无礼，但我都一百零二岁了，有了点老人该有的特权，可以偶尔装出脑子实在不好使了的模样，使人不好责怪。果然我的孙媳妇只是稍微瞠目结舌，须臾即把脸色调回原样，笑着对我说："噢，这太好笑了。内奥米！真有你的！"

啊，我把话扯远了。把话扯远无疑也是老人该有的特权。回到你的小说吧。我没忘记自己写这封信，目的就是要跟你谈小说。

谈过了小说里的房子和环境，我们来谈谈食物。裘帕写得不多，就提过两样：主人公在英国深造时跟一群孟加拉穷光蛋同居，天天都在煮咖喱鸡蛋，周末煮得更多。直至他在波士顿找到工作，把家乡的新婚妻子从机场迎回公寓的那一日，他给她准备的也还是咖喱鸡蛋。

后来主人公的妻子安顿下来，第一次开口向他要钱。那天他回家，看见炉灶上烧着香喷喷的一锅咖喱鸡。（每次读到这儿，我都按捺不住深深吸进一口气，想要闻一闻新鲜大蒜和生姜的味道。）裘帕就写了这些。但你看到那充满喜剧性的隐喻吗？从"咖喱鸡蛋"到"咖喱鸡"！那是从穷学生变成了社会人；那是从单身汉变成了丈夫。而不管变成了什么，本色未变。

"够了！"你在心里呐喊。几乎想要把手中的信撕了，或是把它揉成一团，狠狠掷到地上。但那些纸张像是在导电似的，又似乎成了烫手山芋，将一股热力从手心直传到你的耳根，让你两颊发烫，耳朵嗡嗡作响。

你恨死这个内奥米了。你在心里叫她去死吧老太婆,下地狱吧。这一刻你总算明白了,她不把信写到出版社、不写给裘帕,而是把信写给你,为的就是要恫吓你、对你尽情羞辱。你越想越觉得此人邪恶。怎么有人心思这么坏呢?又越想越觉得这如果不是一个国家对另一个国家的蔑视,也绝对是一个民族对另一个民族的侮慢。不行了,你越想越感到五内如焚,心跳加急,耳鼓擂出了隆隆巨响,似乎连呼吸都变得困难了,便也觉得身体这里那里不妥,四肢发软,有点站不住。这才兀地想起来前两年去做身体检查,医生诊出你此前悄悄发过一次心脏病,毫无疾状,连你自己也不觉有异,却从此有了病发猝死的风险。你忽然感到害怕起来,家里没其他人呢。你急忙要掏出手机,才发现身边没带着,想必是留在厨房里了。你提醒自己莫慌莫慌,可手已经在发抖,拿在手上的信微微颤动,像是内奥米对你频频眨眼。你回想医生之前口授的指导,不急,先深呼吸吧。你昂起脸来,与墙上的摄像头对上了眼。

"你不明白。"你对内奥米说。你想到要给她回信。这念头一闪而过,你心里却很清楚自己不会这么做,这事不宜扩张。"可是我若真给她回信,"你遏不住地想,"我会让她知道,虽然都是移民题材,用中文写作跟用英文写完全是两码事!"这念头生起,脑子某处便像有一台不由你控制的打字机,嗒嗒嗒嗒,暗地里给这回信拟稿。

内奥米,你这信,读到下面这一段,我觉得一口气要咽不下去了。

"看看你写的,同样是短篇,却像个野餐篮子。除了茶水鲜奶,里头还有小饼大饼,什么肉粽子、'条头糕'和'利是奶糖'(原谅我只能给这些名字胡乱拼音了),五花八门,效果就如那一套韦奇伍德茶具上的毛地黄、金盏菊、大丽花……让人看得目不暇给。这叫我想起多年前跟随几位台湾太太到三藩市中国餐馆里见识的豪华摆盘。那些雕刻在萝卜、茄子、黄梨和其他蔬果上的腾龙跃虎及十二生肖,还有那些莲藕雕砌成的奇山峻岭,配上干冰释放烟雾,全摆在一个盘子上,像布置障眼法。我固然惊叹,却也不免要想,这跟一面用餐一面观赏杂技表演有什么不同呢?"

感谢你把话说得这么坦白，让我有幸受教。我在美国待了许多年，对于你这种想法和论调并不感到陌生。毕竟像 diner①这种美式餐馆我也光顾过，知道美国的饮食文化实在没多久历史，品味还没建立起来，人们只知道把食物铺得盘满钵满，对于最精致最华美，抑或是最原始最野蛮的中国饮食，你们都看不过眼。根据你的来信，我可以判断你对中国文化并非一无所知，然而"知道"不等同"了解"。我必须承认你把我和裘帕的小说分析得头头是道，甚至许多处精辟得像是给我开了天眼，让我感到汗颜。你确实把这两篇小说都看透彻了，某种意义上，也透过小说看穿了我。可是我要提醒你，你终究忽略了最重要的一项事实：

我这小说不是写给你看的。

请你留意一下，我写的是一篇中文小说，而我也只将它发表在中国的刊物上。不同于裘帕，她用英语写作。那是世界语言；在她的祖国印度，英语若不是国语，必定也是广泛通用的官方语言。而我，既然选择了中文，便清楚知道自己在为中文读者写作；我写的移民故事，必须符合中文读者的期待和审美需求。也就是说，我小说里的老房东太太并不是为了迁就在法拉盛商行做事的主人公才住到皇后区。不，她是为了我的读者！

所以，窃以为你拿我的小说跟裘帕的作品相比，既没有意义，对我也不公平。它们是针对东西方两个不同的文学市场而打造的作品。裘帕无疑是个了不起的作家，她写的移民文学，是一幅一幅既贡献给美国，也贡献给印度的画像。我呢，我的目标读者本来就不包括像你这样的一个犹太老人，你又凭什么对专门为中国设计，并且只在那里出售的产品指指点点，批评它不符合你的美学要求？

我猜啊，之所以我的小说引起你注目，并令你愤然，是因为我把老房东太太写成犹太裔，冒犯你了吧？她还跟你一个年纪呢。你无可避免地对号入座，

---

① 一种常见的美式餐厅，通常吃的是汉堡、薯条、派和饮料等简餐，份量比较大。——作者注

却不满意我给她塑造的形象（显然你更愿意把自己想象成裘帕笔下的老房东），便写来这信，佯装"论道"，实则是要向我抗议，还借此嘲讽我与践踏我的作品，以宣泄你这不可理喻的恼怒！

是的，信就这么写吧。你闭上眼睛欢快地想象内奥米气急败坏的样子。看在墙上那摄像头眼中，你嘴角上扬，像个使诈得逞的胜利者。奇怪的是，内奥米在浮动着一层薄光的幽暗中浮出，愈渐清晰，你才看清楚了她竟有几分像你写的老房东太太。这么说不对，因为你在写那小说时，分明没去模拟她的长相。裘帕已经提供了个现成的，而你为了避免引起读者的注意和过多的联想（或许会有人以为两位老太太是姐妹俩），刻意不多对她的外观着墨，然而此刻你却看见了这人物如在感光相纸中显影。她个子矮小，穿着裘帕写的一袭老款白衣黑裙，右手捆着你写的洁净手绢；雪白蓬松的短发却是内奥米的，像刚烫过一样。她胸前垂着一副带链子的粗框眼镜；左手拿着你写给她的信，指甲艳红如玫瑰花瓣……她们都在凝视你，面容不一，眼睛却都眨也不眨，多像三个靠在一起，角度终究稍稍不同的摄像头。

你甩了甩头，奋力要把脑中的影像甩开。她们没有消散，你只好睁开眼睛。就那一瞬，只来得及瞥见冬日在窗外悄无声息地掀起白花花的裙摆，这房间当着你的面暗沉下来。

* * *

我不是为了批评中国文化，或是为了打击中国移民而给你写这信的。我自己就是移民后裔，而且向来只支持民主党，当然不会仇视移民。再说，对于中国文化，我向来只有景仰而已。那是世上最古老的文明之一，就和印度文明一样古老。更何况，我的前病人（那位从台湾来的太太）还经常向我灌输："你们犹太人和我们中国人有太多相似之处了。"

"是吗？有哪些相似的呢？"我每次都打趣问她。

"这是世界上最聪明的两个民族！"她每次都这么回答。

"都善于理财！"

"没有别的民族比我们更务实了。"

"都有很重的家庭观念！"

"所以总是招人眼红，被人误解，遭受排挤。"这是她丈夫说的。他总是等到他太太屈起第三或第四根手指，瞪大着眼睛苦苦思索时，才没头没脑地添上这一句，使得在场所有人脸上的笑马上松垮下来。

"都在历史上吃了太多苦。"他再补一句。

我写这信，本意是要为裘帕·拉希莉抱不平。我希望能让你醒觉，你使的这点小聪明可是严重地损毁了人家的作品。对于我来说，真正的问题不在于你能不能不问自取，把别人的小说拿来改写成另一个版本（台湾来的前病人对我说这种生产模式寻常得很，就叫"山寨"），而是这样做是否能产生新的价值，或给原来的作品增加新的向度和意义。显然你没有做到这点，让我觉得这种生产小说的方法特别不可接受。可在给你写信的过程中，我想到这事情并非完全没有可喜之处，毕竟是因为遇上你的作品，我才会翻开裘帕的书，再读了一遍《第三和最后一块大陆》。

这应该是我人生中最后一次读它了。因为有你的作品做观照，我像是戴上了一副特制的眼镜，终于真正地、前所未有地看清楚这小说里的各种巧妙，以及那些沉落在细枝末节里的好。譬如说孟加拉青年主动提议要每天晚上给老太太热汤，老太太的女儿叫他打消这念头，说："那百分百会要了她的命。"——这一句话，不就呼应了斜放在小圆桌旁的那一根随手可及却满积灰尘的手杖？

我可太喜欢这位房东太太了。我完全可以理解她骨子里的那股顽强的精神，我甚至怀疑她可能读过《意志的力量》。那是小时候父亲第一次带我到书店，让我自己作主选的书。作者的名字我忘了，只记得他是个卫理公会派的牧师[1]。

---

[1] Power of Will, 1903 出版。作者弗兰克·哈多克（1853—1915）为美国新思想运动代表人物之一，既是牧师也是畅销书作家。——作者注

原谅我投注了许多想象，硬是把自己与这位老房东连接起来。这完全是不由自主地。上个星期，我的弟弟去世了。他比我迟出生八年，是家里唯一的男孩。五六年前我的姐姐逝于病榻，这弟弟已经不太能行走了，仍然坐着轮椅从圣菲过来参加丧礼，那是我和他最后一次见面。其实在过去几年，我的许多亲戚和老朋友，尽管岁数没我大，都逐一离开了。我对此心里早有准备，即便是去年伊丽莎白二世逝世，我还喜滋滋地在电话里对弟弟大喊："你听说了吧？英女皇死了！死了！她才活到九十六岁！"

至于弟弟是怎么应答的，我记不起来了，也可能我们俩谁都没听真切对方说什么。

直至接到弟弟的死讯，知道他已不在人世，我才忽然意识到在这世上我已经没有同代人了。自从我的先生死后，这还是头一回我感觉到这世界的清冷，像是自己落了单，成为被时代遗弃的人。这感受太可怕了，即便这房子里总有访客上门，儿孙们总是围着我，朝我的耳朵大声说话，而我环顾他们的笑脸，耳里的声音忽大忽小，心底只觉得自己像溺水似的，已经不属于眼前的情境。

幸好这时候遇上你的小说，它领我回到裘帕的书里，让我再一次走进那一栋在林荫道上的灰白色房子。老房东太太还在屋里，她说，锁上门。我多高兴能看见她啊！她是我在世间最后一个同辈人和对话者，而且她将长久地活着。在我终于也追随我所思念的人而去以后，人们还可以推开这扇门（记得锁上），一次一次看她对着一个衣着传统、姿容庄重的印度少妇大声宣告——这是个完美的女士！

这几日我在打点自己的后事了，算是提前处理遗物吧。这屋里的宝贝物什可多了，当中还真有韦奇伍德的东西，就是几件经典蓝加浮雕器皿，还加上孙媳妇婚前第一次来拜访时带给我的一套中国咖啡具，可美呢，说是叫"西湖蓝"，那是我见过的最温婉高贵的蓝色了。就为这个，我打算把柜子里珍藏了六十年的古驰竹节包留给她。这东西，我的大女儿可是觊觎许久了。

打点这些东西可是粗重活儿，都是上门来的墨西哥帮佣替我做的。她把我以前执业时用的打字机找出来，问我这要留给谁。那是一台 Lettera。老东西虽然笨重，远不及新事物便捷，却总是比较可靠。我端详它一阵，忽然就来了兴致，想要听听它敲打的声音。此刻你读的这封信便是这样来的。衷心希望你在读它的时候，也能感受到这台老机器的劲道，一字一句都铿锵有力。

最后，你的邮寄地址是我的孙媳妇替我弄来的。她最有办法了，而且行动力十分惊人。她跟我孙儿结婚好几年了，至今还经常以卓越的办事能力与超强的人脉震慑大家——两年前新冠疫情最严重的时候，家人为我庆祝一百零一岁生日，她送来的礼物可稀罕了。那是一大包家庭装二十四卷卫生纸！还居然是我向来在用的牌子！这事情，直到今天还让亲友家人们津津乐道——尽管她有支持共和党的倾向，还曾替"川普"说过好话，但我还是觉出她有着可贵的品质。只是啊，无论如何，我没有把你这小说里的秘密告诉她。我不会说的。正如我至死也不会对她说，她送来的那一套"西湖蓝"其实颇有些瑕疵，说不定是仿冒品。

就这样吧。祝你新年快乐。

你从房间里出来，已经过了下午五点。冬日阳光短缺，即便有冬令时调整，房子里已有许多局部显得日光配额不足。你走下楼，在幽暗的楼道里碰见一个垂头丧气的妇人，一双浮肿的倦眼让她看来有如水族箱里养得生无可恋的鱼。你没见过她这么委顿的模样，分明就在昨天，她的一则访谈在朋友圈里广发，配图里的人神采奕奕，标题称她乘风破浪的姐姐。

你回到厨房，正好丈夫打开前门走进客厅。他看见你坐在中岛那里的高脚椅上，支肘托腮，像在守着一艘触礁了开不动的船。他向你走来，顺手亮灯，问你怎么啦，又斜睨一眼你手中的信。你说没事。他说怎会没事你古古怪怪的，有点吓人。又问你手上拿着什么，看着像打字机打的文件，好古老。

"是个小说。"你说着把信半折，摁在岛台上，"我好端端的，怎么说我吓着你了？"

他当然察觉你目光游移，也一定知道被你压在手掌下的不是一篇小说。但他迟疑良久，看样子像是把一句话放在脑子里做了一百款词句重组，又像在寻思该不该从你手上夺过那封信，又该怎样夺。最终他叹一口气，说你写作别太投入了，伤脑子。说完提起放下了的公文包，瞄你一眼再转身走开。经过你身旁时他稍微放缓脚步。

"你自己看看家里这下午的监控录影，看看吓人不？"

你咬着牙不语，心脏里像有一只野物被囚，噗通噗通乱跳。直至丈夫走到房子另一头，听到关门的声响，你知道他在书房里了。你移开手掌，多希望这由头到尾是一个幻象，或者这信会因为被释放了而变成一只白鸽飞走，但它没有。你沉吟一阵，见它动也不动，便忍不住打开它，在头顶上那摄像头的注视下，默默把它读完。

* * *

Ps（附言）：昨日我向孙媳妇查询"山寨"一词。她略显警戒，拿起手机来搜了一下，跟我解释说这个词并非简单地指抄袭。"它指的是一种带有反权威和反主流的精神，也是一种带有狂欢性、解构性、反智性以及后现代表征的大众文化现象。"——当然，我没听明白。

您诚挚的，
内奥米·弗里德曼

选自《收获》2023 年第 3 期

自深深处

琪 官[*]

一

男人自雨夜来，带着一身潮湿的烟草味。他身穿云灰色大衣，拉着便携式行李箱，像一条被诱饵拖拽住的大鱼般游进旋转门，继而在玄关处立住，将黑伞捋顺扣好，插入伞架后开始四处张望。从男人紧张的神色和我的记忆来判断，他之前应该从未来过。

"欢迎光临，"待男人走到接待处后，我笑问道，"先生是第一次过来？"

男人点了点头，从鼻腔蹦出一个略带防御的"是"。

"可有介绍人或者介绍信？"

男人摇头，面露窘色。

"那先生是如何知道本店的？"

"我妻子之前来过。"他透过沾满水珠的眼镜直直地看向我，一缕潮湿的头发散落在额际，雨滴在发尖凝结成一粒细钻，却始终没落下来。

我犹豫片刻，还是决定接待他。像这样阴雨连绵的夜晚，把客人拒之门外总有点说不过去。

"先生是住宿还是观影？"

---

[*] 琪官，1992年生于江苏盐城。大阪公立大学文学研究科研究员。著有长篇小说《无姓之人》。现居日本。

"既住宿,也想观影。"

"预计停留多久?"

"两三天左右。"

我确认接下来几天的预约情况,继续问他:"那先生是否了解本店的入住规则?"

"之前听妻子说过。"

我点了点头,向他索要身份证。

陈叠林。四十三岁。

我知道这个名字,是位小说家,公共休闲室里还摆放着他的代表作《来自雨夜的男人》(倒是契合此刻他的身份),只是没见过本人,不知长相。

我将协议书和房卡交给他时随口问道:"您是写小说的?"

陈先生快速浏览了一眼协议书,在底下签上名,露出一个姑且可算作是微笑的表情,答道:"只是混口饭吃。"

我报之以笑:"这年代还能靠写小说混到饭吃的,足以说明写得很厉害了。"

陈先生递上协议书,说道:"也就勉强度日罢了。"

"祝您入住愉快。"

"谢谢,不过我还有一件事儿想确认一下——"陈先生话只说到一半,似乎有所顾忌。

"您说。"我抬头看他。要不是身份证号上显示的出生日期,很难判断他的年纪。你可以说他四十出头,说是五十过半也毫无违和,略长的头发沾染着雨雾,遮盖在眉眼之上。整个人看上去带着几分慵懒的倦意,又如同门外的雨夜一般充满神秘与禁忌的气息。

"那个,我已经有一年多没做过梦了。"一双缠满血丝的眼睛躲在镜片后忽闪着。

我确认他的签名,笑道:"原来如此,您尽管放心,这边会帮您安排催梦服务。"

"谢谢。"陈先生卸下防御的神情，对我报以礼节性微笑，随即又拖起诱饵似的行李箱，向楼梯口走去。

注视着陈先生消失在楼梯拐角，我总有种似曾相识之感——虽然他从未在大众媒体上露过面，小说书的作者简介里也从未配过照片。但那副面庞，总是有点模模糊糊的印象，像是通过水汽氤氲的镜子看人，只能看清大致的轮廓。听他说妻子曾经过来住过，或许是在他妻子的梦境元里见过也说不定。

没过多久，陈先生又从入住的"2046"房间打来了电话："你好，我是刚刚入住的那位，虽然之前多多少少听妻子提到过一些，还是想跟您确认一下，如果我一直不做梦，是不是就无法取得观影的入场券？"

"原则上是这样。"我答道。当然也有例外情况，我决定暂时先不告诉他。

陈先生沉默不语，取代以轻如点水般的叹息。

"您也无需有什么压力，我这就为您开启房间内的催梦香熏，您只需要放松身心，别想着做不做梦的事儿，顺其自然就好。"说完，我便按下控制台上"2046"房间内的香熏释放按键。

"像是夏日暴雨放晴后草地的味道，很好闻。"过了一会儿，陈先生在电话那头称赞道。

"谢谢。不要忘了睡前将枕头上的芯片贴在太阳穴处哦，祝您好梦。"我提醒他。

"借您吉言。"陈先生语气愉悦地挂断了电话。

二

下了一整夜的雨，淅淅沥沥的，如旧人怨语，一直渗透到枕缝里去，连我那个支离破碎的梦都变得黏糊糊的。早上起来，却已经是万里无云的好天气。我打开窗户，伸了个懒腰，看到陈先生已经坐在外面庭院的长椅上看书。

我趴在阳台上跟他打招呼:"早上好,昨晚睡得如何?"

陈先生合上手中的书,摘下金丝边眼镜,抬头看向我,笑道:"睡得很好,一夜无梦。"

我耸了耸肩,半开玩笑地安慰他道:"看来今晚得给你加大点香熏的剂量。对了,您还没有吃早餐吧?入住费里已经包含了餐饮费用,要是您不介意,要不一起吃个早餐?"

陈先生眉头微锁,快速眨了眨眼睛,明显犹豫了片刻,给予我以肯定的答复。

"好久没看到陈先生的新作了。"在一楼餐厅坐定后,我喝了一口咖啡,向对面正在吃培根鸡蛋三明治的陈先生说道。

陈先生回答道:"经历了一段创作空白期,最近才开始重新写作,有一部快完成的长篇。"

"关于什么题材的——这是可以问的吗?"

"关于记忆与梦境的边界。"陈先生故作深沉道。

这说了跟没说有什么区别,我心想,说出口的话却变成:"进展得可还顺利?"

"就剩一个结尾了,思来想去总是不满意,所以就决定出来散散心,整理一下思绪。"

"期待您的大作。"我笑道,继而转口问他,"昨天您说有一年多没做过梦了?"

"正是。"陈先生喝了口咖啡,看向我。

"这倒是新奇!那您丢失梦境之前可有什么征兆?例如失眠啊或者嗜睡之类的。"

陈先生略作思考后答道:"完全没有,起初只是突然意识到自己已经很久没做过梦了,一两个月的样子,当时也没怎么当回事儿。我这人,生活作息规律,睡眠状况一直不错，无需酒精或者安眠药，倒头就睡。后来一直无梦，这才开始怀疑自己的身心是否出了些状况。"

"可去医院看了？"我用金属小勺轻轻敲开蛋盅里水煮蛋的壳，细心地剥开。

"去医院做了全方面的检查，一切正常。手机上也下载了睡眠管理的软件，深浅度睡眠也好，呼吸频率也好，除了时不时打呼之外毫无问题。就是单单丢失了做梦的能力，连梦话都从未说过一句。活像是某一天无意间转头，发现自己就算站在阳光下，也没有影子跟随身后。嗯，就是这种感觉。"陈先生自顾自说着，似乎很满意自己打的比方，眉头微锁。可他的眼神却四处躲闪，右手食指指尖来回摩擦大拇指指甲边缘——一般想要隐藏内心波澜的人都会做出一些诸如此类的小动作，丈夫去世之前，曾多多少少教了我一点点心理学的小常识。

"会不会其实陈先生做了梦，但醒来后却忘了呢？"我继续问道。

"怎么可能一星半点都记不起来呢？退一万步讲，就算做的梦一点都想不起来，但做了梦这件事本身，总归应该记得的吧？"陈先生加重语气说道。

他说的好像也不无道理，我只好转口安慰他说："梦境也好，影子也罢，就算丢失了，对日常生活也没有多大的影响吧？"

"话虽这么说，但总觉得心有不甘，毕竟梦境无论好坏，总是迷人的，值得慢慢回味赏玩。不然我觉得您也不会想到开这家梦境旅馆吧？"

我看着面前眼神迷离的陈先生，端起咖啡喝了一大口，做出夸张的噘嘴表情，表示无可非议。

陈先生起身去餐台续了杯咖啡后，看向餐厅落地窗外庭院里的景色，眼睛眯成一条线，继续问我道："话说这家梦境旅馆开多久了？"

"快十年了。"

"来之前本想预约来着，却怎么也搜不到相关信息，只好根据妻子曾经提到过的只言片语，一路摸索到了这儿。"

"为了找回自己的梦境？"我往咖啡里加入红糖，用小勺一圈圈搅拌着，抬眼看他。

陈先生踌躇片刻，点了点头："正是如此。"

"让您冒雨一路找来，实在不好意思。因为我也一直住在这儿，旅馆完全是半私人性的，所以从不挂招牌，不做宣传，也没有官方网页抑或是预约入口。"

"那入住的客人都是从什么渠道知道这家店的？"

"客人完全依靠熟客口耳相传的引介。没有介绍就入住的，十年来陈先生您是第一位。"我笑道。

陈先生一副受宠若惊的神情，抿了口咖啡后说了声"谢谢"，继而又问道："怎么会想到开这么家梦境旅馆？"

我笑笑，反问他："陈先生为何如此感兴趣？"

"可能算是我的职业病吧，遇到感兴趣的事情总会忍不住刨根问底。"他的目光如同黑夜中死盯猎物的猫头鹰一般直直看向我。

为了掩饰内心的波动，我也埋头喝了口咖啡后问他："这么说，陈先生有可能会将这家店写进小说？"

"很有可能。"陈先生一手托着腮，饶有兴趣地看着我。

我笑了笑，这时入住"长日留痕"房间的何女士进来和我寒暄告别，我们的对话也告一段落。陈先生喝完剩下的咖啡，绅士地向我和何女士点头示意，离开了餐厅。

三

陈先生回到"2046"房间后，直到晚餐时间都再未出现，是否是在房间内埋头写小说，我不得而知。我则进入何女士入住的"长日留痕"房间，从枕头里的转换器内取出 SD 卡，标上记号，传输进电脑。电脑桌面上满满当当有几十个文件夹,分别标注着"爱情""悬疑""灾难""恐怖""意识流"……这一个个文件夹里存放的,并不是各种类型的电影,而是这十年来,我收集自入住旅客的成千上万片段的梦境元。

我在阁楼的私人工作室里确认了何女士这次留下的梦境元,依然跟她的女儿有关。梦境片段如同第一视角的纪录片般展开,气喘吁吁的何女士在一片大雾天里行走,只听见女儿在前面不断地叫她。何女士想奋力奔跑,却始终迈不开脚,低头一看,是高跟鞋鞋跟卡在了排水槽里。何女士弯下腰试图从排水槽中挣脱,再起身时一个趔趄,缓过神来,已经置身寒冷的水底,只能看到头顶一小束光源的幻影。女儿的呼唤声仍然以相同的频率从水面之上传来,何女士奋力向上游去,浮出水面后,女儿正趴在河岸边向她伸出手。女儿还是小时候的样子,却穿着成人的衣服,上面沾满了血迹。何女士大口呼吸着,朝女儿努力游去,正要握到女儿的手的刹那,从天际传来一连串的枪声。女儿应声倒下,一头栽进了水里——影片到此戛然而止,想必何女士在此刻惊醒了。

何女士五十出头,也是老顾客了,是两年前聂先生介绍过来的。她女儿曾在国外留学,乘坐地铁时遭到无差别枪杀,已经去世快三年了。她时不时地过来,总是一个人坐在观影室里一遍遍回放自己的梦境元,看着梦境中反复出现的女儿暗自神伤。

我将这条梦境元归类到"亲情"文件夹里,有种怅然若失之感,过去了这么久,何女士依然陷在某个永远找不到出口的迷宫里。当时那则地铁杀人事件在国内外传得沸沸扬扬,可现在已经鲜少有人提及,只有何女士一直未能释怀。这世上每天都会涌现出无数新闻,人们看过之后嬉笑怒骂,要不了几天风波就会过去,还会有更为眼花缭乱的新闻等着他们去评头论足。可对于事件波及的人们来说,却是一辈子挥之不去的循环梦魇。

我对着滚动起屏保的电脑屏幕发了会儿呆,随即便离开了工作室,下楼前往休息厅,打算再读一遍陈先生的小说。《来自雨夜的男人》,很早之前读过,情节忘得快差不多了,只记得是个让人意难平的爱情故事,男主人公到最后都

| 自深深处 | 175

没能留住自己的心上人。在这个飞速运转的 AI 时代，写爱情小说的作家已经寥寥无几了。我转头看向窗外，不觉天色青青，又阴沉了下来，沉甸甸的乌云缓缓遮蔽住天际的晚霞，像绚丽的珐琅铜器掉了漆，爬上一片片斑驳的锈迹——无论时代如何变迁，该来的梅雨季还是会来。

四

  半夜被雨声吵醒，辗转反侧无法再次入眠。我已经很久没为自己开过催梦香熏了，那玩意儿虽然对人体没有伤害，但像陈先生这样，时不时用用还行（今晚入睡前又替他加大了剂量），用多了也会上瘾。

  我披了件开衫，起身前往休息厅，为自己调制了一杯"玛格丽特"鸡尾酒，坐在窗边看雨小啜时，陈先生抓着一包香烟从楼梯缓缓走下来，似乎在思考着什么，并未注意到窗边的我。

  我主动跟他打了招呼，陈先生一个激灵，扶了扶眼镜框，立在楼梯上眯着眼睛看我，确认了是我之后便面露微笑，走到我面前，举着手中的烟盒，询问我是否介意在这里抽支烟。

  我将桌上的烟灰缸推至他面前，询问他是否需要我替他调制一杯鸡尾酒。

  陈先生点上烟，心满意足地深吸了一口，对我说了声："那就麻烦你了。"

  "想喝什么？"

  "由您安排。"

  我在吧台那儿替他调酒时，陈先生转过脸来看向我，笑道："您居然还会调酒。"

  "基本都是自己在打理这家店，许多东西多多少少都得学点。"

  "挺不容易的，一直都是一个人？"陈先生问我。

  "丈夫去世前闲下来的时候会帮忙，现在只能全靠自己了——不过拢共也就四间房，不忙的话一个人周转得过来。忙的话会打电话叫住在附近的侄子来帮忙。"

"您丈夫是三浦一雄博士吧？"

"您是怎么知道的？"我回头问他。

陈先生并未直接回答我，而是转口问道："介意我问一下，他是怎么去世的吗？"

"出车祸去世的，"我将调制好的"金汤力"放置在他面前，继续追问道，"怎么，你们认识？"

陈先生摇了摇头，手指在杯壁上有节奏地敲击着，说道："能将虚无缥缈的梦境转化为直接可观影片的科学家，只要平时看点新闻时事，都会知道他。英年早逝，可惜了。"

"人一死，就什么都没有了。"我在他对面坐了下来。

陈先生环顾四周，说道："不是留下了这家梦境旅馆吗？"

我无置可否，笑了笑，举起酒杯在他杯口碰了下，喝了口酒。

"您还没回答我早上的问题呢。"陈先生也抿了一口鸡尾酒，问我道。

"什么问题来着？"我明知故问。

"为什么会想到开一家梦境旅馆。"

"很想知道？"

"如果您不介意的话。"

对面初识不久的男人，理智告诉我应该介意，但看着陈先生那双流动着柔情水光的眼睛，我还是败下阵来。我用手指一遍遍抚摸玻璃杯壁上凸起的花纹，告诉他说："这世上，人人都会做梦，美梦、噩梦、无聊至极的梦、无厘头的杂梦，做梦似乎是人类在进入睡眠状态时唯一可行的自主活动，就像是在脑中自编自导了一场电影短片。"

"情节扑朔迷离，人物纷繁复杂，题材千变万化，跟小说一样。"陈先生替我补充道。

"我打小便对梦境充满了兴趣,总觉得如此迷人的梦境被人们做了之后就忘了,着实可惜。正如陈先生会用小说的形式记录下内心的想法一样,我一直在想,如果能将人类的梦境以影像的形式记录下来,该是件多么令人开心的事。正好那时候,我的丈夫——哦不,那时候他还不是我的丈夫,还是研究梦境的专家——正在招聘梦境实验志愿者,我便报了名。接连失败后,大多志愿者都选择了离开,而我却一直陪着他。五年后,我成为这世上第一个被记录下梦境影像的人,不久后又成了他的妻子,也就有了这家旅馆。"

"原来科学也可以如此浪漫。"陈先生笑着说道。

"科学原本并无浪漫可言,而是陈先生看待我这段经历的时候,带着浪漫的眼光。"

"可这种转变难道不会引发一些道德层面的问题吗?"

"比如说?"

"恕我冒犯,总觉得观看别人的梦境就跟旅馆房间的插孔里安装针眼摄像头一样,像是一种偷窥行为。"陈先生又吸了口烟,烟雾呛得他眯上了眼睛。

"梦境是由人类大脑在睡眠期间自主创作,但却无法证明所有权的产物。不会有人对着一段梦境元大叫:这是我的梦!再说了,陈先生不也在协议书上签字了么,用自己的梦境换取观影入场券,并且居住期间所做一切梦境的归属权和使用、剪辑权,都归本店永久所有——说白了,我就是个收购再加工梦境的剪辑师。你情我愿的买卖,何来偷窥一说?当然,我们也考虑到可能会产生一些不必要的麻烦,所以十年来从不做宣传,完全靠熟客的引介,也从未想过将这项技术商业化,开个全球连锁梦境旅馆啥的。"

"说不定能大赚一笔。"陈先生半开玩笑道,在烟灰缸边缘敲了敲烟灰,仰头喝光杯中酒,举起酒杯问我是否可以再来一杯。

五

在我又替他调制了一杯"蓝色夏威夷",又给自己续了杯"玛格丽特"之后,转口问他:"陈先生怎么这个点醒了?睡不着吗?"

"睡了一觉突然醒了,一直听着雨声构思小说来着,可越想越钻进了死角,想抽根烟放松一下,这就下楼来了。"

"可做梦了?"

陈先生摇了摇头,开玩笑道:"你还不如直接把催梦香薰的原液倒出来,给我一口气灌下去得了。"

我笑道:"别开玩笑了,那玩意儿虽然没毒,喝下去保不定你会做出什么疯狂的举动。我看哪,问题不是出在催梦香薰上,而是在陈先生身上。"

陈先生端起敞口杯喝了口酒,越过杯壁饶有兴趣地看向我:"噢,此话怎样?"

"根据我的观察,我觉得您肯定是在经历了某些变故之后,有意的也好,无意的也罢,像随手拉掉了电灯电源线一般,关闭了脑内做梦的本能。或者说将一切梦境都拒之于门外。"

"将一切梦境都拒之于门外,倒是个很有趣的说法。"陈先生轻声重复着我的话,眼神如轻薄的羽翼,飘向窗外的雨夜。窗玻璃上流动的雨水映射在他的眼镜镜片上,反射出淡淡的蓝光。

"虽然您下午曾说过,在失去梦境之前毫无征兆。"我补充道。

陈先生转过头,身子略微前倾过来,在桌子上交叉起双手,问道:"所以说,如果我真的一直都做不了梦,就没有其他替补的方法,可以让我观看到梦境影片了,是吗?"

"既然您觉得是一种偷窥行为,为什么还如此渴望观看别人的梦境呢?"

陈先生似乎被我问住了，愣在原处，将口中的烟缓缓呼出一层层烟圈，继而逐字清晰地说道："因为我想知道妻子最后留在这里的梦境，到底是什么内容。"说着他的脸便缓缓低了下去，刚洗过的蓬松头发垂落下来，遮盖住他脸上的表情。

我这才想起，陈先生的妻子曾经来住过，便问他："您直接问她不就知道了吗？"

陈先生叹了口气，又挺直身子，靠在椅背上，告诉我："她离开已经一年多了。"

我自觉失言，又不好意思直接问他所谓的"离开"具体是指哪层意义上的，只好转口问他："您妻子是什么时候来过的？"

"一年前的春天。"

"不知道具体的日期？"

"2045年4月5日。"他说着将烧至末端的烟蒂捻断在烟灰缸，又立即点上新的一支。

2045年4月5日，也像现在一样下着雨来着，我记得很清楚，但未告诉陈先生，而是问他道："那您丢失梦境一事，跟您的妻子的离开也有关联吗？"

陈先生略作思考，开口道："时隔很久我才意识到，自从妻子离开后，我就再也没做过梦了。"他的语气深沉，双眼凝视着烟头上猩红的星火，似乎已经沉浸到了往事的漩涡之中。

"介意我问一下，您所谓的'离开'，具体是指？"我还是没忍住问出了口。

"单纯物理性质上的离开，她现在应该还在这世上的某个角落里，好好地活着。"

"世界的某个角落里？"我重复道。

陈先生点点头，并未多言。

我自知不宜再追问下去，喝光杯中酒，说道："要是能告诉我您妻子的姓名，我应该能找到她的梦境元，破例给您看一次——仅此一次。"

"汪疏云。"陈先生的视线从烟头转向我,烟头上猩红的火光替代了窗玻璃上雨水的投影,蔓延至他的镜片上,镜片之后他那双同样闪烁着红色火光的眼睛,像一头躲在暗处伺机出动的野兽。

汪疏云,果不其然。我默默想道。

六

在昏暗的观影厅里,我带着一瓶白兰地,陪同陈先生一起,观看了其妻子留下编号为 3141 的梦境元。观影厅是禁止客人喝酒的,但我已经为陈先生破例了好几回,也不差这一次。而且看他的样子,相较于催梦香薰,酒精似乎更适合他。

我对于这支梦境元记忆十分深刻,是一段酣畅淋漓的春梦——说是一场梦,场景、细节、过程、人物,所有的一切都未免过于真实了些,我坐在陈先生一旁,两人都有几分尴尬。不过有一点却能证明这的确是一场梦境——银幕上与陈先生妻子交合的男人的脸并非静止不变,而是像加上了视频剪辑中的水波特效一般,水纹荡开出现了陈先生的脸,水纹荡回来又变成另一张完全不同的脸。这两张脸庞不断交替,似乎都带着一股怒气,瞪着布满血丝的眼睛,直直地看向屏幕外的我和陈先生。不久后,在"双面男"怀中的陈先生妻子突然抽泣了起来,双手紧紧地抠进男人背部的肉里去,男人痛苦得面部扭曲成一团,两张脸庞随即便像是牛奶倒进豆乳里一般混合在一起,变成了另一张全新的、毫无表情变化的脸。就在这时,一阵突如其来的开门声响起,这场梦境元便戛然而止。在最后一秒的影像里,缓缓打开的房门口,一个女人的身影站在逆光里。

陈先生捧着手中的玻璃杯,久久地注视着发出微弱电流声的雪花银幕。我一口气喝完杯中剩下的酒,拿起遥控器关掉了电源。两人都未起身开灯,只有微弱的夜光从窗口洒进来,伴随着永无止境的雨声。我们就像是被流逝的时间抛弃了一般，久久地坐在黑暗之中，一言不发。

我不知道是否应该让陈先生观看这段梦境元，也不知道陈先生是否找到了他想要的答案。我寻思着或许该留给他一些整理情绪的时间，便干咳了几声，跟他说了句"早点休息"，起身准备离开。陈先生就在这时抓住了我的手，我回过头去，看到他眼睛里水光盈盈，如同身旁顺着窗玻璃汩汩流下的雨水一般。

七

在那个下着雨的夜晚，我和陈先生睡到了一起。彼此之间没有过多的暗示或矜持，我陪着他一起回到了"2046"房间。我们年纪相仿，单身已久，又都被囚禁在孤寂的肉身之中，假借作祟的酒精，我们像雨夜挤在枝叶间互相取暖的鸦雀一般，自然而然地抱在了一起。在他进入高潮时，我紧紧抱住他被汗水打磨得光滑如海边岩石般的背部，就像梦境元中他的妻子一样。

事后，我们赤身裸体地躺在床单上，窗外摇曳的树枝倒影在陈先生的胸膛上游走如蛇。

"妻子一年前一声不吭地就离开了我。连同我做梦的生理本能，也像是被她悄悄装进行李箱带走了一样。"

我没有说话，枕在陈先生的臂弯里，伸出手指顺着他胸膛上树枝的阴影一遍遍描摹，等待他的下文。

"其实她的离开对我来说是意料之中的事，只是我没想到她会连声招呼都不打，像逃难一样连夜撤离。"

"意料之中的事？"我开口问他，自觉声音有些沙哑。

"我早已从她的梦境中察觉到了一些蛛丝马迹。"

我坐起身来，继续问他："从她的梦境中？什么意思，你看过她其他的梦境？"

陈先生转过身来面向我,双手合掌枕在头下,他背对着窗户,脸部轮廓在夜的黑色底盘中晕染开来,连那若隐若现的双眸都多了几分哀怨的柔情。陈先生深吸了一口气后缓缓呼出,随即继续告诉我说:"妻子一直以来,都有写下梦境的习惯。"

"倒是跟以前的我很像。"我接口道。

"而我有偷看她梦境记录本的癖好。"陈先生直言不讳地告诉我。

"原来有偷窥嗜好的是陈先生你。"

"而且,有一件事说出来你可能不信。妻子所做的梦与常人的梦境有着很大的区别。"

"每个人做的梦跟其他人多少都会有些区别吧?"我说着起身,前往窗前的书桌,拿起矿泉水喝了一大口。借助窗外流淌的潮湿夜灯,我注意到书桌上摆放着几页空白的稿纸,纸上只写着"尾声"二字,下面几经修改过的几行文字最终被粗暴地划去,留下一大坨墨水印记。这年头,还用稿纸写作的人跟写爱情小说的人一样,几近绝迹了。

身后的陈先生以不变的姿势,细声讲述道:"结婚后不久,妻子就跟我半开玩笑地提起过,说她有一种异于常人的特异功能——不是关于梦境的内容,而是做梦这种行为本身。"

我喝完水,回到床上,以相仿的姿势,和陈先生面对面侧躺下来,问他:"什么特异功能?"

"在一段时期内,妻子所做的梦会像电视连续剧一样,是连贯不间断的。"

我瞪大眼睛惊讶道:"我也可以说是看过无数人的梦境了,拥有这种特异功能的人还是第一次听说。"

陈先生伸出一只手拨弄我额前的碎发,继续说道:"一开始我也不太相信,以为妻子是在跟我开玩笑,直到我后来闲来无事,打开了她的梦境记录本,才相信了她的话。"

"所以你刚才说从她的梦境中找到了她即将离开的线索,是指最后那个梦境片段中出现的那个男人?"我不无心虚地问道。

陈先生点了点头:"妻子最后一个多月的梦境就是关于一段婚外恋情。虽然没有梦中出现人物的面部描写之类的细节,但从她所记录的文字当中,大致可以推断其中的一男一女便是我和她,而另外一个男人,应该就是她出轨的对象。"

"就算是连续的梦境,梦终归还是梦,你有什么证据可以证明她在现实世界里真的出轨了呢?"

陈先生摇摇头,说:"虽然没有证据,但我可以察觉得到。夫妻之间,当那种衬衫纽扣扣错洞口般的异样感一旦产生,整个日常生活的默契感就会被完全打乱。"陈先生似乎又在琢磨自己说出的比喻句,也许也是他的职业病之一,继而又补充道:"这样的感觉,如果我猜得没错的话,你应该也深有体会。"

我不知道他为什么会加上这一句,仿佛看出了我和丈夫之间也出现了错位一般。

"当然,仅凭一本非常私人性质的梦境本,我也不好直接和她对质。虽然有一种遭到背叛的不快感,可我还是将这个秘密深埋心底,直到我找到了一个类似于'报复'她的手段。"

"报复她的手段?"

陈先生稍微停顿了片刻,似乎在回忆往事,随即又告诉我:"我以她的梦境为基础,撰写了一部小说,可是在就剩下最后结尾的时候,她说有朋友邀请她体验这家梦境旅馆,出去了几天。回来后她久久都未动笔记录那段时期梦境的最后走向。再过不久,她就突然不辞而别,一声不吭地离我而去。现在想来,或许是她发现了我的偷窥行为,她以另一种我不得而知的特异功能,连同我做梦的能力也一并没收了也说不定,毕竟她能做出连续剧般的梦境,窃取他人的梦境可能也不在话下吧。"

听着未免有些荒唐,也许是身为小说家的他在性爱之后即兴杜撰出来的逸话,我虽然有些半信半疑,但不得不承认,我完全被他带进了一个真假难辨的时空内。我在脑中略作整理,继续问他:"那么书桌上摆着的那些稿纸,就是那部小说未完成的尾声么?"

"嗯,虽然我也可以凭借写小说的想象力,写出各种可能性的结局。三人在一场火灾或地震中同归于尽也行,我自己默然退出也未尝不可,但总觉得心有不甘,想知道妻子最后的梦境里到底发生了什么。或者说,在她编织的梦境之内之外,我到底占据了怎样的位置。

"说实话,妻子的离开,给我造成了不小的打击。在很长一段时间内,我内心似乎出现了一些难以调和的断层面,无法再继续写作。这部小说一放就是一年,也浑浑噩噩地过了一年。人啊,一旦浑浑噩噩起来,时间就会过得飞快。我意识到了问题的严重性之后,这才下定决心,跑来你这里一探究竟。"

"所以,你已经找到满意的答案了吗?"

"看过妻子的梦境之后,我才发现,到了现在,最后的结局什么的,其实已经不重要了。"陈先生落寞地说完,将有些湿冷的身体蜷缩成一团,像只受伤的兔子,小心翼翼地凑向我。我将他挽入怀中,一遍遍轻抚他的头发。陈先生时不时地叹口气,却又生怕影响到我的情绪一般,尽量压抑着,拉长着,直到这低沉的叹息渐渐变为均匀的呼吸,他才再次沉沉睡去。

可我却始终无法入睡,今晚的我像丢失了梦境的陈先生一般丢失了睡眠。我悄然起身,摸黑从地板上找到衣物穿好,坐在床沿看了会儿窗外连绵不绝的夜雨,又转头看了会儿陈先生,在黎明来临之前,离开了"2046"房间。

八

次日醒来时已近晌午,下楼后前来帮忙的侄子告诉我入住"2046"房间的先生已经离开。他像从未出现过一般,悄声消失在了漫天丝雨之中。我有些失神落魄,转头看到玄关处那把黑伞却还在,孤零零地矗立着,如同前来传递某种古老神谕般的黑色乌鸦一样，不言一语，神谕的信息全凭意会。

没过多久，清扫的阿姨慌张张地跑下楼来，告诉我说"2046"房间枕头内的转换仪器不见了。我虽然有些失落，但又稍觉安慰，这说明陈先生很可能已经找回了失踪一年的梦境，只是羞于与我分享。正如他说的一样，梦境无论好坏与否，总是迷人、值得回味的。我看着窗外朦胧潮湿的雨景，怅然如梦，怀疑自己是否一直身处一场永远无法醒来的梦境之中。

我支走打扫的阿姨，重新躺回"2046"房间的床上，看着空无一物的天花板，回忆起昨晚那场不真实得如同梦境般的性爱。

我伏过身来，把头深深埋进枕头里。被撕开一道伤口、掏空了内部转换仪的枕头上还残留着陈先生若有若无的汗水味，混杂着淡去的催梦香熏的气息，一股脑儿冲进我的鼻腔，直抵脑海深处。

九

有件事我一直未能鼓起勇气告诉陈先生。我之所以对他的妻子、她前来的日期，以及那段梦境元记忆深刻，并非只是因为那是场栩栩如生的春梦——在她梦境中出现的另一个男人的长相与我丈夫十分相似。陈先生的妻子当年也是丈夫梦境实验的志愿者之一，只不过她跟许多人一样，在实验成功前便离开了。后来她又联系到丈夫，说是想要观看一次自己的梦境，就住在这间"2046"房间里。我曾在半夜看到丈夫偷偷摸摸进入她的房间，我用备用钥匙悄悄打开过房间的门，看到丈夫泛着莹莹汗水光泽的背上，赫然印着条条鲜红的指甲印——就跟陈先生妻子梦中的情景不差毫厘。

现在想来，在做梦这件事上，陈先生的妻子似乎真的拥有某种旁人没有的超能力，说不定这也是痴迷于梦境的丈夫会和她好上的原因之一。现在丈夫已死，她也已经消失在世界的某个角落里，过往云烟如同这间房间内慢慢淡去的催梦香熏一般，已经无人察觉。

　　我只记得当时的我手足无措，转身便离开了"2046"房间，坐在休息室里看了一夜的雨。要是我没记错的话，那天夜里也像今天这样下着不大不小的雨——不知为何，所有的往事回忆起来都似乎发生在阴雨天里，甚至能隐隐地闻到来自过去记忆的咸湿腥味。

　　可我万万没有料到，丈夫会在隔天送她去机场回家的路上，遭遇车祸，再也没能回来。

　　我一直蒙在枕头里回想过往的点点滴滴，觉得口渴难耐，起身下床，走到书桌前，想喝口昨晚打开的矿泉水。我发现矿泉水瓶底下压着的稿纸上，"尾声"也已经被划去，取而代之以"梦醒时刻"四字，下面写着一行字：

　　"所有的梦境都会在下一个雨夜拉响门铃。"

　　我看着这行字，会心一笑。我突然意识到，陈先生或许也早已知晓其妻子出轨的对象正是我的丈夫，不然他也不会对丈夫的一切了如指掌，并在昨晚说出那句无厘头的"这样（扣错纽扣般）的感觉，如果我猜得没错的话，你应该也深有体会"的话。

　　而我昨晚和陈先生睡到一起，一方面不得不承认，作为成熟的男性来讲，陈先生足够迷人性感；另一方面，或许也是潜意识里，我试图对已逝丈夫的不忠做出一种迟到的反击——就像陈先生用小说的方式"报复"妻子的不忠一样。尽管这种反击既无力苍白又自我矛盾。

　　如果我没猜错的话，陈先生应该也是如此看我的，不然他也不会故意留下那把黑伞，他离开时明明还下着雨。也许等他理清一切之后，还会在某一个飘着雨的夜晚，找到一个重新来访的理由。

选自《福建文学》2023 年第 4 期

爱在周末延长时

小 杜[*]

一

他在看窗外的云，大朵大朵攒在一起，像千军万马，像凝固了的惊涛骇浪。想起那首 Both Sides Now，歌名被翻成正反的两面，或是人生的两面。他觉得都不通，应该是云的两面：地上抬头望，是浮在天上的云；飞机往下看，就成了漂在地上的海。

微信里提起这首歌，她问是什么人唱的。他说记不准了，好像是美国人，鲍勃·迪伦的一个女朋友？谁的一个女朋友？她反问，显然有些不快。果然上网查了，告诉他是琼尼·米歇尔，不是美国人，是加拿大人，说得郑重其事。谁会在乎那个米歇尔是他妈哪国人呢？他好气又好笑。到了这年龄，不是没想过找个人安定下来，但她绝不会是那个人选。不该较真的地方太较真，记忆力又那么好，生活在一起会很麻烦。

他一向觉得自己怵的不是负责，是麻烦。

飞机降落在波士顿的洛根机场。毕业后他在西海岸找的工作，本以为就此永别新英格兰，没想到疫情还没闹完就转回来了。所以人的脑子永远比老天慢

---

[*] 小杜，1981 年生于黑龙江。小说发表于《收获》《当代》《花城》，中篇小说《吉他与手枪》获"2017 年台积电文学赏"。著有非虚构故事集《人间漂流》。现居美国新泽西州。

半拍。他戴上口罩,双手插进牛仔裤的口袋,对着行李传送带发呆。折腾了两年多,就算是病毒这么低等的生物也会觉得累吧?机场里的人稀稀落落,传送带上的大包小箱倒一件紧跟着一件。比起它们的主人,这些塞满了化妆品安眠药内衣裤的行李更像是行色匆匆的旅客。

出国之后人还没什么感觉,肠胃倒先文化休克了,一碰乳制品就崩溃。登机前就吃了药片,拿到行李还是进了公厕。双保险并不为过,因为今晚在她那儿过夜,又是长周末,肠胃与鼻毛类似,都是那种潜藏着魔鬼的细节。机场这马桶用的人次太少,不但看着干净,坐下去屁股也凉了一圈儿。划开手机,想告诉她自己到了。还是作罢。毕竟第一次见面,别让人家觉得太赶。

二

也是因为疫情,一款音频社交 APP 成了全球爆款。他们就是在那上面认识的。不打字,不转图,不视频,只能语音,主题随意,来去随意,像是把声音当成假面的化装舞会。

他们常去一个分角色读小说的语聊室。他读《红楼梦》里的贾政,她读王熙凤,昨天还对着贾瑞粉面含春,今天就搂着尤二姐一把鼻涕一把泪了。可是他听出来了,她真正想读的是干净利落的史湘云。而他埋放在政老那副官腔里的玩世不恭,她感受到了么?微信私聊,上来就捅破这层心照不宣,然后就约见面,没拒绝,也没答应,她只是说刚搬到新英格兰,还不太熟悉环境。他说没关系,我要见的是你,又不是什么新旧英格兰。她没回复,他猜可能是自己有点过了,便往回拽话头,说他以前在波士顿读过书。

"你觉得这儿怎么样?"她问。

"你把波士顿市区想成是海淀区,周边城镇略等于国内四五线小城,再用密密麻麻的高速公路捆成一团,差不多就是新英格兰了。"

后来她承认,这个略显浮夸的比喻让她答应见面了。他并不全信。他一直单身,她也绝不像有过子女。能让他们俩在独立日的长周末见面,不可能只是一句比喻。

拖着行李走出公厕,买了杯冰咖啡,小口嘬着,站在机场门口等她。机场空调的森凉,更显得机场外的七月闷热。咖啡因一波接一波冲击着神经,让他在兴奋与疲倦之间摆荡。天黑透了,路灯下飞舞着无数虫类,他捏着空的咖啡杯,没想到会等这么久。失望倒不至于,只是有些不解:如果不想见面,她完全可以提前告诉他,毕竟两人在护照上的年龄加一起超过八十岁了。

"稍等,"她发来语音,"开错路了。"

"不急,开车小心。"

一直等到起雾,那辆黑色凌志才停在面前。她穿了条过膝长裙。他见过这裙子,在她的朋友圈上。他扔掉咖啡杯,给了她一个拥抱。

从机场往回开,她请他坐驾驶座上。他系好安全带,对这信任略感惊喜。"我还不太敢在波士顿开车,"她说,"你肯定知道这边司机的绰号吧?"

"Masshole,"他盯着后视镜里她的眼睛,"马萨诸塞州和屁眼儿的合体。""我初来乍到,不知多久才能合体呢。"

车灯调成远光模式,还是刺不透大雾。他瞄了眼她放在腿上的手,犹豫要不要握住。见面还不到半小时,似乎有点过。可考虑到今晚要一起过夜,好像又很正常。她大概感觉到了他的目光,手抱在胸前,看车窗外的雾,任凭雨刷发出节奏单调的摇摆。

"听点什么吧,"他提议,"广播也行。"

"好。"

古典音乐频道,埃里克·萨蒂的钢琴曲《几百年和一刹那》。"名字起得真好。"他说。

"曲子更好,"她拂了拂额前的头发,"我有乐谱,旋律看着简单,就是弹不出那感觉。"

他在视频里看过她弹琴，神情专注到不像是弹琴，像码工调试程序。等进了她的公寓，她赤脚弹这首《几百年和一刹那》，他才领教那双脚踝与踏板组合在一起的杀伤力。

"这曲子让我想起过去的某个时刻，可有可无的那些时刻，"他说，"连时刻都算不上，就是一种忽悠而至的情绪。"

"比如呢？"

"小学时的一个雨天，路上踢出的石子在水洼留下波纹。"

信号渐渐乱了，他关掉广播，在大雾中开进她住的小区。

全封闭的公寓楼，一副贵模贵样。她提醒他戴口罩，说是规定。他没说什么就戴上了，却疑心她是不想让邻居们看到他的脸。也许曾带别的男人回过公寓，也像他这样严严实实捂着口罩。若非疫情，谁会想到口罩竟成了比保险套更保险的约会用品。

走廊里每个人都戴着口罩，彼此不打招呼。好吧，请放心大胆把负面情绪写在脸上，无需担心付出社交上的代价。倒是美国人牵的美国狗对他好奇，用黑黑的鼻头蹭他的牛仔裤。

三

尚未拆开的纸壳箱还堆在客厅里，她这个家的确是新搬过来的。

"椅子腿让搬家公司的人折断了，"她给他拿了双酒店用的一次性拖鞋，"吃饭只能坐纸壳箱上。"

"我都好，就怕压坏你箱子里的东西。"

他坐了下来，心里有些歉意：她才搬过来，怎么可能就会带别人回公寓？

"压不坏，里面都是书，《红楼梦》正被你坐着呢。"

他的手指落在木质的饭桌上，轻薄，灵便，关节处不含任何金属，地地道道的宜家风格，倒是和这新搬的家很搭配。

"这楼里的人都把狗当成家人，"她点开电子屏幕控制的高压锅，"他们会跟你说这是我家麦克，他今年四岁了，或者这是我的露西，她很可爱。"

"而且用男他和女她。"

"是啊，"她抿嘴笑，"昨天在楼下看见两个白老头，一高一矮，不像朋友，也不可能是兄弟，倒像一对儿说相声的，推着辆婴儿车，里面坐着一条戴围巾的狗，跟我解释说他叫吉米，是他们的孙子。"

"狗坐在婴儿车里？"他茫然地看着饭桌对面的琴，"又是美国人搞的那一套。"

小时候家住胡同里，邻居家有一条大黑狗时常追他。现在想来不过是要和他玩，况且也没追多远。反倒是多年后的梦里，大狗还不停地追他，伸着又肉又卷的舌头。

高压锅发出电子乐，她拧开气阀，他闻出锅里焖的是羊肉。他以前跟她提过老家县城烤的羊肉串——尽管她这羊肉是焖在锅里的——她果然是记性好，膻味儿十足地好。可刚见面就烧这么硬的菜，不会是要锁定我吧？我和她已经很熟了么？难免疑惧，同时涌出感动。当然也得意，甚至一丝莫名其妙的轻蔑。情绪混乱而跳跃，反倒让隔着宜家饭桌的亲吻顺畅自然了。

四

"这样你会很饿吧？"她坐在床边，背过身，从胸罩穿起。

"没事，羊肉不已经熟了么？"他盯着她的后背，试图理顺脖颈以下的皱纹，仿佛对自己刚才的大汗淋漓构成一种嘲讽。

"锅里炖的是羊排。"她刮了一下他的脸，穿T恤和套头衫去了客厅。

他在等待饥饿。不是不饿，是每次做完都被空白期填满了。什么也不说，什么也不想，铺开身体，就那么躺着，把自己当成一张白纸。年轻时也有这空白期，短促，湍急，就那么一瞬。能容下整本《麦田里的守望者》的一瞬。现在这空白期越来越长，长到变成一种无法与人分享的私密。所以理想的伴侣应该在这时陪他一起沉默，一起空白。他甚至开始理解那些被衰老一寸寸淹没的男人为什么会选择娼妓。从这个角度来说，她只刮了一下他的脸就走开，表现已经相当棒了。当然，这类比又让他陷入了某种感伤。

羊排的味道在激发食欲。出于最起码的礼貌，他知道自己该起来了。翻开床边小木柜的抽屉，打算穿好衣服之前再用纸巾擦一擦身体。没想到抽屉里还真躺着一盒纸巾。这是在说她很有经验么？平常用的纸巾难道不应该摆在桌面上？他甚至想看看那盒纸巾底下有什么。放弃了，因为想象不出盒子下如果有一封安全套自己会是什么心情。也不想穿撇在地毯上的牛仔裤。这个时间点他习惯在自己卧室穿平角底裤，而底裤又被掖在行李箱——这才想起行李忘在了她的凌志车里，别把自己看得太过重要——心理医生给他开的方子。别把自己看得该死的重要，他恶狠狠地提醒自己，可是根本不管用。

五

"尝着还行么？"她挂着下巴问他，"我还是第一次烧羊排，在网上学的。"

羊肉的成年隐喻，所有中国人都知道。她到底什么意思？是对自己刚才满意还是不满意？他越来越看不懂她的微笑。

"好吃，好吃，"他尽量让自己听着没那么客套，"家还没搬好，也真难为你了。"

"其实也没什么，那天跟你聊得开心，听你讲羊肉串鼓疖子乐得不行，刚好路过超市，就顺手买了这羊排。"

他怔了一下，羊肉的分子顺着肠胃蠕动向体内扩散。吃羊肉串鼓疖子倒确有其事，那还是上小学，县里的夏天和人民影院都很热闹，门口摆着炭火烤串的摊子，脚趾大小的肉块被穿在自行车轮辐条拧成的钎子上。爸妈从小管他很严，本来没有零花钱买肉串，刚巧碰到后奶家的小姑和一个男孩来看电影。那男孩比他和小姑大几岁，叼着烟，一副混混模样。小姑有些窘，不知出于什么心理，非让那男孩请他吃烤串。他也不说话，只是闷头吃，吃不出到底穿的是什么肉，一直吃到嘴里被烧炭味儿填满，小姑才和那男孩进去看《黄飞鸿》了，手牵着手。回家先是呕吐，然后腹泻，第二天胳膊上鼓起一个疖子，不很疼，但蕴含着一股耻辱，带着恼怒挤开，于是留下这块疤。

"疤在这儿呢，"他伸出胳膊给她看，"其实就是轻度的食物中毒。"

"那位小姑现在怎么样了？"她用手指摩挲那块疤。

"她因为恋爱高考砸了，只去了个专科学校，毕业后教初中数学，开补习班，有几年很挣钱，后来又不行了。"

"小孩应该也到了能吃肉串的年龄吧？"

"离了，没判给她。"

疖子的故事，给不止一个女人讲过，总是略有差别，这次是在县人民影院，下次就变成人民公园，这次演的是《黄飞鸿》，下次就是《枪神》。牵手当然也能换成接吻。小姑身边那个混混男孩，还有小姑对他的愧疚，倒从未变过。他反而疑心是这两点纯属虚构。关于这位小姑，他其实还有个故事，学校开运动会，爸妈没给他钱，只能坐最后排看别人吃雪糕。小姑过来问他是不是没带零钱。他说钱装在校服口袋里，校服被锁在教室了。小姑那时当少先队长，身上有教室钥匙，要帮他开门。他说不用，小姑看出他的窘迫，但没说破，留下五块钱就走了。

"那时的五块钱也不少，"她听得很有兴趣，"你怎么花的？"

"雪糕五毛一板，十板吃了一下午，回家肚子痛，手脚冰凉，不过好在没鼓疖子。"

"小姑是有点喜欢你。"

"也不是吧，她是我后奶的侄女，虽然跟我同龄，但比我大一辈，学习又好，大人们喜欢她，所以无论在家还是班里我都讨厌她，不跟她说话，她可能有这方面的愧疚。"

感谢这位多年前的小姑，这顿羊排没有吃冷场。他问她怎么不吃，她说她自己不吃羊肉的。

"你讨厌羊肉？"他愕然盯着自己盘里的羊排骨。

"不是讨厌，"她又认真了，而且听起来有些烦，"是不吃而已。"

多年后因为她这股子较真而在商场或是餐馆里吵架，这场景在眼前划过，毫无预兆，吓了自己一跳。我和这人是没有长远打算的，他告诉自己。

"你该吃就吃嘛。"她语气又柔了，是不想让他过意不去？"再说去机场之前我已经吃过了。"

他没法再舒舒服服坐在餐桌上了，借了她的凌志车钥匙，去楼下拿行李箱。回来在走廊遇到她说的一高一矮那对老头，推着婴儿车，里面坐了条戴墨镜的狗。

他戴上口罩，扫了眼落地窗外落在泳池上的月光，向两位老人点了点头。

"他是我们的孙子，"矮个子老人对他说，"他叫吉米。"

"你们家吉米很酷，不是么？"

如果是她站在他们对面，他忍不住想，会怎么说？

"是癌症，"高个子老人摘掉棒球帽，银发涌了出来，像孔雀开屏，"人都治不好的病让我们吉米得上了。"

"该死的化疗！"矮个子正了正吉米的墨镜，"他们给我的吉米注射跟人一样猛的剂量，小家伙才多少磅，人又多少磅？这些狗娘养的兽医！"

"现在还没有专门针对狗的抗癌药，"高个子又戴上球帽，他注意到是红袜子球队（波士顿地区职业棒球队），"只能对着人照葫芦画瓢，也不知道这国家那么多制药公司都是干什么吃的。"

"这帮狗娘养的！"矮个子对着空气挥舞拳头，手臂粗壮，汗毛又长又密，让他想起少年读过的《水浒传》，矮脚虎之类的三流强盗。

"你刚搬过来？"高个子指着他的行李箱问。

"是的，"他清了清嗓子，不明白自己为什么要撒这谎，"刚搬过来。"

"住几层几号？"矮脚虎也对他发生了兴趣。

他报出了她的房门号。

"太棒了，"矮脚虎向他伸出手，"原来我们是邻居。"

他握了握那只毛茸茸的、让他想起《水浒传》的手。高个子皱眉盯着他，也许是想起她才是他们的邻居，也许是见过她带别的男人回公寓，可是见鬼，她也才搬过来，不是么？别把自己想得太过重要，更别把她想得太过重要。

"我们每天晚上都带吉米在月亮底下遛一遛，"矮脚虎说，"化疗后吉米对光很敏感，所以才戴墨镜，真不是要扮酷的。"

"您是红袜子的粉丝？"他问高个子。

"他把这辈子都献给红袜子了！"矮脚虎笑着捶了下老伙伴的大腿，"怎么，你也粉红袜子？"

"我是从中国来的，"他耸了耸肩，"在中国没人打棒球，也没人看那玩意儿。不过我刚到这儿，打算去球场看个新鲜，就跟点一票波士顿大龙虾似的，你们明白我的意思么？"

"那也不错，"矮脚虎耸了耸肩，"我们还有红袜子的季票呢，不过这个赛季他们可是够呛，那个古巴投手说转会就转会了。"

"我们要搬家了，"高个子突然说，"搬去佛罗里达。"

"是呀，这狗娘养的波士顿太冷了，"矮脚虎蹲下去亲吻吉米的脸颊，"宝贝儿，你准备好晒佛罗里达的阳光了么？"

"我听说佛罗里达很棒，祝你们好运。"

"也祝你好运。"

两个老头走了，推着他们的孙子吉米。窗外的泳池映出清冷的蓝光，月光自有一种波澜。以他对这个国家的认知，佛罗里达是所谓的死亡之州：许多老人退休后卖掉房产，搬到佛州，在游艇上晒太阳，吹海风，在沙滩上一步一个脚印走向死亡。他想起自己爸妈，在东北的老家，一个十月份就会下雪的小县城。他曾以独生子的口气，邀请他们来美国养老，说他会给他们买一栋小房子，不用操心草坪和屋顶，厨房里甚至能装中式的抽油烟机。你跟我们聊这个太早了，母亲听力不好，所以这种话题都是父亲在语音里回他，我和你妈身体现在还行，而且说实话我们也不想去美国。为什么？他问，你们以前不来过了么？美国有什么不好？是环境不行还是医疗水平不够？我和你妈英语一句不会，连车都没法开，去美国干吗？其实爸妈每次来看他，总是在行李箱里塞一本简易词汇的小册子，上面印着大号加粗且颜色鲜艳的字体，讲解如何用汉语拼音替换英文单词。当然，还有他们的放大镜、助听器和老花镜。再说我和你妈去美国投奔谁啊？你么？你自己连个家都还没有呢。也听说国内许多东北老人去海南养老，网上流传三亚惊现东北炖菜一条街之类的截图，反过来老家县城的电线杆也贴了不少三亚的房产广告。海南：一个不设迪斯尼乐园的佛罗里达，东北老人们在沙滩上漫步，一步一个脚印走向死亡。等我和你妈老得不行那天，找个养老院就完事儿了，父亲说得斩钉截铁，得了那种要死要活的病，就来个干脆，对人对己都是解脱。他听了难受，可也没有办法。疫情期间连自己都回不去，又凭什么让爸妈飞过来。

落地窗外，婴儿车里的吉米出现在泳池边上，它的两个爷爷坐在月光下，四条腿搭在水里，蓝色的光跟着来回晃动。上次回国见爸妈还是疫情爆发前，在他读过的高中围墙边上，爸妈在前面慢慢走，既是牵手也是互相搀扶。那时的爸妈充满希望，因为他和维罗妮卡打算订婚了。虽然维罗妮卡不讲中文，虽然她对生孩子的话题讳莫如深，但好歹这是第一步，不是么？可一回到美国，他就和维罗妮卡分手了，过了一个多月才敢告诉爸妈，理由是她不同意他们来美国养老——当然，他也不会答应她父母从罗马尼亚搬来美国一起住。其实他很清楚，真正的原因是恐惧。他自认为对与某个人在一起生活怀有恐惧。深深的恐惧,他就是因为这个才约了心理医生。衰老并不可怕,因为衰老是不可回避的。可怕的是衰老带来的无所不在的恐惧。维罗妮卡比他年龄大,反倒没什么好怕的,在他面前大大咧咧地不上妆,扩张的静脉盘在小腿上,像蓝色的蛇,毫不掩饰。

矮个子老头儿笑着抱起吉米,这条体内长满癌细胞的狗张嘴叫了两声。他隔着窗子,什么也听不见。好像在看一部月光下的家庭轻喜剧,放到团圆结局之前突然成了默片。好在他也松了口气:至少吉米还不是一条死狗。

六

她在客厅里弹琴,他小心不打断她,她也没有为他停下来的意思。他坐在纸壳箱上,盯着那双伴随踏板一上一下的脚踝,试图进入她断断续续的《几百年和一刹那》。

"就是弹不出那感觉。"她停了下来。

"没有,"他从背后抱住她,下巴贴在她的脖颈上,他对胡茬摩挲肌肤的感觉有一种执着,近乎迷信,"你弹得很棒。"

"还是用消毒液搓一下手吧,"她并没有依照他的想象那样闭上眼,"这楼里的人都大大咧咧,我们最好还是注意一下。"

他的手和下巴都缩了回去。

"如果可以的话,也洗一下脸?"

刚才在卧室里怎么不提什么消毒液呢?他有些不快,还是去了卫生间,惊讶于这七八平米内的女性用品和衣物。他发现比起身体,卫生间才更能说明女人的内在:架在浴缸边的三角梯,每一层都挂着一个编织篮,装着浴巾、毛巾、香波、沐浴液或是洗牙器。也许是她的品好,也许是新搬来的缘故,反正和他见过的都不一样。反倒是身体更可能千篇一律。他脱掉衬衣,看着墙上柜式镜面中的自己：肩膀因为每天四十次的俯卧撑还算宽阔，腰腹上的赘肉虽不致触目惊心，但也无法视而不见。在家办公一年多，受够了，和她过完长周末回去一定装上升降桌，站着办公，不然赘肉绝不会自动消失。脱掉牛仔裤，双手箍住粗壮的大腿。球当然要继续踢，只是膝盖越来越扛不住劲，说到底还是要减轻体重。今晚这羊排吃得真是活见鬼。她的厨房不像是有红酒的样子，喝上一杯有助消化。他至少还有审视自己身体的勇气和兴趣，她呢？二十四小时前，在这镜子里赤身裸体的人或许就是她。再往前推算？想想就有一种令人头皮发麻的猥亵。打开镜面后的柜橱，过了一遍里面的化妆品、棉球棒、电动牙刷、各种形状的梳子、睫毛刷、剪子和镊子。猜不出这镜子背后藏了多少秘密，但也没发现什么出格的玩意儿。

"那我洗澡了？"他也不穿衣服，故意走到她面前问。

她点点头，继续弹琴，换成《献给爱丽丝》了。

七

他把头枕在小臂上，等她熄掉床头木柜上的台灯，趁着黑暗拥吻，被她拒绝了。

"对不起，我有点不舒服。"

"怎么了？"他的手并没放弃，"刚才不还好好的么？"

"真的不行，"她停住他的手，放在自己脸上，"我感觉头晕。"

"是——"他用手背轻轻蹭她的脸，"——是生理期？"

"不是。"

"跟我说一说嘛，你也知道我那专业，相当于半个妇科医生。"

她松开了他的手。

"当然，是纸上谈兵那半个，不是真刀真枪那半个。"

这玩笑没有激起她的回响。他也有些不耐烦，翻过身背对着她。空调关了，卧室很热，或者是自己身体很热，干脆扯掉毛巾被，将身体暴露在黑暗中。

"是我的不对，"她的手顺着他小腹往下爬，"接你之前吃了不该吃的，吃得又急，在车里就不舒服，腹部堵得慌。"

"吃了什么不该吃的？"他停住了她的手。

"中餐。"

"中餐？中餐也能把你吃病了？"

"是中式快餐，"她又较真了，"好久没吃那么油的了，去机场之前又吃得急——算了，我一直有这毛病，就是胃先难受，然后头疼。"

所以连中国人都不待见的中式快餐坏了自己的长周末？他在黑暗中哑然失笑。

"没事，"他握住她的手，放回她胸口，"你好好睡吧。"

"你呢？"

"我其实也困了。你也知道，我睡眠一直很规律。"

"今晚可是让你不规律了。"

"没关系，反正是长周末，"他吻了下她的额头，"我们有的是时间，晚安。"

八

他睡不着，听她的呼吸声，知道她也没睡。

"还睡不着么？"

她似乎在表达歉意，他更后悔飞波士顿过这见鬼的长周末了。

"我没事，你怎么样？好些了么？"

"不行，头更晕了。"

"来一粒泰诺止疼片？"

"没用,这时候吃泰诺已经晚了。"

她声音虽疲惫,但语气硬邦邦的,好像对自己这病成竹在胸。他默然无语,有一种把返程机票改签到明天的冲动。划开手机屏幕,黑暗中格外刺眼。

"聊点什么吧,"她说,"我们在微信上一聊两个小时,见面反倒话这么少。"

"你不是头晕么?"

"这么晚拿手机干什么?"她捂上眼,"可以关掉么?"

沉默再一次砸在他的头上。头晕?不发烧么?不会是染上病毒了吧?她不是说打过疫苗了么?他自己是打过了,就算她染上病毒,也应该没事。可病毒这种东西,谁又能说得准?不是还有很多变异体么?他没用手机查机票,反而去搜感染病毒的症状。

"关掉它,"她一下子坐起来,"你在看什么?有什么非看不可?"

"没事吧你?"他很惊诧,"我回我家里的微信不行么?"

"你家里?"

"对,我国内的家里,"他要给她看手机,"我爸我妈。"

她又躺下,头蒙上被子。

"他们刚才散步拍的视频,"他一边自言自语,一边切换到微信,母亲的朋友圈,"我们县高中围墙外侧新建了个花坛,种了千日红和大波斯菊,我妈看着喜欢,就拍下传给我了。别说花草,我是个连猫狗都不养的人,都不知道怎么回她。"

点开视频,母亲站在花丛边上,父亲在镜头外喊,让她往里边站站,可别把高中那破楼拍进去了。

"我妈听力不好,不单是耳朵的问题,血管也不行了,系统性老化,很难治。一开始我在电话里对她吼,然后是我爸,一边听我电话一边对她吼。再后来所有人都对我妈吼,她虽听不清,还是从大家的表情里看出整个世界都在吼,不知道心里有多难受。"

"是你以前跟我讲过的高中么?"她从被子里露出头,"那个坐在三楼的女生,总喜欢往窗外看,所以你就故意迟到,吹着口哨,迎着她的目光走过操场?"

"我们县那高中,自封的县重点,前年我回县里,还说要拆教学楼,桌椅都清空了,窗子支离破碎,黑板和墙上涂满脏字,反倒有一种破败的生命力,好像再续上两年光阴就能长出个新楼似的。没想到现在还没拆完,那么一个空楼架子摆在天地间,风吹雨淋,有点像一个人对过去的回忆,有时模糊,有时清晰。"

"因为疫情,才一直没拆掉吧?"

"也许吧。不过换个角度想想,我离开县城这么多年,哪有资格对人家怎么规划教学楼指手画脚,那可是几百个孩子念书的地方,凭什么由着我的记忆指指点点?"

"那个女生后来有联系么?"

"如果联系就是指互加微信,当然有了。可聊几句就不聊了,平时在朋友圈上互相溜两眼,逢年过节点个赞,也就那么回事。"

那女生当时住校,他刚踢完一场球,输得很惨,脚踝也扭伤了。她说她寝室里有红花油,他就一瘸一拐跟她上了女生宿舍楼。赶上五一放假,阳光正好,楼里空荡,水房里的水滴声声入耳,心跳成怎样记不得了,反而记得脚踝很烫。她给涂的红花油,味道一直停滞在鼻了里,刺激他多年后的神经。两个中学生笨拙而小心翼翼地亲吻,又都吃过绿箭口香糖,满嘴的人造薄荷味儿,遮蔽了彼此的味道。成人后他养成一个执念:只要没什么病,接吻是探索彼此味道的必经之地。当时很流行找笔友,起笔名,她用碳素笔把"雾雯"两字写在他的掌心,那个年代典型的少年少女,不是么?她后来通过婚姻移民去了法国,落脚在万花筒一般的大巴黎,他在美国第一站是保守的得克萨斯州,因为对国内的教育看法不一致,QQ 上互相狠了几句——很荒谬,连小儿辩日都算不上,因为他们谁都没在国内有过一男半女——就不再联系了。也好,让一切停留在红花油和绿箭口香糖上吧。

她又坐起来,要下床,他扶住她,问怎么了。

"头更晕了,胃发酸,吐之前先尽量多喝水。"

她听上去经验老到,反倒是他手足无措。

"你躺着,我帮你弄水。"

这种见一面就相忘于网络的快餐他吃过不止一次,穿越北美给对方当家庭护理还是头一遭。更别提他还是第一代独生子女,国内上学,出国留学,这么多年都是自己跟自己过,突然要照顾一个床边的人,居然感到新鲜刺激。

想当然去客厅厨房找电热壶。找不到,也许是没有,也许是在箱里打包还没拆开。冰箱很乱,和屋里的纸壳箱互为验证这是一个没成形的家。有玻璃瓶装的凉水,浮着碎冰,典型美国人的习惯,他是决然没有的。有成排成排的酸奶,包装盒眼熟,仔细看果然是希腊酸奶,他公司里那些还在乎身材的白人女同事都吃这玩意儿,伴着封口袋里的坚果,嚼起来嘎嘣嘎嘣,让他想起在美国到处乱窜的灰松鼠。还有泡沫餐盒,里面装着宫保鸡丁,一看就是来自美式中餐馆,估计就是败坏这长周末的罪魁祸首了。果不其然,保鲜柜的角落里找到了餐馆赠送的油炸小蛋卷,拆开包装,捏碎蛋卷,摊开里面的幸运字条,中式英语写着:"亲爱的朋友,你虽错过了一些机会,不过别担心,更好的机会一直等待你。"字条反面是鲜红的汉字"爱",注释则中英混杂:"你很快就会跟 ta say yes 了。"字条和捏碎的蛋卷都被他丢进垃圾桶。最底层塞满了分装好的白绿两样颜色,更让他瞠目结舌:白的是鸡胸肉,绿的是西兰花,到底是搬家还是逃难?不会像那些健身的整天吃西兰花水煮鸡胸肉吧?说实话,他唯一知道吃这白绿组合的有名有姓者是 C 罗,那个进球就晒腹肌的狂魔。她到底会不会做饭?做中国饭?如果生活在一起,他扪心自问,是不是要我天天做饭?想多了吧你,他又对着保鲜柜冷笑,只是过个长周末而已。

客厅的落地窗外,夜正深,月朗星稀。小时候语文课,老师让大家填月后面那个字,有人填明,有人填圆,还填出亮和大什么的,只有他猜对了,所以记得格外清楚。如果抽掉记忆,真不知道人生还会剩下什么。借着月光,他瞥见洗碗池里的高压锅漂着一层白的,打开灯,才认出那是羊排炖出的羊油。忍着恶心，从纸壳箱里翻出一个印着加菲猫的瓷杯，倒上冰水，从自己行李箱拿出两粒泰诺片，用勺子碾碎，一股脑投进水里。应该没事，他对自己说，只是让她快点好而已。

"没有热水，"他扶她起来，犹豫是否要把自己的额头贴上去，"只能喝凉的。"

她大口大口喝，边喝边嚼碎冰，哪里像个生病的国产女人？

"一点都不烫，"他硬着头皮，额头贴上她的额头，"连发烧都算不上，明天就好了。"

她放下杯子，说胃里堵得厉害。他掐她右手拇指与食指间那块皮肉，说这是鱼际穴，能缓解痛苦。台灯调成微光，杯子上的加菲猫憔悴黯淡。旧式小说里的老夫老妻，想来也不过如此。

"别掐了，"她缩回手，打破了他的伤感，"没用的。"

九

他醒来后嘴干，鼻子堵，不敢用力擤，怕会出血。应该是她这卧室的通风问题。他的习惯是夏夜里开窗睡，可自己毕竟是在客场，她这儿连中立第三方的酒店都不是，尽量收敛一些，何况身边还躺着个病人。

她比昨晚更严重了，连叫几声都没回应。鼻息里还有一股苦酸，不知道因为隔夜还是这煞风景的怪病。摸了摸她额头，还是没有发烧的意思——真要发烧倒好了，他至少还有个努力的方向，像现在这样无因无果到底算怎么回事？不敢打开百叶窗，怕吵醒她，也是不愿看清她现在的模样。国内读研时交往过一个大二的小女生，爱看日本动漫，穿戴打扮走 Kitty 猫之类的卡哇伊路线，校宾馆用学生证开了个标间，反锁上洗手间的门卸妆，他躺在两张单人床靠窗的那一张上，贪吃蛇打出了哈欠。记不清是前半夜还是后半夜，他醒得不凑巧，赶上她起夜，撞到一张没上妆的脸，慌乱间让他想起教工食堂砂锅窗口里的服务员小妹，手指通红且粗壮。又不得不搂在一张床上温存，心里悚然了很久，分手后再没敢去教工食堂点羊肉砂锅。

他过的是所谓晨型人生，七点一过肚子就饿得发酸。她冰箱里没有让他感兴趣的存货，又不好意思因为早餐喊她起来，只好用热水和她的洗发香波、沐浴露、浴巾在卫生间里把自己拾掇成能出门的模样。可临出门犯了强迫症——或者干脆就是犯贱——瞥了眼洗碗池，对那高压锅苦笑一声，乖乖挽起袖子对付白花花的羊油。对付一半放弃了，因为找不到清除油腻的强力洗涤剂，搞得两手全是黏糊糊的膻味儿。反复用洗手液搓，搓到手心手背通红。坐在她的凌志车里，行驶在她每天行驶过的麦迪逊大道上，脑子里又冒出两人一起购物的场景：她坐副驾驶，就穿昨晚那条裙子，露出膝盖和小腿，抱怨这个那个又买贵了，他懒洋洋地说无所谓啦，我们又不养小孩，专心升职加薪好了。赶紧他妈给我打住。

这时段开业的只有快餐店，用手机导航去了赛百味，觉得总要比麦当劳健康些。当然是掩耳盗铃。一个赤脚穿睡衣的白人女孩坐在角落，对着双人份的三明治呜咽。他叫了火腿煎蛋卷饼，奶酪直接扔掉，黑咖啡里的甜奶精倒是没少加，单算卡路里的话，他可不想面对那个数字。他想给她叫一份卷饼，可她那状态恐怕够呛，何况人家冰箱里塞满了Ｃ罗健康套餐。划开手机，附近没有开业的中餐馆，华人超市也要等到十点过后，最后去美国超市买电热壶和洗涤剂，又突发奇想给病人熬热乎乎的甜米粥，结果只找到小包装的泰国香米，适合蛋炒饭或咖喱拌饭，非要熬粥的话难免刻舟求剑。超市里在放鲍勃·迪伦的《答案在风中飘》，再次拷问自己为什么不一走了之。给机票代理打电话，说可以改签中午的航班，但之前信用卡攒的积分就浪费了。要走的话还得抓紧，最好是现在就沿着查尔斯河一路奔向洛根机场。开她的凌志车？开着倒挺顺手，沉稳，舒服，启动减速都很顺滑，不像他自己那辆运动型的雪弗莱，硬桥硬马式的桀骜不驯。当然不可能开人家的车。她那公寓从车库到大门全都装了摄像头,被报警的话可不是开玩笑。先开回去再打优步车去机场?

恐怕也够呛。因为疫情,优步的司机们既不愿出车,要价又黑。但这些都是道听途说。唯一的事实是病毒闹到现在,他还是第一次出门约会。

十

站在她门前,才发现忘带她的钥匙了。遍寻不到门铃。这种高档公寓居然不装门铃? 有一丝气恼,还不至于慌乱。下意识拍了拍门,才想起她大概还卧床不起。那怎么办?总不能拎着一堆破烂站这儿傻等。用力捶了几下门,走廊里似乎有回响。不能太过分,到处都有摄像头,美国人又不嫌事多,搞不好会被当成破门闯入而报警。疫情期间什么荒唐的报警都有,广播上说有个航空公司的飞行员——没错,就是那种制服笔挺拖着小皮箱神情漠然地出没机场的家伙——因为停飞太久,在焦虑和困惑的双重驱动下大半夜去公园里游荡,躺在长椅上对着林肯的铜像手淫,被一个长途卡车司机撞见报警,被拘捕的理由是在公共场合行为不端,还因此丢了飞行员的工作和执照。真是吃饱了撑的:一个卡车司机半夜三更跑去公园干什么?

走廊拐角处传来一声狗叫,戴墨镜的吉米端坐在婴儿车里,后面跟着它的两个爷爷。

"嗨,你们早上好!"他正了正口罩,向两个老人和狗走去,装出一副刚出门的样子。

老人们没有答话,只是点了点头,都铁青着脸,莫非刚吵完架?反倒是吉米对他叫了两声。也许在一条狗的世界里,见过两次面就算是老相识了。

他装着摆弄手机,慢慢踅进拐角,听准人和狗都开门进屋了,立刻折返回来。她的门已经开了。勉强起来为他开的?餐桌上还留了纸条:"对不起,病来得不巧,过完周末肯定会好,所以不用担心。Please feel free to leave at any time."

他好多年没见过手写的汉字，没想到重逢竟是在这样一张字条上。至于她那句英文，字面意思是请随时离开，语气完全是工作邮件的结尾套语。可真正让他头皮发麻的是这中文转英文的心理：他自己在做这种切换时，要么是尴尬，要么是恶意。

"放心，我不会改机票的。"

他也手书汉字回她的纸条，好久不动笔，字写出来像蚯蚓。赌气似的贴在她床头。她半张开眼，哭笑不得还是厌烦？她有什么好烦的？

"你总得吃点什么吧？"他坐在她身边，望着那张被莫名其妙的病折磨了一夜的脸。不嫌恶，也不哀怜，倒有一种亲切，以及你落在我掌心里的快意。

"想吃什么？"他语气里的温柔让自己都觉得好笑，"我现在就给你做。"

"不用。"她闭上眼，他这才发现她的脖子与肩膀很不成比例。

"吐也得吃啊，"他不由分说，伸手捏她的脖子，松松垮垮，居然想起小时过年那些要被斩断头的鸡，"要不我再出去买点菜，给你炖个鸡蛋柿子汤，加点淀粉，吃起来热乎乎黏糊糊的那种。国内有个亲戚，我爸家那边的，县里搞集资那几年很有钱，结果得了胰腺癌，手术化疗放疗像车轮大战，一样一样都挺过来了，就是熬不住各种忌口，临走时瘦得一把骨头外加癌细胞。我爸说不是病死的，也不是治死的，是饿死的。当然了，死这个字眼儿太重，用在自己家亲戚上不好。但到了爸妈那个岁数，这种事见多了，而且越来越多，越来越近，也就不用抠这点字面……"

她睁开眼，嘴唇动了动。

"你说什么？"他俯下身，鼻腔里闯进她一整夜的气味。

"手机。"她在他耳边说。

他不想给她看自己的手机，还没熟到有那个必要。她手机在客厅的琴上，拿过来，她在触屏上划出"Pedialyte"。

他并不认识这单词，再用她的手机查，原来是信得力牌电解质补充液。

Pedialyte 只是品牌，重点是后面的电解质液，说白了就是以前在国内医院打的点滴，被拾掇成各种水果味儿的口服液。小时候肠炎住院，瘦得不像样子，在最淘气的年龄什么也干不了，只能数着吊瓶里的点滴往下坠，气泡向上升，永远不会相遇。透过吊瓶看亲戚长辈们的脸，还有他们带来的水果，全都变了形，像在爷爷办公室里翻《党的生活》，最后一页全是漫画，有种说不出的快乐。

她突然起来去洗手间，反锁上门，一连串动作的爆发与决绝让他感到惊愕。呕吐声像一个人对着马桶哭泣。他悄然伏上洗手间的门，屏住呼吸听她呕吐，听呕吐与呕吐的间隔，听吐完冲马桶，听漱口，听用冷水冲脸。犹豫是否该问她感觉怎么样，要不要帮忙。嗯，要问就用英语问。可最后什么也没问，在她开门之前又悄然坐回床边。他看她有了一点活气，可能是被呕吐与冷水激起了斗志？也许今晚就好了也说不定。

"我出去给你买——"

"我吃过了。"

"你什么时候吃的？吃什么了？"

"你别管了。"

沉默。那点活气从她脸上褪掉了。

洗碗池里的高压锅，白色羊油上躺着一点残绿。西兰花。没准还配了鸡胸肉。吃这玩意儿病能他妈好？他带着恼怒和强力洗涤剂屠戮一切。餐巾纸擦干手，把她的凌志与房门钥匙捆绑在一起，开车去买电解质补充液。还是先用手机搜附近的 CVS（美国药品连锁店），好在这时间点开业了，戴口罩的女药剂师正给一个白人大汉打疫苗，眼睛比眉毛还细，而且分得很宽，像迪斯尼卡通里走出来的花木兰，直而黑的头发垂在比他腿还粗的白人胳膊上。可别小看这 ABC 女孩——他扫了眼她白服下刺着汉字"大同"的脚踝——这种有执照的药剂师薪水很高，至少不低于那个在公园对着林肯像手淫的飞行员。电解质液有多种口味，不到十美元一瓶，他挑了香橙、葡萄和蓝莓，三种颜色捧在怀里像无形无状的花朵，笑问药剂师能不能掺一起服用。"随便你了，"那双细眼睛没有看他,"反正核心成分都一样。"

"是给我太太买的,"他改用汉语,白人大汉张嘴看着他,"也不知道她喜欢喝什么口味。"

"所有口味都是人造的,"她犹豫一下,也改成生涩的汉语,狭细的眼缝总算流出一点好奇,"最重要的是 4 度冷藏后服用,口感最佳,但不要加冰,因为融化后会稀释有效成分。"

"那我替我太太谢谢你喽,"他愉快地将三瓶电解质液装进 CVS 的购物袋,"可惜没法付你小费。"

"Bullshit(扯淡)。"白人大汉摇头嘀咕了一声。

十一

仔细读了一遍瓶装上的成分说明,略微担心与昨晚他偷偷加的那两片泰诺冲突。网上没查到什么正经说法,估计问题不大。问她想喝哪种口味,她说现在不想喝,没准还会吐。也好,就听细眉细眼的药剂师的,他把电解质液放进了保鲜柜。

"那家 CVS 四星好评,离你这儿不算远,"他的手降落在她脸上,当然没力气反对,"不知道你去没去过——嗨,肯定没去过,你刚搬过来,去药店干吗?开你车的时候,知道我在想啥么?过去在波士顿读了几年书,如今一个地方也记不住。老家县城离开多少年了,拆了多少旧房,起了多少新楼,可闭着眼也不会走错。这道理在你车里想明白了:县城是从小一步一步走出来的,波士顿是每天开车开出来的,顶多能记几个街名和高速出入口,就好比画画儿,光描线条不上颜色,怎么可能会画到心里去呢?现在有了手机,架空得就更彻底,连线条都不用描了。我现在没手机都没法出门,变成一个活在手机地图里的人了。"

她闭着双眼，他看了一眼那张被病容填满的脸：真的只有四十岁么？钱包就在客厅里，翻出来看看她的驾照？还是算了吧，看到自己不想看的，感觉很开心么？这些念头无关乎道德。一个人独处时，一个人就是所有道德。现在改机票不算晚吧？东西海岸间有三个小时时差，一切都顺利的话，还能赶回去踢一场球。

"你车后座上有一双高跟鞋，我用手机拍下来了，样式和颜色都很喜欢，你穿上一定很好看。不过还没见你穿呢，应该是专门上班——你说什么？"

她的嘴唇在动，他俯下身子："什么？"

"苍蝇，"她口里的气味让他难以置信，"从早上飞到现在。"

"然后呢？"

"打死它。"

窗子一直都没开，哪有什么苍蝇。就算开了，也隔着内置的防虫纱窗。整栋公寓又是全封闭，难道是嫌他出出进进带来了苍蝇？不会是幻听吧？他皱眉看她，这么说来这病好像也不是小打小闹。用送去医院么？还是先静观其变？毕竟是客场，自己连个车都没有，开人家的车送人家去急诊室算怎么回事？她新来乍到，已经入波士顿这边的医疗保险了么？就算入了，保额又涵盖哪家医院呢？

"苍蝇在哪儿？"他问。

"嗡嗡嗡一直在飞，落在我脸上和脚上。"

脚？她的脚可蒙得严严实实，他隔着被子捏了捏。这莫须有的苍蝇，是不是在讥讽我赖着不走？还想不想让我伺候了？好像现在不是你想不想，是我愿不愿意，难道不是么？

"苍蝇我帮你打，但要答应我一件事。"

"什么？"她睁开眼。

"加油快点好起来。"

他的嘴唇压在她的上面，那股子病味儿透着真实，透着情色。对病西施这说法他有了新的理解：重点不是西施有多美，而是西施他妈病了——因为病了，难免会有任意摆布的可能，或是错觉。

"我看见苍蝇了，"他说，"飞你衣橱里了。"

她这衣橱是所谓步入式的，很宽阔，清空衣物鞋袜围巾帽子，恐怕能拴上两匹马。

"别担心，我不会让它死在你裙子上的。"

他止不住兴奋，原来闯进一个女人的衣橱比卫生间更刺激。泳装，套裙，西服，丝袜，登山裤，凉拖，长靴，Lululemon 牌瑜伽裤，贴着她名签的小行李箱：他仿佛窥见她不断流动的朝九晚五和一年四季。

他关上衣柜拉门，灯自动亮了。看着立式衣镜中的自己，不知是角度还是充满商机的设计，腿被拉长了许多。他从衣架卸下各种颜色质地的裙子，摆在地上，脱掉自己的衬衫和牛仔裤，躺在那些裙子上，将她半透明的夏日短衫裹在腰腹深处，头埋进那些更私密的小衣小物里，拼命地嗅着，试图驱赶鼻腔里她的病味儿。

鞋架底层是未拆封的香烛与香水，包装还贴着未撕掉的标价。爸妈上次来美国，还是渺远的疫情开始之前，他每天下班开车带他们去公园散步，车里的气味让他忍不住说你们是不是该洗澡了。母亲有点不好意思，说打算明天和你爸洗的，又说咱们北方人也没有天天洗澡的习惯。他后来很懊悔，那气味其实就是衰老，和是否天天洗澡无关。难怪美国老人身上都香喷喷的，因为美国人太怕老了。感恩节去商场扫货，向来不用化妆品的母亲悄悄问他美国香水贵不贵。他装作没听懂，说给一般亲戚捎的话就不用买贵的。母亲说男用女用香水各来一瓶吧，别买太贵的，挑香味儿清淡的那种，就我和你爸用。他听了悲从中来，笑着给母亲挑了两瓶寻常的法国牌子。在爸妈离开美国之前，车里就充满了法国香水的味道，闻不出男女款型，所以也分不出是爸妈谁身上的。不知道两瓶香水能用多久，爸妈回国后还用没用。大概率是早就扔掉了，毕竟那工业提纯的香味对他们来说只是异国他乡的压抑。所以要不要给她喷点香水？哪怕只是往卧室里喷一点也好？就算是她自己，也不想一直躺在发馊的病味儿里吧？算了，香水还没拆封，也许是她要送人的礼物也说不定。只是来过个周末，保持点界线至少没有坏处。

他在怅然中穿上自己的衣裤，尽量按原状整理好她的衣物，裤兜里还顺了一条她的丝巾。"苍蝇还是放出来打吧。"他拉开门，她依旧没有反应。她刚才一直这样躺着？还是挣扎起来偷听他在衣橱里干什么了？他把手指放在她鼻子下，确定她还在呼吸。她睁开了眼。

"我可没用这只手赶苍蝇。"他解释说。

"飞客厅去了。"她闭上了眼。

他走到客厅，发现那架琴原来是电子琴，只是看着像钢琴而已：木质踏板虽有模有样，按下琴键发出的音符却毫无轻重缓急。"苍蝇落到琴上了。"他用力敲了敲琴键，回头对卧室说，像是在对她解释。踢了下琴架旁的纸壳箱，感觉很重，用钥匙划开封死的透明胶，里面全是书，并没有他们一起读过的《红楼梦》。落地窗外阳光刺眼，已经到中午了？打开冰箱，电解质液已颇有凉意。从她的玻璃橱里拿出所有咖啡杯和酒杯——当然，那几套成双成对的高脚酒杯又引起了他的猜想。用高脚酒杯尝了香橙味，清凉，甜中带苦，葡萄与蓝莓也大同小异。倒了三小杯，依次端到她床前，没错，要的就是这种仪式感。打开百叶窗，阳光折过三种颜色的液体，落在她脸上，微微晃动。侧枕太久，脸上有枕巾的印痕。她还是拒绝喝电解质液。没有好起来的迹象，甚至都没有好起来的愿望。他的担忧里又蔓生出恐惧：如果是那种能要命的大病，留在这儿岂不是自找麻烦？可转念一想，哪里就有那么多要命的大病？至少在他的认知里，生病和衰老差不多，都是那种线性的渗透性的不可逆存在。大概率也许就是个头疼发烧。没有体温变化的发烧。或者连发烧都算不上，就是身体过段时间需要调整一下。电脑用时间长了还死机重启，何况是人呢。

"我送你去医院？"

"不用。"

"我给医院打急救电话，让他们派救护车过来？"

"我现在这样能坐车么？"

"你办医疗保险了吧？"他终于忍不住问。

"公司正在给办。"她侧过头，背对着他和阳光。

那就是没有保险喽！他体内掠过一阵绝望，换机票的念头又跳了出来。

"你还是试试电解质液吧，我给你买了三瓶呢，"他坐下来，手臂跨过她的腰，"以前喝不是管用么？每瓶 600 毫升，CVS 的药剂师说喝够 1000 毫升就会好。"

她用被子蒙住头，这动作激怒了他。

"我只能打急救电话了，不能看着你这么垮下去，等救护车开过来，就由不得我，更由不得你了。"

她冒出头，转过来，看着他，目光古怪，但还是努力笑出来了。他也微笑着扶她起来。三种口味都喝了。不但没吐，还多喝了两口葡萄味的。

"太棒了，"他吻她的脸颊，"感觉你最少喝了 100 毫升，躺下歇一歇，待会儿咱们继续。"

十二

他关上卧室门与百叶窗，脱掉衣服，躺在她身边。划开手机，登录他们相识的音频社交 App。周末在线人数远少于平时，天知道大家上班时都偷了多少懒。进了一个叫"爱丽·丝门罗"的房间，本以为是分角色读门罗的小说，没想到是一男一女两个 ID 对着另外几十个 ID 讲女作家的人生。手机放在枕边，手伸进被窝，握住她的手，任意捏握把玩。女 ID 讲八十年代门罗来过中国广州，当时的作协搞了个交流研讨会接待，却不欢而散，因为门罗认为中国同行们对那些让她日后拿到诺贝尔奖的小说毫无兴趣。当然，这都是那种会被写进传记或回忆录的小道消息，男ID却认为很可信，因为我们在八十年代粉的是马尔克斯、昆德拉、加缪，再不济也是玛格丽特·杜拉斯，谁会把一个专写加拿大小镇家长里短的放在眼里？

"门罗要是晚来广州四十年，"他在她耳边说，"就妥妥地网红啦。"

门罗本人有过两次婚姻，五十年代与第一任丈夫生过三个孩子，夭折一个，六十年代生了第四个，离婚，嫁给一个学者，专心写作。男ID认为门罗写了那么多关于婚姻家庭的小说，肯定和她自己的经历分不开。作家的深刻，与作家本人生活的沉重永远成正比。

"扯一扯作品也就罢了，"他很不屑，"拿人家私生活说事儿就没意思了。"手放在她胸口上，感受她的心跳起伏。手指又伸到鼻子下，探测她的一呼一吸。

女ID又聊到门罗和前夫在加拿大维多利亚市经营一家书店，就叫门罗书店。男ID调侃说这书店在网上的粉丝才不到一万，单论流量，国内随便一个小网红就能吊打诺贝尔文学奖得主。所以大家要是喜欢门罗的作品，就请多多支持她的书店吧。

"放屁！"他从她鼻子下抽回手，退出房间，"那是两个人一起开的书店，弄一帮乱哄哄的粉丝过去算怎么回事？有问过她前夫同不同意么？把婚姻写得那么压抑痛苦，又是《逃离》又是《幸福过了头》的，我要是她前夫，可绝不想出现在她小说里。"

"门罗都没改姓氏。"她声音微弱，语调坚决，较真病又犯了。

"那又怎么样？"他不服，"两个人在书店都有股份，又生了好几个子女，还用门罗的名字出了那么多书，真改起来很麻烦的……不过话说回来，也许前夫很开心她出名也说不定，毕竟书店卖钱需要流量……两口子之间的事嘛，自己都说不清，更别说外人了……门罗要是把门罗书店写进门罗的小说，那就好玩了……"

光线昏暗，她的气味在房间里越发沉重黏滞。他闭上眼，静心感受这气味的每一个分子，没有厌恶，没有担心，没有烦躁，发现这气味和爸妈的气味是相通的。他自己的气味早晚也会变成这样。只是时间问题。时间正过得越来越快，不是么？申请绿卡那两年一直回不了国，拿到绿卡父亲才在电话里说爷爷快不行了，让他赶紧订机票。爷爷的病房就充满了这种味道。奶奶是后奶，到了这种时候还得指望骨肉血亲。父亲和叔叔在医院旁租了个小屋，兄弟俩一住就是几个月，轮流照顾他们的父亲，体内恐怕也被这气味填满了。父亲还有叔叔，可他这个独生子女还有谁呢？如果久住病房的是父亲，他能抛掉美国的一切，一陪就是几个月么？所以父亲跟他提养老院的事，绝不是气话。父亲只是替他说出他心里不愿说出的话而已。他飞回美国后，爷爷很快就去世了。死亡：那气味的消散。小时候和爷爷过马路，明明车流不断，却觉得自己跑得比车快。还真让他做到了，对着马路另一边的爷爷傻笑。后来才知道那是爷爷第一次犯心脏病。爷爷当了一辈子书记，办公室里堆满《党的生活》，每期封底的漫画他都看过。大学放假回来，爷爷见老，更见缩。不问他考试成绩，也不问找没找女朋友，只问他入没入党。还说交志愿书和思想汇报的话，最好先给他看看。临出国，他去爷爷家，后奶知道这一别不知多久，借口出去买菜，让他们祖孙说话。却也没聊什么，爷爷只是拿出钱，让他赶紧接着。从小给零钱就是这样，让他赶紧接着，因为不想让后奶看见。时间之风越吹越猛，一切都被吹散了。死亡。拇指与食指间是鱼际穴，他就捏她的鱼际穴。没有反应。脉搏还在跳。如果她这病是父亲说的那种要死要活的大病，比如脑袋里长瘤，该怎么办？动手术之前先把头发剃光，像个尼姑一样？阿Q是怎么说的？和尚摸得，我摸不得？他伸手摸她的头，隔着头发揣摩她头颅的形状，来美国后才发现中国人的后脑勺大多很扁。她的似乎例外。维罗妮卡的也很圆。她到底是他的同类还是异类？假如躺在身边的她就这么死掉了怎么办？该给谁打电话？警察还是医院？她身上可布满了他的指纹，昨晚还有过床笫之欢，美国警察会让他如愿飞离波士顿么？现在走掉呢？为什么还不走？难道是被这气味捆住了手脚？网上相识，网上删除，有这么难么？可是真要仓皇走了，警察更不会轻易放过。原本当成小假期过的长周末，居然成了一场魂不附体的噩梦。如果周末没飞过来的话，现在应该刚踢完球，正经历剧烈释放多巴胺后的快感与茫然吧。

十三

马桶的冲水声让他睁开了眼。她不在身边，床头柜的台灯亮着，上厕所去了？他从床上起来，拉开百叶窗，外面黑透了，不知道睡了几个小时。

"你怎么样了？"他敲卫生间的门。

她又吐了，听着不再像呜咽，而是干嚎。已经吐无可吐了？他现在也习惯过来了，一点都不恶心，反而因为自己饿得肚子发酸感到羞愧。但也没到自责的程度，毕竟一天没吃东西了。久病的人总是让健康的人感到羞耻，不是么？那些有一方长年病卧的夫妻，到底是怎么处理性生活的？

她吐完躺下了，头蒙上被子，一句话也不说。也许是说话的劲儿都吐没了，也许是对他的存在表示厌恶，不知道哪种情况感觉更糟。别把自己想得该死地重要！这么一想，他的自尊心又被刺了一下。我可不是非留这儿不可的，他告诉自己，不过得先喂饱肚子。饿了不吃会伤胃的，就当来波士顿度个小假好了，没必要让她毁掉这个周末。

她的冰箱里没什么能引起他的兴趣。打开泡沫餐盒，宫保鸡丁隐约有了馊味儿，扔掉。莫名其妙想起速冻饺子。刚出国那阵不会做饭，又是穷学生，不知道吃了多少袋冻饺子。他不吃猪肉，因为小时候吃伤过。青春期时挑食最夸张，连粉条和豆腐都不碰，理由是口感像猪肉。这很折磨一日三餐顿顿下厨的母亲，但也容忍了他。独生子女怎么会有原罪呢？可到美国就没人管他那些啰里啰唆的了。华人超市里的冻饺子全是猪肉馅，饿得实在扛不住，只能猛加酱醋去压猪肉的腥腻。镇江香醋，李锦记酱油，老干妈香辣酱，华人超市卖的老三样，遍布全美，在她这厨房里居然一样也找不到。所以她已经入籍了？从里到外真把自己当成美国人了？他拆开还没拆开的箱子碰运气。那些箱子上也贴了标签，但和里面装的物件驴唇不对马嘴。也可能是箱子经历过不止一次搬家，搬着搬着标签就乱了套。搬那么多次家，都是她自己一个人搞定的？想想也不容易。用皮筋扎起来的成捆的衣架，毛巾和纸巾层层包裹的碗碟，胸罩底下撑着防变形的晾晒塑料架，塑料架里又用餐巾纸包了日式小茶杯，图案是穿和服的玩偶娃娃，有一种毛骨悚然的妖艳。最后只找到了蚝油，聊胜于无。

冰箱里唯一的肉类就是鸡胸脯，只好烧水，配上西兰花，清汤寡水捞出来，蘸了大半瓶蚝油。人生第一顿 C 罗套餐。也是饿坏了，刚吃几口还行，鸡胸嚼着像嚼没味儿了的口香糖。再往下吃，就又想起华人超市的速冻饺子，而且是他最受不了的那种白菜猪肉馅儿的，酱醋根本压不住，得上芥末。越吃越恶心，想吐，去洗手间试了，但吐不出来，除非用手抠。不上不下最是难受。箱底又翻出一盒星巴克的速溶黑咖啡，两包合一杯用开水冲了，调得黑滚滚的，又酸又苦。倒是不想吐了，只剩心跳得厉害。

母亲发来微信，说有亲戚打了五条江鲤鱼，不是纯野生的，但至少没土腥味儿，今天炖两条我和你爸先尝尝，剩下三条收拾好冻上了，不知道你什么时候回来吃。最末一条是视频邀请。爸妈前阵子在一个海外群里听的消息，说高速上出了车祸，三男一女全部遇害，都是中国人，从那以后只要他半小时不回微信，母亲必发视频邀请。

"妈，"他发了语音邀请，"我在朋友家呢。"

"在朋友家就不回信了？"母亲马上回了，显然是一直等他。

"朋友生病了，我过来照顾照顾。"

"什么朋友？"

"早就认识的朋友，跟你说也不认识。"

他把她的症状跟母亲说了，尽量说得听不出男女。母亲说熬姜汤喝，汗发出来就好了。他说这位朋友刚搬家，厨房里没姜。

"那也得让你朋友多喝水，饭一天不吃能挺过去，水不喝人就完了，头疼可能就是缺水。"

爱在周末延长时　　217

说到底还得喝电解质液。他挂断语音,又去卧室扶她起来喝葡萄味的。她不喝,他吓唬要打急救电话,她只好从了。

他用日式小茶杯喂,手在她嘴上用了力气,几乎是掰开的。她喝下一杯,他就读一段她箱子里的《郁达夫精选集》。

"我这几天来到了晚上,等马路上人静之后,也常常走出去散步去。一个人在马路上从狭隘的深蓝天空里看看群星,慢慢地向前行走,一边作些漫无涯涘的空想,倒是于我的身体很有利益。当这样的无可奈何,春风沉醉的晚上,我每要四处乱走,走到天将明的时候才回家里。"

"初中时在我爸的箱子里翻到一本广播电视大学教材,"他合上书,调暗台灯的亮度,"里面收了郁达夫的《沉沦》,偷窥房东女儿洗澡,有肥白的腿肉,有被窝里的苦闷,青春期那会儿就当黄书看了。现在想想,真是写得太他妈诚实了:一个身在国外的小青年,怎么可能不把性压抑和祖国孱弱联系在一起?当然,这是男性视角,换成女性也未必立得住。"

她一直闭着眼,不知道有没有在听,伸手在她面前晃一晃,还是没有反应。

"大学时交了个女朋友,十一放假去她家玩,她老爸在当地酒店给我开了个单人间,我和她用笔记本一起看电影。在一起两年多,就亲热过一次。你能相信么?那可是二十出头的年龄。她是挺好一女孩,人很干净的那种好法儿,你懂吧?所以不应该是她的问题。我过生日带她出去喝酒,然后打车去校外开房,她从背包里拿出一床单,很眼熟,因为那就是她寝室床单,上面印着04级食品科学2班,刚洗过,有一股她经常用的药皂的味道。我跟她说今晚喝多了,难受,澡也没洗就直接睡。从那以后再没亲热过,我也没告诉她为什么。是不太地道,但这种话我怎么说出口?哦,因为一张床单扫了兴致?说出来谁信? 轮到她过生日,陪她们寝室的K完歌,打车出去,双肩包里装着笔记本还有床单,抱在一起看碟,前半夜看她喜欢的宫崎骏,后半夜看我喜欢的阿尔·帕西诺,她要困了就先睡,我要困了就冲个冷水澡继续看,一夜很快就过去了。天刚刚亮回学校门口吃小笼包，饿得眼睛发蓝，就着小米粥能连吃好几屉，原来单纯地熬夜更是一件体力活儿。

"读过一篇鲁迅的文章，大意是说刚当上新郎官的小伙子看着新娶的娘子，娇憨不可方物，但是别得意，看一眼丈母娘或者丈人吧，那就是多年后娘子的模样，"蚝油吃咸了，他连着干掉两茶杯电解质液解渴，"出国后还认识了一白人姐们儿，不是美国人，是罗马尼亚来的，跟咱们都一样，第一代移民，差点没结婚。比我才大两岁，但是白人比咱们太显老了，还总不上妆，我一看那张脸，就想起鲁迅的文章，然后是她父亲的脸——罗马尼亚老爷子年轻时候打过仗，那张脸都很难定义成一张脸了，线条都被大鼻子和眼睛窝儿给挤垮了——每次亲吻，我都不敢睁开眼，怕想起鲁迅那句话，怕看见老爷子那张脸……"

她翻了个身。

"喂，"他用脸蹭她的脸，干燥，松弛，像被晒脱了的胶皮，"我这么说你能听清么？"手捏住她的脸，分开嘴唇，再灌一杯电解质，用纸巾揩掉残留在她嘴角的液体。

还是渴。一口气喝掉了香橙和蓝莓两瓶电解质，很通透。葡萄味儿的还剩小半瓶，明天再去 CVS 买好了。周一凌晨两点，睡意全无。想开她的凌志车出去兜风，又怕万一被警车停下说不清道不明。干脆从行李箱翻出带过来的沙滩裤和花衬衫——他本打算和她去波士顿海边戏水来着——去公寓一楼的公共吧台，没有人，只有成排成排的酒瓶，还有音箱里不知唱给谁听的约翰尼·卡什。又回去换上网球衫和短裤，在踏步机上大汗淋漓。多巴胺退却前冲的澡，喂她喝剩下的葡萄味，再回一楼去小影厅用手机蓝牙连上放映器，想看一部老港片，谁演谁导都不重要，只要是粤语就好，有无字幕都没所谓。可还没等到五十三年前的梅艳芳与五十三年后的张国荣人鬼重逢，他已歪在影厅的沙发椅上睡着了。

十四

他醒来时,她已经醒了,侧着脸,安静地看着他。窗台上的迷你电子钟已经中午十二点,百叶窗是拉开的,她已经起来过了。这目光是感动还是困惑于他居然还不走?既然猜不透,报以微笑就是最安全的。

"感觉怎么样?"他试着吻了下她的额头,手指拂过黏而薄的头发,"你出了很多汗。"

"我好多了,"她停住他的手,"感觉到饿了。"

皱纹,浮肿,眼睑和鼻孔里的分泌物。尽管阳光让这面对面的距离毫发毕现,嘴里的苦臭更具有叙事属性,他还是放松愉快地去用冷水冲脸,用超市买的泰国香米熬粥。她关上卫生间的门洗澡。他不同意她这么快就洗澡,隔着门劝不要着急,先好利索再说。她的回答是浴缸里的放水声。

粥熬好了,她还在卫生间里没出来。仔细听,没有水声,不知道在磨蹭什么。饿得受不了,自己先盛一碗,粗粝的棕糖添到粥里,筷子搅一搅就喝。控制摄入糖与碳水化合物,这是疫情期间他给自己定下的饮食底线,到她这儿就全乱了。今天恐怕还得去健身房,晚饭要吃纤维类的蔬菜。

"谢谢你。"

她总算出来了,头发吹干了,还上了一点妆,犹抱琵琶半遮面原来是忙乎这个,有必要么。

"快趁热吃吧。"

她只穿了件浴袍,他尽量不看,专心对付碗里的粥。她打开冰箱,拿了盒希腊酸奶拆开,又加了两勺坚果,核桃杏仁之类,小口小口抿。

"你就吃这个?"他问。

"我平时都吃这个。"

"可是你生病了,"他改用英语,"不是么?"

"是病了,"她用英语回,语气比那包坚果还干巴,"这两天真是抱歉,一直麻烦你,浪费了你的长周末。"

"你说这话就没意思了,"他放下碗,又缩回到汉语,"能在这儿陪你我挺高兴的,不然就你自己怎么办?还有那个电解质液,那么管用的话就多买几瓶留家里备用,反正CVS卖得也不贵。"

"嗯,放洗碗机里吧,"她指的是他吃粥用的碗筷,"你往回飞的机票是今天的?"

"今天不走,"他没法掩饰自己的不悦,"今天走太不像话了,等你明天好利索再说。"

"那怎么行?我真的OK了,你别耽误明天上班。"

"下午三点的航班,现在去机场肯定来不及。再说我也可以远程办公,你又不是不知道。"

"好吧,不过我明天必须要上班。"

她隔着餐桌和浴袍给了他一个拥抱,脸贴了一下脸,算是致谢他这份坚守?不知道她用的是香水还是护肤乳霜,香味很虚幻,只有被遮盖的病味儿才是真的。

她吃完酸奶,刷过牙,又回卧室躺下了,说身上还没有力气。她的手机在床头柜上闪烁,他问要不要看一下,昨晚就在闪了。

"肯定是我家里人,"她说,"我现在不敢看手机屏幕,怕又会头晕。"

"那就更得回了,"他想到了母亲,想象不出自己一天一夜不回信她会急成什么样,"怎么能让家里人担心呢?"

她只好划开手机,让他帮忙回复。这信任他并不意外,毕竟连又皱又臭的病容都见过了。未读信息基本都来自一个叫"家"的群,除了她还有"爸""妈"和"弟"三个ID——他都不知道她在国内还有个弟弟,要是有个儿子他会是什么反应?剩下的信息看头像也分不出男女。倒不怕她事后发现他点开过,而是他的老毛病，不愿看到自己不想看的，像鸵鸟那样乖乖把脑袋插进沙子里吧。

"你爸发过来的。"他点开语音条，是他听不懂的方言。这才想起她以前说过她家在南京，还说那个叫作金陵的南京早就没了，只剩下架在鸭脖子上的南京。城里是满街的盐水鸭咸板鸭鸭血粉丝汤，城郊是鸭子的集中营和生死场，每次回国要用两礼拜的时差来缝合这恐怖。他自己对鸭子虽无嗜好，但这话还是听着别扭：从小就在南京长大，为什么出了国才发现恐怖？

"我爸就是问我怎么不回话，"她闭着眼，不急，不慌，"你在群里打字回他吧，就说我在朋友家呢，朋友生病了，我一直帮忙照顾来着。"

"我跟家里也这么说来着。"

"什么？"她半睁开眼。

"我家里也问我干吗呢，我也说在照顾朋友，"他对她挤出一个笑脸，"咱们想一块儿去了。"

初吻后他给那个笔名叫霁雯的女生家里打电话，事先约好响到第三下接的人才是她，不然就挂掉。他把自己和母亲之前的对话敲到她的家人群里，回味着两个中学生对付家长的天真与荒唐，任由时间之风在脑顶掠过，不免心生悲凉。

"你爸问你是什么朋友？"

"是很好的朋友。"

"嗯，很好的朋友。"

他摇头，苦笑，一个字一个字照她说的敲。

"你爸让你在朋友家也别摘口罩，还是要小心疫情。"

"告诉他晓得咪，这是南京话。"

她从未跟他提过南京话。当然有更多他不知道的。有什么好抱怨的？两个护照年龄超过八十的人凑一起过周末，不是很好的朋友又是什么？跟她一起回国，回她的南京，街头的板鸭店，自己爸妈就坐在对面，翻开菜谱，问有没有适合东北人口味的主食——手指越发僵硬，在她家人群里打错一个字就删一个字，删掉再打，再删，再打——他不明白这种时候怎么还会冒出这种狗屁画面。

"你妈说让你发张照片，她想看看到底是哪位朋友。"

"我妈？"她睁大眼，听着有些吃惊，"她怎么比我爸还婆婆妈妈？"

"不信你看，"他递过去手机，"你妈就是这么说的。"

"你就说是美国朋友，他们不认识，也没见过。"

"逗你玩儿的，你妈什么也没说，"他拍着腿，放声大笑，"你妈淡定得很，女儿躺了两天，一句话都没问。"

"嗯，"她也笑，"这一点我倒很像我妈。"

"帮你回完了，"他放下她的手机，打开窗子，晴得让人心悸，"天气这么好，也不知道晚上有没有烟花。"

"我还是没力气，不然就跟你去海边了。"

"没关系，以后再说。"

十五

她醒来时，他正在用手机查"与你一起醒来的一百种方法"和"我愿每天早上和你一起醒来"哪句出自徐志摩的手笔。

"睡过去的时候就在想这两句话，"他说，"醒来就赶紧查，结果哪句都不是徐志摩写的，网上乱说而已。"

她笑一笑，准备起来。她的气色好了很多，床上的病味也消退了，他反而感到失落。她这病卧不起的状态，私密而不常见，结果被他撞上了，占有了，可是才两天一夜就消失了。如果他们还有以后，这个充满病恹恹的长周末或可被当作一件亲昵的往事重提。更可能是就此别过。她呢？她肯定盼他也忘个一干二净吧？

他建议她继续休息，晚饭他来准备。"你冰箱里没什么好吃的，我想出去转转,刚好去趟华人超市,这样等我走了,剩下半个礼拜你也不用再去买菜了。"

她不同意,理由是太麻烦他了。"I just can't abuse your being here.(我不能因为你在这儿就没完没了。)"

这句英文噎得他够呛,只好给餐馆打电话订菜,幻想她得了重病,卧床不起,大小便失禁,由他全权照顾,全程摆布。

"那馆子叫天府之城,四星半的网评,"他放下手机,干巴巴地说,"不过中餐馆的厕所都脏得不得了,四星五星根本就是个笑话。"

他开着她的凌志,查尔斯河的夜景在眼前掠过。太阳落下没多久,天边还是奇异的深紫色,河畔已经起了稀稀落落的烟花。有的只听见响,不见烟花,有的刚好相反。小时候在爷爷家过完除夕夜,和爸妈一起往回走,街上漫天的烟花。母亲那时听力没有问题,很怕炮响,看到谁家院子里蹿起魔术弹或钻天猴儿就捂耳朵。父亲只是默默往前走,偶尔打个哈欠,呼出的白气也被烟花染上了颜色。比起远远近近疏疏密密的炮竹,棉鞋踩在雪里的咯吱响他反倒听得更清晰。后来想一想,这逻辑也说得通:毕竟雪踩上去有实实在在的触感,烟花飞上天就只剩寒风中若有似无的火药香。眼下这美国的烟花就更缥缈,一簇一簇倒映在水上,分不清是射向查尔斯河还是夜空。

开到天府之城,气派可是不小:车道直通大门,两旁立着老庄孔孟秦皇汉武,都是两人高的石头像,打躬作揖间透着五千年的压迫力。推开门先入眼的是老板和林青霞、张曼玉、刘嘉玲们的双人合影。好家伙,半个《东邪西毒》的剧组都齐活了。大厅里很冷清,只有两个系围裙戴厨师帽的男子,抱肩立在窗前,一边看烟花一边用粤语聊天。天府之城卖的难道不是川菜么?广东人来掌勺岂非要凉凉?果不其然,三杯鸡根本是泡在酱油、蚝油和花生油里的鸡块,另一样更后现代:莲藕蘑菇鱿鱼汤浇在一坨米饭糊糊上就自封为三鲜锅巴了?为保险起见,他又点了二十个饺子——南方人包饺子向来论个不论斤——韭菜鸡蛋虾仁,再三强调自己是回民,连和馅用的油都必须是素的。

败兴而归,她不但没听他话好好休息,反而在收拾卧室的衣橱,从里到外喷了清新剂。

"又飞进苍蝇了？之前那只被我干掉了。"

"不是，"她说，"就是看着乱，忍不住收拾一下。"

他这才想起自己曾赤身裸体躺在她的裙纱短衫里。

洗衣机发出提醒音，原来她还洗了衣服。

"烘干机还没修好，就先不洗你的了，"她说，"怕你回去时还没干透。"

客厅也拾掇出个模样：他拆开的纸壳箱都扔掉了，未拆开的就推到角落，制造出硬性的空间，软性的氛围由立在餐桌上的香烛输出，像是在给长周末办一个悼亡仪式。

"早知道我就再买束花儿了，"他也调整情绪，尽量打起兴致，"可惜还差一瓶酒。"

餐盒摆在餐桌上，烛光朦胧，三杯鸡和三鲜锅巴看着没那么惊悚，她仍然不碰，只象征性地吃了个饺子。原来西兰花煮鸡胸肉还可以加萝卜块，再配上黑椒和橄榄油，该死的 C 罗套餐升级版。

"待会儿楼下吧台开 party，"她说，"一起下去看看吧。""那是他们的国庆节，跟我们有什么关系？""至少有现成的鸡尾酒。"

她把电子琴调到自动播放模式，《秋日私语》汩汩而出，他想起那盒精装的理查德克·莱德曼，高考后送给那个笔名叫霁雯的女生作分手礼物。她伤感地收下了，却拒绝在八月的夏夜和他见最后一面，害怕在操场深处被他占了便宜。

广东人烧的川菜果然荒腔走板，反正她也不吃，一股脑倒了，专心对付饺子，发现皮儿上有笔墨的渍记，被烛光晃得没法视而不见。给天府之城打电话，接的居然是一个东北口音的女人，嗓音低沉，问他有啥证据证明是她家的饺子。他说有发票，还有餐盒，还说这里是美国，打个电话就能让你家执照吊销。

"大哥你是认真的么？"那女人笑了，"你就说想要多少折扣吧。"

"折扣？"他被气笑了，放下筷子，走到窗前，独立日的烟花映在脸上，"这是吃肚子里有毒没毒的问题，跟折扣有个毛儿关系？"

"不要折扣就是要饺子呗?我家现在打烊了,明天带发票和饺子的照片……"

"Fuck you(去你妈的)!"

他挂断电话,对着漫天烟花拍视频,背景里有影影绰绰的噼啪声,有甩干筒的转动声,有《秋日私语》的旋律,有北大西洋的潮湿闷热,有不那么汹涌的食困,没有自拍,没有合影,没有寒风中的火药香,更没有棉鞋踩在雪里的咯吱声。传到朋友圈里,不知道她会不会点赞。

她在洗手间里梳洗打扮,出来时换了一条他没见过的裙子。忍不住想象美国男人掺混着酒精的目光落在那双小腿上。

"韭菜馅的饺子,"她提醒他,"还是刷一下牙吧。"

十六

走进吧台,才意识到是所谓的"theme party",主题是棒球——那种让他昏昏欲睡、让美国人疯狂的运动——穿上老家球队的球衫,一次性托盘里堆满寿司和培根虾卷,鸡尾酒里的碎冰块在晃动中与独立日的夜一起消亡。对于美国人搞的这些玩意儿,他向来不感冒,没想到她却很投入,还说家里没有球衫,不然肯定穿一套下来。

"我在国内就踢球,"他不屑地说,"到了美国也一直踢,找中国人踢,我只有足球衫。"

"可这儿是美国呀,"她帮他正了正衬衫领子,"这儿也是你的家了,为什么不适应它呢?"

"是,我是在美国买了房子,给美国公司上班、退休,十有八九还会老死在美国医院,可我啥时候说我的家在美国了?"

"随便你吧,"她给他点了杯鸡尾酒,Mojito,冰块里竖着一簇薄荷叶子,

"记住，是西班牙语的发音，Mo-Hee-Toe。"

他吸了一口，酸，甜，辣，还不如泡在酒里的冰有嚼头。

派对请了现场乐队，乡村布鲁斯一路唱到嬉皮民谣。她的短裙在一堆棒球衫当中既格格不入，又引人注目。白人黑人印度人都跟她谈笑，碰杯。为什么不呢？酒精再加上猜不透年龄的亚洲女人，有什么比这组合更刺激他们跃跃欲试？

吉米的两个爷爷也来了，穿着红袜子的球衫与短裤，露出四条毛茸茸的腿，但是没有带吉米。也是，这一屋子的人类荷尔蒙恐怕也不适合一条长满癌细胞的狗。

"那女人是你的？"矮脚虎开门见山。

"嗯，从西海岸飞过来看我，"他说，"一起过个长周末。"

"挺好啊，"矮脚虎跟他碰了一下杯，"她看起来很棒，也很爱笑，不是么？"

"她跟我不一样，"他干了鸡尾酒，"她是 ABC，又天天晒着南加州的阳光，走哪儿笑哪儿。"

她在人堆里回过头，向他和两位老人举杯，挥手。

"我看她倒是有点眼熟，"高个子老人小口啜着啤酒，"好像在这楼里见过。"

"是么？那我可得要看紧她了。"

他开个玩笑，叼着吸管向她走过去了。

十七

临睡前又洗漱一遍。虽然他不认为有什么好洗的，但这不是自己家，只能客随主便。 她用洗手间的当儿，他歪在床上把烟花的视频发给爸妈，说朋友已经康复，他也回家了。

"到底是什么朋友？"母亲问。

"妈你别管了，"他打字回复，"我睡了，明天还得上班。"

她穿着睡裙从洗手间出来。"你闻到了么？"

她指的是那股像臭鼬的味道。

"嗯，"他用力闻了闻，"可窗子都关上了，怎么飘进来的？"

"是通风孔传过来的，"她在他身边躺下，"估计是楼上的人在抽。"

"这国家不就是这样么？"他轻蔑一笑，腿压在她的腿上，"养小孩，养狗，看那些没完没了的球赛，吃没完没了的垃圾食品，搞垃圾派对，抽垃圾玩意儿，不然就不算融入他们。"

"晚安。"

她戴上眼罩，被子底下握了一握他的手，腿从他腿下抽走了。

全世界的新闻都在报道疫情结束，他在办公室订回国的机票。病毒来得说不清道不明，去得更是莫名其妙。隔壁有人在哭，听着像霁雯，推开门才发现是她，抱住他说弟弟在国内出了车祸，孩子还不到两岁。醒来刷开手机，发现她把派对的照片贴到朋友圈里了，应该是哪个美国人给她照的，跟乐队吉他手的合影，没有他，不知道有没有南京的家人点赞，不知道有没有在他梦里出车祸的弟弟点赞。她睡得很稳，很沉，呼吸均匀，像查尔斯河畔升起的烟花，一簇连着一簇，听不出远近，听不出真假。

十八

因为做了太多梦，醒来就不早了。她已上好妆，穿着套裙，准备上班了。

"我帮你叫了早餐，会送到家门口的。"

临走，她拥抱了他，在他脸颊留下一种可称之为清雅的气味，与套裙带来的视觉感相得益彰。

早餐送过来了，是 Cracker Barrel（美式连锁餐厅）的煎蛋、培根和土豆饼。所以她自己吃那么健康，给我就点这个？他把培根倒进了垃圾桶。

又是一个晴天，打开窗子，阳光填满了公寓。墙角卷着一捆瑜伽垫子，上面放着她那条 Lululemon 瑜伽裤，叠得方方正正，还是能看出来她早上用过了。他抚摸它，外层质地柔软，内层也是那种吸汗的料子。仔细闻了，有汗味儿，但和她生病时的汗味儿绝对不一样。

"想喝咖啡的话，公寓大堂也有咖啡机，"她发来微信，"Enjoy your morning（享受你的早晨）！"

他迅速吃掉热量奇高的煎蛋土豆饼，打算用工作来排遣失落。

笔记本电脑是带过来了，但不知道她的 Wi-Fi 密码，又不好问。他们已不再是见面之前的他们，不是么？公寓一楼有一间公用的小会议室，在健身房对面，Wi-Fi 信号很棒，窗外还能看到游泳池。他刚回了几封邮件，一个西装革履戴口罩的白人男性过来敲门，自称是公寓经理，很客气地问他是否预定了会议室。

"反正这屋子也没别人，非要预定么？"他反问。

"对不起，这是我们公寓的规定，都写在您签的租约合同里了。"

"那我现在就预定，可以么？"

"对不起，"喷了过度古龙水的经理指了指对面的健身房，"她已经定好了。"

"谁？"

"就是那位躺在瑜伽垫上的女士。"

妈的又是瑜伽，体内掠过一阵恼怒。"她现在不还没完事吗？"

"对不起先生，"经理晃了晃肥厚的满是汗毛的手掌，"使用前，会议室要提前半小时清空，这是疫情期间的规定。"

他收起笔记本，汉语甩了句国骂。"对不起先生，"经理给他开门，"十分抱歉。""Please stop fucking sorry me.（请别再他妈对不起我了。）"

吧台也有免费 Wi-Fi，他在靠窗的方桌坐下来，很快跑进来几个黑人孩子，橄榄球在他笔记本上飞来飞去。他报以宽容的一笑：他们的肤色在这国家的历史和现在都太沉重了，只有上帝知道他们长大后要付出多少努力才能卸掉这沉重。可当他发现带领这些孩子的是一个白人女性，而且胖得像一口灌满水的麻袋，便坐不住了：她是家长么？她那两条大白狗凭什么不拴狗绳？

"喂，能拴上狗么？这可是室内的公共场所。"

胖女人依旧看着孩子们与狗嬉闹。

"你是这里的住户么？"他加重了语气，同时告诫自己要管住舌头，千万别提肤色，别提性别，别提体重，别提这国家的任何禁忌，"如果孩子被狗咬了你能负责么？"

"就像你说的，这里是公共场所，"她甚至都没看他一眼，"不爽的话你可以回家呀。"

他快速收起笔记本，去前台投诉。一个五官与肤色都充满拉丁风情的女人接待了他，衣领的扣子开得很低。

"您好先生，我叫卢西娅，有什么可以帮您的？"

"吧台里有孩子和狗，"他把目光从她的胸口移到那双深到能放下两个鹌鹑蛋的眼眸上，"狗没拴绳子，我担心孩子们的安全。"

"是您的孩子么？"

"是一位女士带过来的，狗也是她的，我看她不像是孩子们的家人，你明白我的意思么？听着，我对这公寓一直感觉很棒，想把一居室改成两居室，叫我女朋友搬过来一起住，不过现在我不确定了。"

"您住哪个房间？"卢西娅的嘴唇像两支横过来的口红。

他报出了她的房间号。"可以尽快处理么？我约了人在吧台谈事。"

"没问题。"

卢西娅去了吧台，可是很快无功而返：胖女人声称就是为了让孩子与狗亲近，才不拴绳的。

"咬着人怎么办？"

"咬人的话可以报警，那是违法的。"

"只要没咬人就是不违法了？什么混账逻辑？"

"你现在就可以给警察打电话，"卢西娅耸了耸肩，胸口跟着颤抖，"但我打赌他们是不会来的。"

"我每月付三四千美金的租金，就他妈为了听你说这个？"

"嘿，"她拉下脸，"我是在帮您的，这里安了摄像头，不准任何人撒野，您明白么？"

十九

中午她带回来石锅烤肉。"这边中餐馆我还不熟，就订了韩国菜。"

他愤然告诉她上午的辗转，还说要打电话，问美国警察到底管不管美国人的狗。

"公寓前台给我打电话了，"她给他掰开筷子，"原来是为了这个，早知道把Wi-Fi密码给你就好了。"

"给你打电话了？没事吧？"

"应该没事，我太忙了，没接。"

他用筷子夹烤肉，她用小勺挖坚果酸奶。两人之间的碟子里摆着切成小块的苹果，没人动。电子琴在放德彪西的《牧神午后前奏曲》，编曲有简化的嫌疑，迷幻已经压不住尴尬了。

"是这样的，"她放下勺子，"我给你订了下午的机票，吃完就送你去机场，好不好？"

她甚至还捧住他的脸，吻他，歉意还是不舍？

"你已经彻底好了，"他盯着她那张上妆的脸，好像武士披着铠甲，和没上妆就是不一样，"是么？"

"嗯，这两天真的谢谢你了。"

她继续吻他，他用令她窒息的拥抱回应。因为要赶时间，所以略过卧室，直奔卫生间。一次性的方便筷子搭在烤肉餐盒上，如果框进静物画里，不像一个周末的结束，倒好像刚刚开始。她反锁上卫生间的门擦洗，他躺在卧室地毯上，盼着空白期降临。划开手机，有母亲的微信，说刚看完晚间新闻，他所在的城市暴发了疫情，让他千万戴口罩，切忌远行，远离人群流动密集区。

"妈，你放心吧，今年春节不管疫情什么样，不管隔不隔离，我都要回国看你和我爸。"

本来要再加一句"我想你们"，却没用语音。他从来不跟母亲说"想"或"爱"之类的字眼儿，不是因为母亲听不清，是怎么也说不出口。对那些带给他空白期的女人，倒不吝慷慨。人生过半，才知是一场虚妄，说与不说大概都是枉然。

打出那四个汉字，点击发送，放下手机，那片空白方如梦似幻，悠然而至。

选自《当代》2023 年第 6 期

花海的珍珠

王 梆[*]

一

千禧初年，香港发生了一起怪事，一个叫花海的小渔村，似乎被某只游荡到附近的海怪咬了一啖。一啖而已，便碎成渣滓，沉入海中。

那是一个暖风袭人的春夜，花海像劳累了一天的渔夫，被睡眠挟持着，在卢亭鱼人的歌声里，发出顺从的鼾声。即使是白天，它也时常处于昏昏欲睡的状态。它人口稀少，坐标偏远，只有十几户渔民，十几栋低矮砖楼，几间空置棚屋，两家士多店，一家艇仔粉排档，一座小石桥，一座树桩搭的海神庙，一个用来晒咸鱼和虾干的海堤，礼拜六时偶尔一两个陌生面孔，以及一个永远班次错乱的小码头。唯一的特别之处是它身后一座海拔527米的野生山林，每到春天，山林朝海的一面便会开出几株樱花。站在山顶眺望，一簇簇浅淡的花团，像藕色的云朵，又像不可能的亚热带的初雪，悬浮在半山之间，和风而奏，呼唤着墨玉色的海水，年复一年，朝开夕凋，从不辜负，"花海"也因此而得名。

花海渔村本并不存在。19世纪中叶原始的填海运动，将沙泥碎石搅拌一起，一股脑灌入海中。凝固的部分，渐渐变成陆地，但陆地却并不一定化作桑田。在水流急促的地带，填料极易被海水蚕食，千百条蟒蛇般挺进的激流，经由滩

---

[*] 王梆，广西南宁人。著有《贫穷的质感：王梆的英国观察》，中短篇小说集《假装在西贡》等十本书。中英双语写作。现居英国剑桥。

涂，渗入新填的陆地的胫骨，经年累月，最终吃掉陆地的四足。尽管如此，这种方式填出的土地，却最接近自然海岸的原貌，所以总能吸引成群的海鸟，丰饶的鱼群，以及一小撮世代打鱼为生，却被工业化渔业到处驱赶，像留鸟般失去栖身之所的渔民。当花海作为一块早期填海运动的边角料冒出海面，当神秘的海风为它身后的山林捎来野生的樱花籽，当樱花的花瓣像小雪一样撒入细浪，花海的先祖们便决定在那里安家。经过与大自然一个多世纪的博弈，花海渔村在海啸、台风、干旱和洪水中安静地活了下来，像荒岛上一个萤火虫般微小的亮点，在波涛汹涌的都市化进程中，保持着某种从容不迫的缺席状态。香港似乎也习惯了它的缺席。它固然有美丽之处，却过于简陋，也太偏远。人们更喜欢去大埔赏樱，去大澳怀旧，去大屿行山。

尽管如此，花海一夜间葬身海底的噩耗，还是深深地刺痛了港人的心脏。人们惊恐不安地揣测着各种可能性。突发性泥石流？地震？被海水彻底腐蚀的填料导致的中空和塌陷？咒语？UFO入侵？长着鲨齿却从不显形的海怪？不管如何绞尽脑汁，没有人知道那个谜一般的春夜，花海到底发生了什么，一块本来填得扎扎实实的陆地，怎么就变成了苏打饼。紧急事故监察及支援中心出动大批人力物力，第一时间赶到现场，却只找到了一个沉入水下的破碎的小村庄，像一只被液体密封的水晶雪球，轻轻摇晃，舢板、家具，昨夜仍温热的青花瓷碗，猫狗、家禽、建筑物的废墟……便无声无息，分崩离析。都是常年在海神府邸找生活的人啊，水性不亚于救生员吧，渔船和救生圈也近在咫尺，怎就无人生还呢？是全都被卢亭鱼人的歌声催眠了么？据说和花海一起消失的，不仅是村庄和人畜，还有海神庙里含在龙王口中的镇村之宝——一颗南洋白珍珠。

二

阿昇每次去潜泳回来，总会给安白带些手信，比如海玻璃，红珊瑚，长满海藻的嘉顿饼干盒之类。这次他带回的是一颗鹅卵石，圆润光亮，吸足了香港六月的暑气和阿昇那恋爱中的体温，像一颗马上就要孵化的鹅蛋。阿昇把它轻轻放在安白侧卧的耳朵上，对她说，它唔系一般的石头，它系一个隔音器，不信？你听。安白闭上眼睛，尖沙咀果然从噪音的机舱里脱身出来。永无止境的车流声，尖厉的渡轮引擎声，百年钟楼的钟声，海鸥飞扑抢食的咕咕声……刹那间都消失了。整个世界，似乎只剩下安白轻微的呼吸声和阿昇炙热的鼻息。

这不是他们第一次在尖沙咀钟楼底下的草坪约会，那里离油麻地近。父亲过世，母亲改嫁，房子交回给收租婆之后，安白就从旺角搬进了油麻地，同嬷嬷住一起。一间公屋，用旧衣柜隔成两半，嬷嬷靠墙，安白临窗，一张宜家折叠沙发，白天是嬷嬷的针线坊，晚上便是安白的小窝。床头的红木角柜原本是一只神龛，为了省工省力，壁龛内的兽面浮雕全被略掉，好比"神"的简体。安白对被简化的传统工序有着某种本能的敌意，实在看不过眼，便干脆用工地的瓷砖剩料，在它的面板上拼出古老的里斯本纹样。她是天生的工匠，每片瓷砖都切得不偏不倚，光滑平整；砖与砖的缝隙，像发丝一样纤细；再加上令人舒心的配色，神龛一下就有了地中海的味道。可惜阿昇只在安白的 Instagram（照片墙）里见识过这只角柜和它的改造过程。安白从不带阿昇回家过夜，她也不爱去阿昇家过夜。

阿昇住浅水湾父母家，和安白隔着半个大海。如果香港突然停电，他们之间的航线就会变得像月食一样黑暗。有些事物，经得起地久天长，比如海玻璃，在海水蒸煮的时间里，渐渐蜕掉廉价、刺目的外壳，露出美丽、沉静的内核。而爱情这件事正好相反，阿昇虽然只有二十四岁，却已经看到了这个惨淡的现实。第一年上幼稚园，他像其他小朋友一样，坐在小课桌前画"爹地和妈咪"，画来画去都是两只气球，一只很大，像呼啦圈；一只很小，小的那只是"爹地"，因为飞得太远，几乎看不见。彼时阿昇的父亲就已经在乡下包二奶了，有时不止一个，全是他家印染厂的女秘书或女工。除了中秋和春节，父亲基本不回家。母亲占据着阿昇的整个童年和青少年。母亲细瘦的手腕，突兀的骨结，凄艳的浓妆,凌乱的话语。母亲总是穿着梳棉睡衣,站在黑洞洞的三十四楼,贴着客厅里的玻璃幕墙,隔海眺望,像旧时某个失宠的妃子。海岸那边,楼船水戏,动乐舞旗,灯火炳然。母亲看得入神,好似自己不是戏中人一样。

阿昇第一次遇见安白,也在同一地点,同一副玻璃幕墙面前。那日阿昇刚结束为期六周的潜水培训,推开屋门,隔着玄关里影影绰绰的虎尾兰,看到母亲瘦骨嶙峋的背影,突然换成穿蓝布工装裤的陌生女人,有些不知所措。连打三次招呼,对方依旧纹丝不动,像通关游戏里一个被卡住的画面。阿昇走到安白身旁不远处,发现她原来戴着无线耳机,双眼紧闭,手掌向前,十指伸张,像在履行着某个站式的瑜伽。阿昇不敢打搅,迈着猫步缩进一旁的沙发。

那年阿昇十九岁,此前只谈过一次恋爱,和一个被宠坏的中七女生。香口胶女孩,每分每秒都要作陪。幸好接过几次吻之后,对方就随父母移民去了新西兰,说好每天视频,却连下了飞机也懒得道声平安。阿昇的同学里,举家移民是常态,走后杳无音信也是常态。香港对他们来说,是一栋巨大的飞机旅馆,人来人往,到点即散。每一段友情都是一只可有可无的行李箱,塞着一瓶威士忌,两副网球手套,几卷宝丽来即可拍。

渐渐地,阿昇便习惯了孤独。不用训练的时候,他就一个人去电影资料馆看电影。他喜欢港产老片,尤其喜欢那些旧日影像里的女人,那些韵味十足、独立又任性的姐姐。彼时安白二十六岁,看起来像二十岁,加上短发、雀斑和粉红色的小尖耳,甚至显得有几分不谙世故,但比起阿昇,依旧成熟不少。潜泳队里,好看的姐姐很多,全身蜜饯色,四肢比海豚健美,一看到阿昇,就端着花蜜朝他灿笑的也不少。但安白不同,安白的美,阿昇只在那些旧日影像里见过,清冽碧蓝,像晴天的海水,又似乎有点冷漠扎人,像鹤咀的松杉。老实说那天的安白和平日的安白比起来,并不算美:蓝色工装裤是父亲留下的,又硬又旧,还不太合身;短发上沾满了化学浆液和石灰,面庞脏兮兮的,肤色也参差不齐,额头上的太阳斑和鼻尖两旁细密的雀斑互相呼应,像懒得洗脸的小猫,配上天生疏淡的眉毛,初生的新月都比它们显现……尽管如此,阿昇还是被安白牢牢地吸住了，如果不是她胸脯上的细微起伏提醒着他目光的越界——他甚至想把她放在书桌上，和他的藏品，帆船模型、海生物化石、船锚们摆在一起。

他就这样静静地盯着她。直到一阵海风吹过，远处的船只倾倒在波浪的肉痕里，七月的艳阳为高耸入云的大厦罩上金色的羽衣。他仍沉浸在奇妙的臆想之中，她已从某段遥远的冥想中撤回现实。她睁开眼睛，在玻璃幕墙的倒影中，一眼就看到了坐在沙发上，手掌支撑着下巴，朝她呆望的少年。她迅速取下耳机，只说了一句，唔好意思，落楼透下气，就径直朝通往主卧的复式阶梯走去。

阿昇母亲轻飘飘地从厨房里闪出来，像往常一样，心神不安地端着一碗绿豆冰，撞见安白，只好客气招呼，Julie啊，饮点糖水先啦？安白摇摇头，加快了上楼的脚步。阿昇母亲斜眼看到阿昇，眼光中闪过一丝惊喜，啊，你返咗嚟了？你要唔要饮绿豆冰啊？阿昇礼貌地回绝，指着安白的背影，等母亲解释。哦，我一直唔中意洗手间的瓷砖，太白太光，晚黑上个洗手间，四周围映返自己，好似撞鬼！Call咗一家装修公司，他们话可以换，哏就换咯！费事成日自己吓自己……阿昇母亲边说边舀起糖水，有气无力地把瓷羹送到嘴边，眉心里锁着一个"苦"字，好似碗里盛的不是绿豆冰，而是千年苦参。自阿昇加入潜水队，弟弟嘉良去了英国念书，阿昇母亲就没日没夜地待在厨房里，在一只电动煲汤锅里虚度着光阴。

阿昇悄悄走进父母的主卧，敞开门的浴室里，半蹲着正在切割瓷砖的安白，白色的水汽织成连续不断的扇面，拂过她戴着耳机和防护罩的脸。她专注的神情，一眉一目，映在新铺的荷绿色六角瓷砖上。后来他们在那上面做爱，在浴室即将完工的前一天，中央冷气和瓷砖自带的冰凉，几乎将他们的膝盖冻僵，幸好他们紧贴在一起的部位足够炽热，像冰窖里的一小团火。

三

去英国本来并不在阿昇的人生计划当中,他英文不够好,不想进大学修商科,更不想在一个冷飕飕、地图都看不懂的地方做什么地产。最重要的是,他不愿离开安白。但他不知道如何违抗父意。他已经无数次违抗父意,父亲要他学金融,他偏要学海洋学,才读到一半,就扔开书本去学潜水。开放水域潜水的巨大开支,昂贵的潜水设备,每次出海的旅费,随身携带的银行卡,他这五年来,在麦奀记、在兰芳园、在上环的法国菜馆等地请安白吃云吞面,吃葱油鸡扒捞丁,吃鸡蛋仔,吃荷叶饭,吃米其林,吃法式香蒜牛油焗田螺的钱……全都是父亲给的。他至今还没拿到潜水教练资格证,就算考过了,在今日潜水教练普遍 part time(业余)的前景下,他几时能做到散纸自由,仍是一个永久的未知数,更不用说经济自由了。他坐在餐桌前,心急如焚,望着唇沫横飞的父亲,呆若木鸡的母亲,一句话也听不进去。他草草扒了几口饭,便放下碗筷,试图离席。坐低!父亲不动声色按住他的肩膀,我仲未讲完!

父亲的计划从来不容置疑,弟弟嘉良九岁就被送进了英国一家私立寄宿学校。父母亲自将他送到校舍。分别时,哭了一夜的嘉良鼻青脸肿,面目全非,像一只破碎的垒球。尽管如此,父亲也没多看他一眼。酒桌上,父亲时常拐弯抹角,夸赞自己的明智。超过三分之一的英国议员曾就读私校,首相内阁里三分之二的官员亦都毕业于私立学校……你话私校系咩也地方?边个都进得去?再话了,细路仔不出来磨炼一下,边长得大?

父亲的算盘始于对长子的失望,没想到次子让他更失望。几乎每隔几个月,父母就会收到一封校方警告,扬言要开除嘉良。还未到九年级,嘉良就已经换了三家私校。嘉良打架,装病,旷课,涂改路牌,游泳课佯装溺水,露营时用吊床将同学绑在树根上,甚至在 iPad 上浏览色情网站,还私下和校外的不良少年串通，在校内倒卖毒品……除了把阿昇调去英国坐地看管嘉良，父亲想不出其他上策。至于阿昇未来该做些什么，父亲其实也早就筹划好了。在 Zoom 会上，父亲把阿昇介绍给英国地产业的香港老朋友，让阿昇生生性性，从头学起。阿昇的落脚点也基本定下了，利兹新开发区一套一居室仿都铎风新型公寓，中心有公用绿地和露天泳池，商住两用，离嘉良的学校 3.7 英里。甚至连考驾照的公司，父亲亦都托人指派好了。等两个儿子先稳定下来，老豆老母再去会合，毕竟，举家移民是迟早的事。现在不走，迟点也要走，花海就是先兆。虽然世上只出现过一个花海，花海也只沦陷过一次，但花海毕竟是香港的花海。万一有一日，香港也变成一块苏打饼，时不时被某只巨大而无形的海怪咬上一啖，该如何是好？就算花海之殇子虚乌有，九七金融危机和零八股灾，也算足够惨烈了。如今三年大疫刚刚过去，诸多小盘股是否覆水能收，谁又可以保证？

　　自始至终，父亲只字不提安白，仿佛她只是儿子的一个玩伴。每个人小时候都有一些莫名其妙的玩伴，长大以后就好了，长大了才知道什么人可交，什么人不可交，什么人最具有交往的价值。但阿昇不这么认为，在他心里，他和安白是连体人，是一体两面。要他走可以，但他要拉上安白一起走。英国千万不好，却遥远而自由。他已经私下查询过了，不用征求父母同意，甚至不用结婚，只要注册成伴侣关系，他就能为她争取到一个长期的合法居留。在一个突如其来的雷雨天，在湿漉漉的天星小轮上，他试探性地向她表达了这一想法：你一样可以继续贴砌砖噶，而且英国个边人工贵过香港好多……她打断他，我走咗，嬷嬷点算啊？他不移不离，像握住一只受潮的鸟，握紧她冰凉的双手：嬷嬷有公屋，仲有退休金，等我哋赚咗钱，还可以帮衬她……她从他的怀里挣脱出来，望着被雨水浸透的维多利亚港湾，一脸迟疑，不置可否。

　　暴风雨过去，毒辣的阳光又复原了它广阔的领地。水母被蚌针刺破，溢出淡黄的流质。渔网的白丝线，反复编织着一个漏网的梦。八月的太阳，不到凌晨四点就醒了，乘着一匹金云做的海马，在深浅难测的入海口，左顾右盼，四下搜寻着像它一样的失眠者……一切看起来稀松平常，只有刚刚完成夜潜训练的阿昇，独自瘫坐在沙滩上，毫无睡意，焦躁不堪。再过几周，阿昇的英国投资签证就该批下来了，对于他的恳求，安白却依然三缄其口。时间无情地噬咬着阿昇的皮肉。时间噬咬一切，晨光，香港，甚至两座曾经依偎过的岩石。

四

　　遇见安白之前，阿昇不怎么光顾油麻地；与安白拍拖后，也只是偶尔到那里去约见放工后的安白。油麻地似乎是一块让他伤心的地方，因为即使将安白送到她家楼下，安白也从不请阿昇上去坐，只是淡淡地说，好啦，我上去啦，Bye。阿昇回想起来，无论自己对安白有多迷恋，多倾情，恨不得将潜过的水域全都拱手相送，安白的回应却总是迟疑而缓慢的，像跳华尔兹时，慢了半拍的舞步。为了和她的"漫不经心"，或者可以说是"冷漠"协调起来，他不得不忍受无数个没有短信、没有语音、没有更新、没有人影，甚至没有未来的日子。但只要她一出现，他就会像即将旱死的动物遇到绿洲那样，立刻活络起来。尽管有时他也会怀疑，那是真的绿洲，还是海市蜃楼。要知道香港可是一个随时可以看到海市蜃楼的城市，只要一场白雾，一炷沉香，一个黄粱美梦。

　　此刻阿昇走在油麻地乱麻般缠绕纠结的街巷里，四周围是层层叠叠挤压在一起的旧式建筑的盘地。后期搭建的铅笔楼胡乱地插在它的脊背上，像与人口一起疯长的水泥金针菇。铅笔楼挡住和煦的海风，形成火焰山效应，以至穿梭于街巷之间的行人，不得不以鼠窜的速度将自己藏匿到任何一个有冷气的地方。而冷气机对外喷射的热风，又反过来加剧着室外温度的飙升，把酷夏中的油麻地活生生地，变成一只万劫不复的炼丹炉。好在油麻地人赖以度日的廉价菜市场、玉器市场和黄昏后的露天摊档依然健在，那些曾经的杂货店、长生店、茶楼和妓院也依然健在，它们与双层巴士的起落声、喧闹的叫卖声、商铺里传出来的香港老电影对白声，共同延续着油麻地的活历史。

香港不可能没有油麻地。如果香港是个新娘，油麻地就是一块陪嫁的血玉。这一点，平日里，阿昇全然感觉不到。现在他就要离开香港，而且一心一意要把安白也带走，他突然意识到了。这份顿悟令他的心脏莫名地疼痛起来。不知不觉，他已经走到安白嬷嬷家楼下。他隐约记得是顶层九楼。九〇几？他不知道。老式唐楼没有电梯，他一层层朝上走，想象自己跟在安白穿着Vans（万斯）波鞋的脚跟后面，想象她那拎着重达十几公斤的瓷砖切割机，背着沉甸甸的工具箱，在37度的高温里爬上爬落的娇小身影……他越想越不敢细想。下午六点，安白应该已经收工到家了吧？她最近接了一单水族馆的活，从早上八点到下午四点，给一家翻修的水族馆贴瓷砖。

阿昇终于爬到了九楼。在贴满各种油墨广告的楼梯间，他掏出手机，想就地质问安白，hi，系我，我喺你屋门口。如果我有多一张船飞（船票），你会唔会同我一齐走？一连数月，这句话仿佛变成了他有生以来最重要的一句台词，一刻不停地盘旋在他脑海之中。过了许久，他又觉得这样太戏剧化，只好把手机放回裤袋。

阿昇敲开一扇门，是一个抱着BB（宝宝）的女人。Julie啊？她唔住喺这度，你摁906啦！阿昇走到906门口，在幽暗的门道里摸索着，终于发现一个纽扣大小的门铃，忐忑不安地按了下去。一串电子键盘声响了起来，似乎是首变调的《上帝是牧羊人》。过了好半天，房门才哐铛哐铛地打开，一股带祛风油的老人味重重袭来。

这股味道，阿昇并不陌生。外婆在世的最后两年，父母把外婆接过来住，虽然请了额外的菲佣，每天清洗更换床单被褥，但外婆的房间里，依然是一股深重的老人味。幼小的阿昇几乎每天都生活在这股气味里面，久而久之，也就习惯了。就像刚生下来的小猫，渐渐熟悉了满是猫毛和乳房的纸盒子的气味一样。与其说这是一股难闻的气味，不如说这是一股让阿昇安心的气味。他深呼一口气，感觉心跳在逐渐减缓。门后站着一位老奶奶，想必是安白的嬷嬷，驼着背，像风干的墨鱼一样又扁又黑，诧异地望着他。

| 花海的珍珠 | 241

我系 Julie 嘅朋友……阿昇自我介绍，用手背抹着额头上的汗珠，使劲把"男朋友"三个字咽了回去，也不敢直呼安白，只用了她的英文名。

Julie 仲未返哦，你等下啦，应该就返嘅啦！安白嬷嬷的声音沙哑、虚弱，和她的身体一样，像是处在涣散的边缘，出边有冷气，你换对拖鞋入来等啦。

屋内像一只关闭了许久的暗盒。好不容易适应了昏暗的阿昇，逐渐看清了眼前的玄关：一个齐人高的旧架子，贴着入口处的一堵窄墙。架上堆满了旧杂志、报纸、药品、安白的安全帽、草帽和波鞋。阿昇半蹲下来，卸掉自己的 Dr.Martens，光着脚走了进去。这哪里是家？分明是一个囤积品的仓库。几乎每一寸地盘都堆满了物品，成年累月，不计其数的物品，装在木箱、纸箱，塑料储物盒，甚至啤酒箱里，没地方容纳，就干脆裸露在空气之中。它们全都是只有走鬼才会贩卖的不值钱的地摊货：纽扣、发卡、冰箱贴、开瓶器、早已淘汰的 DVD 港产老片……只有安白睡觉用的单人宜家沙发算是清净的，上面只摆放着一摞针线和几件似乎正在等待缝补的衣服。那座安白用工地废料贴的瓷砖角柜，以及它那与周围环境极不相称的地中海风，像一张因过度修饰而失真的照片，深深地映入阿昇眼底。与角柜衔接的，是一具旧衣柜的背面，没有涂漆，又宽又横，顶着大半副天花板，将一个不到 300 尺的单间隔成两半：一半是临街的玻璃窗、变成仓库的客厅和厨房；另一半是安白嬷嬷的卧室，阿昇不敢斜视。

呢啲都系安白爷爷留下嘅，安白嬷嬷说，他走咗十年啦！你睇，件件都系好好嘅，安白嬷嬷拿起一只开瓶器，弯着腰，递给阿昇查看。等我嘅脚好翻嘀，话不定仲可以卖翻嘀钱。

半个多小时过去了，安白还不见人影，阿昇却像陪着安白度过了漫长的三十年。在安白嬷嬷的口中，阿昇看到了一个自己全然不熟悉的安白。一个粉红色，脑袋被产夹夹得微扁的氧气盒婴儿；一个七岁就陪着爷爷去夜市卖东西的小女孩；一个动辄逃学、旷课，和一群辍学的同伴跑到某个荒岛上过夜的任性少女……

Julie 从细英语唔好，怕升学冇望，她阿爸要畀她请家教，最便宜都要 60 文一个钟，她阿爸么声唔出，买咗一打怡安堂跌打止痛膏贴，啪啪啪贴在个颈、条腰同埋膝头锅上边，再裹返护腰护膝，礼拜六日都不肯透翻啖气，硬是给 Julie 请咗旺角最好的英语家教，安白嬷嬷摇着蒲扇，叹着气说。然而安白却不肯去考大学，一提读书就发烂渣，脾气犟得像转世的冤家。十七岁，别家的女仔都在想着去哪里买靓裳，去哪里度假，或者去哪里升学，只有安白，闷声不响，跟在老豆身后当学徒。

香港边有女仔愿意做泥水啊？Julie 偏偏要做！幸好她做得比边（别）个都好，要不然呢几年咁多后生失业，她话不定亦都揾唔到饭食……安白嬷嬷自豪地说。二十分钟又过去了，安白还是没有回来。安白嬷嬷想必是旧派的人，竟也没有催促阿昇给打她手机，不仅如此，还要留阿昇吃晚饭。安白从冇带过朋友返嚟，我仲以为她冇朋友呢！安白嬷嬷边说边走进厨房，眼里闪动着喜悦的光芒。和杂乱堵塞的客厅相比，厨房十分干净整洁，冰箱也擦得雪白光亮。晚饭是安白昨夜备好的炒牛河，冻在冰箱里，在微波炉里叮一下即可，但安白嬷嬷硬要做饭后甜点，说这样才像一顿正式晚饭。安白嬷嬷弓着腰，打开一扇橱柜门，拖出一只木桶，然后跪在瓷砖地板上，将干瘪的乳房贴在萎缩的膝盖上，闷声不响地挑选起来。不一会，挑出几只胖胖的紫薯。安白嬷嬷要给两个孩子煎紫薯饼，要先水蒸，再压成泥，然后加入糯米粉，揉成团，再将和好的团子压扁，中间掺进红豆沙馅……再把团子合起来，如此这般，光听她讲述，就已让人十分头疼。但她孤意已决，因为安白最中意吃嬷嬷做的紫薯饼。

紫薯饼做好之后，安白嬷嬷也彻底累瘫了。她看起来就像一只挣扎在夕阳里的河虾，喘息之间，不停地用一只塑料按摩锤敲打着腰背。安白还是没有回来。阿昇只好夹起紫薯饼，对着客厅墙面唯一的装饰，一张金色木框里的全家福，不安又寂寥地吃了起来。全家福里的安白，穿着公立学校的校服，看起来十二三岁，颈脖、手臂和双脚都十分细长，眼睛像黑豆般明亮，剪着和如今一模一样的短发。又短又直又亮，像顶着一头春天的野葱。

五

　　尽管紫薯的味道出奇地好，安白却对阿昇突如其来的到访非常气恼，一连三天，都不肯和阿昇说话。无论阿昇给她发什么，得到的回复只有一个，沉默。最后，在阿昇苦苦哀求下，她妥协了。阿昇请她到佐敦的一家茶餐厅吃她中意的珍珠肠，又点了两碗冰糖炖木瓜，将碗底舔得一干二净之后，她才终于消了气。他们走到街心公园的一棵大榕树下，借着榕叶曼妙摇坠的流苏，阿昇趁机给了她一个长长的湿吻。一般此时，安白都会同意与阿昇去尖沙咀开钟点房。那里有一家叫作"北海道"的钟点房旅馆，房间干净，床单柔软洁白。关上灯后，拧开激光投影仪，还可以看到满屋漂移的深海鱼。安白对那台投影仪情有独钟。她总是躺在床上，侧着脑袋，出神地看着它的投影，像看一出自己出演的手影戏。阿昇潜入摇曳的珊瑚丛之间，再缓缓进入安白的身体，像一条与人齐高的苏眉。

　　但这一次，安白却提议去"另一个地方"。安白说什么，阿昇都不会反对。他们坐进红色小巴，循着斑斓的夜色，来到观塘，钻入一家珠宝行和榴莲行之间的盲肠小巷。小巷白天是鱼市，打烊后就像一条躺在水箱里、闭目养神的鲈鱼，散发着暗淡的、鱼鳞色的微光。阿昇跟在安白后面，在这微光里七拐八弯地走了很久，直到一只灯笼将安白的脸庞照成艳丽的橘黄色。他们顺着灯笼的方向抬起头，看到一副暗淡的彩灯招牌，上面写着"Five Star Getaway（五星级度假）"。安白犹豫片刻，按下门铃。开门的是一位和她年纪相仿的女生，留着七十年代风靡全港废青 Afro（爆炸）头，涂着黑眼圈和紫色唇膏，穿着高腰裙裤和令人目瞪口呆的雪糕鞋。见是安白，一脸惊喜。两个女生像失散多年的姊妹，又搂又抱，尖叫不已。阿昇从未见过安白如此热情，内心升起一股嫉妒。进了门，他才发现所谓的"Five Star Getaway"，也不过是一家廉价的钟点旅馆而已，而且比他们常去的那家看起来杂乱很多，楼道里充满着熏人的香水味和此起彼伏的叫床声，地上还铺着那种七十年代香港冰室常用的花瓷砖，窗口是木质的，落满了旧漆。阿昇感到有些不适，安白却丝毫不在意，她的手一直搁在那个留 Afro 头的女生手里。

呢位系我嘅幼稚园同学 Baylee，安白对阿昇说，却没有反过来介绍阿昇。阿昇只好礼貌地伸出手，简单地做了自我介绍。这一次，他直言自己是安白的男朋友，并坦言他们两个已经"拍咗五年拖"。安白没有插嘴，只是微笑。怪不得这四年我都冇见你！Baylee 朝安白噘起了嘴，一边从雪柜里掏出一打嘉士伯，又在手机上迅速叫了宵夜，一副久别重逢、不醉不欢的样子。仨人一起来到了露台上，外卖送来的宵夜，起司番茄捞蛋面和鱼蛋，也一起拎了上来。

在九月的烈阳中蒸得滚烫的露台，自午后便被温凉的阵雨浸润，加上入夜后层层叠加的薄露，此时终于变得凉爽起来。两个女生坐在两张紧挨在一起的凉椅上，背对一只勾画着"Hotel"的灯箱。安白的脑袋懒洋洋地枕着 Baylee 的肩膀，Baylee 则握着喝剩的一小听啤酒，旁若无人，喋喋不休地对着安白讲述那些阿昇从未听过的往事，那些陌生而奇怪的名字，那些过早的辍学，疯狂的逃窜，耻辱的意外怀孕和几近致命的堕胎……无论她说什么，安白总是身心投入地回应着。她们有时叹气，有时沉默，有时不约而同地爆发出一阵响亮的笑声。两个女生都几乎没怎么碰宵夜，却不知往喉咙里灌了多少听酒，两双眼睛湿漉漉的，体态中流露出明显的醉意，兴奋至极，她们甚至像曾经站在红馆中央的明哥那样，声嘶力竭地唱了起来：

I, will be king

And you, you will be queen.

Though nothing will drive them away

We can beat them, just for one day

We can be heroes, just for one day

……在两个女生的狂欢里，阿昇像是早已被遗忘，一个人坐在某只用来搭脚的小板凳上。她们讲述的那个世界，他只在老电影里看到过；她们聊到的事件，他几乎一句也插不上嘴，只能从她们的谈话中，隐约听出这些年 Baylee 过得很不好，考过一次演艺学校，却没有过关；哥哥至今没有工作，靠综援度日，心情抑郁，所以才换了手机号码，渐渐把自己封闭起来……Baylee 也好，Carthy 也好，聪仔也好，安白从未对他提及过她的这些朋友，也从未向他倾吐过她们的往事。

……她们为什么要去花海呢？对，他没听错，她们说的就是花海。自从花海渔村消失之后，它就被划成了危地，一个潜水队绝对不会靠近的地方。显然，年少的安白和她的那些朋友们却根本不以为然。她们坐着渡轮出发，辗转几个渔村，又不知从哪弄到了一只小汽艇，开到了已成荒岛的花海。她们把船停在盛开着樱花的山林底下，那里依然葆有一块微小的沙滩。她们越过沙滩上的安全线，在芥末色的黄昏里，一步步往山顶爬去。春寒未尽，冷空气突然迫降，她们甚至没有带足保暖的衣服。Baylee 冷得瑟瑟发抖，安白把自己的外套脱下来扔给了她。她们在山顶的一只八角亭里停了下来，那是某年某月，为了消灾免难，某个富商为逝者修建的送别亭。为了取暖，她们在亭子里喝掉了一打啤酒……多么危险而可笑的往事！

如果安白是一只折纸人，这些往事就是她身上一个隐蔽的、被折叠起来的世界。一直以来，阿昇都在暗暗地、甜蜜地怨恨着安白的冷漠。他曾坚定地认为，是基于安白这种"与生俱来"的冷漠，他们之间才似乎总是存在着某种隔膜。有时他甚至希望安白变成他在潜水队里遇到的那些女生，在他完成一个漂亮的下水动作时，送给他一串放肆的口哨和尖叫。然而当安白突然变得开朗，像今夜一样肆无忌惮地大笑，毫无节制地狂饮，嘶声裂肺地高歌……他反倒变得不安起来。在安白嬷嬷家里，阿昇就已经感到了隐隐的不安，此刻他的不安几乎到达了顶点。他抢过安白手中的啤酒，一口灌进喉咙里。他目不斜视，又拧开一罐。他恨不得喝光世上所有的啤酒。

有一种事物,既没有脊椎,也没有骨骼,有如深海中的千年海葵,长着千手佛般的美丽外表,锚靠在水底最坚固岩石之上,谁也拔不动它,谁也带不走它,甚至只要被它的触角轻轻刺中,你就可能葬身海底。凭借这种独特的品质,它无时无刻不在向你召唤,不论你游向何方,远方对它似乎没有太大的吸引力,它有一个自成一格的系统,像花海,像安白身上那个被折叠起来的世界。

第二天一早,阿昇醒过来,发现自己躺在一个狭窄的双人间里,耳边传来哗哗的水声,安白正在浴室里洗澡。阿昇推开浴室的门,望着水帘里的安白。一夜狂欢,她脸色苍白,嘴唇发青,显得消瘦了许多,拱起的后背露出清晰的脊骨,像一只被雨水淋透的小猫。你要唔要入来啊?她说,一边向后靠拢,尽量给阿昇留出空间。阿昇脱掉衣服,挤了进来,有一种想哭的冲动。安白用十指做成一个颈环,扣在他的脖子上。不许哭,安白说,你睇,呢个系我嘅第一个作品!阿昇四下张望,不像钟点旅馆常见那种白色或粉色的浴室,这间浴室是彩色的,像一个小小的万花筒。墙上贴着华美而抽象的瓷砖画,眯起眼来看,像几卷连绵不绝、让人意乱情迷的星空。它们都是她用一小块、一小块破碎的瓷砖,一块块拼在一起的。贴咗三十四日零九个钟,安白骄傲地说。

香港哪里有星空呢?阿昇还是绝望地哭了,沉甸甸的脑袋堵住安白薄薄的肩口。他们就这样,在那间小得几乎无法容纳两副身体的万花筒里湿漉漉地拥抱着。你系唔系不想同我一起走?阿昇问。过了很久,安白说,如果你可以揾返花海的珍珠,我就同你一起走。

选自《香港文学》2023 年第 7 期

圣乔瓦尼的玛莎

武陵驿[*]

一

由罗马去圣乔瓦尼，一趟超慢的慢车。

托斯卡纳啊，美不胜收之类词语，多么媚俗，但还有什么更合适的词语来描述那一天那个时间点在眼睛里流淌过的每一点每一滴？命运安排我同坐在我对面的一对衣着得体举止亲昵的意大利情侣一起，人生无法提前设想，旅程是为陌生人预备的。偶尔，我们无意间彼此对视一眼，眼底流动着善意，对陌生人的善意让我们一起分享着车窗外牛羊似的云朵、河滩、酒庄和绿野穿插其中的阿莫河盆地。此刻，冬天还未来，黑夜，藏在托斯卡纳温暖的白昼身后；故事，藏在慢车哐啷哐啷的震动颠簸之中。在路上，本没什么值得担惊受怕的，但我无端感到一阵心悸，似乎这辆慢车是开往那个叫作姜镇的遥远地方。

他尖细的嗓音在电话里有些变形，兴奋难掩：史戴——芬！

在机场到达大厅，我用公用电话打给安德烈，他爱这样夸张地欢迎远道而来的朋友，他的意大利英语老是把史蒂文说成史戴芬，要不是熟到熟知彼此的秘密，多半会怀疑他在捉弄人。用"哈哈"形容很不恰当，他在电话里大笑，笑声接近于一个女孩掐着嗓子唱意大利歌剧。我生平第一次一个人飞抵罗马，

---

[*] 武陵驿，生于上海。著有小说集《水蜘蛛的最后一个夏天》《骑在鱼背离去》。现居澳大利亚墨尔本。

但他没有来接我,只是叫我独自完成圣乔瓦尼之旅,"很安全",大概是安全这个字眼缺少重音,他补上一个备注:"这儿不是姜镇。"

须有三个多小时之遥的乡间路程,我的心脏被人捏了一把。

当他第一次抵达上海,我可是在酒店预备了鲜花水果和迎宾卡。他在中国各地旅行采购,我总是随叫随到,从不让他落单。旋即我又坦然,这里当然不是姜镇,可隐隐然感觉到有什么不妥,他居然提到了姜镇。

姜镇,这个词语列入我们共同的禁忌词典,有好多年了。

姜镇之行,开端是南京酒店大床上一堆亮闪闪的一元硬币,堆成金字塔形状,全是安德烈在中国打游戏剩下的。

他理着板寸头,站在床前,衬衫袖子挽到胳膊上。每年要来中国三四次。来南京都住同一家五星级酒店。那时,他表现得像一个逃避家长约束的顽童,远不如圣乔瓦尼时期成熟。他做了一个夸张的铲雪动作(冬季他的山间别墅常常需要清理车道)说,史戴——芬,你全部统统拿走。他努了努嘴,一个也不要剩。反复摊开双手,我目测了好几遍,弄不清楚有多少钱。我迟疑着,矜持这种玩意儿虽然很廉价,也不允许我随意伸手。

他洗澡,我在他的酒店房间里看电视。

综艺节目那几个(后来声名如日中天)主持人高声浪笑,如此格格不入,仿佛来自另一个平行时空。我摆脱不了一些抵近的思绪,差不多到了再次起誓的地步,不能再让安德烈在本来平等的朋友关系里面继续扮演老板。我想向他声明我们是合作伙伴,但每次一同出差,他抢先替我把酒店的士等差旅费付掉,预备好让我无法开口。圣乔瓦尼的狐狸笑到露出一口好看的白牙,等于在我的声明下面暗示:朋友,我是你的老板。

安德烈走出盥洗室,披着镶波状蓝边的纯白色棉浴袍。

他用同样纯白的大浴巾小心擦干浴室门口地上溢出的水迹,我无意中发现他什么也没看进去,欣赏镜子,是在看镜子里面自己俊美的古罗马人侧脸。他取出三四条做工考究折叠齐整的西裤,说不带回意大利去了。中国之行买了太多东西，他家族几乎人人都有他送的中国礼物了。我谢绝了。他在意大利人里面只是中等个子，但他的脚长使我无法消受他的裤长，并且，面子问题始终是面子问题。面子是不能跨文化的。对于我的一再谢绝，他有些失望，与其说是对我，更像是自言自语：我为什么要在这么遥远的中国投资建厂呢？因为风险。没有风险，就没有收益。

看来他满脑子盘旋着南京魏总的建议。

那一年我帮他筹划一个大项目，在中国建一家中外合资企业，制造符合欧盟 CE 标准的手术室消毒用即弃医疗耗材，出口意大利等欧洲国家。欧盟认可的消毒中心位于上海，我们以上海为圆心寻找生产基地和合资伙伴。从成本考虑，放弃了富庶的浙江苏南，目光移向了魏总竭力主张的江北。

我忍不住反对说，江北人生地不熟的，风险太大。

他眼睛一亮：可我相信，那里起码会有三四十年的低生产成本和人口红利。

他的商业嗅觉太敏锐，而我讨厌像奉承老板那样附和他，却又不得不顺着他的脾性去做冒险的事，谁叫我追求的是意大利订单。南京时期，安德烈追求的是风险，似乎不懂得风险有一个孪生兄弟叫危险，恐惧的恐惧之处在于，只有你撞上了，才知道什么叫恐惧。

我对那辆靛蓝色的菲亚特充满了爱情。

安德烈张开双臂拥抱我，我张开双臂拥抱那辆变形虫车。

在圣乔瓦尼浸透了历史腥味的石头车站上，变形虫暂时让我忘记了姜镇。想当初，就是安德烈和他的瘦瘦高高的朋友卢香诺轮流开着变形虫，载上我一路狂奔，从意大利去德国杜塞尔多夫，两天一夜，穿越北意大利、法国、卢森堡、比利时和德国，数十个小时走遍欧洲的百年时光，去汽车旅馆厮混半夜，或去停车场放下遮光板窝在车里凑合打盹，在路上，我们曾经年轻得匆忙年轻得煞有介事，这些年来我们无一不是在路上，用忙碌来埋葬那些颠沛流离少年轻狂的糗事。也许是恐惧，仅仅是恐惧，才让我们越来越认识到，光阴的本质是失落，成熟的代价是油腻。

他绕远道买了 Espresso（浓咖啡），早晚一杯，给运转着的头脑加油。坐在变形虫的驾驶座，他把车窗当镜子，侧头随意地照着祖先遗传给他的面容，古罗马帝国雕像特有的精致如今添上了大理石云翳似的细细皱纹。他对自己酷肖生母的俊美容貌充满自信，唯有声音是一个缺憾。好像上帝工作时开了小差，嗓音不知是不是青春期发育问题，像钢丝锯锯金属管子那样尖厉，调门比女孩子还高，成了老乡帕瓦罗蒂的绝对反衬。

变形虫停在一幢爬满了藤蔓的明黄色老房子前，他把我扔给一个手脚麻利的乡村老奶奶。我在这间家庭旅馆放下行李，一沾上床，就睡着了，梦中我自然回到了出生地，从上海出发，根本不知道要到哪里去，但南京是我喜欢停留的地方。

想起来，秦淮河的夜晚总是叫人充满了期待。

二

硬币山的形状丰满而尖锐，后来，我想到那简直就是逃离姜镇的形状。在眼神像机枪那样狠狠扫射了一遍金属光泽闪闪的硬币山之后，我发誓不再瞧第二眼。

安德烈说，史戴芬，让上帝来替我们做个选择吧，如果半小时内我能花掉这堆硬币，不妨去江北看一看。

他在酒店玩了两三小时游戏机，也不能消耗掉多少硬币，他没心思再玩了，半小时如何花得掉？他狡黠地朝我一笑，把硬币装入两个大纸袋，跟裤子码放整齐，叠在桌上，说是全留给整理房间服务生，我说你这是作弊，但他又朝我挤眼睛说，你知道我是不信上帝的。

他改变了主意。他改主意是分分钟的事。他拉上我将硬币纸袋和裤子一起抱上，坐电梯来到楼下，打的去了夫子庙。

看他跟南京古都的古董贩子一本正经讨价还价，我骤然泄了气。两三笔交易成交之后，那个贩子和连档不停套我口气，以回扣诱惑我帮着抬价，负罪感顿时攫住了我的心。并非我使他养成了挥霍习惯，挥霍对一个欧洲富二代没什么了不起，不过，是我蓄意使他爱上了买假古董。在心里，我偏偏把这种恶习视作为国家多创外汇的爱国行为，没想到他在漫天压价坐地还钱当中找到了无穷乐趣。

安德烈把硬币和裤子统统送给了沿街的乞丐帮，魏总和我都把头扭过去，装作没看见。肉痛或心痛都说不上。那时候我还没去过意大利，还没发展到去爱一些从未涉足过的欧洲国家，却已经学会了去恨一些跟自己素昧平生的无产者。我以为是物欲迫人和民族自尊，但多年以后，尤其是在经历了逃离姜镇那一夜之后，我醒悟到小时候教育的荒谬，世上存在着一些无缘无故的恨。

饭后，魏总亲自驾车带我们游南京车河。长久以来，他一直鼓动我们跨过长江去看一下江北新天地。无怪乎我把他叫作伟哥，他把我们带到豪华洗浴中心，伟哥的一系列标准骚操作，取得了安德烈的信任。作为回报，安德烈取出真皮烟盒，娴熟地用小刀将一支雪茄剖成两截，伟哥嘻嘻笑着接过半截烟，让安德烈给点上，皱起眉头，笑容凝固了，白粉粉胖鼓鼓的圆脸就绿了。他凶猛地咳嗽起来，像是要咳上一辈子。

但我总觉着他是在夸张。

圣乔瓦尼的狐狸看向我，按住肚子尖声爆笑：伟哥竟然把烟全部吞下去了。

伟哥比我们大不了几岁，笑得尴尬极了，但也得意极了。从吃饭开始，他就在为使意大利客户开心而一直努力不懈。

想起来有些遥远了，霓虹灯照亮的一片秦淮水泊，记录着我们这些年轻人在南京共同战斗的一幕。

我爱我的朋友安德烈，但我们俩的关系，若是放在民国初年，纯粹就是洋行和买办的关系。

他设计了，然后一使劲，就把我从国营的外贸公司丰盛实业总公司里挖了出来，两人一起跑遍大江南北，从中国采购，出口意大利，他采购，我抽佣，后来，我成立了自己的外贸公司，他转而从我的公司采购。当苏通长江大桥提前通车之后，安德烈马上接受了伟哥的建议去考察江北。

让我还是把魏总叫作伟哥，这样我说到姜镇会自然些。一大早，伟哥带我们坐上姜总特意派来的黑色卡宴越过大桥，颠簸了一上午，来到苏鲁豫皖四省交界。司机小郑把车开到一个叫郑家集的地方，偏离国道，走上了山路，曲里拐弯，大约有一个多小时，经过汽车站小饭店小商店小旅馆组成的一条主街，一拐弯，就看见了当地最大的工厂，姜镇纺织厂的大牌楼彩旗猎猎飘扬。

我们挺感动，姜镇致富的领头羊带着一帮人饥肠辘辘，站在厂门口等我们一上午了，姜总四十来岁，极瘦极高，在姜姓齐聚的姜镇人中鹤立鸡群，略显驼背，很少讲话，开口却饶有文采，每一句话带押韵的。纺织厂是破产被他利用转制拿下的，卖掉旧机器设备，购入二手机器设备，用农村劳动力转产医用无纺布制品出口欧美，初步转型成功。这是姜镇乡镇企业成功的典型故事。

午餐设在镇上最好的宾馆楼上。席间，安德烈告诉姜总他试图在中国内地建立一个起码有三十年以上劳动力优势的中外合资企业。意大利人在说话的空隙里填满了各种手势。所有手势都离不开五指撮拢，朝向自己摇摆，这个基本手形有多种变化，将这手势在身体前方各个部位摆弄，可以绰绰有余地表示：

真好吃，尝尝看，好棒，我想要，为什么，怎么回事，你说啥，你想怎样，去你妈的，拉在裤子里了？

四百年前的圣乔瓦尼，意大利中部农业小镇的成功范例。夹在佛罗伦萨和锡耶纳之间，浸润着托斯卡纳的阳光雨露，因得天独厚的地理优势，汇集起新世界的财富。虽不如佛罗伦萨繁华，不如锡耶纳甜蜜，却是河谷里难得的悠然风景线，然而，鲜花葡萄美酒的富贵气质也不能使它躲过大难临头，死神的丧钟响彻了16世纪的欧洲，大瘟疫夺去意大利数百万人的生命，圣乔瓦尼疫病横行多日，小镇面临绝户之灾。

人心惶惶，有人说在安息日看见了一个黑夜妖精，长着美女的脸、猫的眼睛、猴子的身体以及公鸡的脚爪。大家发现妖精的面貌酷似一个喜欢在教堂里讲废话的美貌农家女，她长着猫那样高深莫测的眼睛，养了多得异乎寻常的黑猫，除了废话，就是嗜睡。工人们替她家装修，无意中打开了一堵墙，墙内竟埋着若干个破破烂烂的洋娃娃，没有脑袋，身上插满针。

小镇流言肆虐，疯传瘟疫的源头是女巫作祟。由一名处事公正的外科男医生监督，一群激愤的女人对那个农家女实行了全裸拷问，从她身上的隐秘之处，找到了莫名的阴唇疣状突起——那些女巫的乳头必定乳养着传播瘟疫的妖精。她百口莫辩，被小镇人指控在上帝的神殿里面念咒语，法庭判决她为巫女，佛罗伦萨来的修士拿着猎巫指南《女巫之锤》，做出最后鉴定：若不除去巫女，小镇无法继续繁衍生息。于是，美貌巫女和她的猫在广场上被公开烧死。临刑前，她停止了哭泣，将裙角绑在脚踝上，嘴里念念有词，谁也不晓得她在说什么咒语。

从此往后，小镇烧死了更多巫女，更多猫。

圣乔瓦尼，变成了一个没有猫的所在。

午后三四点钟光景。我吃光了圣乔瓦尼老奶奶烤制的饼干和午茶，走出旅馆，徜徉在秋日里的圣乔瓦尼小镇街道上，想着老奶奶讲的恐怖午后故事。温暖的阳光，山丘，松林，钟楼，明黄色洋房，鹅卵石小径，等等，并没有受到这个中世纪猎巫传说的影响，圣乔瓦尼的一切看上去全不像是阴森森的神话，倒像是河边戴遮阳帽的人提着钓鱼竿对水面说的一些琐碎废话。

如果说一个无名小镇的历史里面写满了关于无能人类的废话，不知为何，我单单喜欢这一篇悲伤的猎巫废话，想起了那一夜在姜镇面对那个黑夜妖精，像边走边踢的那些古老的石子，随随便便停在那里，边缘却藏着锋芒，足以划伤你的脚，我的心。

三

伟哥说话很有趣。

他说姜总这两年赚狠了。多年接触供应商的经验提醒我，这话必须反过来听，赚狠了，很可能是尚在血拼中，尚在发愁当月的工人工资如何发。若是说没赚什么钱，倒有可能是赚得晚上睡觉都笑不拢嘴。

对此，姜总打着哈哈，自个儿不讲，听凭人胡说。他的面色不太健康，嘴角皱纹深刻，总像是突然被人撞破什么玄机，惊飞起一抹尴尬的笑容。

在应酬中，安德烈表现出与年龄不相称的老练，中午滴酒不沾，雪茄也不碰。我特意安排司机小郑去买咖啡，但他一去不回。我们把午后的数小时都消磨在姜总隆隆作响的工厂里。当安德烈忍不住带头打呵欠伸懒腰的时候，姜总吸光了当天的最后一根烟，把烟圈吐在傍晚的余晖里。我们看到小郑驾车驶入厂区，抱出来满满一箱速溶咖啡。安德烈一口答应姜总去他家吃晚饭，伟哥嘻嘻笑说他沾光了，要不是贵客来访，谁有资格去姜总老家吃饭呢。

卡宴载上我们，在山路上爬了十来分钟，到一个村落。摆了几桌酒席，就在一个顶气派的北方风格大院子里。狗乱叫一阵，把天完全叫黑了。席上摆列了从茅台汾酒竹叶青到当地叫不上名字的各种米酒，烹饪原汁原味，主打山珍，陪坐的多是姜氏族长辈老人。姜总精气神高调起来，蜡黄的脸上泛出了红光，露出山里汉子的豪迈。

姜家大院的晚宴是一个典型的江北酒席。只能说是外乡人眼拙，我们犯了第一个错误——喝酒。第二个错误接踵而至，我意识到席间不光有姜氏长辈和村长，还有工商税务派出所的地方头面人物。我在人名上总是记性欠佳，在时间上也疏于盘算，原计划在姜镇逗留两天，只凭伟哥说的一句话。姜总在镇上最好的宾馆开好了房间，尽管喝吧，一醉方休才是姜镇待客之道。

安德烈一旦喝上了酒，就像个找到失而复得的玩具的孩子，别人撸他顺毛，他立马忘了一切，忘了中国烈酒的厉害。姜总从家里取出石板那样厚的权威版中国名人录，意大利人才得知眼前不是什么乡镇企业土老板，而是中国医用无纺布行业最年轻的领军人物，我们自然期望更多地了解这位名人，但席间，除了喝酒，还是喝酒。我们架不住席上众多敬酒，先后举械投降。

我记不得去了几次厕所，只记得最后一次三步并两步走到隔壁。厕所在隔壁院落，不分男女，就是个茅坑，挂着半扇木门，在风里吱吱嘎嘎地响。敲敲没人回应，就推门进去，正在畅快淋漓之际，脖后颈觉着凉风飕飕，猛一回头，看见后院墙上坐着一个当地小孩，两个脚丫子晃晃悠悠，不知是那个月亮还是电灯泡，被脚丫子勾得晃晃悠悠，他在朝我微笑，我呆了，有多久记不得，见过不少小孩子，但没见过那么奇怪的，等一步步慢慢接近院墙，辨认出是一棵银杏树和一只风中招摇的电灯泡。

引发恐惧的不过是一段树枝，骑跨在院墙上。

猛然窜出一只黑狗，撕开了那些平静的夜色，白惨惨的獠牙像刀尖，不发声的狗顶凶险。我吓得跑出后院，沿着村巷，一口气跑下去，直到上气不接下气。好在风一吹，酒醒了一半。那条狗似乎懂得穷寇莫追，我却在村落里迷路了，四周都是高高低低的土坯房，黑洞洞的，难以辨路。窸窸窣窣的动静，来自一个破落的窗槛。一股子烧焦了橡皮的臭味。窗玻璃灰蒙蒙的，装着铁栅栏，在我探头探脑之际，里面的动静消失了。

只剩下死一般的静。静，其实只是未知。

捏着鼻子把脸凑近，外面亮里面暗，看得很辛苦，手搭在额头遮住光，看见一张披头散发男不男女不女的脸（说是脸完全出自我的猜想），耳朵眼里钻入了一声惊叫，迫使我急速后退，差点绊倒自己。这么多年后，回想起来，还记得那尖叫比铁还冷，划出令人惊惧的雪亮弧线，仿佛巷子上头的那轮弦月突然间被竹竿子一下打落了。

我觉得那个披头散发的东西比我还害怕，死命拍打着窗栅栏，嗵、嗵、嗵，震得我心房都在晃荡，好像那个黑夜妖精随时能破窗而出。

跟意大利人做生意，就是跟意大利人做朋友。

傍晚时分，我被载到废话小镇的中心，安德烈的老父亲退休后所住的宽大公寓，明黄色宽大阳台上摆满了花卉绿植，布满节疤的长条原木餐桌上铺着节日气氛的桌布，椅面上一只酷似加菲猫的肥猫很不满意我打扰。

跟意大利人做朋友，就是跟一整个意大利家族做亲戚。

他的父母叔叔姐姐等与我共享一顿简单而完整的家宴。粉嫩的新鲜牛肉薄片，淋上细盐、胡椒、橄榄油和柠檬汁，佐以意大利绿菜和 Parmigiano（帕马森）奶酪片，他们频频举杯，品尝古典基安蒂红葡萄酒的嘴也不闲着，教我意大利问候语。

安德烈的姐夫最后一个赶到，我被这个欢乐的大家庭鼓励着现学现用，向迟到者说出一句意大利话：戴斯提娜第微泰罗。

屋子里哄堂大笑，我懂了，他们喜欢教外国人废话。废话若是产生了意义，那它就可能从坏话变成好话，可以把他们的亲人，比如姐夫，变成牛头怪之类的可爱畜生。

跟意大利亲戚厮混就不要假正经。但让我假正经起来的是安德烈的新婚妻子。想不出有什么词，比明艳不可方物更贴切。她脱下白色羽绒衫，一袭橙红高领毛衣，金发白肤衬着碧眼，无法叫我不联想到猫眼，她白瓷的脸颊上偶尔溜出羞涩的笑靥，因此我尽量不去看她。她的恬淡，温婉，神秘，乃至天真，都叫我觉得多看一眼会破坏圣乔瓦尼的美。

她会怎样看我这个来自东方的毛头小伙子，与安德烈的南欧式俊美相比，我貌不出众，不善言谈，在圣乔瓦尼大小适中的公寓里，意大利废话盛开得蓬勃盎然。简直能叫一群盲人画兴大发画出《蒙娜丽莎的微笑》，我不惜付出整晚腹泻的代价咽下整盘生牛肉片。水土不服掩饰了文化不适等等其他种种不适。

我感觉到附近有一双偷窥的眼睛，仿佛是四百年前的什么妖精，从暗中时不时地窥视她，难以理喻的复杂情感，仰慕、欣赏、紧张、羞涩、嫉妒。当她察觉到，抬头去寻找的时候，那双眼睛就消失了。那个四百年前被烧死的女巫有一个可爱的名字叫玛莎。她的幽灵还在这里徘徊，不愿离去。

安德烈新婚妻子的名字就叫玛莎，她也养了两只猫。

不知是不是黑猫。

安德烈放肆地说着吃着喝着笑着，废话不逊于别的任何意大利人，但他在细节上有着魔鬼般的细心。不管有多少强迫症，哪怕有清洁工来打扫，他稍微看到点脏乱依然坚持自己动手保持整洁，不许往沙发上扔衣服，不许两个以上挎包堆放在外面，上床前会准备好明天早餐的桌子，吃饭须用餐垫，餐具摆放纹丝不乱。

他不时回顾从小青梅竹马的玛莎，玛莎是他最为关注的细节。

不知他有没有发现那双偷窥的眼睛长在我的脸上。

四

安德烈早该发现的。就像那一夜在姜总老家。

我掏出手机，冷汗涔涔，这里没有手机信号。就在我一步步往后退的时候，撞到了一个人的下巴，那人吃痛，蹦出一句外文，扶住我肩膀，正是安德烈发现了迷路的我。

月光下他站得很直，现出了古罗马帝国武士面庞的那种幽暗侧面。我跟他说了，他没听，盯着那个黑窗槛不声不响，那是什么他吃不准，但肯定不是人。

黑夜妖精越来越猛地撞击着窗户，玻璃发出空旷的巨大颤音，现在，我们可以断定是撞击。

它要破窗而出。

小郑带村人打着手电寻过来。这村子不大，但是道路都很绕，他说你们迷路了吧。他察觉出意大利人神情紧张，然而奇怪的事发生了，那黑窗户里外须臾间悄无声息，只有荒凉的夜声雨丝一样落在巷子里，像是什么都没有发生过。我说刚才有人砸窗。口气像是撒谎。小郑狐疑地看我，贴近黑窗张望。我们发觉所处的位置其实离姜家大院不远，他说要是有人砸窗，在大院就能听到。

随他来的村人当中有一个秃顶的年轻人，瞪了我一眼，杀气腾腾的，我心中忐忑。他撸起袖子走进那个院子，一脚踢开屋门，从院里抄起半块砖头砸向屋里，拉开嗓门吼叫，方言我听不懂。小郑说里面没人。屋里面黑咕隆咚，秃顶拿出捉鬼的精神大步走进去，我们没敢跟上，被小郑拉着往回走。在迈进姜家之前，他没头没脑地说，刚刚是姜总侄儿，他的妈妈是神经病，吓到你们真不好意思，她去年在那屋里吊死了。

女鬼？你是说刚刚是吊死鬼砸窗？我差点跳起来。

小郑哑哑嘴，一副乡下人见怪不怪的样子。他说本地有三多，光棍多男孩多女鬼多。我给安德烈翻译了，意大利人还是不言语，我从没见过他这么严肃。伟哥显然是喝高了，瘦高个姜总弯着腰扶他迎上来，伟哥忍不住当面就吐了一地。

大院里蛙声喝彩声一片，喝罢好几轮，还能够站着喝的人正在划拳行令。热闹穿梭的除了蚊子，还有许多妇女孩子。妇女上不了桌面，都是端茶倒水烧饭打杂，孩子们口里吃喝着，在每个桌底下钻来钻去，我注意到院子里的统统都是小男孩。灯光，蚊子，蛙声，女人和男孩。现在领头劝酒的全是长字头，诸如村长，厂长，所长，局长。

姜镇最尴尬的时刻来了。

酒足饭饱面红耳赤的安德烈不顾天色已晚，坚持要赶回南京。理由很牵强，走前保留了南京酒店房间，不回去就浪费了。伟哥脸上脖子上挂着一层油光光的汗。姜总的司机早开好了当地酒店，拿来了房卡。伟哥发恼堵住了门口，翻来覆去就是一句话：他来付南京房费，你们明早再回。却把安德烈说毛了，脸色由红转白，他本不是一个顽固之人，但当晚他的意大利驴脾气上来了，死活不干，坚持要去最近的火车站，去意坚决。

在一排200瓦的电灯泡照耀下，姜总的脸黑黑的，他修养不错，什么也没说。

倒是老村长挠着酒糟鼻，在一旁废话：老外要回去就回吧，咱们这儿小地方，酒店条件差，丢不起人。

火车站离姜镇有大半个小时车程。果然，那个时辰既没有火车（车次班点早过了），也没有出租车。姜总二话没说，挥手让司机开着卡宴送我们连夜返回南京。我们从郑家集蹒跚走上国道时，已经过了午夜，但国道上还是车流不断，多为重型卡车，隆隆地擦着我们的小车，冲散了车内夜色那样凝结的缄默。

黑暗里，同坐后座的安德烈长长吐了一口气，他说了。说意大利英语不用担心小郑听懂，所担心的只是小郑有没有喝多了。安德烈讲得很慢，很清晰。事情发生在我去上厕所的时候。一个年轻女人端菜上来，低头不看路，直接往他怀里送，他诧异中赶紧腾出手来接住那一大碗菜，感觉菜碗底下夹着个细小物件，就在两人手指接触的刹那，那女人的眼睛直勾勾盯着他，安德烈垂下目光，紧紧将物件收入掌心，就那么攥在掌心里，手汗濡湿了。

现在，这湿漉漉的物件转移到我手里。

老村长冷冷地责备了那女人几句，院子里的女人们逮着机会，七嘴八舌将那女人拉走了。安德烈一说，我倒是想起来了，席上见过一个瘦弱文静的年轻女人，神态举止的确有点奇怪，偶尔会发现她痴痴望着安德烈，我以为就是从没见过洋鬼子的山里女人。

一个山里女人会写英文字偷偷塞给素昧平生的洋人吗？

安德烈问我，那个姜总是什么人呢？

我只有摇头。

安德烈又问我要不要报警，我想了想，难以回答。

车内仿佛突然陷入了没有一朵花儿的严冬。

车头迎面强光闪过，卡宴陡然车身一顿，复又跳起，一个披头散发的女人跃上了车头挡风玻璃。司机踩死了刹车，我的前额撞击到前座，膝盖顶在安德烈的长腿上，他发出瓮声瓮气的呻吟，伴着车轮一声凄惨的尖叫，我们同时闻到了橡皮烧焦的臭味，却没有看清楚那个女人的脸。

小郑像搂着女人那样全身搂抱着方向盘，回转头道歉，说不小心打盹了，幸好磕上个坑给震醒了。你没看到那个女鬼？什么女鬼？那个女鬼，吊死在姜总侄儿屋里的！我差点就这么认准了。但小郑揉着眼睛说没有呀，什么也没见着。你喝醉了。醉了？醉啦。

这是个人人皆醉的夜晚。他把车停在服务区，我和安德烈对视了一眼，我敢肯定他也看见了那个女鬼。上完厕所的安德烈脸色惨白，到门外掏出了雪茄烟。他太需要镇定一会儿了。

我把小郑拉到另一个角落，摸出了伟哥送我的烟，两人对着火吸烟，我拿出字条，折成细棍的白纸条摊平在我掌心，上面铅笔写着"Help"，我慢慢告诉他这个英语单词的意思是救命。

他慢慢吐出一个大烟圈，无所谓地笑笑。他的表情之所以夸张，是由于两眼间距较大，眼睛太大，眼白较多。

起先，他口风很紧。我费尽口舌，说了一大通，诸如拐卖女人的事我听过不少，到底发生了什么你可以不说，但字条可是递到了外国人手里，这可是外交问题。一番虚张声势起了作用。他沉默着，狠狠吸烟，不停地跺着脚，后来，他跟我说了个事，真事。他说村里买来媳妇，哭闹是免不了的。有闹得厉害的，脑袋往墙上撞，就不得不拿绳子捆在床上，饿上几天才变老实。也有闹得不厉害的，哭上几顿，却变着法子跑。独揽姜镇媳妇货源的吴嫂说了，等生孩子就好了。那一年，记不得是哪一年，村里一家人从吴嫂手里买了一个媳妇，可厉害了，头半夜跑掉了。全村出动到镇上帮忙都没找到，以为是躲山上等天明逃走了。半个月后，在山涧里找到尸体，都发臭了。原来是大半夜找不着路摔死了。给儿子买媳妇的女人哭了好几天，家里所有钱都拿出来买媳妇了，想来想去想不开，就在屋里上吊死了。

圣乔瓦尼的玛莎

吊死在那黑屋子里的女人是姜总的嫂子？我问。

他迟疑了，点点头说，姜总好面子，从来不讲。他小时候家里很穷，遭过的罪比我吃过的米还多，谁想到他能有今天。

如今的姜总可是姜镇的大人物。

五

我爱我的朋友安德烈·西卢其奥。

只要不触动他的底线，他并不介意时不时在一个从小做心算训练的中国青年面前出点洋相，哪怕我有意不提醒他，他的错算让我多得了好几百欧元货款。在圣乔瓦尼的工厂内谈订单，在他计算合约价格之前，答案早在我心里了，看着一个劲狂按计算器，真难受。难道意大利人至今从没学会用计算器吗？我们在售货合约上签了字，我说午餐我请客。在心里免不了加了一句：反正用的是你的钱。

安德烈从他父亲手里承继了这家位于意大利中部的医疗耗材小工厂，他读书不多，但极聪明，很快将家族生意从内销转为销往全欧洲。骨子里他是一个标准意大利商人，锱铢必较，见风使舵，小地方常犯错，大方向却很有把握，把工厂生产成本过高的产品和技术交给中国贸易商，转去中国加工生产，再返销欧洲，赚取差价，把廉价品制造业转移到中国，这几乎就是过去三十年间中国出口经济高速成长的全部秘密。

出门前，他的黑头发女秘书眨着过度化妆的长睫毛，偷偷嘱咐我：安德烈可是一只狐狸。午餐得叫他买单。说完，咯咯直笑。中国小伙子，你是头脑清醒的，千万不能被意大利男人分分钟的甜言蜜语骗了。

圣乔瓦尼的狐狸（别的称呼，不足以显示我们并肩奋战多年的友情）在一个乡村酒家宴请我。那个静谧的托斯卡纳中午，过度热情的阳光被阻挡在门外，星罗棋布的自助小食堆满了入口的餐桌，他好心，建议我不要过度尝试，即便是他，对某些奶酪的口味也觉得恐怖。他端着咖啡杯，一边抱怨去中国喝不到好咖啡，一边对昨晚的生牛肉片赞不绝口，叫我不好意思再提及昨晚本尊腹泻了多少次。

他望着门外的好天气，问我：史戴芬，我们哪一天老了，你想做什么？

我想找一个山间小屋隐居，泡一壶好茶，写一些自己喜爱的文字。但我却只是俗气地说，有一幢像你家那样的洋房，一个像玛莎那样漂亮的老婆，一个可以跑遍全世界的好身体。

我想托斯卡纳人的商业雄心理解不了华人的出世情怀。果然，他耻笑了我的小农思想，他说将来我们要一起泛舟地中海，船上有美酒佳肴，当然，最重要的是有知己佳人。

意大利人小地方糊涂，大处睿智，像血缘忠诚那样忠诚于荣誉，但对女人的态度跟华人大不同，对女人热情到溺爱的程度。道理非常简单，在意大利，无论是问路、购物、逛街还是吃冰淇淋，女人都比男人管用得多。

那顿午餐实在没有给我留下什么印象，却使他的味蕾对快感欲罢不能，他说出了一个秘密，惊到了我。多年前，他通过中间商找到我当时所在的丰盛实业。丰盛是一个拥有外贸经营权的皮包公司，靠给个体户做外贸代理起家，利润不多，但很稳定。总经理罗东尼不甘心赚一点点代理费，他力主开拓自营进出口业务，而安德烈属于我们赢得的第一批国外客户。我们所不知道的故事另一面，安德烈一个人飞来中国寻找供货商其实是孤注一掷，刚被迫接手家族生意，工厂经营不善，负债累累，发不出工资，濒于倒闭。他就是靠罗总答应的头两个货柜订单远期承兑才渡过了资金难关。从那时起，他每天在空中飞，飞遍了欧盟国家，经过两三年苦苦支撑，转移大部分生产到中国，整合欧洲客户网络，才使工厂靠着生产高附加值灭菌手术包起死回生，大部分有赖于从中国采购获得的巨大利润。

深秋的和煦阳光叫我哑口无言。想到丰盛曾把宝压在一个处于倒闭边缘的意大利客户身上，而我居然听信这个意大利小伙子的狂言，放弃丰盛的铁饭碗，变身外贸个体户，与他联手操作，甚至胆肥到继续放账给他，多年来身处破产悬崖边缘居然浑不自知。

一顿饭冒了好几身虚汗，我半天憋出一句话：我真是个笨蛋呀。

安德烈摸出雪茄烟盒，嘿嘿一笑说，我觉得无论你做什么都会成功。

我感到自己的脸在秋阳里渐渐发烫。

他幽幽地说，你忘了，我可没忘。这么多年，我忘不了那个年轻女人的眼睛。

哪个女人？我说，但心里想到了姜镇。

他盯着我的眼睛说，我忘了她的长相，但那是一双怎样的眼睛，像猫的眼睛。我是说眼睛里面的，那种东西。你看过路易斯·韦恩画的猫吗？那个19世纪的英国人画猫的眼睛，夜里做梦会梦到几百年前我们祖先烧死的玛莎，不是我的玛莎，是那个女巫，绝望里生出来的神秘希望，希望被扼杀后的冷漠，她被烧死前的眼神一定是那样的。

这是他仅有的一次，在我面前提到圣乔瓦尼的黑暗历史。

他深呼吸，然后说，猎巫不仅仅是一场宗教运动，更像是一场百姓的狂欢节。想想那些可怜的女人被扒光衣服，赤身裸体，捆绑针刺鞭打，绞死，或用大斧斩首，当然，最受欢迎的还是火刑。教廷认为火焰能净化罪恶。

他笑了笑，然后变得异常严肃：史戴芬，为什么折磨女人能叫人得到安全感？

他没有再提姜镇，但我从没忘记姜镇。虽然事实上仅仅去过一次，在那里待了不到12小时，安德烈死活不愿意留宿，搞得姜总和伟哥都是灰头土脸。

从姜镇回来的那个下午，我还赖在南京酒店的大床上，伟哥打来电话，马上说到意大利人连夜逃跑面子也不给。

姜镇太远了。我对手机里的伟哥说。口气有点虚。

别扯了！下一回，你老兄是不是要说那个什么圣乔瓦尼太近了……

伟哥顺溜地说出了安德烈的家乡，在盛行错别字谐音火星文的时代，让人不禁怀疑他是不是真的住在离圣乔瓦尼很近的地方。我绕了一会儿圈子，问起姜总侄儿家的事，伟哥倒是很坦率，他证实了司机的说法，他说姜总嫂子和买来的媳妇全死了，大家紧张了好一阵，没过多久，吴嫂看这家人实在可怜，真没有钱（买媳妇的钱大部分是姜总给的）。又带了个女孩过来跟他家人说，上个女孩也是我卖给你的，这个女孩就当我发善心送给你。不过生出来的小孩，只要是女孩我都要，我也不要多，就要两个。姜总侄儿开心得不得了，千谢万谢送走吴嫂。新拐来的女孩就求他，说你们要是缺钱，我家有钱，有很多钱，你要多少钱我家都给你。我不报警，我给你们一个号码，你们帮我打，我家里绝对不报警，还会送很多钱给你们，再给你买几个老婆都够了。姜总侄儿不乐意，想硬上，这女孩绝食，躺在床上硬翘翘，最后只剩一口气了。要是这个女孩死了，不仅老婆没了，还要欠吴嫂一生一世的债，还是姜总给做的主，打电话给女孩家人。女孩家人从老远的外地赶过来，没有报警，把装满现金的大包先丢到村口，几十号村民抬着担架把女孩送出来。女孩走了，再也没有出现过。姜家人拿着钱去找吴嫂，还没说到有钱买得起媳妇。吴嫂就发火了，姜总打圆场也没用，姜家坏了规矩。吴嫂说不仅不会再卖这家人媳妇。姜镇都不会卖了，姜总和侄儿全家都慌了，全镇都慌了，光棍们娶不上老婆，生不了孩子，这个地方就完了——

伟哥说到这里，突然不讲了，他察觉出我不想听，就说，我想抽意大利雪茄了。你和安德烈啥时候再来姜镇玩……

挂上电话前，我说，不敢来啦，姜镇夜里的女鬼太多。

安德烈起床后，我告诉他我已经打电话报警，当地警方答应立马出警。他问起那个字条，我说丢了。我把字条撕碎，冲进了抽水马桶。

他愣了一下，没再说什么。

我记得就是那时起，他说史戴芬，我觉得无论你做什么都会成功。

那口气却很伤人。

姜总从我们的生活中消失了。

我和安德烈心有默契,矢口不提姜镇,没有订单,没有跟姜总合作,更没有与之成立什么中外合资企业。姜总通过中间人伟哥催问过几次,但我总是搪塞以姜镇太远了之类。

我们每次出差去江北,总要绕开那个地方。后来连热情的伟哥也一同回避了。

六

在暗沉沉的夜雾中,那个光头司机面目不善。

叫我想起了样子同样杀气腾腾的姜总的秃顶侄儿。想换一个,但一抬头,围着我们拉生意的司机们全不见了。安德烈心急火燎,连比画带手势已同光头司机讲定了价钱。

我和安德烈在宿迁验货。返程天降大雾,飞机延误。在机场干等了两小时,吃晚餐当口,民航没有任何表示,连个道歉也不提供。机场里也没什么选择,空荡荡的机场西餐厅里面,就餐者只有我和安德烈,以及一个洋装女士。我们不约而同点了同一种西式简餐,安德烈近来吃中餐上火了,得了口腔溃疡,扒拉了几口就停住,他默默看着隔壁桌穿可爱洋装的女士,那个风度优雅的女士樱桃小嘴动得极慢,仿佛不是进餐,而是在哼唱什么童谣。

她发现了怪异。安德烈大步走到收银台付款,顺便替她买了单。女士微笑,大方接受了,递给安德烈一张名片,上面印着日本某五金商社驻台中办事处某某某。她也是在这里看厂验货,她淡淡地说要不是担心安全问题,她会直接打车回南京。

我以为他在搞罗曼史,但这句话提醒了安德烈,他把我拽到机场外。

上车后，疲累已极的我想打个盹，他翻出手机上的地图，指点司机怎么开，折腾好一阵子，司机喜出望外，安德烈居然要司机绕个大圈子，从偏远的姜镇过。

在破旧的出租车内，我开始止不住地后悔。驾驶座防护罩上有个尖锐缺口，司机粗壮结实，光溜溜的后脑勺上有一条刀疤。我们一上车，发觉了司机的举止古怪。驾驶室里搁着一瓶红星二锅头。

多么慌里慌张的一晚。安德烈的眼神里透射出惊惧，他用英语对我说，是不是做错了？会不会遇上打劫？

我说上帝保佑吧。

他说你是无神论。

我竭力和司机搭话套近乎，但都不管用，司机始终紧闭金口，打定主意不理睬外国人和翻译官。

郑家集那儿新修了一条国道。老国道不知何时废弃了。找不到原来通向姜镇的那条岔道。站在黑漆漆的老国道旁，安德烈双手抱着脑袋，冷风刮得他东倒西歪。姜镇从来没有这么遥远过。

他最后放弃了。

在颠簸的回程，他痛苦地闭上眼，翻来覆去，挪动着双腿，鞋尖不断踢到前座。

安德烈陪我去街上走走的这天，是一个下雨的周末。

圣母堂的大理石、钟楼、铜屋顶和称为"天国之门"的大铜门全都泛着隐隐的绿光，雨点不大，也不密，人流如同草地上的羊群，缓缓在乌云底下埋头行进。

在圣乔瓦尼圣母堂避雨，他选一个逆光的点站着，引我观看头上方，教堂的哥特式尖穹顶，犹如二战时期的比亚乔 P.108 轰炸机，朝我们身上压迫俯冲，他那意大利英语则是机枪的短点射。他问我知道不知道圣母堂为什么修得这么高大庄严。

圣乔瓦尼的玛莎 | 267

一束光透过彩绘玻璃上所绘的圣徒身体，犹如蒙尘的圣水，洒在他头顶心。

板寸黄发酷脑袋凑近我，光线像圣水那样在他好看的蓝灰眼睛里荡漾，

他自问自答，泄露了小镇的秘密：恐惧。

因为恐惧。我笑他胡诌。但他却严肃地说，这里埋着许许多多无辜死去的人，这就是一个大墓穴。听说过那个叫玛莎的女巫吗？在她被烧死后，瘟疫没有平息，人还是天天病亡，我们的祖先就在火刑地点原址上修建了这座更大更宏伟的圣母教堂，修堂动机据说是为流了无辜者的血向上帝赎罪。

他望向前方的圣坛，叹一口气说，那个女人，不知是死是活还是疯。

我问他是哪个女人，圣乔瓦尼的狐狸说，那次我上了一艘大游艇，跟德国法国客户畅游地中海，海风不冷不热，比基尼佳人端着香槟酒像起伏的海浪那样环绕着我们，忽然间，我不知道身在何处，似乎又回到了那个遥远的地方，热热闹闹那么多人喝酒猜拳，那个女人的眼睛令我恐惧不已，猫一样的眼睛，有点像我的玛莎……

我的心被什么揪紧了。

这个安德烈不是我所熟悉的。现在，他如愿以偿成了玛莎的丈夫。他又笑了：要是有玛莎在，就太没趣了。玛莎的道德感会让我感觉像是进了修道院。玛莎说我变了。我变了吗？

我傻傻地点头。想换个话题。他想了一会儿，又认真地说，玛莎太好了，太好了，我认识她太早了，早到好到我害怕，我真害怕失去她。

我们的世界充满了秘密。他说出了另一个秘密。那个春天，父亲的工厂变成了他的工厂，他也与青梅竹马的玛莎订了婚。而他在工厂里一言九鼎的地位吸引了一个漂亮女工。她来自外省，她豪放不羁，野性十足。放工后，她留在办公室里为他煮咖啡熨衬衫西裤陪他打游戏。那个春天，圣乔瓦尼的树林河边每一处都留下了两人背着玛莎偷情的踪迹。秘密的负担过于沉重，他把秘密卸给了我。

金童玉女的形象破灭了。（虽然他和玛莎是我所见过最符合金童玉女标准

的。）我为美丽纯洁的玛莎愤愤不平，但我却无法恨我的朋友安德烈。春天的风流导致他和玛莎的恋爱过程延长了好多年，他突然间长大了，变得郁郁寡欢，忧心忡忡。按西卢其奥家族说法，那是一个错；按天主教教义，那是一种罪。谁也没告诉，连他的母亲和姐姐也不知道，他只告诉了我。

在天主教国家长大的青年倾向于离教叛道。东方唯物论浸淫多年的我虽与他同龄，在同一个屋顶下，同一个墓穴里，然而我们信仰不同，文化不同，学历不同，也许，唯有恐惧的感受是相通的。

不管是罪还是错，在那个逃离姜镇的夜晚，恐惧使他感觉到了玛莎在他生命中的重量。

当玛莎拿着两把雨伞一路寻进来，她用手捂住嘴。

我和安德烈全都头颅高昂，仰望着十字架上。

神之子双手箕张，头颅低向尘埃，肋下渗血，如玫瑰娇艳欲滴。

再见玛莎，她依然那样明艳不可方物。我心里揣着安德烈的秘密不能告诉她，却再没有不敢直视的感觉。

想起方才登钟楼的时候，安德烈不愿上来，是她和我从仅可一人容身的楼梯展开你争我抢，我让她比我先登顶。我们从塔尖俯瞰全镇，我问玛莎有没有闻到橡皮烧焦的气味。她娇喘的样子可爱极了，金色短发晃动着，半是雨星半是金光。我俯视塔下小拇指般大小的安德烈，他可真小啊，在细雨中竖起风衣领子，指间夹着半支雪茄，我觉得他闻到了。他知道的，我总觉得。我羞于向他承认在南京我并没有报警，也没有采取任何行动搭救那个会写英语的年轻女人。

玛莎轻轻唤着安德烈和我的名字。

以前在圣乔瓦尼的时候，我从未觉得圣乔瓦尼像今天这么贴近。

选自《文学港》2023年第4期

借问梅花何处落

王西愚[*]

一

从大雪山起飞的老鹰停留在淡青色的高空中，秋风在翼下流动，雏鹰在周围嬉戏，河山尽收眼底。近处的凉州，远处的长安，灰尘般细小的人们愚蠢地劳作厮杀，卑微地欢笑哭泣，从未离开大地，不知身在何处。

老鹰知道，自己老了，像长安城里的皇帝那么老。当年的神勇已经是背影，生命和力量终有穷尽时。可皇帝不知道。皇帝还有无穷无尽的雄心和丹药，配得上年轻妃子真挚的爱情。粟特胖子大臣跳胡旋舞时，皇帝挽起袖子，亲自打鼓。咚咚，咚咚，咚咚，鼓点如同皇帝的怒吼，劈头盖脸砸向那些谄媚的笑容——你们觉得朕老了吗？

年轻时，老鹰也曾四处游荡，暴雨前捕鱼于青海之上，也曾御风而行，落在大明宫闪亮的殿顶。长安九月好风光，仓鼠肥，燕子香。可惜，羽毛艳丽的锦鸡，机敏温顺的白兔，若不是关在金箔银环象牙碧玉装饰的笼子里，若不是圈在小径池塘仕女秋千的花园里，味道该是多么鲜美。金殿碧瓦蓝天，顾盼睥睨，眼神不用说肯定是骄傲锐利。可迎接这旷世英姿的，是纷纷的羽箭！卑鄙的人类啊！抓伤了十几个衣着光鲜的御林军，啄瞎了一个大呼小叫的军官的左

---

[*] 王西愚，生于湖北武汉。曾发表小说若干。现居美国洛杉矶。

眼，不幸，老鹰也中了一箭，带箭归来，在大雪山里度过了一生中最漫长的冬天。

由西向东通往凉州的大道上，沙尘滚滚，长长的队伍中，马匹，车辆，琴师，舞女，又是胡商的马队。两只雏鹰眼尖，看到还有狮子、豹子施施然行走在马队中，俯冲下去看个稀罕。历经沧桑的老鹰早把这一切看在眼里，不屑一顾，太阳底下没有新鲜事。

二

驿卒、斥候早就流水一般报来，一只西边来的胡鸟都别想悄悄飞过凉州。城下长戟森森，军士挥动令旗，示意马队在大校场暂驻。马队执事递上关文，军士再呈送给骑马而来的高适。高适五十岁以前虽已颇有诗名，仕途却极不顺遂，好不容易得到河西节度使哥舒翰的赏识，在幕府中充任掌书记，日常无非是文书号令、礼仪来往。

那几个白衣白帽、高鼻深目的胡人，其中一位是粟特胡在沙州的大萨宝康末蔺延，一年前来过。唐朝时，"胡"多指西域的波斯、粟特等，而突厥、契丹、吐蕃、回纥（后改称回鹘）等通常并不包括在内。粟特胡，又称昭武九姓、九姓胡，擅长营商，多信奉火祆教。康末蔺延笑容满面，抚胸致意，另外几位想必是康国使节，也纷纷行礼，高适微笑回礼。开元天宝盛世，正是大唐如日中天的年代，域外来使，无论何等身份，入唐矮三分。高适却始终学不会那些官场习气，迎来送往之际，只是不卑不亢四字。康末蔺延与康国使节开口便郑重向他告罪，说是他们的一位尊贵人物随队驾到，有要事紧急求见西平郡王、太子太保兼御史大夫、河西节度使哥舒大将军。究竟是何方神圣，径自闯来凉州，没有在龟兹禀报安西府，更加没有知会沿途府衙驿营，斥候居然也一无所知！高适心下略有不快，不过还是差人去禀报哥舒大夫，自己先去迎接。

来到大校场上，只见几十匹大宛天马，数百头各种牲畜，战战兢兢，肃然站立，又见一辆装饰华贵的车辇停在中间，赫然左雄狮、右雪豹，猛兽转颈低吼，令人心惊。康末蔺延与康国使节等人面对华辇毕恭毕敬，躬身说了一大串粟特胡语，康末蔺延又用华语说道："恭请女神座下尊者、圣女祭司、新月使移驾！"

此后十年，高适不断回忆那一瞬，阳光耀眼，青山失去颜色。

高适不好女色，寻常女子不会多看一眼。近年来修心向佛，河西、陇右，寺塔佛事颇多，他常与同僚拜谒亲近，去年不空三藏应哥舒大夫之请，来凉州开元寺说法译经，正是他操持的。覆盖于白骨之外的姣好皮囊，只是枯枝败叶上的皑皑白雪，佛光一照，无影无踪。如今即便是华清宫最美的贵妃、平康坊最艳的歌伎来到面前，想来最多也只看她们……两眼。

可眼前这十七八岁的胡人少女，却是全然不同的美艳尊贵。眉弯新月，眼横秋水，唇染红焰，头戴八棱金冠，冠角上星芒闪耀，塞上秋风吹过，扬起她白裙外的玄色斗篷。

在作势欲吼的狮豹头上轻抚数下，猛兽立时安静下来，那胡人少女笑吟吟道："康离嘉朵，叨扰大唐上国各位。"康离嘉朵声音清丽，华语与唐人无异。见她如此谦和，高适连忙施礼如仪。康离嘉朵道："这位高书记，是久仰的了。'战士军前半死生，美人帐下犹歌舞'，西域绝远之地也传诵书记的名句呢。'至今窥牧马，不敢过临洮'，据闻也是出自书记之手？"高适心下惊讶，不知她为何对自己如此熟稔，又为何对自己青眼有加，一时语塞。这《哥舒歌》只有四句，不知何人所作，原为"北斗七星高，哥舒夜带刀。吐蕃总杀尽，更筑两重壕"，高适将这后两句改了，众人都赞好，不料竟传到康国去了。康离嘉朵见他未即答话，转头对康末蔺延、康国使节与众扈从道："还好，在凉州的第一场雪之前赶到了，不然明天可不好走。"众人头顶骄阳，连连称是，高适看在眼中，心道，看来这康离嘉朵虽然年纪轻轻，在康国人心中却是威望极高，即使是随口妄说，众人也如闻佛旨纶音。

不多时，节度使府衙飞骑传令，西平郡王、河西节度使哥舒大将军要在演武场观看舞马之戏。宾主尚未晤见，就先观看舞马，未免不合礼仪，然而众人不敢怠慢，慌忙分头准备。

演武场在城内，与城外的大校场只是隔着一道城墙。众人来到演武场，准备停当，哥舒翰不久也现身城头。粟特众人远远见哥舒大将军一身戎装，威武轩昂，百战之身，果然气势不凡。站在他身边的年轻小将，英姿飒爽，便是左车。这左车原是哥舒翰的家奴，十几岁时就随大将军四方征战。哥舒翰最厉害的，一曰"金枪术"，二曰"雷霆怒"。追上敌人，长枪往肩膀上一搭，大吼一声，敌人无不魂飞魄散，此时一枪刺出，向上一挑三五尺高，再往下一摔，左车再一刀砍下头来，没死的也死了。两人如此这般，吐蕃人无不闻风丧胆。哥舒翰在长安兴庆宫陪皇帝观赏过舞马之戏，百匹天马，盛大堂皇，眼前这个未免相差甚远，奈何左车未曾一见，说想见识见识，他自是慨然应允。

康国虽也产良马，但始终不及大宛，这回康国朝贡的天马正是购自大宛，如今称宁远国了。几十匹装饰华丽的天马踏着齐整的步伐走来，演武场上，沙土虽然铺得平平整整，如何可比氍毹，天马不惯，有些犹疑。好在舞乐一起，天马就开始翩翩起舞，喷玉生风，忘了这个小小烦恼。高适对舞马之戏毫无兴致，看这些天马神驹不能奔驰天际，只能取悦权贵美人，仿佛是自己在折腰受辱，只想尽快结束才好。舞了好一阵子，见那驯马人在每匹马前放下一个银质酒杯，随即，马嘴衔杯，昂首举高，再作不胜酒力的醉态。舞马原是皇帝寿辰"千秋节"祝寿定制之戏，贡马未至长安，《倾杯乐》习练已熟，康国要讨皇帝的欢心，也算是用心良苦。高适见这些马匹眼泛红光，意犹未尽，怀疑驯马人是不是给它们饮用了火祆教的秘制蒿麻汁。演武场上的舞马场面虽然不大，在这小小边城却实属难得，两旁的战马也随着舞乐摇头晃脑，甚是滑稽。一曲舞毕，众人就要喝彩，却见城楼上哥舒大将军正与左车低声交谈，众人不敢出声，待听见哥舒大将军爽朗笑赞，众人才纷纷应和。

三

来到河西节度使府衙,宾主坐定,四个精赤上身的昆仑奴抬上来一个硕大的红色酒桶,桶上雕刻着繁复的纹样,想来是装满了珍贵的康国特酿葡萄酒,这是送给哥舒大将军的礼物。康国此番进贡物品,除了舞马、方物,还有送给贵妃娘娘的一对康国猁子,送给皇帝的一队胡旋舞女,当然也少不了玛瑙、琉璃、水晶杯这些殊玩名宝。不过,这些俗艳之物哪放在西平郡王哥舒翰的眼里。可哥舒翰出了名的贪杯,一见酒桶,登时眉开眼笑。只听得新月使康离嘉朵提议道:"麾下何不此刻便试试我石堡城的美酒,味道就像美女在嘴里跳胡旋舞,颜色就像大将军刀上的鲜血呢。"哥舒翰一听,心下一凛。

五年前的石堡城大战,众人记忆犹新。血雾染红了天空,漫山遍野的尸体,鹰都不够用了。唐军死伤数万,才攻下这个只有几百吐蕃守军的城堡,是荣是耻也难说得很。还好哥舒大将军与左车合力生擒了守城大将铁刃悉诺罗,只有几匹比弩箭飞得还要快十倍的汗血宝马驮负老妇幼女四散逃逸,众唐军将士也不甚在意,将那些吐蕃狗贼大大折辱一番后,血祭了英灵。

这新月使的话大将军听着甚是别扭,一旁的通译幕僚忙上前解释,原来康国又唤作萨末建,译成华语也正是"石堡城"之意,哥舒翰听罢方才释然。众人皆想,这年轻胡女,不过十几岁,无知少识,侥幸居此夷教高位,出使上国,说错了话还不自知,仔细惹恼了大将军麾下。至于此"使"不是彼"使",众人一时也分辨不了那许多。哥舒翰不欲与这胡女计较,说不定昨日她还在拾马粪呢,甚有气度地笑道:"不忙,贪杯误事,尊使既有军机要事,先叙不妨。"康离嘉朵笑道:"也好,敢请麾下屏退左右。"

少顷,大厅里走得空空荡荡,哥舒翰只留左车、高适一文一武分侍左右,粟特一方则只得康离嘉朵一人。只听得康离嘉朵娓娓道来,她的声音就像芙蓉园里的画眉鸟唱歌一样动听,就像大雪山上的冰泉一样清冽,可是听在高适耳中,只得炸雷一般两个字:造反!

大唐皇帝的太子与皇帝最宠信的大臣三镇节度使安禄山合谋造反。更骇人的是,康离嘉朵不是来报信的,而是来策反的。你道安禄山是谁?乃是火祆教的赤焰使!火祆教并非如外界以为只是以火为尊,而是崇拜日、月、光、火诸神。虽然安禄山手握重兵,分量不轻,甚至渐有尾大不掉之势,但康离嘉朵乃是神意指定的女神座下尊者,掌教大祭司又是她的祭司导师,安禄山远在幽州,教中事务鞭长莫及,一般西域教众只知有新月使,不知有赤焰使。掌教大祭司一直有心想要扩大火祆教版图,得知太子殿下意图,居中谋划,各方也算是一拍即合。他们约定,一方起兵,三方呼应,吐蕃据西域,安氏据北方,太子据中原。至于诸小国,国贫兵弱,向来没有疆土野心,只求一份安稳与往来经商传教之便。康离嘉朵说道,大将军也算半个胡人,虽然一向与安禄山不睦,大祭司希望麾下念在同出一脉,捐弃前嫌,共襄盛举云云。

高适心道,这新月使果然还是太年轻了些,莫说是你一个手无寸铁的小小胡女,就算是太子殿下亲临,加上安禄山大军压境,哥舒大夫也未必会稍降辞色。

不出所料,哥舒翰听罢,轻蔑地哈哈大笑:"小娘子你有所不知,策反我哥舒翰的,官道上络绎不绝,每日一打开城门就扑来刀尖上寻死,拦都拦不住。凉州大牢里还有好几个,等着秋后问斩。小娘子与他们先做个伴,等某提兵灭了你夷教胡国,再来听你关说不迟。再说,安禄山那胡……那反贼,一旦得了北地,哪里又肯画地为牢?真当某是只会舞刀弄枪的武夫么?来人!去把那两头狮豹炙了,美酒佳肴当前,莫要辜负了康国贵客的一番心意。"

左车微微一笑,得令起身。

四

再也想不到，康离嘉朵此时突然发难！只见她手上腾出明亮的火焰，双手一递，手臂上的一条金链如细蛇般飞出，与火焰合为一体，嗤嗤飞向数丈之远的哥舒翰，火蛇倏地一转，成了一个圆圈，围绕着哥舒翰，并不点燃周遭物事，却也不灭。

这一下子变故突然，左车收住脚步，噌，拔出鞘中雪亮的长刀，却滞在手中。

"你这……妖术！"哥舒翰忽然忆起，"你是……石堡城的那个小胡女……十一娘？"声音之中竟然有一丝多年未有的恐惧。哥舒翰其实并不记得她的容貌，只是那双腾飞火焰的手，他这一生中只在石堡城见过。那时她手上的火焰还很微弱，腾飏不过尺余，只能用来吓唬吓唬人。

康离嘉朵的父亲正是石堡城（吐蕃称之为铁刃城）的守将悉诺罗，她母亲却是出身粟特望族。十一娘七岁就被选为火祆教圣女，那年潜来石堡城，用她粗浅的神通相助阿爷抗击唐军，直到有一天，她心乱如麻，不能再帮阿爷，阿爷就败了。她与阿娘日行千里逃回康国，五年后，跨过八百里流沙，三千里瀚海，带队前来。

康离嘉朵道："不错。铁刃大将军即是我阿爷。我阿爷尸首分离，遗骸未葬，我娘哭瞎了眼睛，都是拜哥舒大将军，与这位左二郎所赐。"

左车上前，隔在火圈与康离嘉朵之间，身后的火焰灼得头发焦臭，也不理会，正色道："两军交战，性命相搏，各凭天意。嘿嘿，尊使可知我阿爷阿娘是死于何人之手？"高适听了，心下黯然。他曾听闻，左车父母正是惨死于吐蕃军之手，吐蕃人在大唐边境烧杀掠抢，又何曾留情！

康离嘉朵凄然一笑："两军交战！尔等折辱够了，再杀了他，更砍下我阿爷的头颅供在祭坛之前,又待怎讲?"高适当时虽不在石堡城,也知这都是实情。

左车年轻气盛,哪肯说一句软话:"你阿爷砍我唐军的头,还少了么?石堡城数万大唐勇士——"话未完,手中长刀掷出!高适心下惊呼不忍。这左车幼时就膂力惊人,如今只怕哥舒大夫也不过胜他一筹半筹,长刀去势奇快,势必将康离嘉朵钉在墙上!

只听一声巨响,节度使府衙那巨大的落地窗门四分五裂,眼前豁然开朗,向外望去,晴空辽远,九月鹰飞。康离嘉朵靠在窗门边,轻咳一声,云淡风轻地掸了掸衣衫,居然是毫发未伤。高适心下不知是喜是忧,这康离嘉朵果然有些门道,妖术……异术傍身,并非只是口舌便给,虚张声势。

康离嘉朵招招手,两只雏鹰竟然乖乖飞下来,停在她身前,瑟瑟发抖像冬雨淋湿的麻雀,眼神无辜像说错话的鹦鹉。高空上的老鹰定力虽强,也不由得意乱神迷,盘旋彷徨,想要夺回雏鹰,远走高飞,从此不再与卑鄙的人类有任何纠葛,却又不敢靠近。康离嘉朵向前一指,两只雏鹰立时又精神抖擞,兀地欺近惊惶呆立的左车,向他身上一抓。康离嘉朵再向天一指,两只雏鹰如蒙大赦,迅疾飞出窗外,随老鹰飞远,渐渐不见。再看左车,兀自站立不倒,双眼茫然。高适目瞪心骇:原来世上真有摄魂之术!哥舒翰仍被火圈所阻,火圈如影随形,你向前它向前,你向后它向后,虬髯早就燎去多半,戎装上的铁片钢钉炙得火烫,哥舒翰无计可施,不再与火圈相搏,血脉偾张,仰天怒吼:"妖女!我……"声音却哑在喉中,在高适听来,一如耳语。

康离嘉朵径自上前打开酒桶,又拿来一个水晶杯,斟满葡萄酒,原来真是色红如血。她自顾自饮了一杯,然后举袖腾足,左旋右旋,裙裾飘扬,竟跳起胡旋舞来。只见一袭白裙的康离嘉朵时而从容,时而怒放,时而又似悲喜交集。不闻鼓笛琵琶,但见风雪飞旋,这胡旋舞高适也不知看过多少回了,似今日这般诡异奇异的,却是从来没有。

康离嘉朵旁若无人地旋舞了半日,哥舒翰全不在意,只是看向左车,眼中满是关切。康离嘉朵停下,柔声对哥舒翰道:"放心吧哥舒大将军,左二郎他不会死,要想他魂魄归来也不难,本座也不要你反了,只需你哥舒翰身为胡人,莫与我族人为敌。也不算很难为你呢。"哥舒翰听了先是心下一宽,又再一紧。某最多只能算半个胡人,一半为敌可乎?而且我娘是于阗人,又不是你们粟特人,何来族人一说。也罢,待得左二郎平安无恙,再慢慢周旋就是。康离嘉朵续道:"否则,本座虽立誓不杀族人,却必将开坛祭告明光大神,是你生不如死还是你三族尽诛,大神自有旨意。"双手一抖,飞出来两只黑色小雀,乳燕大小,飞到火中,转了一圈,火立时就灭了,小雀也不知去向。高适猜这就是传闻中的却火雀了,这新月使袖中到底还有多少神通?火一灭,衣衫褴褛的哥舒翰像是疲乏至极,缓缓倒地,知觉全失。

五

高适呆坐椅中,浑身绵软无力。诸多变故纷至沓来,是真是幻,一时也分不清楚。大厅里这一番纷乱打斗,奇怪的是大厅外没有丝毫动静。

康离嘉朵再斟满一杯酒,却是递给高适。高适接过康离嘉朵用过的那只流光溢彩的水晶杯,不知道她要如何折磨自己。石堡城之战的时候,他还没有来到哥舒大夫帐下,她的仇恨账照理说算不到自己头上,但高适也不打算开口辩白,家仇国恨向来如火燎原,如风覆巢,哪理会你是草泥还是卵蛋。也罢,百年过半,寸功未建,今日命绝于此,未尝不是解脱。

康离嘉朵道:"高书记……使君莫惊,且听我慢慢道来。我此行并非为策反哥舒翰而来,我知他两载之内必不肯反。令他有所忌惮,不敢轻举妄动,就足够了。我乃是专程来求使君相助于我,来日起事,阻遏哥舒翰统兵攻打安禄山。"

高适闻言,大出意外,怔了半日,叹道:"尊使莫来消遣在下。以尊使今日之能,十个百个哥舒大夫都杀了,即使真有誓约,也未必能缚住尊使双手。何必如此大费周章，陷我于不忠不义？我又何德何能，能够襄助尊使？"康离嘉朵一双深潭似的美目看着高适，并不答话。高适避开她的目光，略一低头，却见她雪白的颈项之下，隆起的胸乳之上，有一粒黑痣，如《妙法莲华经》上的句读，目光连忙再下移，看着她红色鹿皮靴上所系的金丝鞓带，道："是了，哥舒大夫能征善战，又与安禄山不睦，来日安禄山若真的反了，皇帝必会起用哥舒大夫讨伐……攻打。杀了哥舒大夫，皇帝就用高仙芝，也是一样。不如留他性命，尸位素餐，反而大计可成。"

此时的高适还不知道，数月之后，他将陪伴哥舒翰赴长安见皇帝，而哥舒翰将在途中洗浴时罹患风疾。明年十一月安禄山反，皇帝先用名将高仙芝、封常清迎战，不敌叛军，高封二人受诬被杀，皇帝命称病在家的哥舒翰挂帅出征。

至于再后来，哥舒翰固守潼关，被朝廷逼迫出战而大败，被帐下叛将火拔归仁绑去，降了安禄山。潼关一失，无险可守，玄宗皇帝逃往川蜀，途中杨贵妃魂断马嵬驿。不久，太子在灵武登基，是为肃宗皇帝。这说不尽的大唐十年动乱，此刻如何得知。

而高适自己，潼关之战后，西追明皇，北依太子，平永王之叛，靖川蜀之乱，出为封疆大吏，入为刑部侍郎、左散骑常侍，封渤海县侯，退隐终南山，这位诗人的十年传奇人生，此刻又如何得知。

康离嘉朵道："我不但不杀他，我还要拜托使君千方百计护他周全。我要他长命百岁，身败名裂。"高适听了，心下掠过一丝寒意，又想到她身世悲苦，终是情有可悯。康离嘉朵又缓声道："哥舒翰于使君或有薄恩，使君也算正好报答。不利于他的种种，都是我一人做下，与使君没有半点干系。此外，康末蔺延于我族人之中薄有威望，我命他即日起主祭凉州，杜绝事端，不令使君有半分为难。至于忠字一节，来日太子登基，不也是你李唐的皇帝？唉，那安禄山，注定不能成事，我不过是知其不可而为之罢了。我知使君有经略之才，胸中千军万马，眼前岂不正是建功立业，一飞冲天的良机么？"康离嘉朵见他似有所动，续道："治世则庆民安，乱世则慕雄起，治乱更迭，世代兴亡，是千古不易之理，我侪无非顺势而为,岂有他哉!纵然安禄山不反,你道太子不谋么?太子不谋,你道吐蕃不犯么?吐蕃不犯,你道那皇帝不会自毁江山么?"

这几句话掷地有声,高适无言以对,明知康离嘉朵说的半点不错。皇帝这些年宠信奸佞,沉湎女色,斗鸡舞马,哪里是明君的作为。如今太子将反,宠臣将叛,皇帝懵然不知,哪有唐隆、先天时的英明神武?忽然又想,这舞马之戏莫非也是胡人的布局?君不见演武场舞马之时,军马情不自禁随靡靡之音舞之蹈之,若我唐军冲锋陷阵之际,胡人也如法炮制,那……那……真是不堪设想。高适如此想了一回,道:"安禄山有反意,今上不信,我早就是信的。"说出口,又觉语气放肆,不禁哑然失笑。"但他与太子势成水火,如何可能合谋?"不待康离嘉朵开口,他就自问自答,"嗯,事成之后,再徐徐图之就是。"又摇摇头,缓缓道:"一样还是生灵涂炭。"两人一起沉默半日,均知这是无法可想的事。

高适道:"如此说来,九姓及宁远等西域诸国,俱是一体了。"康离嘉朵摇摇头:"我西域诸国,从未一体。宁远国多良马,少有人擅驭驯之法,我康国人善商贾,无奈物产却不丰盛,石国人善战,终不能以一当十。说来我九姓胡,只不过是暗夜里几个胆寒可怜人,各自惊惧,结伴而行罢了,大唐上国,又何曾体恤呢。"

高适不知如何回应,略一沉吟,道:"日前有一方外之人,唤作金梁凤,游来凉州城,道'来日天下大乱,三日当空,一向东京,一入蜀川,一来朔方'。我等只道是妄人故作妄语。今日悉知尊使大计,那金梁凤所言似也并非空穴来风?"东京即是洛阳,日后安禄山将在那里称帝,而朔方则是宁夏,正是太子登基的地方。

康离嘉朵听到这个名字,神情古怪,欲言又止,轻描淡写道:"异人所在多有,能否窥见天机,各凭造化。此行我正要将先知之术传于使君。此术虽不能明世运至毫厘不爽,也不能断吉凶于瞬息之间,更不能改逆天命以利一己之私,然而仰观俯察,知机识变,如依舆图而驾驭,如谙律吕而乐舞,再凭使君的本领,封侯拜相,却也不是难事。"

高适心潮起伏,思量再三,又问道:"我还有一事不明,既然明知那《哥舒歌》曾经我手,得以流传广布,哥舒……翰又素以亲厚待我,尊使……十一娘恨他入骨,如何便肯将大事托付于我,再传我先知神术?"

康离嘉朵轻笑一声:"哼哼,吐蕃总杀尽!使君仁慈,大笔一挥,总算留我等蕃胡一条活命。使君妙笔,所虑者自然是文辞雅驯、意境幽远,而非怜我化外贱民,然则暴戾之气因此消减,也算是你佛家一分所谓功德。使君可是嫌我谢得迟了?谢得少了?"这句话颇有些调笑的意味,高适哪敢接口。康离嘉朵又道:"恨……与不恨,从此放下了。今日与使君同坐同饮,皆是明光大神的指引与旨意,使君莫再相疑才好。"她望了望高适手中的酒杯,道:"有一事,好教使君得知,大神授我这先知之术,固有助益,却损阳寿。得此术者,尘世之游只余十载。若使君不肯……"

高适心下一苦,接口道:"十一娘说笑了,若十一娘这般天生丽质聪慧神通之人,不能存于这世上,在下桑榆之年,苟活人间,更有何意味!"说完又觉不妥,却不知该如何改口,索性不说了。

康离嘉朵似乎浑然不觉,道:"那好。这先知之术还有一样古怪之处,只能传授,并不能教习。所谓传授,或神授,或亲传。既然神明未肯授之于君,也罢,我只好代劳亲传。"康离嘉朵稍一停顿,道:"此'亲',乃是肌肤之亲。"说毕,嫣然一笑,在高适身边坐下,俯首过来,吹气如兰,在他耳边悄声道:"信与不信,肯与不肯,在君一念。说不定只是奴倾慕使君之才,愿荐枕席而已,还望不弃。"

这一番话,直听得高适心惊肉跳,嗅到康离嘉朵秀发上的香气,分明不是自己的绮梦,他不由得呆了。唐人于男女之事其实不甚拘泥,胡人没有中华礼教约束,更加是异彩纷呈,可如此急转直下,云雨欲来,却也未免……

高适心中还在"未免",康离嘉朵却已正色道:"使君放心,你是汉,我是胡,各为其主,各为其族。此事一了,来日待你手绾兵符,与我族人血战沙场,我也不来怪你，只望你念奴一分恩情……"却待如何，竟没有再说下去。前尘如梦，有谁知道那年的铁血刀锋之城，敌军围困万千重，小小年纪的十一娘春心萌动，莫名爱上了一个传奇英雄，而他，爱的却是身边的人？有谁知道一旦亲传神术，则大限立至，她将香消玉殒？

良久，她伸出纤纤玉手，轻轻腾起的火焰中，依稀是一片兵荒马乱，哀鸿遍野。高适心中迷茫摇晃，如九曲黄河怒涛中的革船。"烽火燃不息，征战无已时……乃知兵器是凶器，圣人不得已而用之。"李太白李十二啊，你告诉我，乱世凶兵之中，应该引颈受戮，祈求佛祖，还是吟诗作赋？二十年前，长云暗雪山，不度玉门关，与王昌龄王之涣旗亭画壁；十年前，大道如青天，水边多丽人，偕李白杜甫同登吹台琴台。如今，故人星散四方，渐行渐远。大笑向文士，一经何足穷！诗歌如美酒一杯，可以浇胸中块垒，章句平仄的尽头不过是个弄臣，得宠或失宠。庞大的唐帝国，似悬浮在茫茫夜空中灯火辉煌的一片孤城，在这荒凉的边缘，眼前低低黑云，身后漫漫黄沙，随时可以吞噬我于无形。我抓紧可以攀附的枝干，粉身碎骨前的呼喊没有人会听见，当人们顺着文字的藤蔓找到我的尸骸时，还剩几块值得连缀拼凑的碎片？一个人只拥有诗意的世界是不够的，他还应该拥有此生此世。渤海高氏的祖先们啊，让你们光荣的名字继续照耀我吧，东去长安两千里，我渴望回到那被江河千百年来冲刷平整的大地上，登上金色的楼宇，俯看绿色的植被，四面八方的人们走进春风槐荫，走过秋凉梅香，道路延绵无尽。

手掌上的火焰忽明忽暗，大约过于耗费心力，康离嘉朵脸色苍白，额头上冒出汗珠，不觉靠向他的肩头，汗水濡湿了高适青色的官服。高适举起手中盛满红色酒浆的水晶杯，凝神看了半响，仰头饮下。原来此酒与寻常的葡萄酒颇有不同，入口淡，入喉浓，入腹燃烧，体内淤积的暗影须臾成灰，身体轻盈欲飞，却又鼓胀欲裂。抬头看时，康离嘉朵不见踪影，只见一匹天马在身旁，毛色银亮，头顶热气蒸腾。

六

他搂着白马修长的脖子，紧张而笨拙。白马蹦跳，转圈，像是在考验他，又像是下决心把他摔下来。束在腰间的长带，挂在身前的环佩，绕在腿上的珠链，都不见了，金色冠冕早就跌落在秋日的长草丛中，银丝般的长鬃像往事一样随阵阵凉风起舞。

暮色浓了，他也累了，软了下来，手在白马胸前滑动，心跳一下下用力敲打着。白马也静下来，竖起耳朵，听他的呼吸，渐渐从粗重到平缓，如狂风远去的大漠，只留下一波一波静美的沙丘。白马伸出舌头舔他的手，又扭过头来，鼻息喷在他脸上，舔他的面颊，他的嘴唇，湿漉漉的一脸。他闭着眼睛，也用嘴唇去回吻白马，这时白马反而又扭头避开他，他用力抓紧白马的银鬃，双腿一夹，这一次，白马畅快地奔驰起来，越来越快，到后来，没有重量，没有声响，好像离开了大地，踩乱了白云。

下雪了！天宝十三年凉州的第一场雪，比以往来得更早一些。转眼间，雪就填平了苍老的沟壑，填满了落寞的山谷，夜色也因此如玄纱包裹着明珠，又暗又亮，他们像是无意中闯入了一个藏着无数秘密的银白世界，又像是他们本来就属于这个银白的世界，只是在外面流浪久了，今晚终于回来。他在白马紧致光滑的屁股上用力一拍，白马昂起头，高嘶一声，蹬起半天高的雪雾，怒奔向前。红色的汗滴，沿途抛洒在绵软的雪地上，如血，如赤珠，如火流星，如葡萄美酒，如盛开的梅花，如凋谢的梅花。

他们厌倦了平坦的官道，又厌倦了通向山间戍楼规规矩矩的石阶。越荒凉，越兴奋，他们嗅着山的气息，在幽暗中摸索前进，或者索性走进溪流，溯流而上，冰冷的溪水先减了快意，再溅了快意。险要的地方，他想停下来，从马背上跳下来，白马反而不依，奋力一跃而过，惊飞了一群乌鸦。爬上了天梯山的高处时，雪停了，他们也就停了。月亮没有出来，最好不要出来，风中有几声呻吟，几声羌笛。向下看去，山下还是不是同一个人间？几粒金黄的灯，随意洇在深深浅浅的暗黑里，形状如鸟如龙的凉州城，枕着山峦，覆盖着白雪的衾被，巨大的阳物一般高高挺立的，那是三百年前北凉王沮渠蒙逊建造的七级浮图。

选自《天涯》2023年第4期

吴　刚

朱大可[*]

> 炎帝之孙伯陵，伯陵同吴权之妻阿女缘妇，缘妇孕三年，是生鼓、延、殳。殳始为侯，鼓、延是始为钟，为乐风。
>
> ——《山海经·海内经》

树纹丝不动地站在月球的荒原上，并以这样的姿势站了几百万年之久。她奉命在这里等待，但并不知道在等待什么。树对此毫无怨言，因为她知道这是她的宿命。

树后来开始感知到四周的变化。寸草不生的荒原上，突然冒出一些地球生物，他们以直立的姿势行走，有着一对灵巧的前肢，顶着近似球形的头颅。他们是勤奋的工匠，要以树为轴心来建造一座神的花园。他们用透明的液体浇灌她，令光裸的枝干上长出茂密的叶子。而在树的脚下，泥土如泉水般从石缝里涌出，盖住裸露的大地。接着是草和鲜花出场，它们在树的四周繁殖，遍及花园的每个角落，织出各种不可思议的色彩。望着众多生命，树觉察到了自身的重要意义，并为此感到莫名的喜悦。她开始奋力向上生长，让枝叶刺向光线黯淡的天空。

---

[*] 朱大可，文化学者、小说家。学术专著有《流氓的盛宴》《华夏上古神系》《燃烧的迷津》《聒噪的时代》《记忆的红皮书》《孤独的大多数》《朱大可守望系列》（8卷）。另有长篇小说《长生弈》及中篇小说系列《古事记》。现居纽约。

月球的变化还在势不可挡地发生。工匠们身穿麻衣，造起一座华丽的宫殿，各种事物在其间神秘现身，像经过选择和组织的碎片，诸如舒适的座椅、严肃的雕像、柔软的织物、野兽的头骨和毛皮、刻满符号的龟甲、金属制作的餐具，甚至还有闪闪发光的石头。它们起先还在不断变换外形、颜色和数量，并从一个位置漂移到另一个位置，就跟在水里一样，而后才按某种逻辑静止下来，看起来像是一些棋盘上的棋子。

到了月官营造史的晚期，花园里陆续出现了一些新品种的生物，她们是容颜美丽的仙女，在天空中飞来飞去，时而落在树枝上，时而栖息在树底下，不停地跳着舞蹈，唱出优美的歌声。她们如此迷人，诱惑那些工匠们扔下锯子，无缘无故地流泪。树也被感动了，仿佛那是来自神的赏赐，于是她更加努力地生长，直到枝叶遮蔽了大半个月亮。

"哦，我知道了，我的使命就是生长。"树在自言自语，但没有谁会听见她的心声。树依然是孤寂的，她没有任何能交谈的朋友。神的工匠们忙于劳作，同时也在无端地涌现和消失，时而有数万人之多，时而只剩十几个人，他们反复增多和减少，就像宇宙间的大小流星，其数量完全不可捉摸。树渐渐懂得，他们也许只是一些飘忽不定的幻象而已。神何其顽皮，沉湎于幻象的游戏，恐怕就连树自身，也是神所营造的幻象之一。每想到这里，树的心就不再骚动，重新归于了静寂。

树并不知道这日子究竟过了多久，但她拥有一个内在的时钟，那就是年轮。时间绕着树干缓慢旋转，刻出无数个岁月的圆圈。难道这也是神在其游戏中营造的细节？树一边忧伤地想，一边沿着那条时间线沉睡，梦见自己孤独地站立于荒原之上，枝叶蔽天，挡住了强烈的阳光，还有蓝色地球的柔和光泽。

树就这样在神的游戏场景中昏睡了许久，绵长而没有尽头，却被一把利斧意外地弄醒。是的，利斧在凶狠地砍砸她的枝条，沉重而锐利，带着风一样的声响，如同访客在叩击她的大门。利斧的主人是一名术士，身穿道服，脑后绾了一个发髻，神情威风凛凛，犹如一位正在跟妖怪作战的武士。

树感到了一阵阵的剧痛，来自那些位于末梢的肢端。它们在不安地抱怨，说出痛的感受，但这其实是一种令人欣悦的经验，因为就在疼痛的背后，升起了比疼痛更为强大的快乐。树终于流下了眼泪，因为她终于等到了首个真正的访客。利斧的暴力就这样照亮了生命之树。

来者一边砍伐树的枝叶，一边对树耳语。他脸颊上的线条刚硬而笔直，就像被斧子劈出的一般，声音却低沉，语气诚恳，仿佛在抚摸树的灵魂，但树听不懂他的语言。她只是痛并快乐着，并为此感到深深的困惑。她还从未跟人类接近，以这自相矛盾的方式。树没有逻辑，但能觉察出自身的分裂。此刻，就像被利斧从头到尾劈成了两半，树的一半属于痛苦，而另一半则交给了狂喜。

"天哪，天哪！"树变得语无伦次起来。现在，她不可阻挡地爱上了这个持斧的樵夫。

年轻的樵夫把枝杈和叶子送进丹房，让炉膛焚烧枝杈，又把树叶和树皮投入坩埚，让前者煎熬后者，而树在高处静观。这种三角关系何等古怪，描写着植物神话中最荒谬的景观。树甚至是第一次见到火焰，发现它跟宇宙的闪电截然不同，看起来像是一种红色、透明和闪烁的物质，以捉摸不定的舌头，戏谑地舔着黑暗宇宙的边缘，表情阴险而又美丽。

丹房正在变得热火朝天。树很久后才知道，樵夫的另一身份是炼丹术士，他的职责是从树中获取元素，去炮制一种特殊的丹药，以阻止地球高级生物的死亡。树很久以后才弄懂的另一件事是，她跟神一样永生，而且可以向世界馈赠这永生。

此刻，疲惫的樵夫朝她走来，但这次没有带着斧子。他躺在树下，眼望遮天蔽日的树冠，继续跟树耳语。这回树总算听懂了人话。他说，你不要责怪我的斧子。我奉命而来，除了炼制丹药，还要救你的性命。你活得太久，很快就会死掉。我必须用不断的砍伐来激励你的生命。你会感到疼痛，但你将在这砍伐中不朽。

树对来自樵夫的消息感到惊讶，因为这超出了她的自我认知。树颤抖了一下,无数叶子坠落下来,埋住了樵夫的身子,那是树赖以呼吸的器官。樵夫从树的器官深处伸出头来,吐了吐舌头,笑了。

这是树第一次看见人的笑容。于是她用粗大的根须卷起樵夫,把他放在自己的第一根分叉上,并以细枝和树叶围成了一张软床:"好吧,以后你就睡在这里。你是我唯一的伴侣,而且将跟我一起永生。"

樵夫点了点头,用沉重的斧子在树身上劈出两个符号:"吴刚。"字体遒劲有力,比他的脸更加犀利。那是他的私人符号,代表两个最简洁的音节。树喜悦地接受了这种以暴力方式赠送的礼物。从此,这名字不仅刻在她的表皮,更刻在她的深处。树随后还知道了吴刚用过的其他名字——吴质、吴权和吴樵。人族的本性何等奇怪,总是喜欢用空洞的符号来装饰自己。

至此他们开始了旷日持久的对话。斧子的语言无比凶暴,而舌头的语言又无比温存。树接纳了来自樵夫的这种双重爱意。就在那个漫长的月亮日,树第一次热烈绽放了自己。从那些枝条上,开出无数细小的花朵,它们彼此紧密簇拥在一起,花瓣椭圆而长,混杂着金黄和银白两种色泽,浓烈的芬芳,从月亮径直传到星空的彼岸。大地上的人们纷纷抬起头来,却被月光的芒刺迷住了眼睛。

"天哪,它那么香,还那么明亮!"人类在彼岸发出了赞叹,但他们根本不知道,这花仅为吴刚而开。它们是树的心花,也是树的叫喊,怒放在樵夫四周,向那个男人说出无上的赞美。

吴刚说,我能用它们酿酒,浇灌你和我。是的,对于炼丹术士而言,酿酒易如反掌。吴刚果然用这花瓣去酿酒,继而跟树秘密地对饮,就在花和酒的气息之中。树以叶子、花瓣和根须来接纳这种液体,沐浴在新一轮的幻影之中。她知道这是吴刚的情意,他要以此来赞美神,赞美树,以及咏叹树的芳香、博大和不朽。

从此往后,树负责开花,吴刚负责砍伐和炼制,而后双方一起饮酒作乐。这操作日复一日,每次都在时间线上留下间歇性的小点。但树看不见这些。她的快乐连绵不断，没有任何终止的迹象，就像她本身那样不朽，直到花园里来了新生物为止。

新生物是一个女人，她佩戴鳄皮披肩，怀抱一只白兔，毫无征兆地入侵花园，占据了空寂无人的宫殿。她忧伤而傲慢，对吴刚和树几乎视而不见。她以泪洗面，好像遭遇了什么重大的悲剧性变故。树和吴刚都对此深感不解，但他们知道，来者的身份必定与众不同。月宫营造的历史已经终结，工匠们早已退场，就连那些擅长飞翔的歌舞伎都踪影全无。在这广阔而死寂的场景中，女人的哭泣像一把声音的利刃。

结束劳作并走出丹房时，吴刚突然起了一个欲念，他没有走回树下，而是转向宫殿，试图去跟陌生女人交谈。他的问题像斧子那样简洁明快——

"你是谁？"

"你从哪里来？"

"你来做什么？"

女人撩开散乱的长发，露出了惊天动地的容颜。

"我不知道自己是谁、为什么要来。我好像失去了记忆。"

"但你为什么还要哭泣？"

"因为除了哭泣，我无事可做。"女人的眼神迷惘，瞳仁里一片空无，甚至没有出现吴刚及其身后事物的影像。

吴刚盯着她的眼睛，好像见了什么不可思议的东西，脸色变得苍白，再也没有说话。在沉默片刻之后，他就退出宫室，重新回到了树下。

"她是没有灵魂的生物，我们可以不用理她。"吴刚这样告诉树说，但隐瞒了刚才的那种震惊。

树满含同情地凝望着人形生物的幻象。她的眼泪打湿了白兔的毛皮。天哪，她真可怜！她是我所见过的最可怜的生物了，难道，神的游戏进入了新的阶段？她暗自猜测。

是的，月亮上的事物正在起着微妙的变化。新女人像一滴水落在幻境中心，激起轻微的涟漪。这天吴刚喝光库房里的酒,而且第一次出现了很深的醉意。他紧抱树身,语无伦次地说:我要与你合二为一。树很怜惜地望着他,情不自禁地打开了自己。吴刚一跃而入,如同一头小兽返回母亲的子宫。树惊愕地发现,她竟可以如此简单地打开自己,而他们竟可以如此简单地融为一体。

"哦,我的樵夫,我的杀手,我的地球男人,我的孩子⋯⋯"树颤抖并发出低吟,整个月亮都在震动。树叶脱离枝干,在天空上无尽地飞舞,遮天蔽日,比尘土更加轻盈,很多天都没有落下。宇宙为此黯然失色。

树和吴刚的合体显然不是幻象,因为他从此能自由出入树的身躯。当他在树里面时,他是树的一部分,跟树一起呼吸、做梦和悲喜交织;而当他离去时,他是不可控的异物,继续固执地砍伐树的枝叶,如同一位不可调和的仇敌。但树并不为此担忧,因为只有她知道,他只是她的囚徒而已。他再也无法被其他生物俘获,哪怕那生物近在咫尺。更重要的是,她比任何生物都更渴望那把斧子。正如吴刚告诉她的那样,砍伐不仅让她的生命得以延续,而且还让她从痛楚中获得持续的愉悦。

正是为了这永生和愉悦,树用宇宙的法则禁锢了吴刚的灵魂。她贪婪地占有他,如同占有稀薄的大气和阳光。而在此后的时光里,树还试图占有他的记忆,抓住他的过去,如同用庞大的地下根系抓住深层的岩石。

但这时她遇到了某种难以逾越的障碍:她可以掌控他的现在和未来,却无力了解他的过去。树主司永生,只是权柄被限定在跟过去无关的事物上,正是这点让她感到困扰。她企图在合体时进入他的梦境,却还是无法完成那堆梦中碎片的拼图,她甚至不能分辨它们来自记忆还是幻象。

所以,还是你自己来讲你的过去吧。树在多次探究受挫之后,终于忍无可忍,对吴刚下令说。她不仅逼迫吴刚回忆,而且要他使用语言模式。她知道,语言是抓捕过去的唯一捷径。更重要的是,她已经学会了使用人类的语言,她的声音柔和、沙哑,带着风吹叶子的细碎伴音。

吴刚从丹房里取来新酿的花酒,像往常那样走去树下,温顺地躺着,仰望树的伟岸身躯，聆听她的絮语，眼神逐渐变得迷离起来。但相比而言，他的记忆显得更加恍惚，如同一团乱麻。

在故事的开端，吴刚提及了一次漫长的远游。他自幼师从于世间最伟大的无名隐士，长达二十年之久，精通天文学、地理学和炼丹术，最终成为一名崭露头角的青年祭司，主持每天黎明时分的迎朝阳仪式。

为了提升自己的法力，他决定徒步两千里地，去拜访日神的营地汤谷，从那里求取跟太阳历法相关的经书。为此他必须向自己的新婚妻子缘妇告别，并把她托付给大师兄伯陵。后者是炎帝的孙子、声名显赫的正午日神祭司。伯陵接受这项委托，虽然他日理万机，并没有多余时间去照料别人的家眷。

吴刚义无反顾地上路了。他告诉树说，他当时只有一个信念，那就是取回日神历法，用它去改造被月神和月经统治的世界。但数月后抵达汤谷时，他发现事情并非他想象的那样，因为日神家族正陷入一场意外的危机：日神夋的十个孩子惨遭谋杀，而他的长妻——太阳女神羲和下落不明。

树茫然地听着吴刚的讲述，意外地发现他曾是一名朝阳祭司。为此她变得更加好奇。但吴刚此后的叙述，却绕过日神家族的悲剧性变故，直接讲述他七年后回家时的遭遇。

吴刚说，他当时喜出望外，因为缘妇替他生了三个男孩。伯陵很努力地照看她，甚至不惜以大祭司的身份，助她孕生孩子，还在孩子出生后悉心照料他们的成长。吴刚为此感动得哭了三回，跪倒在伯陵面前，发誓要报答他的恩情。吴刚的反应出乎伯陵的意料，他面露尴尬，甚至显得有些恐惧。但吴刚没能觉察他的敌意，因为伯陵的笑容比以前更加灿烂。

伯陵说，如果你想回报我的恩情，就请交出太阳历法。我已经等了七年，有些迫不及待了。

吴刚说，我想先仔细读完它，然后转交给你，请你再给我几天时间。伯陵收起笑容，面色阴沉地出门而去。妻子缘妇满含愧意地伺候吴刚，好像要尽其可能地给予补偿。她虽然容貌寻常，却有一双丰润的嘴唇。吴刚怜惜地看着这个女人，心想她真是一个非凡的尤物，能够炼出三颗这样的"人丹"。当时"人丹"们身穿开裆裤，流着黄鼻涕，在前院的泥地里玩耍，像丹药那样滚来滚去，无忧无虑的笑声，惊飞了桃树上的麻雀。

事情的转变发生在第七个夜晚。伯陵前来索取太阳历法，但吴刚一直忙于跟妻子缠绵，哪里还有时间阅读圣典，所以就没有履行先前的承诺。这时伯陵露出了焦躁和生气的表情。他提高嗓门，大声斥责吴刚忘恩负义，言而无信，对他为吴门贡献了三个小孩居然视而不见。骂到急切之处，伯陵朝着吴刚举起了砍柴的石斧，黑曜石的斧头在月下闪闪发亮。

吴刚告诉树，当时为了自卫，他跟伯陵扭打起来。两人从前堂打到前院，又从前院打到后院，再从后院打到坡北的悬崖边上。伯陵一失足，掉下了山崖。他坠落得像一块沉重的石头，转眼间就消失在黑暗的谷地里，甚至都没能发出半声叫喊。吴刚浑身是血，呆呆地望着脚下的深谷，甚至不知发生了什么。缘妇在身后发出凄长的尖叫。

吴刚杀伯陵的故事比风传得还快，就在第二天傍晚，整个国家都知道了这桩桃色血案。大家异口同声地觉得，杀和被杀都理所当然，因为伯陵跟吴刚的妻子私通，还生下三个孩子，是可忍，孰不可忍。人们站在吴刚一边，露出了人义凛然又幸灾乐祸的复杂表情。

但作为死者的祖父，国王却不这么去想。他又是悲伤，又是生气，认为这是对国家祭司的谋杀，严重触犯天条，必须按死罪论处。国王甚至打算动用作为火神祭司的权力，也就是采用神圣等级的火刑，去消灭那个灭了他嫡孙的恶徒。

关于最高火刑，吴刚对树是这样解释的，他说，用炭而不是木材作为燃料，就能把火温提升到太阳的等级，而识别它的标记是火的颜色：寻常之火是红的，而神圣之火却是蓝的，看起来就像海水的颜色，只要用火神咒语加持，它就能把每根骨头都烧成灰烬。

整个祭司团为此分成两派，吵得不可开交。最后国王被说服了，决定把吴刚流放到月亮上去从事苦役。这是世人视野中最遥远的荒原，充满着不可想象的危险。国王对忠心耿耿的臣子们说，与其让这个凶徒受死，不如让他永远活着受苦，因为这比死亡更加残酷。

吴刚顺从地接受了国王的审判。在一场盛大的广场仪式中，上千人组成的祭司团集体念诵咒语，说出冗长而意义不明的字节，整个王国都在观看。他就这样被送往上弦期的月亮。升天的时候，他的身体被一股巨大的力量托起，逐渐远离大地。他先是惊讶地看见月亮正在微笑，发出喜悦的光芒，然后就昏迷过去，坠入了无边的黑暗。

树在平静地聆听吴刚的讲述，连树叶都屏住了呼吸，月亮上陷入一片死寂。

"后面发生的事情你应该都知道了。我醒过来，看见你，然后用手里的斧子砍你。我对自己做的这些动作丝毫不感到奇怪，因为我是受咒语操纵的人，我唯一感到惊奇的是你。你如此巨大、美丽和芳香，就像我的母亲、妻子和情人。由于这个原因，我开始感恩国王。我提着斧子走进你的囚笼，我心甘情愿地成为你的囚徒。是的，现在我是你的儿子、丈夫和情人，我也是你最忠实的园丁和草药师，我砍伐你的枝叶，就像为你修剪毛发。"

吴刚意外地说出了树的心声，只是换成了他本人的立场。树先是非常惊讶，继而被人族的言辞所深深地打动。她不惜伤害自己，弯下巨大的身子，用全部枝叶去拥抱吴刚。整个月亮都受到震动，变得黯淡无光。但在大地上的人们看来，这只能是一场无端的月食。他们持久地置身于黑暗之中，如同被某种魔咒所掌控，于是他们跟狗一起，发出了惊慌失措的叫喊。

在这场热烈的拥抱之后，树见到一个不速之客在丹房前亭亭玉立，怀抱兔子，脸上带着偷窥者的快意。那是新来的女人。树后来才知道，她的人类名字叫作"望舒"，又叫"结璘"。她翕动着嘴唇，却没有发出任何音节。

吴刚问："你听见我的故事了？"

望舒点点头。

"你懂得我的苦吗？"

望舒摇摇头。

"那么你走吧,你不是我期待的伙伴。"

望舒这回勉强发出了声音,低弱得犹如树叶的絮语:"原来你就是那个叫作吴刚的祭司,我听说过你的故事,只是说法不同而已。关于你的事迹,至少有一百种以上的版本,但不知哪个才是真的。"

听见自己的陈述遭到质疑,吴刚变得有些愠怒,但很快就恢复了平常的表情。

"是的,我,我刚才有所隐瞒。在跟伯陵打斗的同时,我还不小心杀死了那三个男孩。他们津津有味地旁观,好像在看村戏,我对这点感到恼火。我夺下伯陵的斧子,反手去砍他,伯陵躲开了,却不小心砍到第一个男孩,接着又砍死了第二和第三个男孩。他们是伯陵的影子,像鬼魅一样在我面前闪动,引诱着斧子的方向。"

"都死了吗,他们?"树震惊地问道。

"是的,全死了。我完全失控。其实,伯陵也是被我砍死后才扔下悬崖的。但在斧子砍向缘妇的瞬间,我突然停住了,好像刚刚从噩梦里醒来。她像一只白兔那样呆站着,面无人色,我跪在地上,浑身都在发抖。"

"是啊,你杀了四个人,其中有三个是无辜的孩子。你罪该万死,你当时就该自杀,用那把声名显赫的斧头,而不是跑到这里受罪,跟这棵大树谈情说爱。"望舒眼望吴刚,好像在为他指点迷津。她提高了声音,言辞也变得锐利起来。她的容颜如此明艳,照亮了故事讲述的现场。

树以复杂的心情接受了这个罪犯情人的供述。它那么阴郁而曲折,还包裹着一层谎言的表皮,完全超出了她的生命经验。难道雄性人族都是如此吗?树无限惶恐地想到。

望舒露出嘲弄的笑容:"我明白了,就在这片流放地,你依然无法消除犯罪的本能。你每天都在砍树,试图杀死你所爱的生命。幸好树是永生的,它并不在乎你的砍杀。祝贺你,你终于找到了一个可以让相杀和相爱共存的对象。"她掉过头去,开始仔细打量眼前的这株参天巨树。

"哦,是哦,它可真高,我还从没见过这样的大树呢,就连日神家的扶桑跟它相比,都显得过于矮小。"望舒收起笑容,若有所思地说,把怀里的兔子抱得更紧。

吴刚陷入了沉默,因为他不知该如何结束自己的故事。

这时轮到树开口了,它的声音伤感而嘶哑,像来自宇宙深处的风声:"我知道你在想故事的结局,但这故事没有结局,因为它还没有讲完。"

吴刚迷惑地抬起头来。

"由于我,你可以改变故事的结局。"树说得意味深长。

吴刚的表情变得更加困惑。

"去吧,用我的体液而不是枝叶去做成药水。你可以用它救回他们几个的性命。但在安置好他们之后,你必须回到我的身边,跟我一起生活。"树仿佛下了很大的决心。她的声音变调了,像风吹过坚硬的山岩。

吴刚大吃一惊,随即就流下了眼泪。他用力点点头,重新举起了利斧。

但这回,吴刚的利斧没有砍向枝条,而是砍向了主干。树发出痛楚的呻吟,随后,在它身上最显眼的地方,现出一道细小的裂口,某种透明的液体从里面缓慢渗出,像晶莹的水滴。

"你看傻瓜,那是我的眼泪。"树满含哀怨地说。

"是的,是的!"吴刚感到自己的心都碎了。他扔下斧子,用双手小心翼翼地捧住树泪,好像捧住了树的精魂。

望舒笑了:"你们果然是天生一对,地造一双。"她丢下故事的男主人公,怅然若失地转身离去,不想再看他们。吴刚唤醒了她的记忆,让她感到更深的疼痛。她走回宫殿,去延续那场漫长而孤独的哭泣。她的眼泪跟树不同,像溪水那样绵延不绝,此刻已经注满整个浴池。她除掉鳄皮披肩,奋力跃入浴池,试图以眼泪去阻止眼泪,哭泣果然就这样停了,而接下来发生的事情是,她被自己的眼泪催眠,像睡莲一样漂浮在水面上,沉入了无边的梦境。

树没有留意望舒的举动，她的视线里只有吴刚一人。她奋力伸展自己的枝丫，让它们形成一条崎岖不平的道路，越过美丽而死寂的星空，朝着蓝色的巨星蜿蜒爬去。远远看去，她就像一条悬浮于太空的藤蔓。

"去吧，带上我的眼泪，完成你的故事。"树这样简洁地命令说。

流放犯吴刚就这样怀揣着树的眼泪，沿着树伸出的手臂行进，踏上了回乡的路。树的道路崎岖不平，上面布满疤节、死杈和苔藓，还有带着毛刺或锯齿的野草，它们无情地割破了吴刚的肌肤，也磨破了他的脚掌。经过七七四十九天的长途跋涉，他终于望见自家烟囱里冒出的炊烟，它像一个诡异的符号，飘浮在记忆与现实的边界。

恰逢黄昏时分，吴刚推开破烂的屋门，只见一个老妪正在炉膛前生火，火焰照亮了那张在岁月中风干的脸，其上布满了绝望的皱纹。吴刚猛然醒悟过来，宇宙有自己的时间算术：他曾经被告知，月亮的一日相当于大地上三年，那么他在上面七日，就意味着丢失了二十一个年头的时间资产。现在，不仅妻子缘妇已经衰老，就连那些被掩埋的尸体，也早已在泥土里腐烂，化成了枯骨。

但这又有什么关系呢？他掌握了树的眼泪，可以扭转悲剧脚本的结局。于是他跪在地上，向满头白发的老妪谢罪，谴责自己的罪恶。但缘妇神情漠然地望着他，如同一头耳聋的老牛面对美妙的琴音。

老妪的无动于衷激怒了吴刚，他取出陶瓶，捏住她枯槁的鼻子，把药水强行灌入她的嘴巴，眼看她费力地下咽，表情难受，不禁哧哧地笑了。老妪在灶台前昏沉地睡去。他留下一面铜镜，吹熄油灯，然后转身离去。他知道，到了明天早晨，她就能从镜里窥见自己的新颜。

他在黑暗里寻找埋葬三个小孩的坟地。幽淡的月光洒满了山坡，灰狼在远处嚎叫，声音中充满了敌意。很快他就发现，后院墙根竖着一个低矮的墓碑，上面写有三个男孩的名字——鼓、延和殳，那是伯陵给他们的命名，分别代表三件祭神时使用的器物：皮鼓、铜钟和仪杖。吴刚知道树在遥远地看他，丝毫不敢怠慢。他找来锄头，刨开泥土，挖出那些细小的骨殖，然后滴上树的眼泪。

但等了大半个时辰，那些骸骨都没有发生变化。

"明天，一切得等到明天。"他仰头朝月亮喊道，算是跟树打了个招呼。他沿着小路朝着山下小镇走去，看见簇拥在一起的屋顶、阑珊的灯火，还有黑暗中难以辨认的炊烟，他仿佛已经闻到饭菜的气味。为了找回久别的世俗快乐，他决定破戒在那里的客舍下榻，在那里的饭庄进餐。他步履轻快，早已忘了皮肉的疼痛。

但事情在第二天变得有些古怪。缘妇拿起铜镜，被自己的年轻容颜吓住，直接昏倒在地，许久都没有苏醒。三个孩子在黎明前复活，互相追逐着跑进山村，把全体居民吓得半死，以为是孤魂野鬼在找寻昔日的仇人。直到吴刚露面后人们才明白，放逐月亮的罪人已经返乡，还带回了起死回生之药。

这条喜讯不胫而走，整个国家都沸腾起来。吴刚下榻的客栈外面，挤满了围观的人群，他们一边吃瓜，一边交头接耳，仿佛正在亲眼见证王国的巨变。病入膏肓的国王躺在草席上，眼里燃起一丝希望的光亮，但想到正是他本人流放了吴刚，眼神便重新黯淡了下去。他苦熬三天三夜，撒手升天去了。巫医守候了半天，看实在没有什么动静，才对外宣布了他的死讯。

伟大的国王没能等到孙子伯陵复活的日子。后者被埋得过于隆重而严密，为了防止盗墓，坟冢用青石和石灰仔细砌成，打开它费了好几天工夫。而后，就在众目睽睽之下，吴刚施行魔法，以树泪点化那堆丑陋的骸骨，等到月亮升起之际，骸骨就还原成了伯陵。他赤身裸体地从墓穴里爬出，听着震耳欲聋的欢呼，茫然四顾，像一条刚从冬眠中醒来的蜥蜴。

吴刚沿着树的道路重回了月亮，只是回程的路有所不同，显得更短更平坦，仿佛得到了修缮和祝福。月亮上一切如故，除了那个举止神秘的女人。她不知什么时候走了，带着那只兔子宠物，还有藏于宫殿的一小片龟甲。

吴刚告诉树说，他从前的女人缘妇和伯陵，加上三个孩子，全部得以复活。伯陵因吴刚传授的太阳历法而地位隆升，迅速恢复了日神祭司的地位。由于具备王室血统，又身怀秘籍，他接掌已故国王的权柄，似乎是天经地义的事情。

另一方面，在世人的眼里，吴刚不仅是能起死回生的神仙，也是道德完美的圣人。他的形象变得日益高大。在离开之前，他召见那个死而复生的家庭，把一项新使命交给五个男女，那就是在每个月圆之夜，举行祭祀树的典礼，缘妇负责召集树神的信徒，伯陵负责草拟和诵读赞美树神的祭词，三个男童负责用三种乐器去演奏圣歌。一种关于树的信仰正在被建造起来。

"我要在人世间塑造你的形象，弘扬你的英名，流传你的精神。"吴刚就这样结束了他的故事，好像他已经成了树的祭司，代言着树神的无上荣光。

听完这修改过的故事结局，树的声音里充满了喜悦："我的孩子，你终于洗脱了罪，成为干净的人族。来，丢掉那些记忆，进到我的身体里来吧，你是我的，我要让你体验前所未有的快乐。"

于是吴刚在树的里面待了一百年，也许更短或更久，因为时间已经终止，完全失去了度量的意义。他持续地沉浸在植物躯体所赐予的幻象和狂欢之中。在某个太阳重新升起的日子，他精神焕发地走出树，用酒和咒语叫来了水。他对树说，我要为你洗浴。于是，水从树的上方倾注而下，如同宇宙的瀑布，洗濯了树叶、树梢、树杈和主干。树在一边战栗，一边欢笑。当水停的时候，枝头上开出无穷尽的花朵，带着闪闪发亮的水珠。树以这种方式热烈地回应了吴刚。

另据一部仅存的上古月亮历书所载，那是史无前例的时刻，月亮下了一场大雨，月桂的香气再次传遍人间。伯陵和缘妇已经老死，孩子们也已满头白发，他们取出了仪杖，奏响了钟鼓，而这一回，吴刚没有举起他的利斧。

选自《山花》2023 年第 9 期

2023年选系列封面绘图画家介绍

黄少鹏 中国油画学会学术委员会委员、广西美术家协会油画艺委会主任、漓江画派促进会副会长、国家一级美术师、硕士生导师。

《码头的船》 黄少鹏　80 cm×100 cm　布面丙烯　2023 年

黄少鹏画作短评

如果说印象派的条件色体系关注的是物象的光色变化，少鹏在意的则是色彩的文化属性。这种属性是古迹在岁月浸润过程中残留下来的永恒色泽。少鹏崇尚魏碑的雄强古拙，这铸就了其艺术强悍的风貌，具有表现主义的性质，又因为书法运笔入画而兼有写意的蕴含。油画讲究画面的结构性和层次感，中国画则以骨法用笔见长。他汲取两者所长，兼具表现主义的强烈情感表达和中国传统写意画的文人内蕴，呈现出一种既粗犷又含蓄温润的个人风格。

——汪鹏飞（油画家）